EVERY Piece of YOU

Allie J. Calm

Impressum

EVERY PIECE OF YOU

© 2023 Allie J. CALM

1. Auflage

Allie J. CALM
c/o Autorenglück,
Franz-Mehring-Straße 15,
01237 Dresden
mail@alliejcalm.de

Deutsche Erstausgabe März 2023

Dieser Titel ist auch als E-Book erschienen

Covergestaltung: Allie J. CALM
Lektorat: Larissa Wagnetter
Korrektorat: Jona Gellert

Alle Rechte, einschließlich das des vollständigen oder auszugsweisen Nachdrucks in jeglicher Form, sind vorbehalten.
Dies ist eine fiktive Geschichte. Ähnlichkeiten mit lebenden oder verstorbenen Personen, Orten und sonstigen Begebenheiten sind rein zufällig und nicht beabsichtigt.
Genannte Markennamen und Warenzeichen sind Eigentum der jeweiligen Eigentümer.

Veröffentlicht über Tolino Media

ISBN: 9-783-7546-9498-5

Herstellung und Druck über tolino media GmbH & Co. KG, München.
Printed in Germany

ALLIE J. CALM

EVERY
Piece
OF
YOU

AJC

Für alle, die daran glauben,

dass jeder eine

zweite Chance verdient hat!

Liebe Leser:innen,
dieses Buch enthält potenziell
triggernde Inhalte.
Deshalb findet ihr auf Seite 358
eine Triggerwarnung.

Playlist

Snow Patrol - Chasing Cars
Yiruma - The River Flows In You
One Republic - Apologize
L.O.S.T., Pop Mage & Red Plum - The Night we met
Thirty Seconds to Mars - The Race
Sade - Still In Love With You
Tony Braxton - Un-Break My Heart
Bruno Mars - Grenade
Adele - Someone Like You
Lewis Capaldi - Before You Go
Harry Styles - Falling
Sade - By Your Side
Thirty Seconds to Mars - Attack
Linking Park - Burn It Down
Adele - Set Fire To The Rain
Ashley Kutcher - The Night You Left
Rihanna - Stay
Christina Perry - Jar of Hearts

PROLOG

Chloé

Meine Hände zitterten und wurden noch kälter, als sie ohnehin schon waren. Ich legte sie auf die kühlen glatten Tasten des Klaviers und ein eisiger Schauer überzog meinen Rücken. Mein Herz raste, mein Atem ging schneller und ich versuchte, die Schultern zu straffen.
Reiß dich zusammen, Chloé! Das ist verdammt wichtig!
Ich sah hinüber zu den fünf Prüfern, unter denen auch meine Professorin Miss Marble war. Beim Anblick ihrer versteinerten Miene setzte mein Herz einen Schlag aus. Verflucht! Warum fühlte ich mich schon wieder so, als säße ich das erste Mal hier …? Ich erinnerte mich an meine letzte Prüfung, bei der ich immer wieder dieselben Fehler gemacht hatte. Einen Monat später hatte ich meine Noten im Onlinesystem der Juilliard gecheckt und die fetten Buchstaben ›*durchgefallen*‹ hatten sich tief in mein Bewusstsein eingebrannt.

Die letzten Tage hatte ich kaum geschlafen, kaum gegessen und immer wieder geübt und geübt. Doch es nützte nichts mehr.

Etwas hatte sich verändert. In mir … Es war nicht mehr da. Der Spaß und die Liebe, die ich immer dann empfunden hatte, wenn ich mich an mein Klavier gesetzt hatte - alles war weg. Die Gänsehaut, die sich über meinen ganzen Körper legte, wenn die ersten Töne erklangen, war nun kaum noch auszuhalten. Die Angst, zu versagen und nichts mehr auf die Reihe zu bekommen, hatte auch das letzte Fünkchen Leidenschaft am Klavierspielen in mir erstickt.

Das Einzige, das ich noch wahrnahm, waren meine schweißnassen Hände und meine Brust, um die sich ein unsichtbares Seil geschnürt hatte, das mir die Luft zum Atmen nahm. Ich durfte in dieser Prüfung nicht erneut versagen!

Mein Hals war so trocken, dass es wehtat. Ich wandte den Blick von den Prüfern ab und vernahm ein ungeduldiges Räuspern.

Oh nein ...

Beeil dich, Chloé! Fang an! Jetzt!

Und dann spielte ich.

Mit voller Kraft drückte ich die Tasten hinunter, doch das Zittern meiner Hände wurde immer stärker. Ich spielte weiter, biss die Zähne zusammen und versuchte, Ruhe zu bewahren.

Jetzt bloß keinen Fehler machen.

Mit eiskalten Fingern versuchte ich, zu spielen und dachte immer wieder daran, alles richtig zu machen, als es geschah ...

Ein falscher Ton!

Verzweifelt sah ich auf meine Finger, die immer blasser wurden. Ich versuchte, mich zu konzentrieren, mein Blick verschwamm und der Kloß in meinem Hals wurde immer größer. Ich wollte einatmen, doch je mehr ich mich aufs Atmen konzentrierte, desto weniger gelang es mir und desto mehr verlor ich die Kontrolle über meinen Körper.

Meine Hände gehorchten mir nicht mehr, mein Herz überschlug sich vor Aufregung in meiner Brust und da geschah es erneut.

Der nächste falsche Ton.

Und der Nächste.

Verdammt! Verdammt, verdammt, verdammt!

Warum funktionierte das nicht mehr? Warum funktionierte *ich* nicht mehr?

»Miss Bernard?« Mr. Ericssons hauchdünne Stimme durchbrach mein Spiel und mein Herz setzte für einen Schlag aus. Er war der strengste Prüfer an der Juilliard und kannte keine Gnade.

Ich hörte auf zu spielen und hob wie in Zeitlupe den Kopf. Mit donnerndem Herzen sah ich ihn an und schluckte. Meine trockene Kehle brachte mich beinahe um und meine Augen brannten.

Immer wieder blinzelte ich, bis meine Tränen stärker waren als ich und mir glühend heiß über die Wangen liefen.

Ich hatte erneut versagt, war gescheitert und hatte alles verloren. Meine Leidenschaft und meinen ganzen Lebensinhalt. So würde ich niemals die beste Pianistin in ganz Nordamerika werden, das stand fest. Dabei hatte ich alles dafür aufgegeben.

»Die Prüfung ist beendet«, sagte er und seine Stimme schnitt mir mitten ins Herz.

Das war´s.

Ich konnte nicht mehr.

Ich war nicht mehr ich selbst.

Hatte mich verloren.

Und noch viel mehr …

1

Chloé

New York - Juilliard School

»Au!« Mit einem lauten Aufschrei zog ich meinen Finger zurück. Die Lippen aufeinandergepresst, betrachtete ich die rote pochende Stelle an meinem Finger, den ich mir gerade zwischen den Schalen meines Koffers eingeklemmt hatte. Innerlich fluchte ich.

Verdammt, tat das weh! Ich stieß mit dem Fuß gegen den widerspenstigen Koffer und ließ mich anschließend auf den Boden neben ihn sinken. Mit dem Rücken an der Wand gegenüber meines Bettes, zog ich die Beine an und umklammerte meine Knie. Warum nur war alles schiefgegangen? Warum hatte ich versagt?

Ich legte meinen Kopf auf meine Arme und schloss die Augen. Das alles hier fühlte sich wie ein Alptraum an, aus dem ich aufwachen wollte, aber nicht konnte. Für einen Moment verharrte ich auf dem Boden und atmete langsam ein und aus.

Das war's. Heute war mein letzter Tag in New York.

Wie in Trance stand ich wieder auf und blickte genervt auf meinen viel zu vollen Koffer. Irgendwie musste ich ihn doch zu bekommen! Ich presste mein Knie, so stark ich konnte, auf den Deckel, doch er wollte einfach nicht nachgeben. Dummes Ding! Ich versuchte es erneut und drückte auch mein zweites Knie auf die harte Schale. Endlich senkte sie sich ein kleines Stück weiter hinab.

Mit letzter Kraft gelang es mir, den Reißverschluss einmal komplett um ihn herumzuziehen. Ich stieg wieder vom Koffer und betrachtete ihn kurz. Die Nähte des Reißverschlusses standen so sehr unter Spannung, dass ich befürchtete, er könnte jeden Moment explodieren, genau wie ich. Die Spannung in meinem Inneren war kaum zu ertragen. Die bleierne Last auf meinen Schultern, die längst hätte leichter werden sollen, fühlte sich noch schwerer an als sonst und drohte, mich unter sich zu vergraben.

Ich hatte alles gegeben. Jeden Tag. Jede Nacht. Aber es hatte nicht gereicht.

Ich hatte versagt und war kläglich gescheitert.

Ich würde heute zurück nach Hause fliegen.

Für immer.

Dabei hatte ich im Traum nicht geglaubt, dass mir das passieren würde.

Mir.

Chloé.

Der Chloé, die immer versuchte, alles richtig zu machen. Der Chloé, die nie aufgab und auf die ihre Familie stolz sein konnte.

Doch ich hatte falschgelegen, hatte es nicht geschafft und war untergegangen. Ganz leise und doch so laut, dass es in meinem ganzen Körper dröhnte.

Jetzt musste ich zurück, wollte zurück und das alles hier vergessen. New York ... Und die Juilliard.

Ich wollte alles hinter mir lassen und so tun, als wäre es niemals geschehen. Aber konnte ich das überhaupt?

Meine Kehle wurde eng, als ich daran dachte, nach Hause zu fliegen. Ich versuchte mir vorzustellen, wie es sich anfühlen würde, nach so langer Zeit wieder nach Vancouver zurückzukehren. Noch einmal ganz von vorn anzufangen, obwohl ich nicht einmal wusste, womit ich überhaupt von vorn beginnen sollte.

Klavier spielen konnte ich jedenfalls nicht mehr. Nie wieder. Das hatte ich abgeschrieben und schon bei dem Gedanken daran, mich je wieder an ein Klavier zu setzen und die glatten, kühlen Tasten zu berühren, stieg Hitze in mir auf, während meine Hände gleichzeitig eiskalt wurden.

Ich verstand selbst kaum, wie es dazu gekommen war, wo Klavier spielen doch beinahe das Einzige auf der Welt gewesen war, das mir etwas bedeutete. Es war immer ein Teil von mir gewesen und ich hatte für meinen Traum, die beste Pianistin in ganz Nordamerika zu werden, alles aufgegeben. Ich hatte alle Brücken hinter mir abgerissen, wie man es mit einem alten Pflaster tat. Mit einem schnellen Ruck und einem fiesen Schmerz, der noch sehr lange danach auf meiner Haut gepocht hatte.

»Hey, Chloé, bist du schon fertig?« Meine Mitbewohnerin Layla stand plötzlich vor mir und musterte mich besorgt. Mit ihr hatte ich die letzten drei Jahre ein Zimmer geteilt. Sie war die einzige Freundin, die ich hier in New York hatte, doch jetzt musste ich sie zurücklassen.

New York war unfassbar teuer und ohne mein Vollstipendium hätte ich hier niemals studieren können. Wehmütig dachte ich an den Tag zurück, an dem ich die Zusage für das Stipendium erhalten und sie meinen Eltern gezeigt hatte. Damals war ich erst siebzehn Jahre alt gewesen und hatte es kaum glauben können, dass meine Eltern mich tatsächlich ganz allein in die USA ziehen ließen.

Die letzten drei Jahre hatte ich hier gelebt. Nur zwei Mal war ich zu Weihnachten nach Hause geflogen, um meine Familie zu besuchen. Und jedes Mal hatte es mich umgebracht, an dem Ort zu sein, wo er und ich uns so lange geliebt hatten …

Ich hatte es nicht übers Herz gebracht, öfter nach Hause zu fliegen. Zu groß war die Angst gewesen, ihm zu begegnen. Darum waren meine Eltern und meine jüngere Schwester Stella, so oft sie konnten, zu mir nach New York geflogen. In die größte Metropole, die ich je gesehen hatte.

Dank meiner Familie hatte ich mich voll und ganz auf mein Studium konzentrieren können. *Und nun war alles umsonst gewesen …*

»Chloé?« Laylas Stimme drang wie aus weiter Ferne zu mir hindurch. Ich blinzelte sie an und versuchte gleichzeitig, meine finsteren Gedanken abzuschütteln. Ich konnte nicht aufhören zu blinzeln und mit einem Mal stiegen Tränen in mir auf. Tränen, die ich die ganze Zeit zurückgehalten hatte, um mir selbst einzureden, dass mein Versagen nicht so schlimm war, wie ich anfangs gedacht hatte. Denn wenn man nicht weinte, war es nur halb so schlimm, richtig?

Dabei hatte ich mich die ganze Zeit selbst belogen. Meine Kehle verengte sich erneut und meine Schultern begannen zu beben.

»Ach, Süße! Es tut mir so unendlich leid für dich.« Layla kam auf mich zu und nahm mich in den Arm. Ich war hin und her gerissen, wusste nicht mehr genau, was ich wollte oder wer ich war. Ich hatte mich selbst verloren.

»Ich werde dich sehr vermissen«, krächzte ich und drückte mich an ihre Schulter.

»Ich werde dich auch vermissen, Chloé. Aber das hier ist kein Abschied für immer. Sobald ich kann, werde ich dich in Kanada besuchen. Versprochen!« Laylas Worte ließen mein Herz noch schwerer werden. Sie war mir während meiner Zeit in New York eine wunderbare Freundin und Mitbewohnerin gewesen und bei dem Gedanken, sie ab heute nicht mehr jeden Tag zu sehen, spürte ich einen stechenden Schmerz in meiner Brust.

»Wir können ja facetimen oder skypen«, schlug sie vor, woraufhin ich nickte.

»Das machen wir. Auf jeden Fall.« Meine Stimme war nur noch ein Flüstern und mein Hals brannte. Layla strich mir ein letztes Mal sanft über meinen Rücken, bevor ich mich von ihr löste.

»Melde dich heute Abend, wenn du angekommen bist, und grüß Stella von mir.« Sie lächelte mitfühlend und trat dann einen Schritt zur Seite.

Ich sah auf die Uhr und erschrak. Das Uber, das ich bestellt hatte, würde in zwei Minuten da sein. Ich griff nach meinem Rucksack und warf ihn mir über die Schulter. Layla hatte indes meinen Koffer auf seine kleinen Rollen gestellt und zog ihn hinter sich zur Tür, wo sie ihn für mich abstellte. Ich folgte ihr und schlüpfte in meine Schuhe. Ein letztes Mal drehte ich mich um und konnte unser Zimmer kaum noch erkennen, weil mir im selben Moment erneut die Tränen kamen. Mein Blick verschwamm und ich atmete zitternd ein. Layla umarmte mich und dann küsste sie mich ein letztes Mal auf die Wange.

**

Vancouver, Kanada

»Chloé!«

Ich erkannte Stellas Stimme sofort, fuhr herum und blickte in die Richtung, aus der sie kam. Mein Herz hüpfte vor Freude, als ich sie endlich zwischen all den Leuten ausmachen konnte. Sie rannte auf mich zu und als sie mich erreicht hatte, fiel sie mir mit einem strahlenden Lächeln um den Hals.

Jetzt war ich wieder zu Hause.

Ich erwiderte Stellas Umarmung so fest ich konnte. Wie sehr ich sie und unsere Eltern in Wirklichkeit vermisst hatte, wurde mir in diesem Augenblick erneut bewusst. Meine Familie war das Einzige, was ich jetzt noch hatte, und darüber war ich unendlich froh. Dad erreichte uns vor Mum und schlang seine starken Arme um uns Schwestern. Als Mum ankam, trat er zur Seite und ließ sie zu mir vor. Mum küsste mich. Ich nahm ihren Duft wahr und sog ihn tief ein. Kurz darauf löste sie sich wieder von mir und nahm mein Gesicht in beide Hände. Sie lächelte mich an und mir wurde warm ums Herz.

Trotz allem war meine Familie für mich da und glücklich darüber, dass ich endlich wieder nach Hause zurückgekehrt war.

»Wie geht es dir, mein Schatz? Du siehst müde aus.« Mum musterte mich, woraufhin ich unschlüssig mit den Schultern zuckte.

»Es geht«, erwiderte ich, doch das war gelogen, denn in meinem Inneren wütete ein Orkan aus Emotionen und Gedanken, die nicht zur Ruhe kommen wollten. Wie würde es zu Hause für mich werden, jetzt, da ich für immer zurückkehrte? Wie würde ich mich fühlen? Würde ich Ethan wiedersehen?

Meine Gefühlswelt war völlig aus dem Takt geraten. Mein Versagen war kaum zu ertragen und ich hatte das Gefühl, ziellos und ohne Halt umherzuirren. Wie jemand, der nicht wusste, wer er war, wo er herkam und wohin er gehörte.

Auf der einen Seite war ich glücklich darüber, meine Familie zu sehen und endlich, nach so langer Zeit, wieder zu Hause zu sein.

Doch auf der anderen Seite war es kaum auszuhalten, denn das war nicht mein Plan gewesen und ich ertrug den Gedanken nicht, versagt zu haben.

Dieses Gefühl war neu für mich und es gelang mir einfach nicht, mich daran zu gewöhnen. Doch ab jetzt gehörte es offensichtlich zu mir.

Mein Selbstbewusstsein hatte einen tiefen Riss bekommen und ich fragte mich, ob es mir je gelingen würde, zu mir selbst zurückzufinden.

»Das wird schon wieder.« Dads liebevolle Worte hatten mich früher immer beruhigt, doch auch er konnte mein Scheitern nicht rückgängig machen. Egal, was er sagte.

Er kam näher, legte seine raue Hand an meine Wange, hob mein Kinn an und sah mir fest in die Augen. In diesem Moment fühlte ich mich verdammt klein und verletzlich.

»Ich hoffe«, antwortete ich und meine Stimme klang dabei so dünn und leise, dass ich erschrak. Was war nur aus mir geworden? Wie hatte ich es nur zulassen können, dass New York mich dermaßen fertig gemacht hatte?

»Komm, Schatz. Wir fahren erst mal nach Hause und essen etwas. Danach wird es dir sicher besser gehen.« Mums Vorschlag war natürlich gut gemeint, doch allein bei dem Gedanken daran, etwas zu essen, wurde mir schlecht.

In den letzten Wochen hatte ich so wenig gegessen wie noch nie zuvor. Doch im Moment hatte ich das Gefühl, in einem tiefen, dunklen Loch zu stecken, das mich bei lebendigem Leib auffraß. Ich hatte die Lust auf gutes Essen verloren.

Wir fuhren mit unserem Auto nach Hause und je näher wir unserem Viertel und unserem kleinen Haus kamen, desto größer wurden die Schuldgefühle.

Ich kehrte zurück. Als Verräterin.

Schließlich hatte ich Ethan für all das verlassen. Ihn, Holly, die alte Mrs. Morrison und Max. Bei dem Gedanken an all die Menschen, die mir so viel bedeutet hatten, wurde mir heiß und kalt und ich wünschte mir erneut, das Stipendium in New York niemals angenommen zu haben. Dann hätte ich Ethan vielleicht nie verloren und meine Liebe zum Klavierspielen wäre womöglich auch noch da.

Unser Haus hatte sich zum Glück nicht verändert und als wir ausstiegen, schluckte ich hart. Ich ließ meinen Blick über den kleinen Vorgarten wandern, sah hinüber in den Wald, der hinter unserem Haus begann und über dem sich in weiter Ferne die Berge abzeichneten, die ich so liebte. Groß und unerschütterlich ragten sie in den Himmel und sahen so gelassen aus wie immer. Früher hatte ich geglaubt, dass nichts und niemand sie je ins Wanken bringen könnte, genau wie mich. Aber das stimmte nicht. Auch diese riesigen Ungetüme könnten in der Mitte auseinanderbrechen, wie ich. Dazu brauchte es nur ein kräftiges Erdbeben.

Ich atmete die frische Luft ein und der Duft meiner Heimat fühlte sich vertraut und gleichzeitig unfassbar fremd an. In diesen Wäldern waren Ethan und ich so oft unterwegs gewesen, dass ich manchmal beinahe das Gefühl gehabt hatte, mehr Zeit unter freiem Himmel als drinnen in unserem Haus verbracht zu haben. Und wahrscheinlich war das damals auch so gewesen.

New York hingegen hatte nie so geduftet.

2

Ethan

Die dünnen Zweige knackten unter meinen Laufschuhen, als ich mit schnellen Schritten über den dunklen Waldboden lief. Ich hatte mir eine neue Strecke ausgesucht und musste vorsichtig sein. Der Boden war nicht immer ganz eben, doch der Weg war breit und fest. Ich warf einen Blick auf meine Smartwatch. Mein Puls lag bei Einhundertdreißig und war damit genau in dem Bereich, in dem er bei meinem heutigen Training liegen sollte. Meine Geschwindigkeit passte ebenfalls. Normalerweise hörte ich morgens bei meinem ersten Lauf Musik, doch heute früh hatte ich meine Bluetooth-Kopfhörer nirgends finden können und vermutete, dass Matt, mein bester Freund und Mitbewohner, sie sich ausgeliehen hatte.

Natürlich konnte ich auch ohne Musik im Ohr laufen und genoss es, zur Abwechslung einmal die Geräusche der Vögel in den Bäumen zu hören. Der Klang der Natur passte zu meinem Regenerationslauf, der heute nicht zu schnell sein durfte, weil ich mich gestern bei den Vorläufen für die National Championships total verausgabt hatte. Ich war sehr gute Zeiten gelaufen und hatte mich für die nächste Runde qualifiziert.

Es gab keinen einzigen Tag, an dem ich mit dem Laufen aussetzte. Niemals, außer, wenn ich krank war. Nach anstrengenden

Wettkämpfen oder sehr harten Trainingseinheiten folgte immer ein langsamer Lauf, um die Muskulatur aufzulockern.

Ich lief seit einer halben Stunde, als die Straße zum Mayhem College vor mir auftauchte. Kaum war ich wieder auf dem Campus, spürte ich auch schon, wie mein Magen knurrte. Mein Körper funktionierte wie ein Uhrwerk und ich hatte mich über die letzten Jahre daran gewöhnt, immer zu denselben Zeiten zu trainieren und zu essen. Ich bog auf dem Weg zu den Wohnheimen nach links ab und sah nach oben in den dritten Stock hinauf.

Immer zwei Stufen auf einmal nehmend, sprintete ich nach oben. Vor unserer Tür angekommen, hämmerte mein Herz wie ein Vorschlaghammer gegen meine Rippen. Ich verschnaufte kurz, steckte den Schlüssel ins Schloss und öffnete die Tür. Der Duft von frischem Popcorn empfing mich und ich wunderte mich darüber, weil es dafür viel zu früh dafür war.

»Hey, da bist du ja!« Matt lag mit einer großen Schüssel Popcorn auf dem Sofa vor dem Fernseher und hatte es sich bequem gemacht. Ich trat an die Couch, griff in die Schüssel und schob mir eine ganze Handvoll Popcorn in den Mund. Der Zucker schmolz förmlich auf meiner Zunge.

»Popcorn zum Frühstück?«, fragte ich und nahm mir noch mehr.

Er zuckte mit den Schultern. »Was anderes habe ich auf die Schnelle nicht gefunden und Popcorn geht irgendwie immer.«

Das stimmte und ich erinnerte mich daran, dass unser Kühlschrank seit einigen Tagen tatsächlich viel zu leer war und dringend aufgefüllt werden musste.

»Hast du meine Kopfhörer?«

Er nickte, ohne den Blick vom Fernseher zu abzuwenden. »Ja, sorry. Sie liegen auf meinem Schreibtisch.«

Mir entfuhr ein genervtes Brummen, woraufhin er sich zu mir herumdrehte.

»Tut mir echt leid. Ich wollte sie dir gestern Abend noch zurückgeben, aber es war viel zu spät und dann habe ich es völlig vergessen.«

Matt arbeitete in einem Copyshop, der jeden Tag bis dreiundzwanzig Uhr geöffnet hatte. Er lag genau neben Moe's Café und weil der Besitzer verstanden hatte, dass viele Studenten noch bis zur letzten Sekunde an ihren Arbeiten saßen und sie dann spät am Abend ausdrucken mussten, hatte er die Öffnungszeiten angepasst und deutlich verlängert.

»Du kannst sie jederzeit haben, aber zum Laufen brauche ich sie.«

»Okay, sorry. Ich frag dich das nächste Mal einfach vorher.«

Ich ging in die Küche und öffnete den Kühlschrank, obwohl ich genau wusste, dass nichts mehr außer einem Glas Erdnussbutter, Ahornsirup und stillem Wasser darin zu finden war. Langsam schloss ich den Kühlschrank wieder und ging in mein Schlafzimmer. Ich nahm frische Klamotten aus meinem Schrank und verschwand im Bad, um wie jeden Morgen zu duschen.

Das Wasser prasselte auf mich herab. Ich schloss die Augen und hielt mein Gesicht direkt in den Wasserstrahl. Dieses Gefühl war unvergleichlich und ich genoss das heiße Wasser auf meiner Haut. Ein paar Sekunden lang bewegte ich keinen Muskel und atmete ein paar Mal tief ein und aus. Ich wusste jedoch, dass ich nicht viel Zeit hatte, und beeilte mich, um nicht zu spät zu meiner Vorlesung zu kommen.

Kurz darauf war ich wieder in meinem Schlafzimmer, zog mich an und packte meine Tasche. In einer halben Stunde begann meine Vorlesung. Ich hatte immer noch Hunger und musste mir schnellstens etwas bei Moe kaufen, unserem Stammcafé, das eine Straße vom Campus entfernt lag. Der Weg dorthin lohnte sich, weil Moe einfach die besten Croissants und den leckersten Kaffee der ganzen Stadt hatte. Außerdem waren die Baristas bei Moe sehr nett und kannten bereits meinen Namen.

»Bis später«, rief ich in Richtung Wohnzimmer und erhielt als Antwort von Matt nur einen erstickten Laut. Offensichtlich hatte er den Mund erneut voller Popcorn. Ich grinste in mich hinein, schloss die Tür hinter mir und machte mich auf den Weg nach unten.

***

»Guten Morgen, Ethan!«, begrüßte mich Sara, die hinter dem Tresen stand und mich wie jeden Tag freundlich anlächelte.

»Hey, Sara. Wie geht's, wie kommt ihr mit der Renovierung voran?«

Ich erwiderte ihr Lächeln und trat näher an den Tresen heran.

»Das ist viel mehr Arbeit, als man am Anfang denkt«, antwortete sie und ich wusste genau, wovon sie sprach. Erst letztes Jahr hatte ich die Wohnung meiner Mutter renoviert und dachte daran, wie sehr mir danach nicht nur meine Arme, sondern auch mein Rücken wehgetan hatten.

»Wie war dein Lauf?« Sara wusste, dass ich im College für die Wettkampfmannschaft lief, und fragte mich beinahe jeden Morgen danach.

»Gut«, antwortete ich.

Heute hatte ich nicht viel Zeit für Smalltalk, deshalb deutete ich auf die Croissants, die mit dieser verdammt leckeren Pistaziencreme gefüllt waren und die es sonst nirgends gab. »Bitte zwei davon und ein Avocado Sandwich zum Mitnehmen. Und einen ...«,

»... großen Americano. Ich weiß«, unterbrach sie mich und grinste breit. Sie kannte mich seit fast einem Jahr und wusste mittlerweile ganz genau, was ich jeden Morgen bestellte.

Dankbar nickte ich und nahm die Croissants entgegen, die sie mir in einer Serviette über den Tresen hielt.

Mit drei Bissen verschlang ich das Erste und verdrückte das Zweite ebenso schnell. Endlich gab mein Magen Ruhe und ich spürte kurz darauf, wie der Zucker in meinem Blutkreislauf ankam und mein Energielevel wieder anstieg. Ich winkte ihr zum Abschied und machte mich auf den Weg zu meiner ersten Vorlesung.

Als ich hinaus auf die Straße trat, klingelte mein Telefon. Ich stellte meinen heißen Pappbecher mit dem Kaffee auf einem der Tische ab, die zum Café gehörten, und zog mein Handy aus der Hosentasche. Das Foto von mir und Ava blinkte auf.

»Hey«, begrüßte ich sie und ohne meinen Gruß zu erwidern, plapperte sie aufgeregt darauf los.

»Amanda hat schon wieder mein Make-up aufgebraucht! Irgendwann reiße ich ihr noch den Kopf ab!« Sie schimpfte so laut, dass ich mein Handy ein Stück von meinem Ohr weghielt. Ich verdrehte die Augen und atmete tief ein. Für diese Art von Drama hatte ich keine Geduld und versuchte sie zu beruhigen.

»Aber das ist doch nicht so schlimm«, begann ich, wurde jedoch von ihrem Schnauben unterbrochen.

»Weißt du eigentlich, wie viel Geld das Make-up von *Kiss New York* kostet? Ein Vermögen!«

»Dann musst du es das nächste Mal vielleicht etwas besser verstecken?«

Ava prustete laut los.

»Wie bitte?! Ich soll mein eigenes Make-up in meiner WG verstecken? Niemals! Amanda hat es einfach nicht anzufassen und das werde ich ihr auch klarmachen, wenn sie nachher nach Hause kommt.«

Ihre Stimme überschlug sich beinahe und vibrierte in meinen Ohren. Kurz schloss ich die Augen und nahm einen Schluck von meinem Kaffee. Ich hatte zwei Löffel Zucker hineingetan und genoss den süßen Geschmack auf meiner Zunge. Dann sah ich auf meine Uhr und erschrak, weil ich nun doch zu spät dran war.

»Ava, es tut mir wirklich leid, was Amanda mit deinem Make-up gemacht hat, aber ich muss los. Sehen wir uns später in der Mensa?«

»Natürlich. Bis später«, sagte sie und wir legten auf.

3

Chloé

Drei Tage später

»Bist du schon wach, Schatz?« Die tiefe, ruhige Stimme meines Dads weckte mich sanft und ich öffnete die Augen.

Langsam drehte ich mich zu ihm herum. Bei seinem Anblick erinnerte ich mich daran, wie er mich am Tag meines Umzugs nach New York geweckt hatte. Ich war an diesem Morgen verdammt aufgeregt und gleichzeitig unendlich traurig gewesen, denn ich hatte ein großes Opfer für meinen Traum gebracht, das mir bis heute leidtat.

Und nun weckte Dad mich den dritten Morgen in Folge und schenkte mir ein liebevolles Lächeln. Ganz so, als würden keine drei Jahre zwischen diesen beiden Tagen liegen.

»Wie geht's dir? Hast du gut geschlafen?«

Ich nickte, zuckte aber gleichzeitig mit den Schultern und setzte mich auf. Dad ließ sich neben mir auf meiner Matratze nieder und zog mich in eine Umarmung.

»Mach dich damit nicht verrückt, Chloé. Etwas nicht gleich beim ersten Mal zu schaffen, kann jedem passieren und ist überhaupt nicht schlimm.«

Ich konnte den kräftigen Herzschlag in seiner Brust hören und atmete tief ein. Erneut hatte ich die halbe Nacht wach gelegen und mir überlegt, wie es weitergehen sollte. Und irgendwann, zwischen drei oder vier Uhr, hatte mich der Schlaf endlich eingeholt und für Ruhe in meinem überreizten Kopf gesorgt. Mir war klar geworden, dass ich mich von meinem eigenen Versagen ablenken musste, sonst würde es mich noch völlig verrückt machen.

»Es tut mir aber so leid, dass ich euch das alles angetan habe.«

Dad hob eine Augenbraue, hielt mich ein Stück von sich entfernt und blickte mir fest in die Augen. »Aber warum denn, mein Schatz? Du hast uns damit überhaupt nichts angetan, im Gegenteil. Wir sind trotzdem stolz auf dich und wir wissen, wie sehr du dich angestrengt hast. Aber wir glauben mittlerweile, dass es vielleicht sogar besser so ist ... Für dich. Das Studium war offenbar zu viel für dich und wir sind auch ein wenig froh darüber, dich endlich wieder bei uns zu haben«, sagte er und ich verstand genau, wie er es meinte.

Ich erwiderte nichts darauf und kuschelte mich erneut an ihn.

Jetzt wieder bei meinen Eltern einzuziehen, fühlte sich auf der einen Seite wunderbar an, doch auf der anderen Seite wusste ich, dass ich das nicht mehr konnte. Heute Nacht war ich zu dem Entschluss gekommen, mir eine eigene Wohnung zu nehmen. Aber ich wusste nicht, wie ich das meinen Eltern und Stella klarmachen konnte, ohne sie damit zu verletzen.

Doch ich musste es ansprechen, am besten sofort.

»Du, Dad ...«, begann ich und schluckte hörbar.

»Ja?«

»Wie wäre es für euch, wenn ich mir eine eigene Wohnung suchen würde? Wärt ihr sauer auf mich? Oder enttäuscht?«

Mein Puls beschleunigte sich und ich hielt die Luft an. Das Letzte, was ich wollte, war, meine Familie erneut zu enttäuschen, doch ich war keine siebzehn mehr und fühlte mich in meinem alten Kinderzimmer klein und unfähig. Unfähig, allein klarzukommen, und genau da lag das Problem. Ich wollte allein zurechtkommen und mir selbst beweisen, dass ich mein Leben wieder in die Hand nehmen konnte.

Zum Glück verzogen sich Dads Lippen zu einem stolzen Lächeln und ich atmete erleichtert aus.

»Natürlich ist das für uns in Ordnung. Wir verstehen, dass du deine Freiheiten brauchst, und wir helfen dir gern dabei, eine passende Wohnung zu finden. Aber du bleibst doch sicher in der Nähe, oder?«

Ich nickte.

»Danke! Ihr seid die besten Eltern auf der ganzen Welt«, sagte ich, woraufhin Dad mich fest an sich zog und mir einen Kuss auf die Stirn drückte.

Einen wunderbaren Moment lang genoss ich es, von meinem Vater festgehalten zu werden. Seine Umarmung gab mir Halt und Kraft.

»Und ...«, begann er und rückte ein Stück von mir ab, um mich besser ansehen zu können. »Weißt du denn schon, was du jetzt machen willst?«

Ich schüttelte den Kopf. »Nicht wirklich«, gab ich zu und ließ die Schultern hängen. Ich kannte mich viel zu gut und wusste, dass ich schnell etwas Neues für mich finden musste, damit ich beschäftigt war und nach vorn blicken konnte. Außerdem quälten mich die Langeweile und das Gefühl, nutzlos zu sein, mehr als alles andere.

»Möchtest du irgendwo arbeiten gehen? Oder noch einmal aufs College?«, fragte Dad und ich erstarrte. Ein neues Studium? Jetzt sofort?

Ich wusste nicht, was ich antworten sollte, denn der Gedanke gefiel mir, obwohl er mich gleichzeitig abschreckte.

»Also wenn ich eine eigene Wohnung habe, werde ich auf jeden Fall arbeiten gehen. Ich möchte nicht, dass ihr meine Miete bezahlt. Das will ich selbst schaffen.«

Dad wollte protestieren, doch ich ließ ihn nicht zu Wort kommen, weil ich ahnte, was er mir vorschlagen wollte. Durch das Stipendium an der Juilliard hatten er und Mum meinen Collegefonds nicht anrühren müssen und das Geld, das sie jahrelang für mich auf das Konto eingezahlt hatten, lag dort und wartete darauf, ausgegeben zu werden. Ich hatte ihnen immer wieder gesagt, dass sie es für sich ausgeben sollten, doch sie hatten sich geweigert und mir versichert, dass das Geld mir gehörte und ich damit tun und lassen konnte, was ich wollte.

»Vielleicht schaue ich mich später nach einem neuen Studium um«, sagte ich leise und freute mich, als sich Dads Miene augenblicklich aufhellte.

Bei dem Gedanken daran, noch einmal zu studieren, klopfte mein Herz wie wild in meiner Brust und ein unbeschreibliches Glücksgefühl breitete sich in mir aus. Dabei hatte ich das mit dem Studium nicht gesagt, um ihn und meine Mum zu beruhigen, denn dann würde ich sie und auch mich selbst belügen.

Nein, ich hatte in den letzten Tagen tatsächlich überlegt, ob es nicht sinnvoll wäre, einen Neuanfang zu wagen, und allein bei dem Gedanken war ein Funken Hoffnung in mir aufgestiegen. Hoffnung, dass ich doch keine Versagerin und ein zweiter Anfang keine Schande war.

»Das Studium bezahlen wir aber aus dem Fonds und auch für die ersten Mieten kannst du es nehmen«, sagte er und an seiner Stimme erkannte ich, dass er keinen Widerspruch gelten lassen würde. Schließlich war der Fonds für mich eingerichtet worden. Deshalb nickte ich und ein kleines Lächeln breitete sich auf meinen Lippen aus.

»Dann mach dich fertig und komm zu uns in die Küche. Deine Mum macht gerade frische Waffeln mit Erdbeeren und wenn wir gefrühstückt haben, suchen wir zusammen nach einer Wohnung für dich.«

Bei seinen Worten fühlte ich das erste Mal seit Tagen etwas anderes als grenzenlose Traurigkeit und Wut über mich selbst.

»Okay, so machen wir das. Ich kann mir auch eine WG suchen, dann muss ich nicht alles allein bezahlen.«

»Oder du ziehst mit Stella zusammen in eine Wohnung und wir zahlen die Hälfte der Miete.«

Ungläubig starrte ich ihn an. Ich liebte Stella über alles und hatte sie in den letzten Jahren wirklich sehr vermisst, aber mit ihr allein zusammenwohnen? Das konnte ich mir beim besten Willen nicht vorstellen.

»Das könnt ihr vergessen. Sie ist erst sechzehn«, sagte ich grinsend und auch mein Dad lächelte mich schief an. Er wusste genau, wie ich es meinte, stand langsam auf und verließ mein Zimmer.

***

»Und du willst wirklich ausziehen? Obwohl du gerade erst gekommen bist?« Stella sah mich fragend an, während sie die Tasche für ihr Schwimmtraining packte. Sie schwamm wie ein Fisch im Wasser und das schon, seit sie vier Jahre alt war. In der Highschool hatten sie ihr Talent sofort erkannt und sie vom ersten Tag an in die Schulmannschaft aufgenommen.

»Ja.«

Es tat mir leid, sie wieder mit Mum und Dad allein zu lassen, doch ich hatte ihr erklärt, warum ich das wollte. Sie hatte großes Verständnis gezeigt, wofür ich ihr unendlich dankbar war. Auch sie hatte sich in den letzten drei Jahren sehr verändert. Sie war nicht mehr das zickige pubertierende Mädchen, das sie bei meinem Umzug nach New York gewesen war.

Stella schloss den Reißverschluss ihrer Trainingstasche und ließ sie zu Boden sinken. Dann kam sie zu mir herüber, setzte sich und gemeinsam suchten wir nach passenden Wohnungen für mich. Doch in der Nähe meiner Eltern gab es nichts in meiner Preisklasse. Als ich die Suche schon aufgeben wollte, zeigte Stella plötzlich mit ihrem Finger auf das Display meines Laptops.

»Stopp, sieh mal da! Was ist das? Der Preis ist perfekt.«

Ich klickte auf die Anzeige und wir überflogen den Text. Sofort schlug mein Herz schneller.

»Das ist eine WG und sie ist nicht sehr weit entfernt!«, sagte ich und strahlte meine kleine Schwester an.

»Sie ist aber auch nicht gerade um die Ecke«, erwiderte Stella und ich hörte die Enttäuschung in ihrer Stimme.

»Stimmt ...« Ich wollte die Anzeige gerade wieder schließen, doch sie hielt mich davon ab.

»So war das nicht gemeint, Chloé. Lass uns dort mal anrufen und sehen, was dahintersteckt. Vielleicht ist es ja genau das Richtige für dich und ob es nun zehn oder zwanzig Minuten von hier entfernt ist, macht am Ende auch keinen großen Unterschied«, sagte sie und ich wunderte mich erneut über ihre Vernunft.

»Stimmt«, antwortete ich und scrollte ein zweites Mal durch den Anzeigentext. Ganz am Ende fanden wir endlich die Kontaktdaten.

»Madison Silver.« Ich las den Namen der Vermieterin laut vor und notierte ihn und ihre Telefonnummer.

»Ruf sofort an!« Stella war aufgeregt und sah mich auffordernd an. Ich nickte, nahm mein Handy in die Hand und wählte die Nummer.

Nach nur zwei Mal klingeln ging sie ran.

»Hallo?«

»Hallo, Madison. Ich heiße Chloé Bernard und habe deine Anzeige für das Zimmer im Internet gefunden. Ist es noch zu haben?«

»Ja, du hast Glück. Es ist noch frei.«

»Das ist ja super! Kann ich es mir ansehen?«

»Ich würde mich vorher gern mit dir treffen und dich ein wenig kennenlernen, nur um zu sehen, ob die Chemie zwischen uns stimmt. Ich hoffe, das ist okay für dich.«

»Oh, ja, natürlich. Das ist eine gute Idee.«

»Wie sieht's morgen früh um halb neun bei dir aus? Hast du Zeit?«

»Halb neun ist perfekt. Wohin soll ich kommen?«

»Ich schicke dir gleich die Adresse von einem Café, da können wir uns treffen.«

»Perfekt. Dann bis morgen, Madison.«

»Bis morgen, Chloé.«

Wir beendeten das Gespräch und eine Sekunde später fiel mir Stella um den Hals.

»Kann ich mitkommen?«

Ich schüttelte den Kopf. »Morgen lerne ich Madison erst mal kennen und wenn alles passt, dann sehen wir weiter. Aber zur Besichtigung kannst du später auf jeden Fall mitkommen.«

»Danke, das ist so aufregend!«

Als ich meinen Laptop zuklappte, vibrierte mein Handy. Madison hatte mir die Adresse geschickt und dazu ein Selfie von sich, damit ich wusste, wie sie aussah. Ich tat dasselbe und ging anschließend zu meinem Bett hinüber. Stella folgte mir und ließ sich neben mir auf die Matratze fallen.

Ohne zu wissen warum, tauchte die Erinnerung an meine frühere Freundin Holly in meinem Kopf auf. Sie hatte den Kontakt zu mir irgendwann in meinem ersten Jahr in New York abgebrochen, weil sie der Meinung gewesen war, dass ich mich viel zu selten bei ihr gemeldet hatte. Und damit hatte Holly leider völlig recht gehabt. Mein schlechtes Gewissen meldete sich mit voller Wucht zurück, doch meine Neugier überwog.

»Sag mal, Stella ... weißt du eigentlich, was aus Holly geworden ist? Hast du sie mal gesehen?«

»Ähm, ja. Sie ist ziemlich erfolgreich«, sagte sie leise, woraufhin mir der Mund aufklappte.

»Wie meinst du das? Erfolgreich? Etwa als Modedesignerin?«

»Ja.« Stella setzte sich auf, zog ihr Handy hervor und tippte ein paar Mal auf dem Display herum. Dann reichte sie es mir.

»Erst vor ein paar Monaten hat sie eine wunderschöne Kollektion mit atemberaubenden Hochzeitskleidern herausgebracht. Durch eine groß angelegte Crowdfunding-Kampagne im Internet hat sie so viel Geld eingenommen, dass sie die Produktion und die Werbung davon bezahlen konnte.«

Ich sah auf das Display und konnte es nicht glauben. Meine Freundin aus der Highschool hatte es tatsächlich geschafft und ihren großen Traum wahr gemacht.

Ich sah mir die Bilder an und blinzelte. Die Kleider waren einzigartig. Alle. Eines schöner als das andere. Ich war stolz auf sie und gleichzeitig stieg Neid in mir auf.

Vor allem jetzt, nachdem ich nicht einmal an ein Klavier denken konnte, ohne in Panik zu geraten. Meine Familie wusste noch nichts von meiner Angst, Klavier zu spielen, und ich wollte sie damit auch nicht belasten. Nur Layla wusste davon und die war nun unendlich viele Meilen von mir entfernt. Es reichte schon, wenn die Angst mich hin und wieder lähmte und mit eiserner Hand kontrollierte. Mum, Dad und Stella wollte ich das alles ersparen.

Ich gab ihr das Handy zurück und biss mir auf die Innenseite meiner Wange. In mir brannte eine zweite Frage und ich sah sie unsicher an. Für einen Moment sagte keine von uns beiden mehr etwas.

»Hast du ihn ...?«

»Gesehen?«, beendete Stella meine Frage.

Ein Kloß bildete sich in meinem Hals, doch ich nickte.

»Seit deinem Umzug nur einmal. Das war vor ein paar Monaten, da ist er an mir vorbei gejoggt. Er hat mich nicht gesehen.«

»Okay …«, murmelte ich und zuckte mit den Schultern. Ich tat so, als würde mich das kalt lassen, doch das stimmte es nicht. Im Gegenteil. Sofort machte sich mein schlechtes Gewissen erneut in mir breit und schrie mich förmlich an. Denn ich hatte ihm damals das Herz gebrochen, um meinem Traum vom Klavierspielen hinterherzujagen.

4

Ethan

»Ethan! Lass uns auch noch was von den Chips übrig!«, rief Lionel, der es sich auf dem Sessel gemütlich gemacht und seine Pizza aufgegessen hatte. Zu viert saßen wir im Wohnzimmer unserer WG und sahen uns gemeinsam ein Footballspiel an.

Hier in Kanada war Football zwar weniger populär als in den USA, doch das bedeutete nicht, dass die kanadischen Männer weniger darauf standen als andere. Ich jedenfalls liebte dieses Spiel und drückte meiner Lieblingsmannschaft, den Seattle Seahawks, die Daumen und hoffte, dass sie gegen die Minnesota Vikings gewannen. Schon seit ich mit meiner Mum nach Vancouver gezogen war, waren die Seattle Seahawks meine Favoriten und ich wusste selbst nicht mehr so genau, warum das überhaupt so war. Womöglich lag es daran, dass Seattle nur wenige Meilen von uns entfernt war und ich mich deshalb immer ein wenig mit ihnen verbunden gefühlt hatte.

Ich griff noch einmal in die Chipstüte und reichte sie anschließend an Lionel weiter.

Er und Rick kamen regelmäßig zu uns und mittlerweile waren sie mit Matt genauso gut befreundet wie mit mir.

Mein Handy vibrierte und kündigte eine Nachricht an. Ich ahnte, wer mir geschrieben hatte, und versuchte es zu ignorieren.

Ava hatte mir in den letzten Tagen immer wieder von ihrem Streit mit ihrer Mitbewohnerin Amanda erzählt und ich wollte einfach nichts mehr davon hören. Es ging die ganze Zeit darum, dass Amanda viel zu lange im Badezimmer brauchte, wenn sie sich morgens für die Vorlesungen fertig machte. Ava hatte mich deshalb dazu überredet, mit ihr einen Schminktisch zu kaufen und ihn anschließend in ihrem Schlafzimmer aufzubauen, damit sie sich auch ohne den Spiegel im Badezimmer fertig machen konnte.

Meiner Meinung nach hätte es ein einfacher Wandspiegel auch getan, doch als Ava meinen Vorschlag gehört hatte, hatte sie mich fassungslos angestarrt. Sie hatte darauf bestanden, dass sie sich am besten schminken konnte, wenn sie einen gut ausgeleuchteten Spiegel und einen Tisch für ihr Make-up hatte, auf dem sie alles liegen lassen konnte, ohne dass Amanda sich erneut daran bediente.

»Ich schließe mein Zimmer ab heute immer ab, bevor ich die Wohnung verlasse«, hatte sie mir vorhin am Telefon erzählt und ich hatte gehofft, dass sie und Amanda den Streit damit endlich beenden würden. Doch ich ahnte, dass Amanda schon wieder irgendetwas getan hatte, was sie stresste, und so ganz unrecht hatte Ava natürlich nicht, wenn sie davon genervt war, dass ihre Mitbewohnerin sich einfach an ihrem Zeug bediente und sich dafür nicht einmal entschuldigte.

Mein Handy vibrierte erneut und dann noch einmal. Es hörte überhaupt nicht mehr auf. Mit einem Seufzen verdrehte ich die Augen und zog es aus meiner Hosentasche.

Zu meiner Verwunderung blinkte Avas Nummer auf und erst jetzt verstand ich, dass sie mir keine Textnachricht geschickt hatte, sondern mich gerade anrief.

Ich überlegte, ob ich das Gespräch wirklich annehmen sollte, wo ich doch gerade mit meinen Jungs hier saß und wir uns gemeinsam das Spiel ansahen.

»Was ist los?« Matt, der neben mir auf der Couch saß, deutete auf mein Telefon, das immer noch in meiner Hand vibrierte. Ich zeigte ihm das Display und er grinste. Matt und Ava verstanden sich sehr gut und sobald sie in einem Raum waren, unterhielten sie sich ohne Umschweife über die Professoren und Dozenten an unserem College. Es war, als würden sie sich schon ewig kennen und ich war froh darüber, dass sich mein bester Freund und meine Freundin so gut verstanden.

Ava war eine tolle Frau, doch ich spürte nicht die gleiche Aufregung und Vorfreude, die ich empfunden hatte, als Chloé noch eine Rolle in meinem Leben gespielt hatte. Irgendwann hatte ich es allerdings aufgegeben, nach einer Frau zu suchen, bei der ich dasselbe Kribbeln und Herzklopfen verspürte, weil es offensichtlich keine Frau auf der Welt gab, die dieselben Gefühle in mir auslösen konnte. Ich hatte akzeptiert, Beziehungen zu führen, die mir nicht auf dieselbe Weise unter die Haut gingen und genauso war es mit Ava.

»Ich schreibe ihr eine Nachricht und rufe sie später zurück«, sagte ich, woraufhin Matt nickte und Lionel mir einen dankbaren Blick zuwarf, während Rick überhaupt nichts dazu sagte.

Lionel mochte Ava zwar ebenfalls, doch unsere gemeinsamen Footballabende waren ihm heilig und er liebte es, sie ohne Unterbrechungen mit uns zu genießen.

»Danke«, sagte er knapp und wandte sich anschließend wieder dem Fernseher zu.

Im selben Moment tauchte Chloé vor meinem inneren Auge auf und ich spürte, wie meine Mundwinkel hinabsanken. Ich erinnerte mich an die unzähligen Abende mit ihr und ihrem Dad, an denen wir drei zusammen im Wohnzimmer ihrer Eltern gesessen und die Seattle Seahawks angefeuert hatten.

Chloé hatte damals, als wir uns kennengelernt hatten, nichts mit Football anfangen können. Doch weil sie und ich jede freie

Minute miteinander verbracht hatten, hatte sie sich irgendwann für meine Leidenschaft interessiert und sich von da an jedes Spiel mit mir angesehen. Nach kurzer Zeit war sie davon genauso begeistert gewesen wie ich und im selben Jahr hatten ihr Dad und ihre Mum uns beiden je ein Trikot der Mannschaft zu Weihnachten geschenkt. Damals hatten wir kein einziges Spiel verpasst.

Ich ärgerte mich darüber, dass sie mir heute schon wieder so oft im Kopf herumgeschwirrt war, wo es mittlerweile schon so lange her war, dass sie mich verlassen hatte.

***

Am nächsten Morgen

Nachdem ich Max, den energiegeladenen Mischling mit dem weißen langen Fell und den schwarzen Flecken, zu meiner ehemaligen Nachbarin Mrs. Morrison zurückgebracht hatte, war ich nach Hause gelaufen, um zu duschen. Ich kannte Mrs. Morrison schon, seit ich mit Mum damals nach Vancouver gezogen war, und nahm ihren Hund immer wieder zu meinen morgendlichen Laufrunden mit. Er freute sich jedes Mal wie verrückt, wenn ich klingelte, um ihn abzuholen, weil er es genauso wie ich liebte, zu laufen.

Nach dem Duschen zog ich mir frische Sachen an und griff nach meinem Handy. Gestern Abend hatte ich Ava wie versprochen noch angerufen, doch sie war nicht rangegangen und hatte offenbar schon geschlafen. Ich checkte mein Handy und sah, dass ich zwei verpasste Anrufe und elf neue Nachrichten von ihr erhalten hatte.

Ava: Warum zum Teufel gehst du nicht ran?

Ich las die nächste und alle weiteren Nachrichten, die sie mir heute früh geschickt hatte. Wie vermutet, schimpfte sie darin tatsächlich über Amanda, doch am Ende immer mehr über mich. In der letzten Nachricht klang sie wirklich wütend und enttäuscht und es tat mir leid, dass ich mein Handy nicht schon vor meinem morgendlichen Lauf gecheckt hatte.

Am liebsten hätte ich ein paar Meilen dran gehängt, doch meine Vorlesungen begannen immer um neun, weshalb ich nicht mehr als fünf Meilen am Morgen laufen konnte, ohne zu spät zu kommen.

Meine Noten waren mir wichtig, deshalb verpasste ich keine einzige Vorlesung und hatte auch nicht vor, etwas daran zu ändern.

Ich sah erneut auf mein Handy und tippte auf Antworten.

Ethan: Sorry, es ist gestern superspät geworden und ich habe versucht, dich zu erreichen. Lass dich von Amanda nicht stressen und schließ dein Zimmer ab, wenn du dich damit besser fühlst. Egal, was sie dazu sagt.

Ich hoffte, Ava würde mir verzeihen, und ich nahm mir vor, ihr das nächste Mal vorher Bescheid zu geben, wenn wir unsere Footballabende hatten, damit sie wusste, dass ich dann nicht erreichbar war. Ich sah auf die Uhr und atmete erleichtert aus. Heute war ich nicht spät dran und würde mein Frühstück in Moe's Café ausnahmsweise mal in Ruhe essen können.

5

Chloé

Nervös sah ich auf meine Uhr und fixierte den Sekundenzeiger, der sich wie in Zeitlupe Schritt für Schritt weiterbewegte. Seit zehn Minuten saß ich nun schon hier in dem Café und wurde immer aufgeregter. Ich wusste, wie Madison aussah, und hielt nach einer jungen Frau mit blonden Locken Ausschau. Erneut ging die Tür auf und mein Herz hüpfte vor Aufregung, als sie hereinkam.

Sie sah sich kurz um und ich hob meinen Arm, um ihr ein Zeichen zu geben. Sofort lächelte sie und kam herüber. Ich stand auf und als sie bei mir angekommen war, streckte ich ihr zur Begrüßung die Hand hin.

»Hey, Madison. Schön, dass du da bist.«

»Ich freue mich, dich kennenzulernen, Chloé.« Sie war etwa so groß wie ich und trug einen weiten Hoodie und eine Jeans mit großen Löchern an ihren Knien, die im Moment wieder voll im Trend waren.

»Ich freue mich auch.«

»Hast du schon etwas bestellt?«

Ich schüttelte den Kopf. »Nein, ich wollte auf dich warten.«

Madisons Lächeln wurde breiter.

»Das ist aber lieb von dir. Ich habe um neun meine erste Vorlesung und bin schon halb verhungert. Wollen wir uns erst mal etwas zum Frühstück holen?«

Sie deutete auf den Tresen und sah mich fragend an.

»Na klar.«

Gemeinsam gingen wir hinüber und Madison nahm einen Espresso und ein Truthahn Sandwich. Ich hingegen war mir nicht sicher, was ich essen wollte, als mein Blick auf die großen Croissants in der Glasvitrine fiel. Sie sahen fantastisch aus.

»Womit sind sie gefüllt?«, fragte ich und deutete auf die Croissants.

»Mit einer Pistaziencreme.«

»Das hört sich lecker an. Dann hätte ich gern eins.«

Mit einer Zange nahm die Barista eins heraus, legte es auf einen Teller und reichte ihn mir. Es duftete einfach himmlisch und ich hielt es nicht länger aus, nahm das Gebäck und biss sofort hinein.

Oh. Mein. Gott! Das schmeckte unglaublich. Ich biss ein zweites Mal ab und schloss die Augen. Der Teig war luftig und leicht und überhaupt nicht trocken. Die Pistaziencreme steckte voller süßer Aromen und schmolz förmlich auf meiner Zunge.

Wir setzten uns zurück an den Tisch und nachdem Madison einen großen Bissen von ihrem Sandwich gegessen hatte, wandte sie sich mir erneut zu.

»Du suchst also ein Zimmer?«

»Genau. Zuerst habe ich nach einer kleinen Wohnung gesucht, aber das war schwieriger als erwartet.«

Madison trank einen Schluck von ihrem Kaffee und nickte. »Ich habe auch lange gesucht und den Mietvertrag erst vor zwei Wochen unterschrieben.«

»Du meinst, du bist selbst erst vor kurzem eingezogen?«

»Ja, genau.«

»Bist du von hier?«, fragte ich.

»Ja, ich bin in Vancouver aufgewachsen, aber ich war ein Jahr lang in Australien und bin erst vor ein paar Wochen zurückgekehrt«, erklärte sie, woraufhin ich aufhörte, zu kauen.

»Australien? Was hast du da gemacht?«

»Ich habe zwei Auslandssemester Meeresbiologie an der James Cook University im Nordosten Australiens studiert.«

Bei ihren Worten stellte ich mir eine Universität direkt an einem hellen, warmen Strand vor.

»Das hört sich traumhaft an«, sagte ich und ihr Lächeln wurde breiter.

»Das war es auch. Wenn ich könnte, wäre ich dortgeblieben.«

In ihrem Blick erkannte ich, dass sie es ernst meinte.

»Ich wollte immer Meeresbiologin werden. Die australischen Korallenriffe sind atemberaubend und so einzigartig.«

Madisons Augen funkelten, während sie sprach, und ich stellte mir augenblicklich lange Strände und eine farbenprächtige Unterwasserwelt vor.

»Und du willst dein Studium hier beenden?«

»Genau. Ich habe noch drei Semester vor mir und werde versuchen, für meine Abschlussarbeit wieder nach Australien zu fliegen und dann dortzubleiben«, sagte sie und mir klappte der Mund auf.

»Du meinst, du willst wirklich auswandern?«

»Ja. Mich hält hier nichts.« Sie biss erneut in ihr Sandwich und für einen kurzen Moment verschwand ihr Lächeln und eine unsichtbare Schwere lag auf ihr. Sie wirkte mit einem Mal betrübt und ich beschloss, das Thema nicht mehr anzusprechen, weil es sie offensichtlich bedrückte.

»Ich war auch lange weg«, sagte ich und sofort kehrte ihr Lächeln zurück auf ihre Lippen, wenn auch nicht so breit wie zuvor.

»Ach, echt? Wo warst du denn?«

»In New York.« Ich kaute auf meiner Lippe herum und wich Madisons Blick aus. Doch ich beschloss, kein Geheimnis daraus zu machen, und wollte von Anfang an ehrlich mit ihr sein. Verlieren konnte ich schließlich nichts mehr. Das hatte ich bereits hinter mir.

»New York? Das klingt aufregend! Was hast du dort gemacht?«, fragte sie und ich erzählte ihr so kurz und knapp ich konnte von meinem dreijährigen Studium an der Juilliard und dessen abruptem Ende.

»Du hast dein Stipendium verloren?« Mitleid schwang in ihrer Stimme mit und es versetzte mir einen Stich. Ich wollte nicht bemitleidet werden, weil ich mir dabei klein und erbärmlich vorkam. Außerdem hatte ich mir vorgenommen, nach vorn zu sehen und das, was passiert war, hinter mir zu lassen.

»Ja, das habe ich. Aber jetzt bin ich hier und möchte einen Neuanfang wagen«, sagte ich und meine Stimme klang dabei heller als sonst. Sie piepste beinahe und ich erkannte mich selbst nicht wieder. Warum war ich so aufgeregt?

»Das finde ich super, dass du dich nicht unterkriegen lässt und nach vorn schaust. Genau so sollte man mit Niederlagen umgehen. Man darf nicht zulassen, dass sie einen runterziehen, sondern versuchen, trotzdem in allem das Positive zu sehen. Wer weiß, vielleicht findest du ja jetzt einen viel besseren Weg. Einen neuen und aufregenden, der zu dir passt und dich dabei nicht fix und fertig macht. So ein Weg kann irgendwie nicht der richtige sein.«

Ihre Worte beeindruckten mich, weil ich nicht erwartet hatte, dass eine junge Frau wie sie so weise klingen konnte.

Wie alt Madison wohl war? Ob ich sie einfach mal fragen sollte? Doch im selben Moment verwarf ich die Idee wieder, weil es eigentlich völlig egal war. Hauptsache sie und ich passten zusammen und würden uns gut verstehen. Und daran zweifelte ich nach ihrer Aussage kein bisschen. Sie hatte genau die richtigen Worte für mich gefunden.

»Von dieser Seite habe ich das bisher noch gar nicht betrachtet.« Sie hatte recht. Sie hatte verdammt noch mal recht. Jedes Ende war automatisch der Beginn von etwas Neuem und je schneller ich das akzeptierte und mich für das Neue und Unerwartete öffnete, desto schneller würde ich mich vermutlich davon erholen können.

»Hast du heute Nachmittag noch mal Zeit?«, fragte sie und riss mich mit ihrer Frage aus meinen Gedanken.

»Ja, klar.«

Sie strahlte mich an. »Super! Ich glaube, das mit uns beiden könnte klappen. Ich finde dich sehr sympathisch und wenn du magst, zeige ich dir nach meinen Vorlesungen die Wohnung.«

Mein Herz klopfte plötzlich wie wild in meiner Brust.

»Wirklich?! Oh, das freut mich! Ich finde dich auch sehr nett und … Ja, dann treffen wir uns nachher noch mal und du zeigst mir deine Wohnung«, sagte ich und trank den letzten Schluck meines Kaffees aus.

»So machen wir das!« Madison warf einen Blick auf ihre Smartwatch. In letzter Zeit sah ich immer mehr junge Leute so ein Ding tragen und schielte unsicher auf meine analoge Armbanduhr, die Mum mir vor zwei Jahren geschenkt hatte.

»Dann um drei vor meiner Haustür? Ich schicke dir die Adresse.«

»Ja, super! Ich freue mich«, antwortete ich und konnte es kaum glauben, dass ich meinem Ziel, bei meinen Eltern auszuziehen, heute tatsächlich einen großen Schritt nähergekommen war.

Madison stand auf und verabschiedete sich von mir. Ich aß den letzten Bissen meines Croissants auf und machte mich dann ebenfalls auf den Weg nach Hause. Bis zum Nachmittag war noch viel Zeit und die konnte ich gut nutzen, um meine Sachen weiter zu sortieren.

***

Ich verließ das Café und bog an der Ecke rechts auf die Hauptstraße ab. Hier wimmelte es nur so von Menschen. Mein Handy vibrierte und ich las die Nachricht von Madison, die mir wie versprochen ihre Adresse geschickt hatte. Sofort gab ich die Adresse in die Suchmaschine meines Handys ein. Ihre Wohnung war nicht sehr weit von hier entfernt. Die Neugierde packte mich und ich beschloss, mir die Gegend und das Haus schon einmal anzusehen.

Ich überquerte die nächste Straße und sah anschließend wieder auf mein Handy, das mir live die Route anzeigte. Nach ein paar Minuten kam ich mir fast wie ein Tourist vor und blieb stehen.

Der Weg war leicht zu merken, also schloss ich die App wieder und steckte mein Handy zurück in meinen Rucksack.

Ich ging ein paar Schritte weiter und musste links abbiegen. Der Wind wehte mir auf einmal von der Seite ins Gesicht und meine langen Haare hingen mir vor den Augen.

Vorsichtig schob ich sie zur Seite, um mir nicht, wie das letzte Mal, selbst ins Auge zu piksen. Als ich wieder etwas sehen konnte, blieb ich erschrocken stehen und japste nach Luft.

Mein Herz schlug mir bis zum Hals, meine Gedanken wirbelten wie ein Sturm in meinem Kopf umher und ich vergaß, zu atmen. Mein ganzer Körper kribbelte und ich glaubte zu spüren, wie sich die Luft um mich herum elektrisch auflud.

Vor mir stand plötzlich Ethan und starrte mich mit weit aufgerissenen Augen an.

Die Sekunden fühlten sich wie eine Ewigkeit an und keiner von uns beiden sagte etwas oder zuckte auch nur mit einer Wimper. Er fixierte mich und biss die Zähne so fest aufeinander, dass seine Kiefermuskeln hervortraten. In seinem Gesichtsausdruck konnte ich eindeutig erkennen, dass er nicht besonders begeistert davon war, mich wiederzusehen. Ganz im Gegenteil.

Ich wusste nicht, was ich sagen sollte, und blinzelte unsicher. Ethan schien sich langsam wieder zu fassen, denn sein Blick wurde klarer und seine Augen begannen sich wie wild umzusehen.

Sollte ich etwas sagen? Und wenn ja, was? Wie geht's dir? Oder es tut mir leid, dass ich dich vor drei Jahren von einem auf den anderen Tag verlassen habe?

Es gab nichts, was ich hätte sagen können, ohne dass es völlig falsch rübergekommen wäre. Doch sein Anblick verwirrte mich mehr, als ich erwartet hatte. Er sah immer noch genauso aus wie damals, als ich mich von ihm verabschiedet hatte, und doch hatte er sich verändert.

Er trug eine locker sitzende Jeans und ein helles T-Shirt, das mir einen Blick auf seine definierten Arme bot. An seinem Handgelenk sah ich die gleiche Smartwatch wie bei Madison. Er war etwas breiter geworden. Kräftiger. Und sah noch männlicher aus als damals.

Ich schluckte und der süße Geschmack des Croissants, der bis eben noch auf meiner Zunge gelegen hatte, war etwas Bitterem gewichen, das ich nicht definieren konnte.

Ich fühlte mich schlecht und schuldig. Und das war ich auch. Trotzdem brannte ein Feuer in mir und der Drang, etwas Nettes zu ihm zu sagen, wurde mit jeder Sekunde größer. Langsam hob ich die Hand und ging einen kleinen Schritt auf ihn zu.

»Hi...« Meine Stimme klang dünn und viel zu hoch und ich konnte sehen, wie Ethan schluckte.

Sein Adamsapfel hüpfte auf und ab und er musterte mich erneut. Ich hoffte, er würde meine Begrüßung wenigstens erwidern, doch dann verfinsterte sich sein Blick und er kniff die Augen zusammen. Er straffte die Schultern und dann rauschte er, ohne ein Wort zu sagen, an mir vorbei.

Ich drehte mich zu ihm um und blickte ihm hinterher und mit jedem Schritt, den er sich von mir entfernte, wuchs das schlechte Gewissen in mir an und raubte mir die Luft zum Atmen.

Ich hatte alles kaputt gemacht.

Daran bist du ganz allein schuld, Chloé …

6

Ethan

Was zum Teufel ist hier eigentlich los? Warum ist Chloé wieder in der Stadt und nicht in ihrem verfluchten New York und spielt Klavier?

Ich versuchte, an etwas anderes zu denken, doch ich bekam ihren Anblick nicht mehr aus dem Kopf. Gehetzt lief ich weiter um die Ecke und sah mich um, als meine Smartwatch vibrierte. Auf dem kleinen Display erschien eine Nachricht von Lionel.

Lionel: Ich halte dir einen Platz frei, beeil dich!

Selbst wenn ich gewollt hätte, konnte ich in diesem Moment nicht auf seine Nachricht antworten und drückte sie weg, weil meine Gedanken nur noch um Chloé kreisten. Was war das nur für ein beschissener Morgen? Dabei hatte er doch so gut angefangen ...

Schwer atmend, lehnte ich mich an eine Hauswand und ließ meinen Kopf in den Nacken fallen. Das Hämmern in meiner Brust verebbte langsam, doch sofort tauchte ihr Gesicht wieder vor meinem inneren Auge auf.

Chloé hatte wunderschön ausgesehen, wie immer. Vielleicht war sie sogar noch schöner geworden, als ich sie in Erinnerung gehabt hatte, und ... Fuck! Was suchte sie nur hier?

Zwar hatte ich damit gerechnet, ihr irgendwann einmal über den Weg zu laufen, doch heute war ich nicht darauf vorbereitet gewesen. Schließlich hatten wir uns ganze drei Jahre nicht mehr gesehen.

Ich wollte die Gedanken an sie aus meinem Kopf verdrängen, doch dann sah ich sie erneut vor mir. Ihre strahlenden blaugrünen Augen, ihr ebenmäßiges, etwas blasses Gesicht, das von langen hellbraunen Haaren umrahmt war.

Sie hatte sich an ihrem Rucksack festgeklammert und ihn wie einen Schutzschild vor ihre Brust gehalten. Heute hatte sie mir direkt in die Augen gesehen. Ganz anders als damals, als sie mit mir Schluss gemacht und mein Herz in tausend Stücke gerissen hatte.

Ich ziehe heute nach New York … Mit diesem Satz hatte sie meine ganze Welt aus den Angeln gehoben. Dabei waren ihr die Worte kaum über die Lippen gekommen. Sie hatte sie beinahe tonlos geflüstert. Ihre Stimme dünn und erstickt.

Ich hatte immer gewusst, dass sie das Klavierspielen unendlich liebte, und auch, dass sie sich in New York an der Juilliard beworben hatte. Doch nie im Leben hätte ich damit gerechnet, dass sie mich deshalb verlassen würde.

Wir hätten doch eine Fernbeziehung führen können. So, wie Millionen anderer Menschen es taten.

Ich hätte sie niemals aufgegeben, mich nie von ihr getrennt … Aber sie hatte es getan. Hatte mich an dem Tag abgeschrieben, an dem sie die Zusage der Juilliard erhalten hatte.

Bei dem Gedanken an unsere letzte Begegnung schnürte sich meine Kehle zu. Wut, Enttäuschung und sogar Hass stiegen in mir auf. Ich war nie das Wichtigste in ihrem Leben gewesen, obwohl sie mir alles bedeutet hatte. Sie war meine Nummer Eins gewesen, mein Sonnenstrahl in der Dunkelheit, meine Luft zum Atmen und der Grund, warum ich mich auf jeden verdammten Tag meines Lebens gefreut hatte.

Aber das Klavierspielen war ihr wichtiger gewesen als ich und ich hatte mich nie so einsam und wertlos gefühlt, wie nach ihrem Umzug nach New York. Es hatte viel zu lange gedauert, bis ich über sie hinweggekommen war, bis es mir gelungen war, nicht mehr jede Minute an sie zu denken und mich wie der letzte Dreck zu fühlen.

Jetzt jedoch zweifelte ich daran, dass ich sie je hinter mir gelassen hatte. Denn wenn das so wäre, müsste sie mir dann nicht egal sein? Ich wollte diese Frage verdammt gern mit *Ja* beantworten, doch ich spürte genau, dass ich das nicht konnte. Wenn sie mir egal wäre, hätte ich keinen Grund gehabt, wie ein gejagter Fuchs zu flüchten. *Fuck* ...

***

Ich verließ den Hörsaal und folgte Lionel durch die große Doppeltür ins Freie, als mein Handy in meiner Hosentasche vibrierte. Es war Ava.

»Wo zum Teufel steckst du nur?« Ihre Stimme klang aufgebracht und fordernd. Ich schluckte hart. Nach all der Aufregung am frühen Morgen hatte ich sie völlig vergessen. Immer wieder tauchte Chloé in meinem Kopf auf und ich wurde die Erinnerung an den Moment, in dem sie plötzlich vor mir stand, nicht mehr los.

Ob sie bei ihren Eltern und Stella übernachtete? Den Kontakt zu ihrer Familie hatte ich nach ihrem Umzug abgebrochen, obwohl sie mir gesagt hatten, dass ich jederzeit weiterhin zu Besuch kommen konnte. Aber allein der Gedanke daran war unerträglich gewesen. Schließlich hatte Chloé mich wie ein paar ausgetretene Laufschuhe weggeworfen.

»Ethan?! Bist du noch dran?« Avas viel zu hohe Stimme drang in mein Ohr und ich erschrak.

»Wie bitte?! Was?« Ich stotterte und klang dabei völlig verwirrt.

»Was ist nur los mit dir? Hast du mir etwa nicht zugehört?!«

Ava schnaubte und war offenbar kurz davor, die Geduld zu verlieren.

»Ähm ... Sorry. Ich war gerade kurz abgelenkt, was hast du gesagt?«

Ich hoffte, sie würde es dabei belassen und einfach wiederholen, was sie eben gesagt hatte, doch das Gegenteil geschah. Sie wurde laut und als ihre Stimme immer höher und schriller wurde, hielt ich das Telefon ein Stück weiter von meinem Ohr entfernt. Ich wusste, wie sehr sie es hasste, wenn ich ihr nicht zuhörte, und ich konnte sie verstehen. Auch ich mochte es nicht, wenn mir jemand das Gefühl gab, unwichtig zu sein.

»Ava, bitte. Es tut mir leid. Kommt nicht wieder vor, versprochen ...« Ich hörte selbst, wie tonlos meine Stimme dabei klang, und presste die Zähne aufeinander.

Zu meinem Glück beruhigte sie sich endlich.

»Okay ... Also, ich hatte dir gerade davon erzählt, was Professor Adams ...«, begann sie, aber ich verlor erneut die Konzentration und ihre Stimme wurde immer leiser, bis ich sie schließlich überhaupt nicht mehr wahrnahm.

Anstatt Ava zuzuhören, scannte ich die Gesichter der Studentinnen um mich herum. Ich wollte nicht noch einmal von Chloés Anwesenheit überrascht werden, obwohl ich wusste, dass sie nicht auf das Mayhem College ging, sondern in der Juilliard in New York eingeschrieben war. Doch warum zum Teufel war sie dann hier?

In diesem Moment kam eine Gruppe junger Studentinnen aus der großen juristischen Fakultät. In der Mitte ging eine Frau mit dem gleichen hellbraunen Haar wie Chloé, das ihrem zum Verwechseln ähnlich sah. Ich war völlig fertig mit den Nerven und rieb mir die Augen. Das reichte jetzt!

Ich beschloss, dass es für heute genug damit war, an Chloé zu denken, und schüttelte den Kopf. Ich musste auf der Stelle wieder klarkommen. Zum Glück begann das Training gleich und würde endlich dafür sorgen, dass das Chaos in meinem Kopf verstummte. Die Gedanken an Chloé ertrug ich einfach nicht.

»Ethan?« Avas Stimme jagte mir einen unangenehmen Schauder über den Rücken. Jetzt war sie eindeutig empört und wütend und das vollkommen zu Recht. *Verfluchte Scheiße ...*

7

Chloé

»Willst du dein Klavier wirklich nicht mitnehmen?« Stella klappte die volle Umzugskiste zu und sah mich ungläubig an.

Allein der Gedanke an ein Klavier löste Übelkeit in mir aus. Sie stellte mir die Frage heute schon das fünfte Mal und jedes Mal schüttelte ich nur den Kopf.

»Nein, Stella ... wirklich nicht. Ich kann das nicht mehr«, antwortete ich und ahnte, dass es ein Fehler gewesen war, es laut auszusprechen.

»Wie meinst du das? Vermisst du es denn gar nicht?«

Mein Herz hämmerte in meiner Brust, weil mich die Antwort innerlich zerriss.

»Nein, ich vermisse es nicht und ich will es auch nicht mehr!«

Stella zuckte zusammen und sofort bereute ich, ihr in diesem Ton geantwortet zu haben.

»Entschuldige bitte«, sagte ich und war erleichtert, als Stellas Lächeln sich wieder auf ihre Lippen schlich.

Sie hob die Augenbrauen und sah mich erwartungsvoll an.

»Ich ... ich kann nicht mehr spielen. Meine Finger, sie ...«

Ich spürte einen dicken Kloß im Hals, während mein Puls immer schneller wurde. »Sie spielen nicht mehr das, was ich will. Ich vertue mich ständig, komme schnell aus dem Rhythmus und mache nur noch Fehler. Außerdem verschwimmen die Tasten immer wieder vor meinen Augen und ich bekomme Schweißausbrüche, wenn ich ein Klavier auch nur ansehe.«

Im selben Augenblick spürte ich genau das, wovon ich sprach. Mit beiden Händen fuhr ich mir durch die Haare und mied ihren Blick. Ich hörte, wie sie näher kam, und kurz darauf legte sie ihre Arme um mich.

Sie war die verständnisvollste und beste kleine Schwester auf der ganzen Welt und ich hasste mich dafür, dass ich sie eben noch so unfreundlich angefahren hatte. Dabei hatte sie es nur gut gemeint. Sie konnte ja nicht wissen, wie es sich anfühlte, ich zu sein.

»Es tut mir so leid …« Meine Stimme brach, woraufhin Stellas Umarmung noch fester wurde. Ich schlang meine Arme um sie und drückte sie an mich. Ihre Berührung tat mir gut. Sie lenkte mich von dem Kampf in meinem Inneren ab und gab mir das Gefühl, nicht im nächsten Moment auseinanderzufallen.

»Das muss es nicht, Chloé. Ich liebe dich trotzdem. Egal, ob du Klavier spielst oder nicht. Und ich bin froh, dass du wieder hier bist.«

Bei ihren Worten stiegen Tränen in mir auf. Ich nahm ihr Gesicht in meine Hände und küsste sie auf ihre duftenden Haare. Sie rochen genau wie meine und ich dankte meiner kleinen Schwester für diesen Moment, in dem ich mich ihr wieder so nah fühlte wie früher.

Langsam lösten wir uns voneinander und sahen uns stumm an. Für einen kurzen Moment sagte keine von uns beiden mehr ein Wort. Doch dann hielt ich es nicht länger aus. »Ich habe Ethan vor zwei Tagen gesehen.«

»Was?! Und das erzählst du mir erst jetzt?«

Sie starrte mich ungläubig an.

»Entschuldige, aber ich musste das erst mal verdauen.«

»Und? Was hat er gesagt? Was hast du gesagt? Hast du überhaupt etwas gesagt?«

»Ich habe nur ein kleines *Hi* rausbekommen, woraufhin er mich wütend angefunkelt hat und an mir vorbeigegangen ist.«

Ihr klappte der Mund auf. Fassungslos sah sie mich an.

»Ich habe es nicht anders verdient«, flüsterte ich und senkte den Kopf.

»Ach, Quatsch! Es ist drei Jahre her. Er sollte längst über dich hinweg sein«, sagte Stella und ich wünschte, es wäre so. Doch Ethan war immer wie ein offenes Buch für mich gewesen und in seinem Blick hatte ich nichts weiter als unendliche Wut gesehen.

»Vielleicht ist er das ja auch. Das hoffe ich jedenfalls. Aber er hasst mich, da bin ich sicher«, sagte ich und das schlechte Gewissen drohte, mich in diesem Moment erneut zu ersticken.

»Das wird schon wieder … Irgendwann wird es auch für ihn okay sein«, sagte sie und zog mich hinter sich her zu meinem Bett. Wir setzten uns und ich wünschte mir von ganzem Herzen, dass Stella recht hatte. Doch ich glaubte nicht daran, weil ich ihn kannte und wusste, wie viel ich ihm bedeutet hatte. Und obwohl er für mich genauso wichtig gewesen war, hatte ich ihn wegen meines Traums zurückgelassen und ihm dabei das Herz gebrochen.

Ohne es verhindern zu können, schossen Schnipsel der Vergangenheit durch meinen Kopf und plötzlich sah ich Ethan erneut vor mir.

Er trug das Trikot der Seattle Seahawks, genau wie ich. Das hatten wir uns damals irgendwann angewöhnt und seitdem waren wir immer im selben Outfit losgezogen, wenn Ethan laufen ging. Er war verschwitzt, seine Wangen von dem langen Lauf gerötet. Seine warmen braunen Augen strahlten vor Glück und ich wusste, dass dieser Moment, wenn er seinen morgendlichen fünf Meilen Lauf hinter sich gebracht hatte, immer ein ganz besonderer für ihn war. Damals begleitete ich ihn jeden Tag mit meinem Rad, fast immer war auch Max dabei. *Ob der süße aufgedrehte Hund noch am Leben war?*

Doch an diesem Morgen waren wir zwei allein, weil Ethans Nachbarin Mrs. Morisson mit ihm wegen einer Bindehautentzündung beim Tierarzt war.

Ich reichte Ethan die Wasserflasche, die ich immer im Korb an meinem Lenker für ihn aufbewahrte. Gierig leerte er sie bis zur Hälfte und auch ich trank anschließend daraus.

Als ich fertig war, kam Ethan plötzlich einen Schritt auf mich zu und strich mir eine Haarsträhne aus dem Gesicht. Es war das erste Mal, dass er das tat und als seine Hand meine Wange berührte, ließ er sie länger als nötig an dieser Stelle liegen. Mein Herz schlug mit einem Mal wie wild in meiner Brust und bevor ich noch einen weiteren Gedanken formen konnte, beugte Ethan sich zu mir herüber und legte seine Lippen sanft auf meine.

Das war unser erster Kuss gewesen und ich hatte schon damals gewusst, dass ich diesen Moment nie wieder vergessen würde. Er hatte mir den Atem geraubt, meine Knie waren weich geworden und mein Herz war voller Freude auf und ab gehüpft.

Ich fuhrt über die Stelle an meiner Wange, presste die Lippen aufeinander und seufzte. In diesem Augenblick glaubte ich, seine Finger noch immer auf meiner Haut und seine Lippen auf meinen zu spüren, obwohl seine letzte zärtliche Berührung unendlich lange her war. Die Erinnerung an damals war kaum zu ertragen. Ich hatte alles gehabt, was ich mir wünschen konnte.

Mein Hals begann zu schmerzen und als Stella sah, wie mir erneut Tränen über die Wangen liefen, drückte sie mich an sich, bis ich ihren Herzschlag an meinem Ohr hören konnte. Meine kleine Schwester war längst nicht mehr so klein wie damals und ich war froh, dass sie noch an meiner Seite war.

8

Ethan

Heute dröhnte mir Linkin Park in den Ohren und ich lief deutlich schneller als sonst. Ich dachte an den Moment zurück, als ich Chloé vor einer Woche wieder gesehen hatte, und wurde immer schneller. Zum Glück war ich ihr danach nicht ein zweites Mal über den Weg gelaufen. *Ob sie noch hier in Vancouver ist? Warum wollte ich das überhaupt wissen?*

Es sollte mir egal sein, was sie tat, und ich hoffte, dass sie längst wieder zurück nach New York geflogen war.

Ich kam zu der großen Eiche, an der ich früher jeden Tag vorbeigelaufen war, und mit einem Mal tauchte ich in die Vergangenheit ab.

Chloé fuhr neben mir auf ihrem blauen Fahrrad, meine Wasserflasche in dem kleinen Korb, der vorn am Lenker befestigt war. In Gedanken sah ich sie ganz deutlich vor mir. Wie sie mich anlächelte, in den Korb nach meiner Flasche griff und sie mir entgegenhielt, weil sie ganz genau wusste, dass ich nach der langen Strecke an dieser Stelle immer eine Pause brauchte und Durst hatte. Und auch in diesem Moment war meine Kehle staubtrocken und ich wünschte, ich wäre nicht so schnell gelaufen und hätte nicht schon wieder vergessen, mir Wasser mitzunehmen.

Warum zum Teufel musste ich genau jetzt daran denken? Warum konnte ich das alles nicht ein für alle Mal hinter mir lassen und sie vergessen? Ich blieb stehen, atmete tief ein und mir entfuhr ein wütender Laut. Meine Hände zu Fäusten geballt, presste ich meine Kiefer so fest aufeinander, dass meine Zähne knirschten. Ich wollte sie aus meinem Kopf bekommen, doch sobald ich die Augen schloss, war sie da.

»Shit!« Als ich meine Augen wieder öffnete, blickte ich direkt in die Sonne und musste blinzeln. Für einen kurzen Moment blitzten unzählige helle Stellen auf, die es mir schwer machten, etwas vor mir zu erkennen. Ich lief weiter, blinzelte immer wieder und dann verlor ich plötzlich das Gleichgewicht.

Ich taumelte, stolperte über eine Wurzel am Boden und im nächsten Moment schrammte ich an dem breiten Stamm einer alten Kiefer entlang. Ein fieser Schmerz durchzuckte mich. Mein Blick schoss zu der brennenden Stelle an meinem Arm und im selben Moment begann sie zu pochen.

Verdammter Mist ...

Da ich nichts dabei hatte, um die Wunde zu reinigen, blieb mir nichts anderes übrig, als nach Hause zu laufen. Der Riss in meiner Haut tat nicht sehr weh, doch ich wollte kein Risiko eingehen und ließ besser die Finger von der Wunde.

Zuhause angekommen, ging ich als Erstes ins Badezimmer, drehte das Wasser in der Dusche auf und ließ es über die Verletzung laufen. Es fühlte sich fantastisch an und ich seufzte vor Erleichterung auf, als ich erkannte, dass die Wunde schlimmer ausgesehen hatte, als sie in Wirklichkeit war.

»Warum bist du schon wieder da?« Matt stand plötzlich hinter mir und riss die Augen auf, als er meinen Arm sah.

»Was ist denn mit dir passiert?« Er kam sofort näher. Ohne meine Antwort abzuwarten, griff er in den kleinen Medizinschrank, den er letztes Jahr erst an die Wand geschraubt und anschließend gefüllt hatte, und holte eine große Flasche Wunddesinfektionsmittel und sterile Tupfer heraus.

»Das brauche ich nicht«, sagte ich und winkte ab. Doch Matt ließ sich von seinem Vorhaben nicht abbringen. Er öffnete die Flasche, tränkte den Tupfer mit dem Desinfektionsmittel und bevor ich weiter protestieren konnte, drückte er ihn mir auf die Haut. Der beißende Geruch des Alkohols drang in meine Nase, während meine Haut erneut zu brennen begann.

»Festhalten.« Er griff nach meiner anderen Hand und drückte meine Finger auf den nassen Baumwolltupfer. Dann wiederholte er die Prozedur ein zweites Mal und tauschte die Tupfer aus.

»Vielleicht machen wir besser einen dünnen Verband darum. Das ist eine blöde Stelle, mit der man schnell irgendwo rankommt. Dann reißt die Wunde immer wieder auf und deine Shirts bekommen lauter Blutflecken.«

»Danke«, sagte ich und lächelte ihn an.

»Für dich immer, Kumpel.« Er erwiderte mein Lächeln und ich war in diesem Moment unendlich froh, ihn zum Freund zu haben.

Ein Jahr nach Chloés Umzug hatte ich Matt im Mayhem College kennengelernt. Er hatte mir durch die schwere Zeit nach Mums Tod geholfen, war immer für mich da gewesen und hatte mich nicht allein gelassen. Egal, wie schlecht gelaunt ich auch gewesen war.

»So, fast wie neu«, sagte er, als er fertig war, und grinste.

»Du solltest Krankenpfleger werden.«

Sein Grinsen verblasste. »Ich habe schon früh gelernt, wie man Verbände richtig wickelt.«

Am liebsten hätte ich ihn gefragt, wie er das meinte, doch in diesem Moment klingelte mein Handy.

Es war Ava und ich wusste, dass es besser war, sie diesmal nicht warten zu lassen, um die Wogen zwischen uns wieder etwas zu glätten. Ich nahm den Anruf an und verschwand in mein Schlafzimmer, um meine Tasche zu holen. Auf dem Rückweg zur Haustür hob ich meine Hand zum Abschied und verließ dann die Wohnung.

9

Chloé

»Wann musst du los?« Madison sah auf ihr Handy.

»In einer halben Stunde«, antwortete sie und ich seufzte. Ich wohnte jetzt seit knapp einer Woche mit ihr zusammen und wir verstanden uns unglaublich gut. Doch wenn sie tagsüber im College war, meine Eltern arbeiteten und Stella in der Schule war, kam ich mir faul und nutzlos vor. Dieses Gefühl war mir immer noch fremd und ich mochte es überhaupt nicht, mich so zu fühlen.

Denn das war nicht ich und ich hasste es, die Einzige zu sein, die nicht wusste, was sie mit sich anfangen sollte.

»Und was machst du heute?«, fragte sie, woraufhin ich nur mit den Schultern zuckte.

»Dasselbe wie gestern und vorgestern, schätze ich …«

»Okay, okay«, sagte sie und grinste. »Ich hab's verstanden. Du langweilst dich zu Tode.«

Ich biss mir auf die Unterlippe und nickte.

»Und warum tust du dann nichts dagegen? Du wolltest doch einen Neuanfang, oder etwa nicht?«

Schulterzuckend sah ich sie an.

»Worauf wartest du?«

»Ich weiß es nicht«, antwortete ich leise, doch das stimmte nicht.

»Wie meinst du das? Gibt es denn nichts, was dich interessiert?«

Seit ich zurück in Vancouver war, hatte ich wieder damit begonnen, täglich in mein Journal zu schreiben. Außerdem hatte ich in einem der Umzugskartons meine alten Notizhefte gefunden, in die ich früher viele kleine Kurzgeschichten geschrieben hatte. Ich hatte es geliebt, mir neue Welten auszudenken und mich in ihnen zu verlieren.

»Hm, doch schon, aber …«

»Kein Aber. Wenn es etwas gibt, das du magst und das dich interessiert, dann ist das doch der erste Schritt. Was ist es denn?«

Verlegen sah an ihr vorbei, antwortete dann aber doch.

»Ich glaube, ich würde gern schreiben lernen.«

Madisons Gesichtsausdruck wechselte von erwartungsvoll zu ich-verstehe-nur-Bahnhof.

»Du kannst nicht schreiben?«, fragte sie perplex und runzelte die Stirn.

»Doch, doch, natürlich kann ich schreiben. Ich meine, ich würde gern lernen, wie man Bücher schreibt. Kurzgeschichten. Das habe ich früher schon gemacht, aber …«

»Das ist doch wunderbar! Schreiben ist eine tolle Möglichkeit, der Realität zu entfliehen. Ich bin mir sicher, dass es unglaublich aufregend ist, wenn man Autorin wird. Meinst du nicht?«

Madison schaffte es irgendwie immer wieder, mich zu motivieren und mitzureißen. Ihre gute Laune schwappte sofort auf mich über und ich fragte mich, warum ich noch nicht selbst auf die Idee gekommen war.

Bei dem Gedanken, etwas Neues zu lernen, schlug mein Herz sofort schneller. *Ich werde Autorin!*

Aufregung breitete sich in mir aus und für den Bruchteil einer Sekunde hatte ich das Gefühl, eine winzige Tür gefunden zu haben, die sich einen Spaltbreit öffnen ließ.

Doch dann fiel mir etwas ein. Musste man dafür nicht studieren? Autorin wurde man doch nicht über Nacht ...

Bei dem Gedanken an ein neues Studium und an die Erwartungen und Prüfungen, die damit verbunden waren, wurde mir sofort schlecht und ich schüttelte den Kopf. Im Bruchteil einer Sekunde saß ich wieder auf dem Hocker vor dem großen Klavier und versagte ...

»Nein, nein. Das war eine dumme Idee von mir. Ich kann das nicht«, sagte ich und stand auf, um die Nervosität und den Schweißausbruch, der sich gerade anbahnte, wieder abzuschütteln.

Ich wollte wegrennen, mich bewegen, aber mein Körper gehorchte mir nicht mehr. Meine Hände waren plötzlich eiskalt und mein Atem ging schneller. Kalter Schweiß brach auf meiner Stirn aus. Langsam sackte in mich zusammen und kauerte auf dem Boden. Genau wie damals in New York.

»Hast du gerade eine Panikattacke?«, fragte Madison leise, während sie sich neben mir niederließ.

Mit geweiteten Augen starrte ich sie an.

»Keine Ahnung. Hat man bei einer Panikattacke schweißnasse Hände, Herzklopfen und das Gefühl, keine Luft mehr zu bekommen?«

Madison nickte und warf mir einen verständnisvollen Blick zu.

»Das hört sich so an. Kann ich irgendetwas für dich tun? Was war der Auslöser? Weißt du das?«

Ich wusste es ganz genau, doch ich hatte es bisher immer verdrängt, weiter darüber nachzudenken.

Madison fixierte mich und ließ mich nicht mehr aus den Augen.

»Ja ... Ich werde nervös, wenn ich an mein altes Studium denke und daran, wie schlecht ich mich vor den Prüfungen gefühlt habe.«

»Und war das schon immer so? Ich meine, du wirst doch nicht einfach so auf die Juilliard gekommen sein, oder? Du hattest doch mit Sicherheit mindestens eine Aufnahmeprüfung.«

»Ja, aber damals hatte ich keine Angst oder war nervös, wenn ich Klavier gespielt habe. Damals hat es noch Spaß gemacht. Mit der Zeit wurde es schwerer und die Prüfer wurden strenger und strenger«, flüsterte ich. Beim Gedanken an die eisig dreinblickenden Männer und Frauen wurde mir erneut übel.

Ich hielt mir die Hand vor den Mund, weil ich Angst bekam, ich könnte mich gleich mitten auf den Fußboden übergeben. Madison erkannte sofort, dass es mir schlechter ging, eilte in die Küche und kam mit einem Eimer zurück.

»Lass alles raus. Danach fühlst du dich bestimmt besser.«

Ich atmete tief ein und aus und ließ es zu, dass Madison mit mir aufstand und mir ihren Arm um die Taille legte. Sie griff nach ihrer National Geographic Zeitschrift, die auf der Couch lag, und wedelte mir damit frische Luft zu. Dann führte sie mich in Richtung der Fenster und öffnete eins davon.

Die frische Luft und der Anblick der Straße mit den vielen Bäumen taten mir gut. Ich versuchte weiterhin, meinen Atem unter Kontrolle zu bringen, und schloss für einen Moment die Augen. Ich legte den Kopf in den Nacken und atmete tief ein und aus.

Madison blieb die ganze Zeit an meiner Seite und auf einmal legte sie ihre Hand an meinen Rücken. Mit langsam kreisenden Bewegungen strich sie mir über meine verspannten Schultern und allmählich beruhigte mich die Kombination aus frischer Luft und Madisons Berührungen.

Ein paar Minuten lang standen wir beide so vor dem offenen Fenster und sagten kein Wort. *Was, wenn Madison wegen mir zu spät zu ihrer Vorlesung kommt?* Ich setzte zu einem Protest an, doch sie ließ mich nicht zu Wort kommen.

»Entspanne dich, Chloé. Kein Stress, dann wird es dir gleich wieder besser gehen«, sagte sie mit einer samtig weichen Stimme, die mich noch ein wenig mehr beruhigte.

Mein Puls wurde langsamer und die Enge in meinem Hals löste sich wie in Zeitlupe auf. Als es mir wieder besser ging, verschwand sie in der Küche und kam mit einem großen Glas Wasser zurück. Die kalte Flüssigkeit tat mir gut und ich atmete erneut tief ein.

»Danke«, sagte ich und lächelte sie schwach an.

»Meinst du, dass du das wieder in den Griff bekommst?« In ihrer Stimme schwang Sorge mit.

»Ich weiß es nicht. Manchmal schaffe ich es, manchmal nicht.«

Madison presste die Lippen nachdenklich zusammen, als wüsste sie, wovon ich sprach. »Wissen deine Eltern von deinen Ängsten?«

»Nein ...« Ich schluckte und sah anschließend zu Boden.

»Warum nicht?«

»Ich weiß es nicht. Ich will sie damit nicht auch noch belasten. Niemand außer dir und meiner Freundin Layla aus New York wissen davon. Und das auch nur, weil sie es, genau wie du, irgendwann miterleben musste.«

»Man kann vieles allein schaffen, wenn man es von ganzem Herzen will und an sich selbst glaubt. Aber manchmal ist es zu viel. Dann braucht man die Unterstützung der Familie und vielleicht auch professionelle Hilfe«, sagte sie und ich wunderte mich erneut über ihre Worte.

Wir kannten uns noch nicht sehr lange und sie überraschte mich beinahe jeden Tag aufs Neue. Sie wurde mir immer sympathischer und ich spürte, dass ich mit meinem Einzug in ihre WG die richtige Entscheidung getroffen hatte.

»Du scheinst dich damit auszukennen«, sagte ich leise, als es mir noch ein wenig besser ging, und nun war es Madison, deren

Gesichtsausdruck sich schlagartig veränderte. Sie nickte leicht und sah mir dabei tief in die Augen.

»Leider.« Sie verstummte, weshalb ich beschloss, sie in Ruhe zu lassen und nicht weiter nachzuhaken, obwohl es mich natürlich interessierte, wovor sie Angst hatte und wie sie damit umging.

»Meinst du mit professioneller Hilfe einen Psychologen? Glaubst du wirklich, ich brauche einen?«

Madison zuckte mit den Schultern. »Das kann ich nicht wissen, das musst du selbst entscheiden. Ich denke aber, wenn man allein nicht mehr weiterkommt, sollte man sich Hilfe suchen.«

Ich horchte in mich hinein. Die Angst war abgeflaut, meine Kehle nicht mehr eng und meine Finger wurden wieder wärmer.

»Du hast also Angst vor Prüfungen?«

»Und davor, zu versagen.«

Madisons Blick wurde weicher und dann schlang sie ihre Arme um mich und hielt mich fest. Ihr starker Körper an meinem gab mir Halt. Es tat mir gut, berührt zu werden, wenn ich mich selbst verlor, und diese Erkenntnis erleichterte mich ein wenig.

»Diese Angst haben wir alle«, flüsterte sie. Für einen kurzen Moment verharrten wir in dieser Position und ich glaubte zu spüren, wie ein winziger Funke ihres Selbstbewusstseins auf mich übersprang.

»Du musst versuchen, dich davon zu befreien. Wenn du Angst vor Prüfungen hast, heißt das noch lange nicht, dass du nicht trotzdem Schreiben lernen kannst.«

»Und wo soll ich Schreiben lernen, wenn nicht im College oder an einer Universität?«

»Ganz einfach. Du meldest dich nicht als reguläre Studentin an, sondern als Gasthörerin.«

Fragend runzelte ich die Stirn und Madison fuhr fort. »Gasthörer sind auch eingeschrieben und besuchen ausgewählte

Vorlesungen und Diskussionen. Sie können am Unterricht genauso teilnehmen, wie die anderen Studenten, müssen aber keine Prüfung ablegen und haben somit auch keinen Leistungsdruck.«

Mit jedem ihrer Worte entspannte ich mich ein wenig mehr und die Hoffnung, doch mit etwas Neuem beginnen zu können, stieg ganz leise in mir auf.

»Sowas gibt es?«

»Auf jeden Fall!«

»Und weißt du zufällig, ob das auch in deinem College möglich ist?«

Madison nickte. »Selbstverständlich!«, antwortete sie sofort und mein Herz setzte einen Schlag aus.

Konnte ich vielleicht doch Schreiben lernen, ohne Angst vor den Prüfungen haben zu müssen? Ich konnte kaum glauben, welche Möglichkeiten sich mir auf einmal auftaten. »Bist du denn mit deinem College zufrieden?«

»Total! Das Mayhem College hat einen exzellenten Ruf. Es bietet Kurse für Kreatives Schreiben an und veranstaltet regelmäßig Lesungen. Du könntest es dir ja mal anschauen, ohne Druck. Ich kann mitkommen. Was meinst du?«

»Das hört sich wirklich gut an.« Mir gefiel, in welche Richtung sich dieser Morgen gerade entwickelte. Es war beinahe zu schön, um wahr zu sein und allein bei dem Gedanken daran, neue Leute kennenzulernen und vielleicht schon bald wieder so etwas wie einen Rhythmus in meinem Alltag zu haben, stieg Vorfreude in mir auf.

Madison sah auf die Uhr und musterte mich anschließend. »Geht's dir wieder gut genug, um allein zu bleiben?«

»Ich denke schon«, antwortete ich und horchte erneut in mich hinein. Die Angst war vorübergezogen und mein Puls ging wieder normal. »Ich glaube, ich schaue mir die Website des Mayhem College mal genauer an.«

Madisons Blick entspannte sich und ein kleines Lächeln trat auf ihre Lippen. »Dann geh ich mal los. Aber wenn was ist, ruf mich an, okay? Egal wann.«

»In Ordnung.« Ich breitete die Arme aus und umarmte sie ein zweites Mal. »Danke«, flüsterte ich an ihrem Hals und war unendlich froh, sie an meiner Seite und als meine neue Freundin zu haben.

10

Chloé

Nachdem Madison zu ihrer Vorlesung aufgebrochen war, holte ich meinen Laptop hervor und fuhr ihn hoch. Zum Glück ging es mir wieder etwas besser und selbst, als ich die Website des Mayhem College öffnete und Bilder vom Campus und den Studierenden sah, wurde mir nicht schlecht. Zwar beschleunigte sich mein Puls erneut, doch ich bekam keinen Schweißausbruch und auch mein Hals schnürte sich nicht wieder zu.

Der Gedanke, als Gasthörerin in Univorlesungen gehen zu können, machte mich glücklich und ich war Madison sehr dankbar, dass sie mir davon erzählt hatte.

Ich klickte mich durch alle Seiten zum Thema Literatur und Englischstudium und fand den Link zu einem Kurs, der den Namen *Kreatives Schreiben* trug. Ich öffnete ihn und das, was ich auf der neuen Seite las, ließ mein Herz vor Freude höherschlagen. Die Kursinhalte waren perfekt, der Lehrplan gefiel mir und die Angst blieb aus. Ich öffnete eine neue Browserseite und suchte nach Informationen zur Gasthörerschaft.

Sofern noch freie Plätze vorhanden sind, können diese von Gasthörer:innen über unser Immatrikulationsbüro belegt werden. Dafür benötigen wir von Ihnen folgende Unterlagen ausgedruckt und unterschrieben bis spätestens …

Ich las den Text erneut und sah auf das Datum, das am Ende stand. Die Frist für die Einschreibung als Gasthörerin endete in zwei Wochen. Es waren nicht viele Unterlagen, die sie haben wollten, und ich hatte vor ein paar Tagen einen Copyshop ganz in der Nähe gesehen, in dem ich sie kopieren könnte.

Mit klopfendem Herzen sprang ich auf, ging in mein Schlafzimmer und sah mich um. In einer dieser Kisten, die immer noch nicht ausgepackt waren, mussten mein Highschool Abschluss, die letzten Zeugnisse der Juilliard und meine privaten Unterlagen sein.

In diesem Moment klingelte mein Handy und als Laylas Nummer aufblinkte, nahm ich das Gespräch an.

»Hey, wie geht's dir? Hast du dich gut eingelebt?«, fragte sie und augenblicklich vermisste ich sie wieder.

»Mir geht's gut und dir? Ich bin vor ein paar Tagen in meine neue WG gezogen und war gerade dabei, mich für einen Kurs als Gasthörerin an einem der Colleges hier einzuschreiben.«

»Wow! Das klingt ja großartig, Chloé! Du hörst dich wirklich viel besser an, ich freue mich so für dich. Und wie sieht es mir deiner Angst aus? Sind die Panikattacken weniger geworden?«

Ich erzählte Layla davon, was vor knapp einer Stunde geschehen war, und zu meinem Erstaunen stieg Erleichterung in mir auf. Es tat mir gut, mit ihr darüber zu sprechen, und als ich fertig war, sagte sie beinahe dieselben Worte wie kurz zuvor Madison.

»Du hast ja recht, meine neue Mitbewohnerin ist derselben Meinung wie du. Aber es ist so schwer, es meinen Eltern zu erzählen. Sie sollen sich nicht noch mehr Sorgen um mich machen, als sie es ohnehin schon tun.«

»Was glauben sie denn, warum du nicht mehr spielen kannst?«

Diese Frage war mir unangenehm, doch es war Layla, die am anderen Ende der Leitung auf eine Antwort wartete, und irgendwie war ich es ihr schuldig, ehrlich zu sein.

»Sie, sie glauben, es liegt nur an meinen schlechten Prüfungsnoten. Aber warum sie immer schlechter wurden, das habe ich ihnen nicht erzählt.«

»Ich mache mir Sorgen um dich. Natürlich kann ich dir nicht sagen, was du tun sollst, aber vielleicht überlegst du es dir noch einmal und versuchst, es ihnen zu sagen. Bestimmt sind sie froh, wenn sie wissen, womit du dich die ganze Zeit quälst, und vielleicht hilft es dir ja, wenn du keine Geheimnisse mehr vor ihnen hast.«

Plötzlich rief jemand im Hintergrund Laylas Namen. »Ich komme gleich«, antwortete Layla. »Sorry, ich muss los.«

»Kein Problem. Ich mache dann hier mit meinen Unterlagen weiter«, antwortete ich und spürte gleichzeitig einen Stich in meiner Brust. Früher wären wir jetzt gemeinsam in den großen Saal zum Proben gegangen.

»Ruf mich später an, wenn du Lust hast«, sagte Layla und dann verabschiedeten wir uns voneinander. Ich legte das Handy neben der Kiste auf dem Boden ab und für einen Moment spürte ich wieder, wie sehr sie mir fehlte.

Mit einem Seufzen zog ich den gelben Ordner mit der Aufschrift *Chloés Zeugnisse* hervor und erstarrte, als ich ihn in der Hand hielt. Unter dem Ordner lag ein Fotoalbum, auf dem in großen hellblauen Lettern *Ethan & Chloé* stand.

Das hat bestimmt Stella dort hineingepackt, dachte ich und nahm mir vor, sie später danach zu fragen.

Den Ordner mit meinen Zeugnissen legte ich beiseite und schluckte trocken, als ich den Einband berührte, den Ethan gestaltet hatte. Meine Hände begannen zu zittern.

Im nächsten Moment katapultierte mich der Anblick des Fotoalbums in unsere Vergangenheit zurück. Ethan hatte vor mir gestanden, aufgeregt und nervös. Er hatte mir das Fotoalbum hingehalten, das unordentlich in Geschenkpapier gewickelt gewesen war, und mich angelächelt.

»Das ist für dich«, hatte er gesagt und seine Augen hatten dabei gefunkelt wie die Sterne am Himmel in einer eiskalten Winternacht, in der die schneeweißen Gipfel der Berge hell und voller Anmut in die Höhe ragten.

Ich nahm das Album heraus, ging langsam zu meinem neuen Schreibtisch hinüber und legte es vorsichtig darauf ab. Ich betrachtete es, ohne zu wissen, ob ich es öffnen oder doch lieber zurück in die Kiste legen und diese fest zugeklebt unter meinem Bett, oder noch besser im Keller meines Elternhauses, verstecken sollte.

Seit mehr als drei Jahren hatte ich das Album weder gesehen noch berührt. Nach meiner Trennung von Ethan hatte ich es in die hinterste Ecke meines Kleiderschranks verbannt, um nicht jedes Mal, wenn ich es sah, in Tränen auszubrechen.

Ich hatte mich von *ihm* getrennt. Ich war diejenige gewesen, nicht er. In diesem Augenblick spürte ich denselben betäubenden Schmerz in meiner Brust, den ich damals empfunden hatte, als ich die Sache zwischen uns beendet hatte. Lange hatte ich darüber nachgedacht, ob es Sinn machte, eine Fernbeziehung zu führen.

Doch ich hatte noch nie von einer Fernbeziehung gehört, die so viele Jahre funktioniert hatte. Vor allem nicht, wenn man so jung war wie wir damals.

Die Chancen waren minimal gewesen und ich hatte nicht gewollt, dass wir beide jahrelang damit beschäftigt waren, uns zu vermissen. Damals hatte ich gedacht, es wäre das Beste für uns beide, wenn wir einen sauberen Cut machten, anstatt mit den Gedanken immer beim anderen zu sein und darunter zu leiden, dass wir einander nicht sehen konnten.

Und ich hatte recht behalten. Denn während meiner Zeit an der Juilliard hatte ich so viel gelernt und geprobt wie noch nie zuvor in meinem Leben. Nachts hatte ich höchstens sechs

Stunden geschlafen, oft sogar nur fünf oder vier. Am Ende hatte ich nicht einmal mehr richtig einschlafen können und hatte mir Schlaftabletten gekauft, um überhaupt zur Ruhe zu kommen.

Die Schlaftabletten hatte ich genau einmal genommen und sie dann entsorgt, weil ich beinahe fünfzehn Stunden am Stück geschlafen und all meine Vorlesungen verpasst hatte.

Ich starrte das Album immer noch an. Wie in Zeitlupe setzte ich mich auf meinen Stuhl und berührte den Einband.

Mit angehaltenem Atem öffnete ich es und sah das alte Foto von Ethan und mir, das meine Mum geschossen hatte. An diesem Tag hatte Ethan wie so oft bei uns übernachtet und am Weihnachtsmorgen hatten wir uns Weihnachtsmützen aufgesetzt und in die Kamera gegrinst. Wir beide waren auf dem Foto dreizehn und damals waren wir auch noch kein Paar gewesen. Das war zwei Jahre später passiert, als er irgendwann plötzlich mehr als nur mein bester Freund gewesen war und ich in seiner Nähe Herzklopfen bekommen hatte. Ich erinnerte mich noch genau daran, wie sehr ich davor Angst gehabt hatte, dass er mich auslachen und meine Gefühle als Unsinn abtun würde. Doch dann hatten wir uns nach einem seiner täglichen Trainingsläufe im Wald geküsst und seit dem Tag hatten wir zusammengehört.

Langsam und mit einem tiefen Schmerz in meinem Herzen blätterte ich durch das Album und betrachtete jedes einzelne unserer Fotos.

Auf einem saßen wir zu dritt mit Stella auf dem Küchenboden und hatten mit Kreide eins der großen Hüpfspiele aufgemalt, die die Kinder sonst immer auf der Straße oder in der Einfahrt auf den Steinboden zeichneten. Doch damals hatte es tagelang ununterbrochen geregnet und uns war sterbenslangweilig gewesen.

Also war ich auf die Idee gekommen, so zu tun, als seien wir draußen, und darum hatten wir ein riesiges Hüpfspiel mit vielen bunten Farben auf die weißen Fliesen unserer Küche gemalt. Stella war damals erst fünf Jahre alt gewesen und hatte zuckersüß ausgesehen mit ihrer ersten Zahnlücke und den zwei geflochtenen Zöpfen.

Auf dem nächsten Foto lagen wir zusammen am Ufer an einem der Seen, zu denen wir an den Wochenenden regelmäßig gefahren waren. Meine Eltern hatten Ethan zu allen möglichen Ausflügen mitgenommen, natürlich immer mit dem Einverständnis seiner Mum.

Sie hatte fast nie Zeit für Ethan gehabt, weil sie entweder in einem ihrer drei Jobs gearbeitet oder ihren Rausch ausgeschlafen hatte. Lange Zeit hatte ich nicht verstanden, warum Ethan nie nach Hause wollte, bis ich ihn einmal zu seiner Wohnung begleiten durfte. Ich hatte ihn stundenlang deswegen angefleht, weil ich sein Zimmer so gern sehen wollte. Doch nachdem ich in seine Wohnung gegangen war, hatte ich noch auf dem Flur durch die Tür hindurch gehört, wie seine Mum lallend rumgebrüllt und ihn beschimpft hatte.

Wie versteinert war ich stehen geblieben und hatte jedes einzelne Wort laut und deutlich hören können. Am liebsten wäre ich sofort zurückgegangen und hätte Ethan wieder mit zu uns nach Hause genommen.

Bei dem Gedanken stahl sich eine Träne aus meinem Augenwinkel und rollte mir die Wange hinunter. Sie tropfte auf das Foto von uns in der Küche und sofort tupfte ich sie vorsichtig weg. Weitere Tränen stiegen in mir auf. Ich kniff die Augen zusammen und schniefte.

Ethan tauchte fast jeden Morgen um halb sieben Uhr in meinen Gedanken auf, weil das die Zeit gewesen war, zu der ich ihn mit meinem Fahrrad zu seiner morgendlichen Laufrunde begleitet hatte. Ich wusste nicht mehr, wie oft wir das getan hatten, und erneut erinnerte ich mich an den quirligen, liebenswerten Max, den Mrs. Morrison damals aus dem Tierheim zu sich geholt hatte.

Ob Ethan immer noch mit seiner Mum in dem kleinen Apartment wohnte und Max jeden Morgen zu seiner Laufrunde mitnahm? Bei dem Gedanken an die alte Frau und den kleinen Hund, den Ethan und ich so sehr geliebt hatten, klappte ich das Album schnell zu. Ich stand auf und ging in die Küche, um mich abzulenken und etwas zu trinken.

Als ich mit einem heißen Kaffee zurück in mein Zimmer kam, lag das Album immer noch an derselben Stelle, an der ich es zurückgelassen hatte und obwohl ich es nicht noch einmal öffnen wollte, tat ich es dennoch.

Denn auf der letzten Seite klebte ein Bild, von dem ich genau wusste, wie es aussah, weil es sich für alle Ewigkeit unwiderruflich in mein Herz gebrannt hatte.

Ich musste es ansehen, weil es nach mir rief. Laut und deutlich. In meinem Herzen und in meinen Ohren. Ich setzte mich wieder auf meinen Stuhl, öffnete das Album erneut und betrachtete das Foto. Es war das schönste Bild von uns beiden und eines der ersten Selfies, das Ethan damals mit seinem neuen Smartphone geschossen hatte. Er hatte sein Telefon, so weit er konnte, mit der rechten Hand von uns beiden entfernt gehalten und mich im selben Augenblick an sich gezogen. Wir hatten uns küssen wollen, doch kurz bevor er den Auslöser gedrückt hatte, hatte er den Kopf gedreht und in die Kamera gegrinst, während mein Mund seine Wange berührte. Er sah so verdammt glücklich aus und ich war es ebenfalls gewesen.

Mit schwerem Herzen und eiskalten Fingern klappte ich das Album erneut zu, stand auf und legte es zurück in den Karton.

Mein Blick wanderte auf den gelben Ordner mit meinen Zeugnissen und mir fiel wieder ein, was ich eigentlich vorgehabt hatte.

Ethan und ich, das war Vergangenheit und dabei musste ich es belassen, wenn ich nicht wieder tagelang heulend und zusammengekauert in meinem Bett verbringen wollte.

Ich hatte mir vorgenommen, ganz von vorn anzufangen und dazu gehörte Ethan nicht. Auch wenn ich mir noch so sehr wünschte, die Zeit zurückdrehen und alles richtig machen zu können.

Ich nahm mein Smartphone in die Hand und ging mit meinem Kaffee und meinem Laptop ins Wohnzimmer. Dort angekommen, ließ ich mich auf die kleine Couch nieder, stellte Kaffee und Laptop auf den Tisch und setzte mich in einen Schneidersitz. Dann rief ich meine Eltern an und erzählte ihnen von meinem Entschluss, mich als Gasthörerin am Mayhem College einzuschreiben.

»Das ist ja wunderbar, Schatz!«, sagte Mum und ich hörte, wie sehr sie sich freute. Ihre Stimme wurde dabei unnatürlich hoch und sie rief meinen Dad zu sich.

»Richard, Chloé hat tolle Neuigkeiten, komm mal her!« Kurz darauf war mein Dad am Hörer. Ich erzählte ihm dasselbe, was ich kurz zuvor schon Mum erzählt hatte, doch im Gegensatz zu ihr blieb mein Dad ganz still.

»Dad? Bist du noch da?« Ich hörte, wie er schluckte.

»Das ist …«, begann er, doch seine Stimme war belegt und er räusperte sich. »Das ist wundervoll, mein Schatz. Heißt das, dass es dir wieder besser geht?« Unsicherheit schwang in seiner Stimme mit.

»Ja«, antwortete ich leise, obwohl ich es am liebsten laut in die Welt hinausgerufen hätte. »Mir geht es schon besser und ich glaube, dass eine Gasthörerschaft genau das Richtige für mich sein könnte.«

»Du hörst dich glücklich an.«

»Das bin ich«, erwiderte ich und bis auf die Sache mit Ethan und den Angstattacken stimmte es ja auch.

11

Ethan

Mit einem Blick auf die Uhr beschleunigte ich meine Schritte. Matt wartete sicher längst auf mich. Es war schon nach neun und wir wollten noch ein wenig draußen unterwegs sein, bevor die Sonne unterging.

Ich liebte den Sommer in Vancouver, wenn es endlich richtig hell und warm wurde. Für mich gab es nichts Schöneres, als die warme Luft auf meinen nackten Armen und Beinen zu spüren. Manchmal wünschte ich, ich könnte irgendwo hinziehen, wo das ganze Jahr über die Sonne schien und ich von früh bis spät in Shorts und T-Shirt herumlaufen konnte.

Ich dachte an San Francisco oder Los Angeles, die an der Westküste der USA lagen. Dort waren die Tage länger und die Nächte kürzer, der Rhythmus ein ganz anderer. Und nicht nur dort …

Obwohl ich mit aller Kraft versuchte, es zu verhindern, drifteten meine Gedanken immer wieder nach New York ab und landeten schließlich bei Chloé.

Fuck! Warum bekomme ich sie nicht mehr aus dem Kopf?

Dabei hatte ich es im letzten Jahr so gut geschafft, immer weniger an sie zu denken, und manchmal war es mir sogar so vorgekommen, als hätte ich mir unsere wunderschöne Zeit nur eingebildet. Als wäre sie eine Illusion, die in Wahrheit nie stattgefunden hatte.

Doch seit ich Chloé begegnet war, wusste ich, dass ich mir die ganze Zeit etwas vorgemacht hatte, und verstand, wie dumm und aussichtslos mein Versuch gewesen war, sie zu vergessen. Denn es klappte einfach nicht. Dafür war sie viel zu lange der wichtigste Mensch in meinem Leben gewesen.

Ich bog um die nächste Ecke und sah den Copyshop vor mir, in dem Matt arbeitete. Hell erleuchtet, war er der einzige Laden in dieser Straße, der um diese Uhrzeit geöffnet hatte. Und er würde noch einige Stunden offen sein. Normalerweise arbeitete Matt bis um elf, doch er hatte gestern Abend erzählt, dass sein Chef vor zwei Tagen einen neuen Mitarbeiter eingestellt hatte, und darum konnte er heute früher weg.

Es war Ewigkeiten her, dass Matt so früh Feierabend gemacht hatte. Darum freute ich mich umso mehr, dass wir endlich wieder zusammen einen Burger und fettige Poutine essen gehen konnten. Heiße Pommes mit viel Käse und deftiger Bratensauce waren einfach himmlisch.

Durch die großen Fenster sah ich einen Kerl, der hinter der Kasse auf einem Stuhl saß und etwas auf dem Tresen schrieb. Matt konnte ich nicht sehen. Ich öffnete die Tür zum Copyshop und ging hinein.

»Hey, wie geht's? Ich bin Ethan, ein Freund von Matt«, begrüßte ich den jungen Mann, der nur langsam den Blick hob. Er musterte mich und ich erkannte, dass er nicht schrieb, sondern zeichnete.

»Hi«, erwiderte er, ohne auf meine Frage zu antworten. Er legte seinen Bleistift zur Seite und ich erhaschte einen kurzen Blick auf das Papier, bevor er es unter dem Verkaufstresen verschwinden ließ. Die Zeichnung hatte professionell gewirkt, aber ich hatte nicht genau sehen können, was es gewesen war, und eigentlich konnte es mir auch egal sein.

»Bist du der Neue?«

»Ja, das bin ich wohl.« Er verstummte wieder und ich blickte auf sein Namensschild.

»Du heißt Luke?« Er nickte, erwiderte aber nichts und sah an mir vorbei. Er schien kein Interesse an einer Unterhaltung zu haben und ich gab es auf, es zu versuchen. Sehr gesprächig war er offensichtlich nicht.

Die vielen Kopierer und Drucker brummten vor sich hin und aus dem Flur hörte ich Matts Stimme. Sie wurde immer lauter, genau wie seine Schritte. Ich drehte mich in seine Richtung um und grinste, als Matt den Verkaufsraum betrat.

Doch er war nicht allein und im nächsten Augenblick blieb mein Herz stehen. Mein Grinsen verblasste und ich hielt die Luft an. Das Blut sackte mir in die Beine und in meinem Kopf drehte sich alles.

Neben Matt lief Chloé und gemeinsam kamen sie immer näher. Dann hob sie den Blick und sah mir direkt in die Augen. Abrupt blieb sie stehen, während mein Freund mich anlächelte. Sie öffnete den Mund, doch sie brachte kein Wort heraus.

Mein Herz raste. Genau so stark wie nach einem fünf Meilen Lauf, den ich bei höchster Geschwindigkeit absolviert hatte. Meine Hände kribbelten und mein Blick verschwamm. Meine Beine schienen am Boden festgeklebt zu sein, obwohl ich den Drang verspürte, zu fliehen. Ich wollte davonrennen und so viel Abstand wie möglich zwischen uns beide bringen. Damit ich wieder atmen konnte, damit es nicht so wehtat.

Warum war sie hier? Was trieb sie in meinem Copyshop? Oder, besser gesagt, in den Copyshop, in dem mein bester Freund jeden Tag bis zum Umfallen neben seinem Studium arbeitete? Die Sekunden verstrichen und endlich bemerkte auch Matt, dass etwas nicht stimmte.

»Ethan? Was ist mit dir? Du siehst so blass aus. Ist dir nicht gut?« Ich hörte seine Stimme wie durch einen undurchdringlichen Nebel, der sich um meinen Kopf gebildet hatte. Ganz langsam drehte ich mich in seine Richtung, wobei mein Blick immer noch auf Chloé lag. Dann nickte ich, obwohl ich den Kopf schütteln wollte. Ich hatte die Kontrolle über meinen Körper verloren und wusste nicht, wie ich sie zurückerlangen konnte.

»Ethan …«, flüsterte Chloé und ihre Stimme drang, obwohl sie so leise war, mit voller Wucht direkt in mein Herz. Der Klang ihrer Stimme zog mir den Boden unter den Füßen weg und ich spürte, wie meine Knie noch weicher wurden.

Bleib stark, Alter, dachte ich und atmete tief ein. *Zeig ihr nicht, wie sehr dich ihr Anblick aus der Bahn wirft.*

Die kleine Stimme in meinem Kopf riet mir, ihr die kalte Schulter zu zeigen, obwohl ihre Nähe einen Feuerball durch meinen Körper jagte, der mich zu verbrennen drohte. Und ich Idiot hatte geglaubt, ich hätte es tatsächlich geschafft, sie aus meiner Erinnerung zu streichen.

Völlig verkrampft holte ich Luft und endlich schien der Sauerstoff wieder in meinem Gehirn anzukommen. Die Kontrolle über meinen eigenen Körper kehrte ganz langsam zurück. Ich setzte eine verschlossene Miene auf, versuchte, lässig zu wirken, und endlich schaffte ich es, den Blick von ihr abzuwenden.

»Ich warte draußen auf dich«, sagte ich zu Matt, drehte mich um und verschwand aus dem Laden, ohne noch einmal zurückzusehen.

Dabei konnte ich ihren Blick die ganze Zeit in meinem Rücken spüren und betete dafür, dass Matt mir gleich folgte und wir hier verschwinden konnten. Ich ging ein paar Schritte und wollte gerade auf die andere Straßenseite wechseln, um noch mehr Distanz zwischen Chloé und mir zu schaffen, als ich hinter mir die Tür des Copyshops hörte.

Perfekt! Das war sicher Matt und wir konnten endlich weg.

»Lass uns so schnell wie möglich ...« Ich verstummte, als ich mich zu Matt umdrehte und nicht er, sondern Chloé vor mir stand.

Ich schluckte den Rest meines Satzes hinunter und setzte meine eiserne Maske sofort wieder auf. Dann reckte ich das Kinn und sah an ihr vorbei in den Laden, wo Matt an der Glastür stand und zu mir und Chloé sah.

Fuck! So war das nicht geplant.

»Ethan ...« Sie wisperte meinen Namen erneut und diesmal klang sie bittender als noch vor wenigen Sekunden. Oder waren es Minuten?

Ich war völlig verwirrt und schluckte hart. Meinen Namen aus ihrem Mund zu hören, tat weh und die unzähligen tiefen Risse in meinem zersplitterten Herzen, von denen ich geglaubt hatte, sie wären längst fest vernarbt, platzten wieder auf. Wut breitete sich in mir aus. Ich presste die Zähne fest aufeinander, bis es wehtat.

»Ich habe dir nichts zu sagen.« Zu meiner eigenen Verwunderung klang meine Stimme fest und eiskalt. Genau das hatte ich gewollt. Um keinen Preis wollte ich Schwäche zeigen, auch wenn ich innerlich zitterte und verunsichert war.

Sie erschrak und ihre Augen weiteten sich. Dann öffnete sie ihren Mund erneut, doch ich ließ sie nicht zu Wort kommen.

»Lass es! Ich ... Ich will nichts von dir hören. Warum verschwindest du nicht einfach wieder nach New York?!«, sagte ich, doch diesmal hatte ich gezögert. Shit!

Ihr Blick trübte sich und sie schluckte.

Es tat weh. Weh, sie so zu sehen und sie von mir wegzustoßen. Doch obwohl mein Herz bei ihrem Anblick weich werden wollte, schaffte ich es, auf meinen Verstand zu hören, und verzog keine Miene. Ich durfte nicht mit ihr reden. Durfte sie nicht an mich heranlassen, egal, was sie mir sagen wollte. Nichts konnte das, was sie getan hatte, je ungeschehen machen. Ich straffte die Schultern und atmete tief ein. Dann ging ich in sicherem Abstand an ihr vorbei und auf die Tür des Copyshops zu.

»Kommst du jetzt, oder was?«, fuhr ich Matt an und er verstand, dass ich mit meinen Nerven am Ende war. Er nickte, kam auf mich zu und endlich konnten wir hier verschwinden.

Bei jedem Schritt, den ich tat, zerriss es mich innerlich, den Blick geradeaus gerichtet zu halten und mit nicht umzudrehen, um zu sehen, ob Chloé immer noch dort stand. Doch ich konnte spüren, dass sie da war und mich beobachtete.

12

Chloé

Ich wusste nicht, wie lange ich hier schon stand, nachdem Ethan mit seinem Freund weggegangen war. Ich hatte ihnen hinterher gestarrt, bis sie am Ende der Straße abgebogen waren und ich sie nicht mehr sehen konnte. Und obwohl sie längst weg waren, schlug mir mein Herz immer noch bis zum Hals. Ich fühlte mich elend, doch das hatte ich verdient.

Ethans Stimme hatte so ernst und abweisend geklungen, wie ich sie noch nie zuvor gehört hatte. Dabei hatte er alles Recht der Welt, wütend zu sein und so zu reagieren. Schließlich war ich diejenige gewesen, die ihn von sich weggestoßen hatte.

Und wofür? Für ein abgebrochenes Studium und Angstattacken, die immer wieder auftauchten, sobald ich auch nur an ein Klavier dachte. Ich hatte ihn verloren und nichts dabei gewonnen. Überhaupt nichts. Im Gegenteil. Ich hatte alles verloren, was mir je etwas bedeutet hatte.

Langsam, wie in Zeitlupe, ging ich irgendwann zurück in den Copyshop, um meine Kopien zu bezahlen.

***

Mit schwirrendem Kopf kam ich bei meinen Eltern an. Ich begrüßte Mum und Dad und ging anschließend nach oben in Stellas frisch gestrichenes Zimmer. Unsere Eltern hatten ganze Arbeit geleistet und mir gefiel, was sie für meine kleine Schwester gezaubert hatten. Stella lag auf ihrem Bett und als sie mich erkannte, strahlte sie.

»Wie findest du es?«, fragte sie, setzte sich auf und breitete ihre Arme aus.

»Ich liebe es! Mum und Dad haben das wirklich großartig gemacht.«

»Ich liebe es auch. Es sieht überhaupt nicht mehr wie dein altes Zimmer aus.«

Das stimmte. In diesem Zimmer erinnerte nun wirklich nichts mehr an mich. Als der Gedanke bei mir ankam, entwich mir ein Seufzen und im selben Augenblick sah ich Ethans wutverzerrtes Gesicht wieder vor mir.

Lass es! Ich möchte nichts von dir hören.

Seine Worte hallten in meinem Kopf wider. Die Begegnung mit Ethan spielte sich wie in Dauerschleife in meinen Gedanken ab und machte es mir schwer, zu lächeln. Als ich meine kopierten Unterlagen vor Stella auf dem Bett ablegte, hob sie fragend die Augenbrauen.

»Das sind nur Kopien ...«, beantwortete ich ihre unausgesprochene Frage. Aber offensichtlich verstand sie nicht, was es damit auf sich hatte, und ich erzählte ihr in knappen Worten von meiner Idee mit der Gasthörerschaft am College.

»Ach ja, Dad hat davon erzählt. Großartige Idee! Bestimmt wirst du eine tolle Autorin.«

Ich schnaubte, woraufhin Stellas Lächeln verblasste und einem skeptischen Blick wich. Das war mir in diesem Moment alles andere als wichtig, denn augenblicklich glitten meine Gedanken wieder hinüber zu Ethan und wie er mich voller Verachtung abgewiesen hatte. Er hatte mich nicht einmal ausreden lassen.

Dabei gab es so vieles, das ich ihm gerne gesagt hätte. Ich wusste, dass er mich für das, was ich ihm angetan hatte, hasste. Ich hatte es eindeutig gespürt und konnte es ihm nicht verübeln.

»Ich habe Ethan eben gesehen.«

Stella riss die Augen auf.

»Du hast was?!« Sie blinzelte mich ungläubig an, woraufhin ich meine Lippen aufeinanderpresste und nickte.

»Im Copyshop. Ich wollte mit ihm reden, aber er hat mir keine Chance gegeben, etwas zu sagen. Er hasst mich ...«

Sofort verzog sie ihr hübsches Gesicht und legte ihre Stirn in Falten.

»Er hasst dich bestimmt nicht, aber er ist natürlich sauer«, sagte sie und ich seufzte.

»Ich weiß. Und ich kann ihn ja auch verstehen, aber ...« Ich wusste selbst nicht einmal genau, warum mich das Ganze so sehr runterzog, denn ich war schließlich diejenige gewesen, die an allem Schuld war. Es fühlte sich schrecklich an, die Schuldige zu sein, und mir wurde bewusst, wie lange ich das Ganze in den letzten Jahren verdrängt und ausgeblendet hatte. Auf der Juilliard hatte ich kaum eine halbe Stunde zwischen den Vorlesungen, den Proben oder den Lerngruppen gehabt, in denen ich gewesen war.

»Wohnen er und seine Mum immer noch in dem kleinen Apartment in der Hundertachtundzwanzigsten Straße?«

Stella zuckte mit den Schultern. »Keine Ahnung. Nachdem du nach New York gezogen bist, kam er nicht mehr her.«

»Natürlich nicht. Aber er ...« Ich dachte daran, wie oft Ethan schon als zehnjähriger Junge bei uns gewesen war und wie sehr meine Eltern ihn geliebt hatten. Nachdem ich ihn eines Tages aus der Schule mitgebracht hatte und meine Eltern ihn das erste Mal in seinen abgetragenen und zerrissenen Jeans gesehen hatten, hatten sie mir gesagt, dass ich Ethan gern so oft zu uns einladen konnte, wie ich wollte, und ich hatte meine Eltern dafür über alles geliebt. Denn Ethan hatte damals wirklich heruntergekommen ausgesehen und jeder hatte sofort gewusst, dass es ihm und seiner Mum finanziell nicht sonderlich gut ging. Und das, obwohl sie zu der Zeit schon mindestens zwei Jobs gehabt hatte.

Damals war ich Ethans einzige Freundin in der Schule gewesen und wir hatten uns vom ersten Tag an super miteinander verstanden. Die Mädels in meiner Klasse hatten nie wirklich begriffen, warum ich so viel Klavier gespielt und keine Zeit für andere Dinge gehabt hatte. Darum war ich die meiste Zeit in der Middleschool allein für mich geblieben und hatte versucht, die Beste in der Klasse zu werden. Denn das hatte mir das Gefühl gegeben, alles richtig zu machen und eine tolle Person zu sein.

»Du weißt nicht, was du tun sollst, stimmt's?«

Stella sah mich mitfühlend an und ich spürte, wie mir die Tränen in die Augen stiegen. Ich schniefte.

»Ich habe ihn so sehr geliebt und ihn heute zu sehen, hat unendlich wehgetan. Es tut mir alles so schrecklich leid«, schluchzte ich und hielt mir die Hände vors Gesicht.

Stella strich mir sanft über den Rücken und drückte mich an sich. Bei dem bloßen Gedanken an ihn bildete sich ein dicker Kloß in meinem Hals. Damals hatte ich fest daran geglaubt, es sei das Beste, wenn wir keine Fernbeziehung führten. Ich hatte Angst gehabt, er würde alles Mögliche unternehmen, damit wir uns sehen konnten. Dabei hatten er und seine Mum kaum genug Geld zum Überleben gehabt.

In diesem Moment sah ich seine Mum Valerie glasklar vor mir. Wie sie ihn abends von uns zu Hause abgeholt hatte. Mit einem dankbaren und gleichzeitig beschämten Lächeln auf den Lippen. Und ich erinnerte mich daran, wie dünn und zierlich sie immer gewesen war. Ich hatte nicht gewollt, dass Ethan auf die Idee kam, sich einen Job zu suchen und Geld zu verdienen, nur um mich zu besuchen. Denn das wäre seiner Mum gegenüber nicht fair gewesen. Und ihm gegenüber natürlich auch nicht. Schließlich hatte er damals mit seinem Highschool-Abschluss und seinem Lauftraining schon genug zu tun gehabt, als dass er noch Zeit für einen Job gehabt hätte.

»Dann sag ihm, dass es dir leidtut. Vielleicht verzeiht er dir ja irgendwann doch«, flüsterte Stella, während sie weiterhin ununterbrochen über meinen Rücken strich. Ungläubig hob ich meinen Kopf.

»Er lässt mich nicht einmal ausreden, er ...«

»Dann schreib ihm eine Mail. Oder, wenn du es auf die altmodische Weise tun willst, schreib ihm einen Brief«, sagte sie und ich schluckte die Worte hinunter, die mir auf der Zunge lagen.

»Meinst du wirklich, ich sollte das tun?«

»Natürlich! Du hast doch sicher noch seine E-Mail Adresse irgendwo gespeichert. In meinem E-Mail Programm habe ich sogar noch Mails von letztem Jahr und aus dem Jahr davor und ...«

Plötzlich wurden ihre Worte immer leiser und meine Gedanken kehrten zu dem Tag zurück, an dem Ethan und ich unsere ersten E-Mail-Accounts eingerichtet hatten. Wir hatten sie im letzten Jahr unserer Highschool benötigt, weil unsere Lehrer der Meinung gewesen waren, uns neben den Hausaufgaben zusätzliche Links zum Unterricht zu schicken, worüber sich die ganze Klasse tierisch aufgeregt hatte.

Doch wir beide hatten uns daraus einen Spaß gemacht und uns lustige Namen für unsere E-Mail-Adressen ausgedacht. Und natürlich wusste ich noch ganz genau, wie seine lautete, weil wir beide fast dieselben genommen hatten. Seine war ethanwhoelse@mail.com und meine chloéwhoelse@mail.com.

Damals, vor knapp acht Jahren, fanden wir das total cool und ich hatte unsere Mail-Adressen geliebt, weil ich mich mit ihm dadurch noch verbundener gefühlt hatte als ohnehin schon. Ich verwendete meinen Mail-Account immer noch regelmäßig und hoffte, dass Ethan seinen nach meinem Umzug nicht gelöscht hatte.

Bei dem Gedanken, ihm eine E-Mail zu schreiben, stieg mir Hitze in den Kopf und meine Finger begannen zu kribbeln.

»Ich kenne seine E-Mail-Adresse auswendig«, murmelte ich, woraufhin Stella laut quietschte.

»Na, worauf wartest du dann? Schreib ihm!«

»Und was, wenn er nicht darauf antwortet? Oder wenn er seine E-Mail-Adresse gelöscht hat?«

Bei dem zweiten Gedanken zog sich mein Herz zusammen, weil es bedeuten würde, dass er wirklich alles, was mit uns beiden zu tun hatte, aus seinem Leben verbannt hatte.

»Das Risiko musst du eingehen. Wenn es die E-Mail-Adresse nicht mehr gibt, wirst du eine Mitteilung darüber erhalten und wenn er sie bekommt, aber nicht darauf antwortet, dann hast du es wenigstens versucht.«

Ihre Worte waren kaum zu ertragen, doch natürlich stimmten sie. »Wenn du nichts unternimmst, wirst du dich nie entschuldigen können und es für immer mit dir herumschleppen«, fügte sie hinzu und überzeugte mich damit.

»Du hast Recht. Ich werde ihm eine E-Mail schreiben. Und wenn er nicht darauf antwortet, dann werde ich schon irgendwie damit klarkommen.« Ich klang selbstbewusster, als ich mich fühlte, denn ich wusste genau, dass ich damit nicht so leicht fertig werden würde.

***

Auf dem Weg von meinen Eltern zu unserer WG rief ich Madison an und erzählte ihr ebenfalls von meiner Begegnung mit meinem Ex-Freund.

Sie hatte Mitleid mit mir und entlockte mir das Versprechen, ihr alles gleich noch einmal in Ruhe zu erzählen, wenn ich zu Hause ankam. Nachdem wir das Gespräch beendet hatten, begann ich, fieberhaft über den ersten Satz nachzudenken, den ich Ethan schreiben wollte.

Denn genau wie der erste Eindruck, würde auch mein erster Satz ganz bestimmt darüber entscheiden, ob er meine Mail weiterlesen oder sie sofort löschen würde.

In meinen Gedanken versunken, sah ich auf meine Füße, bog anschließend um die nächste Ecke ab und betrat die Straße, in der eines der ältesten Kinos in ganz Vancouver stand. Als ich aufsah, blieb ich abrupt stehen und schnappte nach Luft.

Dort, wo einst das schönste Kino der ganzen Stadt gestanden hatte, lagen nur noch Berge von Schutt und Gestein und im selben Augenblick tauchte dahinter ein großer Bagger auf, der grollend über die Baustelle fuhr und eine volle Schaufel Steine in einen Kipplaster ablud. Das Geräusch erschreckte mich und in der nächsten Sekunde breitete sich eine große Staubwolke aus.

Bei diesem Anblick zog sich mein Herz schmerzhaft zusammen, denn in diesem Kino hatten Ethan und ich uns unzählige alte Streifen angesehen. Mindestens einmal im Monat waren wir zusammen hier gewesen, sogar im Sommer.

Wie im Schnelldurchlauf spielte sich ein Film vor meinen Augen ab und ich sah uns zwei in der langen Schlange stehen, um Getränke und Popcorn zu kaufen.

Ethan hatte es geliebt, salziges und süßes Popcorn zu mischen, und obwohl ich das anfangs komisch fand, aß ich mein Popcorn seither immer noch so wie er und konnte mir nicht mehr vorstellen, es je wieder getrennt voneinander zu essen.

Genau, wie ich es mir damals nie hätte vorstellen können, heute ohne ihn vor diesem Haufen Schutt und Asche zu stehen. Ich seufzte, nicht in der Lage, mich zu rühren, denn immer mehr

Erinnerungen tauchten aus den Tiefen meines Herzens auf. Wie wir zusammen in den samtig weichen Sitzen gesessen hatten, Händchen gehalten und uns bei Filmen wie *Bodyguard* oder *Titanic* geküsst hatten. Und obwohl Ethan romantische Streifen nicht genauso sehr geliebt hatte wie ich, war er dennoch in jeden einzelnen von ihnen mit mir gegangen. Denn in diesem Kino waren wir unter uns gewesen und hatten Zeit miteinander verbringen können, ohne dabei ständig bei meinen Eltern und Stella im Wohnzimmer herumzusitzen.

Erneut kam der gelbe Bagger angefahren und lud die nächste Ladung auf. Das Geräusch, das er beim Abladen seiner vollen Schaufel machte, riss mich aus meinen Gedanken und katapultierte mich wieder in die Gegenwart.

So war das wohl im Leben. Irgendwann war alles einmal vorbei und dann blieb nichts weiter übrig als eine Staubwolke. Genau wie bei mir, nur dass meine Wolke nicht aus Staub, sondern aus wunderschönen Erinnerungen bestand, die genau aus diesem Grund umso mehr wehtaten. Ethan und ich, das war längst Vergangenheit und der Gedanke daran tat weh.

Alles geht einmal vorbei, auch der Schmerz über die Vergangenheit, dachte ich und versuchte, an meine eigenen Worte zu glauben. Doch es fiel mir schwer.

Ich schloss die Augen, holte einmal tief Luft und versuchte, stark zu sein. Egal, was damals auch geschehen war, ich wollte nicht für den Rest meines Lebens mit diesen Schuldgefühlen leben und darum durfte ich mich auch nicht davon abbringen lassen, ihn zu kontaktieren. Und falls er nicht auf meine E-Mail antwortete, würde ich bei ihm und seiner Mum klingeln. Wahrscheinlich wohnten sie noch immer da, auch Mrs. Morrison mit Max. Aber eigentlich wollte ich diese Situation vermeiden, weil sich allein bei der Vorstellung, an seiner Haustür zu stehen, die Haare in meinem Nacken aufstellten und meine Finger eiskalt wurden.

13

Ethan

»Da bist du ja!«, sagte Mrs. Morrison und umarmte mich zur Begrüßung. Meine ehemalige Nachbarin wohnte noch immer in dem Miethaus, in dem ich mit Mum mehr als zehn Jahre lang gewohnt hatte. Nach ihrem Tod war ich mit Matt zusammengezogen und knapp einen Monat später war mein altes Zuhause wieder vermietet worden. Anfangs war es mir schwergefallen, Mrs. Morrison zu besuchen, mittlerweile jedoch war es okay und es bildete sich kein Kloß mehr in meiner Kehle, wenn ich das Haus betrat.

»Natürlich bin ich da«, erwiderte ich und tätschelte Max' Kopf. Der quirlige Hund hielt vor lauter Vorfreude keine Sekunde still. Mrs. Morrison reichte mir die Leine und Max sprang aufgeregt an mir herauf, als er sah, wie ich sie ihr abnahm. Er wusste ganz genau, was jetzt geschah, denn mindestens zwei Mal pro Woche nahm ich ihn ganz früh am Morgen mit zum Laufen. Er war ein Energiebündel, hielt Mrs. Morrison ganz schön auf Trab und brachte Leben in ihren sonst so einsamen Alltag.

»Wann seid ihr wieder da?«

»Ich denke, in drei Stunden ungefähr.«

»In Ordnung, mein Lieber. Dann habt viel Spaß, bis später«, sagte sie und schloss die Tür hinter uns.

Unten angekommen, bückte ich mich zu ihm hinunter. »Hey, Kumpel, jetzt kannst du dich endlich auspowern«, sagte ich und versuchte, dem völlig aufgedrehten Hund in die Augen zu schauen. Er zappelte wie verrückt, bellte kurz auf und lief einmal um mich herum. Dann rannte er voller Vorfreude den Weg entlang, doch als ich ihn rief, kam er sofort zu mir und ließ sich anleinen.

»Auf geht's!« Max kannte mein Zeichen und begann im selben Augenblick loszulaufen.

Sobald wir zwei in Bewegung waren, wurde Max ruhiger und war wie ausgewechselt. Er lief wie ein echter Trainingspartner im selben Tempo neben mir her, schaute hin und wieder zu mir auf und konzentrierte sich auf den Weg vor seiner Nase. Er zog nicht an der Leine und spielte nicht verrückt.

Wir liefen eine ganze Weile durch die Straßen und nach einer knappen halben Stunde gelangten wir endlich an den Waldrand und bogen auf den schmalen Waldweg ab. Hier waren kaum noch Menschen unterwegs und ich spürte, wie meine Beine warm wurden und meine Kehle trocken. Doch heute hatte ich meinen Laufrucksack dabei, in dem ein Beutel voller Wasser steckte und aus dem ein kleiner Trinkschlauch ragte, der an meinem rechten Träger befestigt war. Auch für Max hatte ich wie immer eine kleine Schale eingesteckt, damit er zwischendrin etwas trinken konnte.

Ich hatte mich für eine alte Strecke entschieden, die ich nur noch selten nahm. Eine Weile liefen wir nebeneinander her, bis ich sah, dass er sabberte. Ich hielt an und pausierte das Training auf meiner Smartwatch.

»Hier, mein Freund«, sagte ich und goss ihm etwas Wasser in die Schüssel. Gierig trank er sie aus und ich füllte sie ein zweites Mal auf. Auch ich trank und fühlte mich sofort besser.

Ich sah auf meine Uhr und entschied, dass wir noch ein wenig weiter in den Wald hinein laufen konnten, weil wir noch mehr als genug Zeit hatten. Wir liefen eine weitere Viertelstunde geradeaus, als sich der Weg gabelte. Ich entschied mich für den Linken, doch als die Bäume weniger wurden und sich eine kleine Lichtung vor uns auftat, erschrak ich und wurde langsamer. Max, der ganz offensichtlich nicht mit meinem Tempowechsel gerechnet hatte, zog plötzlich an der Leine. Dann blieb ich stehen und als er sich zu mir umdrehte, stoppte auch er. Er kam zurück zu mir, sah zu mir auf und schnupperte an meiner Hand.

Wahrscheinlich spürte er genau, wie angespannt ich plötzlich war, denn im nächsten Augenblick leckte er meine Finger ab.

Wie automatisch strich ich ihm langsam über den Kopf, doch ich war immer noch gebannt von dem Anblick der kleinen Lichtung und von dem Wirbelsturm aus Erinnerungen, die im selben Moment durch meinen Kopf fegten.

Die Lichtung hatte sich überhaupt nicht verändert. Genau an dieser Stelle hatten Chloé, ich, ihre Freundin Holly und deren damaliger Freund Jess ein paar Tage gezeltet. Es war verrückt gewesen und genau deshalb hatten wir es gewagt.

Holly war eine lustige und kreative junge Frau gewesen, die jederzeit für Spaß zu haben war. Ganz im Gegenteil zu Jess, der verschlossen und beinahe grimmig gewirkt hatte. Chloé war auf die Idee gekommen, hier zu viert zu campen, und da ich die Natur rund um Vancouver liebte, hatte ich sofort zugesagt.

Holly und Jess jedoch hatten sich noch am ersten Abend zerstritten und waren zurück in die Stadt gefahren. Chloé und ich waren geblieben und diese Entscheidung hatte ich nie auch nur eine Sekunde lang bereut. Denn damals, es war Anfang Herbst gewesen, hatten wir uns abends ein kleines Lagerfeuer gemacht, jeder eine Dose Bohnen in die Glut gestellt und sie anschließend mit klappbaren Löffeln gegessen. Anschließend hatten wir eine ganze Tüte voller weißer

Marshmallows auf dünne Stöcke gespießt und sie über dem Feuer gegrillt. Dazu hatten wir uns heißen Tee mit viel Honig gemacht, den wir in einer alten Emaillekanne ebenfalls in die Glut gestellt hatten.

Chloés Eltern waren mindestens zwei Mal im Jahr mit ihr und Stella in die Berge gefahren, um mit ihnen zu campen, und da sie keine Fans von luxuriösen Wohnwagen waren, hatten sie tatsächlich immer in Zelten und ohne Strom und fließend Wasser Urlaub gemacht. Irgendwann hatten sie mich mitgenommen und auch ich hatte alles von ihrem Dad gelernt, was man in der Wildnis zum Überleben brauchte.

Langsam ging ich ein paar Schritte weiter auf die Lichtung und versuchte, zu schlucken. Dabei heftete sich mein Blick wie in Trance auf die Stelle, an der damals unser kleines dunkelgrünes Zelt gestanden hatte. Nicht weit entfernt war die Feuerstelle zu erkennen, die offenbar immer noch regelmäßig von Naturliebhabern genutzt wurde. Doch nun lagen ein paar dicke alte Stämme um die Steine herum, auf die man sich setzen konnte und die damals noch nicht dagewesen waren.

Max stupste mich erneut mit seiner Nase an und als ich ihm in die Augen sah, warf er mir einen unsicheren Blick zu.

»Alles gut, mein Freund«, versuchte ich ihn zu beruhigen, doch eigentlich war ich derjenige, der Zuspruch brauchte. Denn ich wusste genau, dass ich diesen Anblick heute wahrscheinlich nicht mehr aus meinem Kopf bekommen würde.

Ohne es verhindern zu können, sah ich Chloé ganz nah neben mir vor dem knisternden Feuer sitzen. Eingehüllt in unsere Schlafsäcke, die wir mithilfe der Reißverschlüsse miteinander verbunden hatten, um beide hineinzupassen.

Die Erinnerung von ihrem Kopf an meiner Schulter, meinen Händen um ihre Taille und das Gefühl meiner Finger unter ihrem Shirt, ließ meinen ganzen Körper erzittern. Sie hatte es zugelassen und dann hatte ich sie geküsst, sie an mich gezogen und sie das erste Mal überall dort berührt, wo ich sie schon immer hatte berühren wollen. Sie hatte aufgekeucht, als meine Finger die zarte Haut ihrer Brüste berührt hatten und ich sie anschließend vorsichtig umfasst hatte. Kurz darauf hatte sie mir einen tiefen Laut entlockt, als sie sich auf mich gesetzt und ihre Mitte an meine pochende Erektion gepresst hatte. An diesem Abend hatten wir das erste Mal miteinander geschlafen und noch zwei weitere Male am Tag danach und in der darauffolgenden Nacht.

Niemals werde ich vergessen können, wie vollständig und unglaublich glücklich ich in diesen zwei Nächten mit ihr gewesen war. Sie war diejenige gewesen, bei der ich keine Sekunde gezögert hätte, um alles für sie aufzugeben.

Anders als sie … Offensichtlich hatte sie nie dasselbe für mich gefühlt wie ich für sie. Sie hatte nichts zwischen sich und ihren großen Traum kommen lassen. Nicht einmal mich. Ob sie ihn erreicht hatte?

Dieser Gedanke kam mir gerade zum ersten Mal, denn ich war mir ziemlich sicher, dass Chloé eigentlich noch nicht fertig sein und ihren Abschluss gemacht haben konnte. Oder war sie etwa wie eine verfluchte Überfliegerin durch ihr Studium gerauscht und hatte es vor allen anderen absolviert?

Irgendwie passte diese Version nicht mit dem zusammen, was hier gerade geschah. Denn wenn Chloé so eine herausragende Leistung erbracht hätte, wäre sie ganz sicher nicht wieder zurückgekommen und so lange hier. Außer, wenn sie sich eine kleine Verschnaufpause gönnte, um in wenigen Monaten wieder abzuzischen.

Letzteres machte dann doch wieder Sinn und ich beschloss, daran zu glauben, dass sie bald wieder weg sein und sich in meinem Kopf dann endlich wieder alles beruhigen würde.

Hoffentlich verschwindet sie demnächst wieder genauso schnell, wie sie hier aufgetaucht ist …

14

Chloé

»Richard, das muss ein Vermögen gekostet haben … es ist wunderschön!«

»Für dich ist mir nichts auf der Welt gut genug, mein Schatz. Ich liebe dich. Herzlichen Glückwunsch zum Geburtstag«, antwortete Dad und legte Mum die goldene Kette mit dem türkisfarbenen Stein um den Hals. Der Stein glänzte und glitzerte in allen möglichen Blautönen und sah einfach fantastisch aus.

Mum küsste Dad und beim Anblick meiner Eltern wurde mir warm ums Herz. Die zwei führten eine wundervolle Ehe. Obwohl auch sie hin und wieder Meinungsverschiedenheiten hatten, behandelten sie sich immer mit Respekt und gingen sehr liebevoll miteinander um.

Als Mum sich von Dad löste, schimmerten ihre Augen vor Freude und eine Träne schlich sich aus ihrem Augenwinkel. Dad grinste breit, strich sie ihr sanft von der Wange und lächelte in die Runde. Dann zog Stella einen kleinen Umschlag hervor und reichte ihn Mum.

»Für dich.«

Mums Augen weiteten sich bei dem Anblick des goldenen Umschlags und sie sah fragend zwischen Stella, Dad und mir hin und her.

»Das ist von uns beiden«, sagte Stella und deutete erst auf mich und dann auf sich selbst. Beim Klang ihrer Worte stolperte mein Herz in meiner Brust, weil ich zwar wusste, was in dem Umschlag steckte, aber nichts dazu beigesteuert hatte. Meine kleine Schwester hingegen arbeitete seit ein paar Monaten zweimal die Woche nach der Schule in einem Supermarkt und verdiente ihr eigenes Geld.

Mum öffnete den Briefumschlag und als sie die Karte herauszog, hielt sie vor Staunen die Luft an.

»Ein Tag im *Sultans Palace*?«

»Ganz genau!«, erwiderte Stella mit funkelnden Augen und eine Welle schwesterlichen Stolzes breitete sich in mir aus. Das *Sultans Palace* war ein bekanntes Spa, für das man pro Tag einen Haufen Geld hinblättern musste. Dort würde Mum Massagen genießen, in ein orientalisches Hamam gehen und anschließend eine Maniküre bekommen.

Mum stand auf, kam zu uns herüber und zog uns beide in eine feste Umarmung.

»Danke Chloé, danke Stella. Da wollte ich schon immer mal hin.«

»Wissen wir doch«, erwiderte Stella, während ich innerlich mit mir kämpfte, um Mum nicht doch noch die Wahrheit über den Gutschein zu verraten.

Noch heute Abend suche ich mir einen Job. Das nächste Mal will ich meiner Familie selbst Geschenke machen können.

Mit einem gequälten Lächeln nickte ich Mum zu. »Gern geschehen.«

Gemeinsam räumten wir den Tisch ab und setzten uns anschließend ins Wohnzimmer, um den Kuchen anzuschneiden. Dad hatte eine kleine Torte besorgt und ich die Kerzen. Wir zündeten sie an und dann stimmte Dad ein kleines Happy Birthday Ständchen an. Sofort fielen Stella und ich mit ein und sangen für unsere Mum, die erneut feuchte Augen bekam. Als wir fertig waren, pustete sie die Kerzen aus und wir schnitten den Kuchen an.

Doch noch bevor einer von uns den ersten Bissen davon essen konnte, räusperte sich Mum und alle hielten in ihrer Bewegung inne. Sie lächelte mich liebevoll an.

»Ähm, Chloé, Schatz ... Würdest du uns vorher ein kleines Stück auf dem Klavier spielen? Ich vermisse es sehr, dich spielen zu hören und dir dabei zuzusehen. Das letzte Mal war zu Weihnachten vor zwei Jahren ...«

Mums Worte brannten sich in mein Herz und lösten gleichzeitig eine Welle von Hitze und Kälte in mir aus. Wie schon so oft zuvor wurden meine Hände eiskalt, während meine Stirn und meine Wangen zu glühen begannen.

Langsam stellte ich den Teller mit dem Stück Kuchen zurück auf den Couchtisch und schielte in die Richtung, in der mein altes Klavier stand.

Seit ich zurückgekommen war, hatte ich es ganz bewusst vermieden, es auch nur anzusehen, weil der Anblick zu schmerzhaft war und er mir jedes Mal aufs Neue das Gefühl gab, nicht mehr ich selbst zu sein.

Ich versuchte, zu schlucken, doch mein Hals tat weh und war plötzlich staubtrocken. Hilfesuchend sah ich zu Dad und anschließend zu Stella hinüber.

Ich wusste nicht, wie ich Mum diesen einen Geburtstagswunsch abschlagen sollte, den nur ich ihr erfüllen konnte.

Das ist deine Chance, um ihr auch etwas zu schenken und ihr zu zeigen, wie sehr du sie liebst. Versuch es einfach, vielleicht geschieht ja doch ein Wunder, sagte die kleine Stimme in meinem Kopf und ich nickte, bevor ich es mir noch einmal anders überlegen konnte.

»Natürlich, Mum. Welches Stück soll ich für dich spielen?« Es fiel mir unendlich schwer, die Worte so gelassen wie möglich klingen zu lassen.

»Wie wäre es mit *Happy Birthday* und anschließend *Für Elise*? Du weißt, wie sehr ich beides liebe. Oder hast du was Neues, das wir noch nicht kennen?«

Ich schüttelte den Kopf und lächelte, während sich jeder Muskel in meinem Körper verkrampfte. Mit stolperndem Herzen stand ich auf, lächelte weiterhin, so gut ich konnte, und ging auf mein Klavier zu. Dann begann es in meinen Ohren zu rauschen, nur um kurz danach von einem schrillen Fiepen abgelöst zu werden. Für einen winzigen Moment konnte ich nichts anderes mehr wahrnehmen.

Verflixt ... Wie soll ich das nur schaffen? Wie, wie, wie ...?

Meine Beine waren bleischwer und meine Hände kribbelten. Mit letzter Kraft gelang es mir, durchs Wohnzimmer zu gehen. Am Klavier angekommen, griff ich nach dem Hocker, der davor stand. Meine Finger begannen zu zittern, deshalb packte ich den Hocker, so kräftig ich konnte, und zog ihn nach vorn.

Ich presste die Zähne aufeinander, während mein Atem immer schneller ging. Das hier konnte nicht gut gehen, das spürte ich. Doch ich musste es einfach schaffen. Für Mum. Für den Rest der Familie. Und für mich selbst.

Versuch es, sprach ich mir immer wieder Mut zu, doch mit jeder Sekunde, die verging, wurden meine Hände kälter.

Mittlerweile ging mein Atem nur noch stoßweise und ich hatte Mühe, so zu tun, als wäre alles in Ordnung.

Reiß dich zusammen, Chloé, das wird schon irgendwie klappen ...

Meine Kehle schwoll plötzlich zu. Ich bekam kaum noch Luft und der Raum begann sich zu drehen. Ich schloss die Augen, wollte mich beruhigen, doch dann wurde alles um mich herum leise und dunkel. Meine Knie gaben nach und ich landete auf dem Boden.

»Chloé?! Schatz, was ist los? Ist dir nicht gut?« Mums alarmierte Stimme drang nur noch gedämpft an meine Ohren und in der nächsten Sekunde war sie bei mir. Ich konnte spüren, wie sie meine Hände berührte und wie sie ihre Arme um mich legte.

»Richard ...«

Ich drehte mich zu Mum herum und sah, wie Dad aufsprang und Mum half, mich wieder auf die Beine zu bekommen.

»Chloé, was zum ...?!«

»Dad, ich ...«, krächzte ich, doch meine Stimme versagte. Meine Augen brannten und ich bekam immer noch kaum Luft.

Dad legte meinen Arm über seine Schultern und führte mich zurück zur Couch. Sofort zog ich die Beine an und umklammerte sie. Ein ersticktes Schluchzen entwich mir. Ich schlug mir die Hände vors Gesicht und begann zu weinen. Es wollte mir nicht in den Kopf, warum ich nicht mehr in der Lage dazu war, auch nur einen einzigen Ton am Klavier zu spielen. Nicht einmal für Mum ...

»Schhhhh ... Beruhige dich, mein Schatz. Es ist alles in Ordnung.«

Dads Stimme klang wie immer warm und ruhig, doch leider änderte das überhaupt nichts daran, wie ich mich fühlte. Klein, verletzlich und nicht mehr ich selbst.

»Was ist nur los mit dir?«, fragte Mum bestürzt und es tat mir unendlich leid, dass ich ihr den Wunsch nach einem kleinen Musikstück nicht erfüllen konnte.

Sanft strich sie mir übers Haar und als ich die Hände von meinem Gesicht wegnahm, sah ich sie durch einen Schleier voller Tränen an.

»Es tut mir leid, Mum, aber ich kann das nicht mehr.«

»Was kannst du nicht mehr, mein Schatz?«

Ich schluchzte auf und wischte mir die Tränen weg. Doch es nützte nichts, denn die nächsten kamen sofort hinterher und erneut konnte ich meine Mum kaum erkennen.

»Ich ... Ich kann nicht mehr spielen. Immer, wenn ich es

versuche, bekomme ich Schweißausbrüche und meine Hände fangen an zu zittern und ich ...«

»Hast du dein Stipendium deshalb verloren?« Stellas Frage hörte sich an, als hätte sie sie aus weiter Ferne gestellt, doch ich hatte sie genau verstanden.

Langsam nickte ich und konnte es dennoch kaum ertragen.

»Es ist total bescheuert, ich weiß, aber ...«

»Sag das nicht, mein Schatz. Es wird einen Grund geben, warum das passiert, und ich bin froh, dass wir jetzt wissen, was in dir vorgeht. Wir haben uns schon die ganze Zeit Sorgen gemacht und uns gefragt, was in New York passiert ist«, sagte Dad, der neben mir saß und mich sanft an sich zog.

Seine Umarmung war tröstlich und für einen kurzen Augenblick fühlte ich mich wieder so klein und geborgen wie damals, als er mich nach einem Sturz vom Fahrrad in die Arme genommen und ein Pflaster auf meine winzige, kaum sichtbare Wunde geklebt hatte.

»Ich dachte, wenn ich herkomme, wird alles wieder besser, aber genau das Gegenteil ist passiert. Ich habe das Gefühl, es wird immer schlimmer.«

»Hast du schon mal mit jemandem über deine Angst gesprochen?«, fragte Mum.

»Nur mit Layla und Madison. Und das auch nur, weil sie es mitbekommen haben, wie ich ...«

»Chloé, das ist nichts, wofür du dich schämen musst, wirklich nicht«, unterbrach Dad mich und sah mir dabei fest in die Augen. »Panikattacken sind viel weiter verbreitet, als du denkst, und keine Seltenheit.«

»Aber ich will das nicht. Ich will wieder so sein wie früher und mein Studium beenden. Aber das ist vorbei. Ich bin nicht mehr dieselbe Chloé, die ich einmal war, und das fühlt sich einfach so falsch an. Alles hier ist fremd und ...«

Einen Moment lang sagte niemand mehr etwas und ich spürte, wie die Angst allmählich nachließ. Ich wusste nicht, woran es lag, aber ich wagte es nicht, mich darüber zu beschweren. Ich war einfach nur froh, dass es besser wurde.

»Ich glaube, ich komme damit nicht länger allein klar. Madison meinte, ich sollte mir vielleicht einen Therapeuten suchen ...«

»Madison wird mir immer sympathischer«, sagte Stella, woraufhin Dad und Mum gleichzeitig nickten.

»Ich finde das eine gute Idee. Wenn du willst, helfen wir dir dabei, die richtige Person für dich zu finden.« Mum beugte sich zu mir herüber und strich mir die letzten Tränen von der Wange.

»Ich wollte dir deinen Geburtstag nicht verderben, Mum.«

»Ach was, das ist doch egal. Viel wichtiger ist es doch, dass es dir und uns allen gut geht. Und irgendwann wird das auch wieder vorbeigehen, daran glaube ich ganz fest.«

»Und was, wenn nicht?«

»Alles geht vorbei«, sagte Dad und drückte mir einen Kuss auf die Haare.

»Das glaube ich nicht. Und auch das mit Ethan wird sich wahrscheinlich nie wieder bessern. Er hasst mich und ich kann ihn voll und ganz verstehen ...«, murmelte ich und seufzte.

»Hast du denn versucht, mit ihm zu sprechen?«, fragte Mum.

»Ja. Beim ersten Mal war ich selbst völlig überrumpelt, als er plötzlich vor mir stand, aber letztens im Copyshop, da wollte ich ihn fragen, ob wir uns mal treffen und über alles reden wollen. Ich will mich bei ihm entschuldigen, aber er lässt mich nicht zu Wort kommen.«

»Hast du ihm schon die Mail geschickt?« Stellas Frage kam für mich nicht überraschend, aber ich ärgerte mich darüber, dass ich sie nicht längst geschrieben hatte.

»Nein. Irgendwie finde ich nicht die richtigen Worte und je mehr ich nach ihnen suche, desto mehr denke ich an seine Mum und an Mrs. Morrison und Max. Letztens war ich kurz davor, einfach zu ihnen zu gehen und bei Ethan zu klingeln. Doch dann habe ich die Idee wieder verworfen, weil sich das auch falsch anfühlt.«

»Ach, Schatz. Ich glaube, egal wie du das mit Ethan angehst, es wird sich immer irgendwie falsch anfühlen, weil das Ende eurer Beziehung nicht optimal gelaufen ist.«

Dad sprach genau das aus, was ich in meinem tiefsten Inneren schon die ganze Zeit wusste, es mir aber nicht eingestehen wollte. Weil ich damit immer wieder in einer Sackgasse landete, die mich in den Wahnsinn trieb. Vor allem, weil Ethan keinen Grund hatte, mir zuzuhören.

»Geh hin und sprich mit ihm. Und wenn er nicht mit dir reden will, dann kannst du vielleicht mit seiner Mum oder mit Mrs. Morrison sprechen. Die zwei haben dich immer sehr gern gehabt und wer weiß, vielleicht reden sie ja irgendwann mit ihm und können dir helfen, ihn umzustimmen, damit ihr euch aussprechen könnt.« Mums Worte ergaben auf den ersten Blick Sinn und dennoch schrie eine laute Stimme in mir, dass ich das lieber nicht tun sollte.

Ethan wäre davon sicher überhaupt nicht begeistert - im Gegenteil. Doch der Gedanke ließ mich nicht mehr los und bevor ich verstand, was ich tat, nickte ich und überlegte tatsächlich, ihn in den nächsten Tagen zu besuchen.

15

Ethan

Ich biss von meinem Salami Sandwich ab und sah ungeduldig auf die große Uhr, die über dem Tresen in Moe's Café hing.

»Wo bleibt er denn schon wieder?«, fragte Lionel und wippte neben mir nervös mit seinem Bein auf und ab.

Ich zuckte mit den Schultern. »Keine Ahnung ... er wollte längst hier sein«, antwortete ich und öffnete die Messenger App auf meinem Handy.

Ich schrieb Matt eine Nachricht und drohte ihm, dass wir ohne ihn gehen würden, wenn er seinen Hintern nicht endlich hierher bewegte. Heute Abend wurde das Spiel der Seattle Seahawks gegen die Denver Broncos live übertragen und wir hatten uns Plätze in einer riesigen Sportsbar gesichert, die einmal im Monat ein Event veranstaltete, bei dem nur eine begrenzte Anzahl an Plätzen verfügbar waren. Diesmal hatte ich Ava vorher Bescheid gegeben und als sie mir gesagt hatte, dass sie gern dabei wäre, hatte ich für sie ebenfalls eine Karte gekauft. Sie wollte uns direkt vor der Sportsbar treffen.

Mein Handy vibrierte und kündigte eine neue Nachricht an.
Matt: Bin auf dem Weg! Entspann dich ...
Ich zeigte Lionel die Antwort von Matt und wollte mir gerade den letzten Bissen meines Sandwiches in den Mund schieben,

als ich eine Melodie wahrnahm, die ganz leise anfing und von Sekunde zu Sekunde lauter wurde.

Wie in Zeitlupe stellten sich meine Nackenhaare auf und ich ließ das Sandwich wieder sinken. Die Melodie des Stücks drang durch mein Ohr direkt in mein Herz, woraufhin es sich schmerzhaft zusammenzog. Ich kannte dieses Stück in- und auswendig und hatte es in den letzten Jahren nicht ein einziges Mal gehört. Doch die weichen Klänge, das perfekte Tempo und das Gefühl, das sie vermittelten, brachten mich beinahe um den Verstand.

Chloé hatte *The River Flows In You* hundert, wenn nicht sogar tausend Mal gespielt. Und während sie das Stück damals, als wir noch in die Middleschool gegangen waren, bis zum Umfallen geübt hatte, war ich bei ihr gewesen und hatte den Klängen des Klaviers gelauscht. Damals war ihr Klavier in ihrem Zimmer gewesen und ich hatte jede Minute geliebt, in der sie gespielt hatte. In ihrer Nähe und mit den Klängen der verschiedenen Stücke im Ohr hatte ich all meine Sorgen und Probleme vergessen können. Ich hatte abgeschaltet und war in dieser Zeit einfach nur glücklich gewesen.

Selbst als meine Mum einen Rückfall gehabt hatte und tagelang betrunken gewesen war, hatte mich die Nähe zu Chloé und ihrer Musik aufgefangen, mich gehalten und mir das Gefühl gegeben, zu Hause zu sein. Auch wenn mein eigenes Zuhause ein paar Straßen von ihrem Haus entfernt in einer kleinen Mietwohnung gelegen hatte, die manchmal vor lauter Dreck und schimmelndem Essen wie ein Rattenloch gestunken hatte.

Ich schluckte und unwillkürlich erinnerte ich mich an die Begegnung in Matts Copyshop und daran, wie wunderschön Chloé ausgesehen hatte.

Shit ... *Hör auf damit, du Idiot! Das darfst du nicht einmal denken!* Ich versuchte, mich davon abzuhalten, doch es gelang mir nicht.

Was ich mit diesem Lied verband, tat so verdammt weh, dass ich es kaum aushielt. Warum hatte sie das, was wir miteinander gehabt hatten, bloß aufgegeben? Warum hatte sie uns beiden nicht die Chance gegeben, die Zeit, in der wir voneinander getrennt gewesen wären, mit gelegentlichen Besuchen, Textnachrichten, FaceTime-Anrufen und E-Mails zu überbrücken? Das hätte sicher geklappt, egal, wie lange sie dortgeblieben wäre. Die vier Jahre hätten wir locker geschafft, da war ich mir ganz sicher.

Dass Chloé damals in der Juilliard aufgenommen worden war und sogar ein Stipendium bekommen hatte, war wirklich außergewöhnlich gewesen und hätte sie mich nicht dafür verlassen, wäre ich ihr größter Fan und treuester Unterstützer geworden.

Mein Handy vibrierte erneut und riss mich aus meinen Gedanken. Matt hatte mir zwei Nachrichten geschickt. Lionel beugte sich zu mir herüber, um mitzulesen, und seufzte laut auf.

»Dieser ...« Er verkniff sich den Ausdruck und sah mich genervt an.

»... Arsch! Komm, lass uns einfach schon losgehen. Ich halte es hier nicht länger aus«, sagte ich und schob meinen Stuhl nach hinten. Gemeinsam standen wir auf und verließen unser Stammcafé in Richtung der Sportsbar, die am anderen Ende der Stadt lag.

***

»Touchdown!«, schrien die Fans der Denver Broncos. Ich zuckte zusammen, während die Hälfte der Zuschauer im Raum aufsprang und jubelte.

»Fuck!«, rief ich und knallte mein Bierglas auf den Tisch, sodass etwas Bier überschwappte.

»Ethan! Pass doch auf!« Ava funkelte mich genervt an, nahm eine Serviette aus dem Spender und tupfte sich das Shirt trocken.

»Oh, sorry! Das wollte ich nicht«, entschuldigte ich mich und reichte ihr sofort eine zweite Serviette.

»Warum bist du so mies gelaunt?«

Achselzuckend verzog ich den Mund und sah ihr dabei fest in die Augen. Den ganzen Abend ging das schon so. Normalerweise rastete ich nicht derart aus, wenn die Seahawks verloren, doch heute Abend war ich gestresst.

Vielleicht lag es daran, dass ich beim Training in letzter Zeit das Gefühl hatte, auf der Stelle zu treten. Oder daran, dass ich schon wieder knapp bei Kasse war und nicht genau wusste, wovon ich meine Handyrechnung diesen Monat bezahlen sollte. Ich brauchte dringend einen neuen Nebenjob, doch ich hatte die Suche in den letzten Wochen schleifen lassen und nun war die freie Stelle bei Matt im Copyshop bereits besetzt worden.

Doch wenn ich ehrlich war, wusste ich genau, woran es lag, dass ich den ganzen Abend, ja sogar die letzten paar Tage schon, schlecht gelaunt gewesen war.

Die Antwort hieß Chloé …

Seit ich sie gesehen hatte, lief immer mehr schief. Zumindest hatte ich den Eindruck, obwohl sie ja eigentlich nichts für meine stagnierenden Laufzeiten und erst recht nichts für meine Geldprobleme konnte. Es war schließlich nicht das erste Mal, dass ich in meinem Training auf der Stelle trat, und auch nicht, dass ich am Ende des Monats kein Geld mehr auf dem Konto hatte.

Was aber neu war, war ihre Anwesenheit und die widersprüchlichen Gefühle, die sie damit in mir auslöste. Und das, obwohl ich doch Ava hatte und liebte …

Oder machte ich mir da etwas vor?

Ich seufzte, warf Ava einen entschuldigenden Blick zu und beugte mich zu ihr hinüber. Doch anstatt ihr einen Kuss zu geben, legte ich ihr meinen Arm über die Schulter und zog sie an mich. Küssen konnte ich sie in diesem Augenblick nicht, weil es sich falsch anfühlte, das zu tun, während ich gleichzeitig pausenlos über Chloé nachdachte.

Und da war es wieder …

Dieses Gefühl, dass etwas nicht stimmte. Dass etwas mit *mir* nicht stimmte, denn die Berührung hätte sich anders anfühlen müssen. Echter, gewollter und ehrlicher. Und obwohl ich mir wünschte, mehr Leidenschaft und Zuneigung für Ava zu empfinden, gelang es mir nicht. Egal, wie sehr ich es mir wünschte. Wenn ich jedoch daran dachte, wie ich Chloé geküsst und berührt hatte, dann …

Schon wieder wurde mir heiß und mein Herz begann vor Aufregung zu hüpfen. *Fuck! Fuck, fuck, fuck! So war das nicht geplant!*

Das fühlte sich alles falsch an und das schlechte Gewissen, das gerade wieder in mir aufflammte, nahm mir die Luft zum Atmen. Ava hatte es nicht verdient, dass ich an eine Andere dachte, während ich sie berührte. Und Chloé hatte es nicht verdient, dass ich auch nur einen Gedanken an sie verschwendete. Ich versuchte es noch einmal, sah Ava erneut an und drückte ihr einen flüchtigen Kuss auf die Schläfe.

»Es tut mir leid«, flüsterte ich in ihr Ohr und hoffte, es klang so ehrlich wie möglich, weil ich mir viel Mühe dabei gab.

Ava sah mich an und nickte.

»Ist halb so wild«, sagte sie und in ihren Augen erkannte ich die Liebe und Zuneigung, die sie mich immer spüren ließ.

Ich fühlte in mich hinein, versuchte, klar zu denken, und beschloss erneut, mich noch mehr anzustrengen, um der Freund für Ava zu sein, den sie verdient hatte. Auch wenn ich früher immer davon überzeugt gewesen war, dass Liebe nicht anstrengend, sondern natürlich und von ganz allein kommen musste. *Vielleicht entwickelt sich unsere Liebe ja noch etwas weiter*, dachte ich und versuchte, mich wieder auf das Spiel zu konzentrieren.

16

Chloé

Mit meinem Rucksack über der Schulter lief ich die lange Straße hinunter in Richtung Westen, wo Ethan und seine Mum wohnten. Ich hatte mir meine großen Kopfhörer auf die Ohren gesetzt und hörte mir einen sehr interessanten Podcast über das Schreiben an, um mich davon abzulenken, was mir gleich bevorstand.

Der Host, ein gewisser Peter Andrews, gab unzählige Tipps, wie es jungen Autoren gelingen konnte, ihre Figuren dreidimensional und authentisch wirken zu lassen.

Doch egal wie spannend ich dieses Thema an jedem anderen Tag meines Lebens wahrscheinlich gefunden hätte, in diesem Augenblick schaffte ich es nicht, mich darauf zu konzentrieren, was er sagte.

Ich bog um die nächste Ecke und dann sah ich es: das Mietshaus, in dem Ethan wohnte. Mein Herz begann zu stolpern und Schweißperlen bildeten sich auf meiner Stirn.

Ganz ruhig, Chloé ... Das Schlimmste, das passieren kann, ist, dass er wieder nicht mit dir reden will, und dann kannst du versuchen, mit Mrs. Morrison oder mit seiner Mum zu sprechen.

Doch viel Hoffnung auf ein Gespräch mit seiner Mum hatte ich ehrlich gesagt nicht, denn ich konnte mir nicht vorstellen, dass sie gut auf mich zu sprechen war und mir zuhören würde.

Mit jedem weiteren Schritt in die Richtung des Hauses, schlug mein Herz schneller, bis ich es nicht mehr ignorieren konnte. Ich blieb stehen und zählte innerlich bis zehn, in der Hoffnung, so meinen Puls wieder zu beruhigen. Doch leider half das auch nichts.

Sei stark, Chloé, vielleicht läuft ja doch alles ganz anders, als du es dir vorstellst. Immer positiv denken …

Den letzten Satz wiederholte ich gedanklich wie ein Mantra in Dauerschleife immer und immer wieder, bis ich schließlich an der Haustür angekommen war.

Nur noch ein kleiner Schritt und dann die Klingel drücken …

Mit klopfendem Herzen stieg ich die zwei Stufen hinauf und drückte, ohne zu zögern, auf Ethans Klingel. Mein Herz überschlug sich und donnerte im Anschluss immer schneller. *Blöde Idee, ganz, ganz blöde Idee …*

Als ich meinen Finger von der Klingel nahm, zitterte er und erst dann erkannte ich, dass der Name auf der Klingel nicht *Walker* war, sondern *Smith*.

Unsicher blinzelte ich und kniff anschließend die Augen zusammen. War ich etwa doch zum falschen Haus gelaufen? In dieser Straße sahen sich alle Häuser zum Verwechseln ähnlich. Ich trat einen Schritt zurück und kontrollierte die Hausnummer. Es war die Sieben und das stimmte. *Komisch …*

Ich stieg die Treppen wieder hinauf und als ich das Klingelschild von Mrs. Morrison direkt neben dem von Smith sah, verstand ich, was geschehen war. Ethan und seine Mum wohnten überhaupt nicht mehr hier. Sie mussten ausgezogen sein. Doch warum?

Mein Herzschlag beruhigte sich für einen kurzen Moment, weil mein Unterbewusstsein längst verstanden hatte, dass ich Ethan und seiner Mum heute wohl nicht mehr begegnen würde.

Und obwohl ich Angst davor gehabt hatte, spürte ich, wie eine Welle der Erleichterung meinen Körper flutete.

Doch dann machte sich Enttäuschung in mir breit, weil das bedeutete, in diesem Augenblick keine Chance zu bekommen, ihm endlich sagen zu können, wie leid mir alles tat und dass ich es zutiefst bereute, ihn damals so schrecklich behandelt zu haben.

Ich sah erneut zu dem Namen Smith hinüber und dann zur Klingel von Mrs. Morrison und da beschloss ich, es bei ihr zu versuchen. Ich hatte die alte Dame und ihren Hund immer sehr geliebt und wusste genau, dass ich es nachher bereuen würde, wenn ich jetzt nicht bei ihr klingelte.

Und darum tat ich es auch.

Ich drückte ihre Klingel, doch nichts geschah. Ich drückte ein zweites Mal und auch diesmal passierte nichts. Seufzend drehte ich mich um und stieg die zwei Treppen hinunter, als ich die helle, dünne Stimme von Mrs. Morrison vernahm.

»Hallo? Wer ist da?«

Sofort ging ich zurück und konnte kaum glauben, wie sehr ich mich über ihre Stimme freute.

»Hallo, Mrs. Morrison, ich bin es, Chloé. Chloé Bernard.«

Stille. Für ein paar Sekunden hielt ich den Atem an und dann antwortete sie endlich.

»Chloé? Kind, bist du es wirklich? Oh, meine Güte, komm rauf!«

Im selben Augenblick ertönte der elektrische Türöffner und ich trat ein. Vor lauter Aufregung nahm ich die Treppen und wartete nicht auf den Fahrstuhl, der laut Anzeige oben im sechsten Stock stand. Keuchend erreichte ich die dritte Etage, in der sie wohnte.

Langsam ging ich in den Flur und betrachtete die Wohnungstür, an der früher Ethans Nachnahme auf einem von ihm selbst gemachten Schild gestanden hatte. Er und Dad hatten es in unserer Garage aus einem alten Messingschild gemacht und die Metallbuchstaben hineingestanzt. Jetzt war dort nur noch eine helle Stelle zu sehen, an der das Schild viele Jahre lang gehangen hatte.

Ich drehte mich um und klopfte an die Tür von Mrs. Morrison.

Sofort hörte ich Max bellen und im selben Augenblick hüpfte mein Herz vor lauter Freude darüber, dass es ihn wirklich noch gab und dass ich den freundlichen, immer aufgedrehten Hund gleich wiedersehen durfte.

»Max, ich bin's, Chloé!«, rief ich und als die Tür aufging, kniete ich mich zu ihm hinunter. Er lugte durch den Türspalt und sah mich skeptisch an. Dann kam er langsam näher, schnupperte an mir und endlich erkannte er mich. Max wedelte mit dem Schwanz und lief aufgeregt um mich herum.

»Hey, Kleiner, schön, dich zu sehen! Ich freue mich auch.« Als er endlich still hielt, streichelte ich ihn und sah hinauf in das faltige, freundliche Gesicht der alten Mrs. Morrison. Auch sie blickte mich ungläubig an, doch dann breitete sich ein zuckersüßes Lächeln auf ihren Lippen aus.

»Chloé! Kind, du bist es ja wirklich! Wie schön, dich zu sehen, komm rein.« Ich stand auf und wollte sie zur Begrüßung umarmen, traute mich dann aber doch nicht, bis sie ihre Arme ausbreitete und mich in eine feste Umarmung zog.

»Schön, dass du uns besuchst, wie geht es dir?« Ich folgte Mrs. Morrison in ihr Wohnzimmer, das sich in den letzten Jahren überhaupt nicht geändert hatte.

»Setz dich, Liebes. Willst du etwas trinken?«

»Machen Sie sich keine Umstände und danke, dass ich reinkommen darf.«

»Aber selbstverständlich. Warum sollte ich dich nicht reinlassen? Seit wann bist du hier und wie lange bleibst du?«

Ich berichtete von dem Tag, an dem ich zurück nach Vancouver gekehrt war, und noch während ich die Worte aussprach, stieg das schlechte Gewissen in mir auf, weil ich sie bisher noch nicht besucht hatte. Dann erzählte ich ihr von den Begegnungen mit Ethan und redete ich mir alles von der Seele. Die ganze Geschichte von meiner Zeit in New York, von meinem Versagen und schließlich von meiner Rückkehr.

»Ach, Kindchen, da hast du ja eine aufregende Zeit hinter dir. Ich war nie in New York. Wie ist es dort?«

Ich überlegte, was ich der alten Frau erzählen sollte, ohne selbst wieder zu weit in meine Vergangenheit abzurutschen.

»New York ist groß und laut. Vancouver ist tausend Mal schöner. Die Berge, die frische Luft, die freundlichen Menschen … New Yorker sind ganz anders. Immer in Eile, immer auf dem Sprung und je mehr man dort arbeitet und je weniger Zeit man sich für die schönen Dinge im Leben nimmt, desto mehr Anerkennung erntet man. Die Stadt ist wie ein großes Wespennest«, sagte ich und nun schlich sich das Lächeln wieder zurück auf ihre Lippen. Ich erwiderte es, doch eigentlich war ich ja nicht hier, um über meine letzten drei Jahren zu sprechen, sondern über Ethan.

»Wohnen Ethan und Valerie nicht mehr hier? Und geht er nicht mehr mit Max spazieren?«

Mit einem Schlag verschwand das Lächeln aus ihrem Gesicht. Traurig schüttelte sie den Kopf. »Nein, er wohnt nicht mehr hier. Ethan holt Max ein paar Mal die Woche ab, aber nicht mehr täglich. Seit … seitdem seine Mum verstorben ist.«

»Oh mein Gott, was?! Valerie ist gestorben?«

Mrs. Morrison nickte erneut und mir wurde gleichzeitig heiß und kalt.

»Wann und warum? Oh meine Güte, ich …«, sagte ich und hielt mir die Hand vor den Mund. Ich hatte nicht geahnt, dass

Ethans Mum gestorben war, und konnte mir nicht vorstellen, wie schwer das für ihn gewesen sein musste. Jetzt war er ganz allein hier, hatte überhaupt keine Familie mehr. Er musste sich schrecklich einsam fühlen.

Meine Gedanken überschlugen sich und es fiel mir schwer, Mrs. Morrison weiterhin ruhig zuzuhören.

Und dann erzählte sie, wie Ethan eines Tages nach Hause gekommen war und seine leblose Mutter im Wohnzimmer aufgefunden hatte.

»Sie hat den Kampf gegen den Alkohol und die Drogen verloren und Ethan war am Ende«, berichtete Mrs. Morrison und ich wusste nicht mehr, was ich sagen sollte. Mir kamen die Tränen und es dauerte einen Moment, bis der dicke Kloß in meinem Hals wieder verschwand.

»Wissen Sie, wo Ethan jetzt wohnt?« Ich bereute die Frage sofort, doch ich musste es wissen.

»Er wohnt in der Nähe des Mayhem College. Jedenfalls hat er das gesagt. Irgendwo habe ich die genaue Adresse. Möchtest du sie haben?«

»Nein, nein. Entschuldigen Sie bitte, dass ich überhaupt gefragt habe. Er möchte ganz bestimmt nicht, dass ich die Adresse von Ihnen bekomme. Und ich möchte nicht, dass er später wütend auf Sie ist.«

Mrs. Morrison nickte verständnisvoll. Dann sah sie mich ernst an.

»Du hast ihm damals ganz schön das Herz gebrochen«, sagte sie und nachdem ihre Worte bei mir angekommen waren, hielt ich vor Scham die Luft an.

»Hat er Ihnen davon erzählt?«

»Das musste er nicht. Das sah man ihm an, Liebes. Die ersten Wochen nach deinem Umzug nach New York hat er kaum gelächelt.« Mrs. Morrison war herzensgut und ich dankte ihr dafür, dass sie mich nicht zur Rede stellte, obwohl ich ihrem Lieblingsnachbarn tatsächlich das Herz gebrochen hatte. Ich wusste, wie sehr sie Ethan liebte und wie oft er auch in ihrer Wohnung übernachtet und gegessen hatte.

Seine Mum hatte immer wieder Phasen gehabt, in denen sie sich tagelang betrunken hatte, nicht nach Hause gekommen war, oder kein Geld für Lebensmittel gehabt hatte. Ethan hatte vermutlich mehr Nächte bei ihr und in unserem Haus verbracht als zu Hause bei seiner Mum.

»Ethan kommt also nicht mehr täglich vorbei?«

»Nein, leider nicht.«

»Darf ich ab und zu vorbeikommen und Ihnen ein wenig Gesellschaft leisten? Ich könnte Ihnen beim Einkaufen helfen, die Sachen für sie nach Hause tragen. Was denken Sie? Also nur, falls Sie meine Gesellschaft nach allem, was ich getan habe, noch möchten«, flüsterte ich und hoffte, sie würde zustimmen.

»Ach, Kindchen, das musst du wirklich nicht tun. Ich möchte niemandem zur Last fallen. Und was deine Gesellschaft angeht, was sollte ich denn dagegen haben? Du bist jung und junge Leute machen Fehler. Du hast ja niemanden umgebracht und manche Beziehungen sind nun einmal nicht für die Ewigkeit geschaffen. Auch dann nicht, wenn wir es uns von ganzem Herzen wünschen«, sagte sie und am liebsten wäre ich ihr um den Hals gefallen.

»Dann darf ich kommen? Ich kann auch Stella mitbringen. Sie erinnern sich doch noch an meine Schwester, oder?«

»Natürlich erinnere ich mich an sie. Kommt jederzeit, ihr zwei. Max und ich freuen uns über jeden Besuch.«

Mein Herz schlug vor Freude Purzelbäume und dann konnte ich mich nicht mehr zurückhalten. Ich stand auf und schlang meine Arme um Mrs. Morrison. Sie erwiderte die Umarmung, ohne zu zögern, und es fühlte sich großartig an, von ihr gehalten zu werden.

»Willst du noch einmal versuchen mit ihm zu sprechen?«, fragte sie, als ich mich von ihr löste und mich zurück auf den Sessel setzte.

»Ja, aber ich glaube, er wird mir nicht zuhören«, murmelte ich, woraufhin sie mir einen mitfühlenden Blick zuwarf.

»Lass dich von seiner schroffen Art nicht verunsichern. Ich weiß, wie sehr er dich geliebt hat, und ich glaube, es würde euch beiden guttun, wenn ihr euch mal ausspracht. Er weiß es nur noch nicht und vielleicht hat er auch Angst.«

»Wovor? Ich meine, ich will mich nur entschuldigen und ihm sagen, wie leid es mir tut. Damit mache ich ihm doch keine Angst, oder etwa doch?«

Mrs. Morrison runzelte die Stirn und presste die Lippen nachdenklich aufeinander. »Angst ist nicht immer erklärbar, Chloé. Sie kommt immer dann, wenn man sie überhaupt nicht gebrauchen kann, und manchmal hat man auch Angst vor der Angst.«

Ich wusste sofort, wie sie das meinte, denn ich hatte es selbst erlebt. Immer, wenn ich im letzten halben Jahr an die Prüfungen in der Juilliard gedacht hatte, war Panik in mir aufgestiegen. Und irgendwann hatte ich aus Angst, erneut in Panik zu verfallen, alles und jeden Gedanken an ein Klavier oder an eine Prüfung gemieden, damit die Angst nicht wiederkam.

»Ich möchte ihm eine E-Mail schreiben.«

»Mach das. Das ist eine gute Idee. Papier ist geduldig und dabei ist es egal, ob es in einem Computer steckt oder in einem Briefkasten. Er kann dann selbst entscheiden, ob er dir antwortet oder nicht, und das, ohne dabei unter Druck zu geraten.«

Mrs. Morrisons Antwort wunderte mich nicht, weil ich wusste, wie weise und bedacht sie war, und in diesem Moment entschied ich mich dazu, meine Mail endlich an Ethan abzuschicken.

17

Chloé

Zwei Tage später

Ich stellte mein schmutziges Geschirr in unsere Spüle und öffnete anschließend den Kühlschrank. Madison und ich hatten zwar keine strikte Ordnung in den Fächern festgelegt, aber ich wusste genau, welche von den Lebensmitteln mir und welche ihr gehörten. Die meisten gehörten jedoch Madison und das lag daran, dass sie neben ihrem Studium in einem Schuhladen jobbte und genug Geld für Leckereien besaß. Ich brauchte ebenfalls dringend einen Job und es war höchste Zeit für mich, endlich einen zu finden, damit ich meine Miete im nächsten Monat auch wirklich selbst bezahlen konnte.

Gestern hatte ich den Kurs für kreatives Schreiben das erste Mal besucht und ihn sofort geliebt. Es hatte mir großen Spaß gemacht, mit den anderen Studenten und mit der netten Dozentin Miss Henderson über die Charakterentwicklung in bekannten Geschichten zu diskutieren. Allein die Gesellschaft neuer Leute tat mir gut und der Termin in meinem Kalender und die Vorfreude auf den Kurs hatten mir den ganzen Tag ein Lächeln auf die Lippen gezaubert.

Ich griff nach meinem Laptop und setzte mich mit ihm auf die Couch. Dann startete ich mein E-Mail Programm und checkte mein Postfach. Doch mein Blick wanderte immer wieder zu dem Ordner, dem ich den Namen Ethan gegeben hatte und in der die Mail an ihn darauf wartete, endlich abgeschickt zu werden.

Verfasst hatte ich sie längst, doch nach dem Besuch bei Mrs. Morrison vor zwei Tagen waren die Zweifel wieder lauter geworden und nun war ich mir wieder nicht sicher, ob es wirklich richtig war, sie ihm zu schicken. Aber jetzt, nachdem ich das mit seiner Mum erfahren hatte und ihn nicht persönlich sprechen konnte, war die Mail die letzte Hoffnung, ihn zu erreichen.

Ich atmete tief ein und dann beschloss ich, dass es endgültig genug war.

Mit dem Zeigefinger klickte ich auf Senden und als das Geräusch einer versendeten Mail ertönte, atmete ich erleichtert aus. Es fühlte sich richtig an, die Mail abgeschickt zu haben, und ich hoffte, dass er sie bekommen und mir drauf antworten würde. Falls nicht, musste ich darauf hoffen, ihm irgendwann noch einmal zu begegnen, um mich bei ihm zu entschuldigen. Ich wollte es ein letztes Mal versuchen und falls meine Bemühungen im Sande verliefen, würde ich es ein für alle Mal abhaken müssen. Auch, wenn der Gedanke daran kaum zu ertragen war.

In diesem Augenblick piepte mein Handy. Es lag auf meinem Schreibtisch im Schlafzimmer, weshalb ich aufstand und es holte.

Madison hatte mir ein Foto geschickt. Ich öffnete es und erkannte das Bild einer Stellenanzeige, die sie offenbar irgendwo gesehen und dabei sofort an mich gedacht hatte. Dann kam eine zweite Nachricht von ihr.

Madison: Hey, Chloé! Falls du mit deiner Jobsuche noch nicht weitergekommen bist, kannst du es ja mal hier probieren.
Chloé: Vielen Dank. Ich schau sie mir mal an und wenn sie passt, rufe ich gleich da an.
Madison: Mach das und viel Glück.
Ich las die Anzeige.
Flexible Aushilfe gesucht. Keine Vorkenntnisse oder Erfahrung nötig. Alles, was du wissen musst, zeigen wir dir. Melde dich bei uns unter …
Darunter stand eine Telefonnummer, die ich mir sofort notierte. Ich nahm mir vor, gleich anzurufen, als mein Telefon in meiner Hand klingelte.
Es war Stella.
»Hey, Schwesterherz, wie geht es dir?«, fragte sie atemlos.
»Gut, aber warum schnaufst du so?«
»Ich bin gerade die Treppen zu den Bio-Räumen hochgerannt, bin spät dran.« Sie keuchte. »Ich wollte dich nur kurz fragen, ob du heute Abend kommst.«
»Natürlich komme ich. Du weißt, wie sehr ich Pasta mit Hackbällchen liebe! Das lasse ich mir nicht entgehen!«
»Cool! Ich freue mich, bis später.«
»Ich mich auch!«
Wir beendeten das Gespräch und dann wählte ich die Nummer, die ich mir eben notiert hatte. Nach nur einmal klingeln, hörte ich die tiefe Stimme eines Mannes.
»Hallo, ich heiße Chloé und habe die Stellenanzeige gesehen. Ist der Job noch zu haben?«
»Hey, Chloé! Ich bin Anthony. Ja, die Stelle ist noch frei. Wann hast du Zeit, um dich vorzustellen?«
Bei seinen Worten fluteten alle möglichen Glückshormone meinen Körper und freudige Aufregung machte sich in mir breit.

»Heute Nachmittag kann ich ab fünf da sein. Morgen früh ab sieben.«

»Das hört sich gut an. Dann komm doch morgen um neun vorbei. Ich zeige dir alles und dann sehen wir weiter«, schlug Anthony vor, woraufhin ich vor lauter Freude beinahe in die Luft gesprungen wäre.

»Ich freue mich, vielen Dank! Bis morgen dann.«

Anthony verabschiedete sich von mir und nachdem wir aufgelegt hatten, schrieb ich Madison eine neue Nachricht und erzählte ihr von meinen Neuigkeiten.

Madison: Das ist ja großartig! Ich drücke dir die Daumen, dass es klappt.
Chloé: Danke noch mal, dass du sofort an mich gedacht hast!
Madison: Selbstverständlich. Bis später, ich muss los.
Chloé: Bis später :)

Mit einem breiten Grinsen auf den Lippen ging ich hinüber zu meiner Kommode und riss die oberste Schublade auf, die Stella am Umzugstag für mich einsortiert hatte. Darin lagen meine Tops und Shirts und da die Sonne, genau wie in den letzten Tagen, ununterbrochen schien und damit perfekt zu meiner guten Laune passte, wollte ich ein passendes Shirt zu meinem kurzen Rock heraussuchen.

Die Schubladen waren riesig und bis oben hin voll und ich wühlte mich durch all meine Oberteile hindurch. Ich suchte ein hellblaues Top ohne Ärmel, das ich letzten Sommer in New York gekauft hatte, und nun hatte ich alles durcheinandergebracht und zog ein Shirt nach dem nächsten heraus.

Plötzlich hatte ich das dunkle Trikot der Seattle Seahawks in der Hand und erstarrte. Wie lang war es her, dass ich dieses Shirt in den Händen gehalten hatte? Drei oder gar vier Jahre? Ich erinnerte mich nicht daran, es mit nach New York genommen zu haben. Das hatte ich damals nicht gewollt, denn Ethan besaß genau dasselbe, nur ein paar Nummern größer. Ich schluckte, hielt es ausgebreitet von mir weg und wusste nicht, ob ich es an mich drücken und den Duft längst vergangener Zeit einatmen oder es direkt in den Mülleimer werfen sollte.

Dad hatte uns beiden identische Trikots mit der Nummer 29 ausgesucht, die von unserem Lieblingsspieler Earl Thomas getragen wurde. Damals hatte das Team sogar den Super Bowl gegen die Denver Broncos gewonnen und ich erinnerte mich daran, wie wir, Ethan, Dad und ich, in unserem Wohnzimmer beinahe verrückt vor Freude über den Sieg unserer Mannschaft gewesen waren.

Ob Ethan sein Trikot noch hatte?

Mit einem Seufzen hob ich das Shirt unter meine Nase und sog den Duft ein. Doch natürlich roch es längst nicht mehr nach damals und obwohl ich es ewig nicht gesehen hatte, tat es schrecklich weh, an vergangenen Zeiten zu denken.

Langsam ließ ich es sinken, faltete es und rollte es anschließend so klein zusammen wie nur möglich. Dann ließ ich es in den Papierkorb unter meinem Schreibtisch fallen und verließ mein Schlafzimmer in Richtung Flur.

Ich ging ins Badezimmer, drehte das Wasser auf und versuchte, nicht mehr an das Shirt zu denken. Doch der Anblick von dem blauen Stoff im Mülleimer hatte sich in mein Gedächtnis eingebrannt und der Gedanke, das Shirt dort liegen zu lassen und es endgültig wegzuwerfen, war kaum zu ertragen. Es war schließlich irgendwie zu einem Teil von mir geworden, hatte mich und auch Ethan lange begleitet ...

Mit einem letzten Blick in den Spiegel hastete ich zurück in mein Schlafzimmer, nahm das Shirt aus dem Mülleimer und stopfte es zurück in meine Kommode. Ganz tief nach unten. Sollte es doch die nächsten hundert Jahre darin verborgen liegen. Mir egal. Hauptsache es war noch da ...

18

Ethan

Seit einer gefühlten Ewigkeit lag ich wach und konnte nicht wieder einschlafen. Ich stand auf und setzte mich leise an meinen Schreibtisch, um Ava nicht zu wecken. Sie war ebenfalls spät eingeschlafen und ich betrachtete sie einen Moment lang. Ihr Atem ging regelmäßig und leise und wie immer sah sie dabei friedlich und glücklich aus.

Doch wie so oft in letzter Zeit, klopfte mein Herz nicht vor Freude, wenn ich sie ansah. Da war nichts mehr, was es höherschlagen ließ, und ich verstand allmählich, dass es so nicht weitergehen konnte.

Wir waren erst wenige Monate ein Paar und hatten nicht oft miteinander geschlafen. Vier Mal nur, um ehrlich zu sein, und die waren okay gewesen. Wir hatten unseren Spaß gehabt, aber es hatte mich nicht vom Hocker gerissen. Und jetzt wusste ich auch, woran es gelegen hatte, und konnte Ava keinen Vorwurf machen, weil es einzig und allein an mir lag.

Gestern Abend hatten wir lange zusammen im Bett gelegen und auf meinem Laptop einen Film nach dem anderen geschaut. Dabei hatte ich Avas Annäherungsversuche immer wieder so sanft wie möglich abgeblockt, weil ich nicht in Stimmung gewesen war, doch sie hatte nicht lockergelassen. Sie hatte mich gestreichelt und geküsst, doch mich hatte das völlig kaltgelassen. Nichts in mir hatte sich geregt, nicht einmal, als sie über meine Hose gestrichen hatte, um mein bestes Stück zum Leben zu erwecken. Es war demütigend und peinlich gewesen und irgendwann hatte Ava es frustriert aufgegeben. Sie hatte sich seufzend umgedreht und war kurz darauf eingeschlafen.

So etwas war mir bisher noch nie passiert. Doch nachdem ich die E-Mail von Chloé gestern nach dem Abendessen in meinem Postfach gefunden hatte, war sie mir nicht mehr aus dem Kopf gegangen. Im ersten Moment hatte ich sie sofort löschen wollen, doch ich hatte es nicht übers Herz gebracht und war trotz meiner Wut auf sie viel zu neugierig auf das gewesen, was sie mir mitteilen wollte.

Und das, obwohl ich mir denken konnte, dass es sich um eine Entschuldigung handeln musste. Das hatte ich bei unserer letzten Begegnung im Copyshop gespürt und sie deswegen nicht zu Wort kommen lassen. Ich wusste, dass mich eine Entschuldigung von ihr aus meiner Komfortzone reißen würde. Und genau das passierte gerade. Die ganze Zeit schon schwirrte sie mir im Kopf umher und seit ich wusste, was in der Mail stand, war es noch viel schlimmer.

Denn auf der einen Seite verstand ich jetzt die Gründe für ihr Verhalten und fand, dass sie beinahe einen Sinn ergaben und vielleicht sogar ehrenhaft waren.

Auf der anderen Seite jedoch fiel es mir schwer, Verständnis für ihre Entscheidung aufzubringen. Weil es so unfair von ihr gewesen war, diese Entscheidung allein zu treffen. Ohne mich zu fragen, was ich davon hielt. Dabei hatten wir doch sonst immer alles gemeinsam besprochen und entschieden. Allein die Tatsache, dass sie mir nicht einmal sofort von der Zusage der Juilliard erzählt hatte, zeigte doch, wie egoistisch sie damals gewesen war. Oder hatte sie gezögert, weil sie selbst nicht wusste, ob es das Richtige für sie war?

Ich startete meinen Laptop, öffnete das E-Mail-Programm und klickte auf meinen Posteingang. Und da war sie. Chloés lange E-Mail, in der sie sich gefühlte eintausend Mal für alles entschuldigte. Ich klickte auf die Mail und sofort öffnete sich die Nachricht. Langsam atmete ich tief ein und las sie erneut. Ich hatte sie gestern Abend nur einmal kurz gelesen, in der Hoffnung, ihre Worte würden sich nicht allzu fest in meinen Kopf festsetzen, doch natürlich war das Gegenteil passiert.

Lieber Ethan, es tut mir so unendlich leid, dass ich dir das Herz gebrochen und unsere Beziehung vom einen auf den anderen Tag beendet habe. Ich wollte nur das Beste für uns beide, das musst du mir glauben. Ich habe befürchtet, dass du alles dafür getan hättest, um mich so oft wie möglich in New York zu besuchen, und dafür habe ich dich unendlich geliebt. Doch ich wollte nicht, dass du dich und deine eigenen Ziele dabei selbst vergisst, und ich wusste, dass deine Mum dich hier gebraucht hat. Jeden Tag. Hättest du versucht, Geld für Flugtickets zu verdienen, wäre das ihr gegenüber nicht fair gewesen.

Außerdem hätte ein Job dich nur von deinen eigenen Zielen abgelenkt und die waren dir schließlich genauso wichtig wie meine Ziele mir. Ich wollte nicht der Grund dafür sein, dass du dich am Ende womöglich nur noch darauf konzentriert hättest, Geld zu verdienen, um mich zu besuchen, statt auf deinen Abschluss und auf dein Lauftraining. Du hattest schließlich ebenfalls deine Träume und ich wollte nicht diejenige sein, die am Ende daran schuld war, wenn du sie wegen mir nicht hättest erreichen können.

Ich wusste, wie hart und anspruchsvoll das Studium an der Juilliard sein würde und darum stand für mich von Anfang an fest, dass ich keine Zeit für häufige Besuche zu Hause haben würde und ohne Unterbrechung in New York bleiben wollte. Ich war in all der Zeit nur zwei Mal hier und das nur für sehr kurze Zeit. Und seien wir mal ehrlich, wie lang halten Fernbeziehungen denn schon? Ich jedenfalls kenne niemanden, bei dem eine Fernbeziehung über so viele Jahre gehalten hat, und damit wir uns auf das konzentrieren konnten, was uns beiden wichtig war, habe ich das zwischen uns lieber beendet.

Doch jetzt verstehe ich, dass ich die falsche Entscheidung getroffen habe, denn ich habe alles, was mir je etwas bedeutet hat, für immer verloren und das habe ich offenbar auch nicht anders verdient. Du hingegen hast nur das Beste verdient und ich hoffe und wünsche mir, dass du trotz allem glücklich bist und dass du deinen Zielen näher gekommen bist als ich. Du hattest es nie leicht und musstest schon immer für alles in deinem Leben kämpfen. Ich hingegen musste nichts dafür tun, um Klavierstunden zu bekommen, und selbst das hat schon damals ein schlechtes Gewissen in mir ausgelöst.

Wenn ich könnte, würde ich die Zeit zurückdrehen und es ungeschehen machen, denn bitte glaub mir, dass ich dir nie wehtun wollte. Es tut mir leid.

Falls du mit mir reden möchtest, kannst du mich jederzeit anrufen. Hier ist meine Nummer: 652-341-223. Ich würde mich sehr freuen, wenn wir beide irgendwann wieder so was wie Freunde sein könnten.

Alles Liebe, Chloé.

Ich las die letzten Sätze immer und immer wieder. Was wollte sie mir nun damit sagen? Etwa, dass sie mich noch liebte? Und warum sprach sie davon, alles verloren zu haben? Ihr Studium hätte eigentlich vier Jahre dauern sollen, aber jetzt war sie hier und es hörte sich ganz danach an, als wäre sie gescheitert.

Sie hatte mir sogar ihre Handynummer geschickt, dabei wollte ich sie überhaupt nicht haben und obwohl ich sie ignorieren wollte, kannte ich sie bereits auswendig.

Im letzten Satz stand, dass sie sich freuen würde, wenn wir beide irgendwann vielleicht sogar wieder so was wie Freunde sein könnten.

Freunde …

Ich wusste genau, dass ich das niemals zulassen konnte, und blinzelte den grellen Bildschirm an.

In diesem Moment spürte ich meine Blase plötzlich schmerzhaft brennen. Leise stand ich auf, klappte den Laptopdeckel ein Stück weiter runter, um Ava nicht zu wecken, und schlich mich aus meinem Schlafzimmer ins Bad.

Sogar während ich noch auf der Toilette war, schwirrten mir ihre Worte im Kopf herum und ergaben immer weniger Sinn, je länger ich über sie nachdachte.

Das war doch reinster Bullshit, den sie da geschrieben hatte. Sie hatte nicht gewollt, dass ich mir einen Job suchte, um sie zu besuchen …? Natürlich hätte ich das getan! Auf der Stelle. Aber das schlechte Gewissen meiner Mum gegenüber, das sie bei dem Gedanken empfunden hatte, nagte in diesem Moment auch an mir.

Nachdem ich mir die Hände gewaschen hatte, ließ ich mir kaltes Wasser übers Gesicht laufen, um wieder klar denken zu können. Doch leider half das Wasser auch nicht. Leise schloss ich die Badezimmertür hinter mir und ging auf Zehenspitzen zurück in mein Schlafzimmer.

Und da sah ich sie … Ava. Sie saß vor meinem Laptop und starrte ungläubig auf den Bildschirm.

»Was zum Teufel ist das hier?« Langsam, wie in Zeitlupe, löste sie ihren Blick von meinem Laptop und sah mich fragend an. Ihre Stimme klang heiser und ich wusste nicht, wie ich ihr das Ganze erklären sollte.

»Das ist nichts, Ava, das musst du mir glauben. Ich, ich habe nicht um diese E-Mail gebeten und ich habe Chloé …«

»Wer ist sie? Und warum schreibt sie dir eine Nachricht, in der sie dich förmlich anbettelt, dass du ihr verzeihst? Was läuft da zwischen euch?« Wütend funkelte sie mich an und ich konnte verstehen, dass sie sauer war. Schließlich hatte ich ihr nie von Chloé erzählt und ich ahnte, wie sie sich jetzt fühlen musste. Vermutlich verraten und hintergangen.

»Ist sie der Grund, warum du gestern Abend keinen hochbekommen hast?«

Ihre Worte schnitten mir tief ins Fleisch und hinterließen einen faden Geschmack auf meiner Zunge. Es tat verdammt weh, die Worte laut ausgesprochen zu hören, und noch mehr tat es weh, weil sie recht hatte. Natürlich lag es an Chloé und an der Mail.

Ava schnaubte vor Wut und klappte den Laptop unsanft zu. So wütend und enttäuscht hatte ich sie noch nie erlebt. Langsam ging ich einen Schritt auf sie zu und breitete die Arme aus. Doch sie wich zurück und wehrte meinen Versuch, mich bei ihr zu entschuldigen, mit einem finsteren Blick ab.

»Komm mir jetzt nicht zu nahe«, knurrte sie.

Ich hob abwehrend die Hände. »Keine Angst, das werde ich nicht, wenn du das nicht willst«, erwiderte ich und blieb wie angewurzelt stehen.

Entschlossen nickte sie, stand auf und ging an mir vorbei. »Ich brauche erst mal etwas Zeit, um zu verstehen, was das Ganze hier bedeutet«, sagte sie und begann sich anzuziehen. Kurz darauf war sie fertig und verschwand anschließend ohne ein Wort aus meiner Wohnung.

***

Drei Tage später

»Und wann musst du die Präsentation abgeben?« Matt sah Ava fragend an.

»Morgen«, antwortete sie und verzog genervt das Gesicht.

»Shit! Dann musst du dich heute wirklich noch dransetzen.«

»Ich weiß …«, sagte sie und ließ entmutigt den Kopf hängen.

Matt legte ihr freundschaftlich den Arm über die Schulter und zog sie ein Stück an sich. »Das schaffst du schon!«

Ava lächelte ihn dankbar an und griff nach seiner Hand, die über ihre Schulter hing. Mich hatte es noch nie gestört, dass die beiden so liebevoll miteinander umgingen, und ich freute mich darüber, dass wenigstens sie gute Laune hatten.

Zwischen mir und Ava jedoch war alles anders, seit sie die Mail gefunden hatte. Sie rief mich nicht mehr von sich aus an und auf Textnachrichten antwortete sie deutlich später als sonst. Dass sie mich und Matt jetzt zum Mittagessen begleitete, lag einzig und allein an Matts Überredungskünsten und daran, dass sich die zwei auch ohne mich gut verstanden.

Erneut sah ich zu ihnen hinüber, wandte meinen Blick dann wieder nach vorn auf den hellen Kiesweg des Campus und blieb abrupt stehen.

Nur wenige Meter vor uns kamen Chloé und eine junge Frau auf uns zu und ich wäre am liebsten im Erdboden versunken. *Shit!*

Unwillkürlich hielt ich den Atem an, weil ich ein Aufeinandertreffen nicht mehr verhindern konnte. Dafür waren wir ihnen schon viel zu nahe. Ich verließ den Kiesweg dennoch und deutete an, dass ich ihnen Platz machen wollte.

Vielleicht bekamen Ava und Matt ja nichts davon mit, weil sie sich immer noch über die Präsentation unterhielten. Doch sie bemerkten nicht, dass ich meine Richtung änderte, und wären um ein Haar in Chloé und ihre Freundin hineingelaufen. Die vier blieben im letzten Moment voreinander stehen und Matt erstarrte, als er Chloé erkannte. Sofort warf er mir einen fragenden Blick zu, doch mir fehlten die Worte.

»Ethan?«, sagte Chloé überrascht und bei dem Klang ihrer Stimme spannte sich jeder Muskel in meinem Körper an.

Sie war wie immer wunderschön und meinen Namen aus ihrem Mund zu hören, brachte mich beinahe um den Verstand.

In diesem Moment wurde mir erneut bewusst, dass ich mich so

schnell wie möglich mit der ganzen Sache beschäftigen musste, um endlich wieder klar denken zu können. Denn offensichtlich ließ mich ihre Anwesenheit immer noch nicht kalt, egal, wie sehr ich es mir auch wünschte. Im Gegenteil. Mein Herz setzte einen Schlag aus, als sich unsere Blicke trafen. Ich versuchte, an ihr vorbeizuschauen, aber es gelang mir nicht und Hitze schoss mir in den Kopf.

Mit hochgezogenen Augenbrauen sah Chloé zwischen uns dreien hin und her. Matts Arm lag immer noch über Avas Schulter und Chloé warf den beiden ein freundliches Lächeln zu.

»Schön, dich wiederzusehen«, sagte sie und lächelte mich unsicher an. »Hast du meine Mail bekommen?«

In diesem Moment drehte sich alles in meinem Kopf und meine Knie wurden weich. Warum um alles in der Welt sprach sie ausgerechnet jetzt die verdammte E-Mail an?

Mein Blick schoss hinüber zu Ava und natürlich hatte sie eins und eins zusammengezählt. Mit einer langsamen Bewegung schob sie Matts Hand von ihrer Schulter, trat einen Schritt auf mich zu und legte ihren Arm um meine Taille. Mein Herz schlug mir bis zum Hals und ich spürte, wie Ava sich mit ihren Fingern an mir festklammerte.

Chloés Lächeln verblasste augenblicklich. Sie biss sich verlegen auf die Unterlippe und sah unsicher zwischen Ava und mir hin und her.

»Wie heißt du?«, fragte Ava und ihre Stimme klang dabei ruhig und lauernd. Das konnte nicht gut ausgehen …

»Ich heiße Chloé, und du?«

Avas Griff wurde im selben Moment noch fester, als Chloé ihren Namen nannte, und ich spürte ihre Fingernägel in meinem Fleisch.

Die Spannung zwischen Chloé und Ava wurde immer unangenehmer und ich hielt es kaum noch aus.

Ava fixierte Chloé, ohne auch nur einmal mit der Wimper zu zucken. Chloés Freundin begriff sofort, was sich hier gerade abspielte, und stellte sich selbstbewusst neben Chloé.

»Ich heiße Ava und Ethan und ich sind zusammen.«

Stille.

Niemand von uns sagte ein Wort. Meine Kehle war mit einem Mal staubtrocken geworden und machte das Schlucken zu einer Qual.

»Und ich möchte, dass du dich in Zukunft von meinem Freund fernhältst«, sagte Ava, löste sich von mir und schob sich an Matt vorbei, sodass sie jetzt nur noch wenige Zentimeter von Chloé entfernt stand.

Chloé sah sich Hilfe suchend um und begann nervös an ihren Fingernägeln zu spielen. Dann nickte sie, bekam jedoch kein Wort mehr heraus.

19

Chloé

Ava kam einen weiteren Schritt auf mich zu und ich stolperte zurück. Sie machte mir Angst und ich wusste nicht, wie ich reagieren sollte.

»Lass uns in Ruhe, oder du wirst es bereuen«, sagte sie und presste ihre Zähne dabei fest aufeinander.

Ich hätte einfach meinen Mund halten und an Ethan und seinen Freunden vorbeigehen sollen. Doch in den letzten Tagen hatte ich mir immer wieder Gedanken um die E-Mail gemacht und mich gefragt, ob er sie überhaupt erhalten hatte. Für meinen Neuanfang wollte ich alles, was mir Kopfschmerzen bereitete, geklärt haben und dazu gehörte natürlich in erster Linie die Sache mit ihm.

»Hey!« Madisons Stimme klang selbstbewusst und ich sah, dass sie Ava böse anfunkelte.

Doch Ava würdigte Madison keines Blickes. Sie fixierte mich weiterhin ununterbrochen und kalter Schweiß brach auf meiner Stirn aus. Meine Hände wurden eiskalt und es fiel mir schwer, zu atmen.

»Ich …«, begann ich, aber meine Stimme versagte. Ich hatte ja nicht gewusst, dass Ethan eine Freundin hatte, und hätte nie erwartet, dass sie seine Mails las. Ich konnte jedoch gut verstehen, warum sie versuchte, mich einzuschüchtern, und das gelang ihr.

Ich holte tief Luft und setzte erneut an. »Ich wollte mich nur entschuldigen und ...«

In diesem Moment packte sie mich mit beiden Händen an den Schultern und öffnete den Mund, als Ethan plötzlich bei uns war und sie mit einer heftigen Bewegung von mir wegzerrte.

»Das reicht jetzt, Ava, sie hat es verstanden!«

Ava sah Ethan entsetzt an und ich war ihm dankbar, dass er die Situation endlich beendete.

Nervös blickte ich zu Ava und erkannte in ihrem Gesichtsausdruck, wie enttäuscht sie von ihm war.

»Ist das dein Ernst, Ethan?«, schrie sie ihn an, woraufhin er nickte.

Oh nein! Jetzt würden sie sich streiten und das war allein meine Schuld. Warum nur hatte ich ihm diese verdammte E-Mail geschickt? Dabei hatte ich mich doch nur entschuldigen wollen und versuchen, es für uns beide leichter zu machen.

Kurz spürte ich Eifersucht in mir aufsteigen, doch ich verbot mir dieses Gefühl sofort, weil ich wusste, dass ich kein Recht dazu hatte, auf irgendeine andere Frau eifersüchtig zu sein, mit der Ethan zusammen war.

»Ja! Das ist mein Ernst, Ava. Du musst ihr nicht noch mehr Angst einjagen. Es ist vorbei!« Bei seinen Worten hielt ich erneut die Luft an und sah erschrocken zwischen den beiden hin und her.

»Was meinst du damit, es ist vorbei?«, fragte Ava verwirrt und ich hörte das Zittern in ihrer Stimme.

»Mit euch?«

Ethan nickte.

»Für mich sieht das aber ganz anders aus. Ich glaube dir nicht!«

Ethans Kehlkopf hüpfte auf und ab und ich schluckte ebenfalls. Madison griff nach meiner Hand und ich drückte sie, dankbar, sie in diesem Moment an meiner Seite zu haben.

»Weißt du was, Ethan ... Ich glaube, es ist besser, wenn wir die Sache jetzt gleich klären«, sagte Ava und funkelte ihn wütend an.

Ich schüttelte stumm den Kopf und Ethans Blick huschte für den Bruchteil einer Sekunde zu mir herüber. Ava drehte sich ebenfalls in meine Richtung und sah mir wütend ins Gesicht. Sie schnaubte und wandte sich wieder Ethan zu. Mit bebender Stimme begann sie zu sprechen und bei jedem ihrer Worte wurde mein Puls schneller.

»Offensichtlich ist da noch etwas zwischen euch beiden und ich habe keine Nerven, um für eine Beziehung mit dir zu kämpfen, wenn du uns eigentlich schon längst abgeschrieben hast!«, sagte sie und warf mir einen letzten vernichtenden Blick zu.

Mein Herz raste und erneut wünschte ich, ich hätte diese E-Mail nie abgeschickt.

»Das bildest du dir nur ein, Ava. Wirklich! Das mit Chloé und mir ist Ewigkeiten her und nur, weil sie mir eine E-Mail geschickt hat, bedeutet das noch lange nicht, dass ich diese Nachricht von ihr bekommen wollte oder dass ich ihr jemals verzeihen werde.«

Ethans Worte schnitten in mein Herz, doch ich wusste, dass ich keine netteren verdient hatte. Erneut drückte ich Madisons Hand und der Drang, von hier zu verschwinden, wurde von Sekunde zu Sekunde größer.

Ava verengte ihre Augen und warf mir einen missbilligenden Blick zu. »Ich will, dass du sie aus deinen Gedanken streichst. Für immer. Egal, wie viele Nachrichten sie dir schickt!«

Sie sprach so, als stünde ich nicht nur wenige Meter von ihnen entfernt, und das nervte mich. Doch ich wagte es nicht, ein zweites Mal den Mund aufzumachen, weil ich nicht noch mehr Ärger zwischen den beiden heraufbeschwören wollte.

»Tut mir leid, aber das kann ich nicht«, gab Ethan jedoch leise zurück, woraufhin Ava scharf die Luft einsog.

»Wie bitte?! Willst du mich verarschen, Ethan? Wie meinst du das? Wie lange soll dieses …« Ava kam auf mich zu.

Sofort trat ich einen Schritt nach hinten und presste die Zähne aufeinander. Sie hob die Hand, als wollte sie mich schlagen, als sie weitersprach.

»… dieses Flittchen denn bitte in deinem Kopf umherschwirren? Denkst du auch an sie, wenn wir …?«

Sie sprach den Rest des Satzes nicht aus und das musste sie auch nicht. Die Luft um sie herum schien förmlich zu vibrieren vor Wut und Hass auf mich. Und auf Ethan, der Ava ganz offensichtlich die falsche Antwort gegeben hatte.

Ava kam noch näher und ballte ihre erhobene Hand zur Faust. Madison versuchte, sich schützend vor mich zu stellen, doch das ließ ich nicht zu. Niemals würde ich es ertragen, dass meine neue Freundin sich für mich in Gefahr brachte.

Im nächsten Moment packte Ethan Avas Handgelenk.

»Du übertreibst es, Ava! Verdammt nochmal, merkst du eigentlich noch was?!«

Avas Miene wurde finster und gleichzeitig konnte ich die Enttäuschung in ihren Augen aufflackern sehen. All das war meine Schuld und das Letzte, was ich gewollt hatte.

»Bitte, das wollte ich nicht …«, versuchte ich es leise, doch Ava reagierte nicht. Ethan hingegen ließ seinen Blick für den Bruchteil einer Sekunde zu mir herüber schnellen und das brachte das Fass zum Überkochen.

Ava riss sich von Ethan los und stieß ihm mit beiden Händen vor die Brust, sodass er nach hinten taumelte. Sie sagte jedoch kein Wort mehr und verschwand mit schnellen Schritten über den Campus.

Als Ava nicht mehr zu sehen war, blickte ich erneut zu Ethan hinüber und erschrak. Denn er schien mich die ganze Zeit über angestarrt zu haben und nicht Ava. Ich versuchte, den Ausdruck in seinen Augen zu deuten, und erkannte so vieles in seinem Blick, angefangen bei Verwirrung und Unentschlossenheit, bis hin zu einem winzigen Hauch von Erleichterung. Geschlagen ließ er die Schultern hängen und sah seinen Freund Matt an.

»Komm, es ist besser, wir verschwinden hier«, sagte dieser, ging zu Ethan hinüber und legte ihm seine Hand auf die Schulter. Ethan ließ es zu, dass Matt ihn vor sich herschob. Madison und ich sahen den beiden hinterher, wie auch sie in dieselbe Richtung verschwanden wie kurz zuvor Ava.

»Es tut mir leid«, hauchte ich und wusste, dass meine Entschuldigung niemandem etwas nützte. Genau wie ich ihm nichts mehr nützte. Ich war nur Ballast für ihn und sollte ihn ein für alle Mal vergessen.

20

Chloé

Zwei Wochen später

»Chloé, kommst du?«, fragte Madison und ich überlegte, ob es eine gute Idee war, sie zu begleiten. Sie stand an der Eingangstür des Copyshops, in dem ich Ethan vor ein paar Wochen begegnet war. Madison musste dringend ein paar Sachen für ihre Vorlesung in Mikrobiologie ausdrucken und ich hatte ihr versprochen, sie zu begleiten.

Dumme Idee, wie sich jetzt herausstellte, denn allein beim Anblick des Ladens wurden meine Hände feucht. Doch wenn ich etwas versprach, dann hielt ich mich auch daran, also nickte ich und folgte ihr.

Sie öffnete die Tür, als mein Handy klingelte.

»Hallo?«

»Hi. Chloé?«

»Ja?«

»Hier ist Anthony aus dem Café.«

»Oh, hey, Anthony.« Ich gab Madison ein Zeichen, zu mir herüberzukommen. Dann schaltete ich den Lautsprecher ein, damit sie das Gespräch mithören konnte.

»Ich wollte dir nur mitteilen, dass du den Job hast. Du kannst am Montag anfangen.«

Ich konnte es nicht glauben, ich hatte einen Job! Madison und ich strahlten um die Wette.

»Wow! Vielen Dank, Anthony! Wann soll ich da sein?«

»Um sechs machen wir auf. Bitte sei pünktlich.«

»Selbstverständlich. Montag um sechs. Ich werde da sein«, sagte ich und wir verabschiedeten uns.

»Das ist ja großartig, herzlichen Glückwunsch!« Madison umarmte mich überschwänglich.

»Endlich wieder mal eine gute Nachricht«, sagte ich, steckte mein Handy weg und folgte Madison in den Copyshop.

Drinnen stieg mir sofort der Geruch von Toner und Druckerfarbe in die Nase. Die vielen Geräte, die in engen Reihen nebeneinanderstanden, brummten vor sich hin und heizten die Räume zusätzlich auf. Ich mochte den Geruch nicht und die grellen Neonröhren, die in regelmäßigen Abständen an der Decke hingen, machten das Ganze nicht besser.

Nervös hielt ich nach Ethans Freund Ausschau und hoffte, dass er nicht hier war. Ich wollte ihm lieber nicht noch einmal begegnen, obwohl er selbst nichts mit der Sache zu tun hatte.

»Was möchtest du machen?«, fragte der Kerl hinter der Kasse, ohne Madison dabei anzusehen. Er kritzelte ungerührt weiter auf seinem Papier herum.

»Ich brauche einen Computer, um von diesem Stick Dateien zu drucken«, antwortete Madison und hielt ihren USB-Stick in die Luft. Er sah kurz auf und für den Bruchteil einer Sekunde veränderte sich seine Miene. Er ließ seinen Blick über Madisons Gesicht wandern und ich konnte sehen, wie er schluckte. Für einen kurzen Moment glaubte ich, so was wie ein Funkeln in seinen Augen zu sehen, als er plötzlich leise schnaubte und den Mund verzog.

Er sah beinahe genervt aus. Oder war es Langeweile? Vielleicht auch eine Mischung aus beidem, aber ich fand, dass er sich nicht gerade professionell und vor allem nicht besonders kundenfreundlich benahm.

Ich musterte ihn und sah, dass er ein Namensschild trug, das offenbar alle Mitarbeiter an ihrer Kleidung hatten. Denn Matt, Ethans Freund, hatte auch so eins getragen. Ich kniff die Augen zusammen und konnte jetzt seinen Namen lesen. *Luke* ... Kein besonders freundlicher Typ.

»Komm mit«, sagte er knapp und warf Madison einen prüfenden Blick zu. Madison folgte ihm in einen anderen Raum und ich blieb allein zurück. Unsicher, ob ich ihnen folgen sollte, sah ich mich um, als mein Blick auf das Papier fiel, das Luke zur Seite gelegt hatte, bevor er aufgestanden war. Ich ging einen Schritt näher heran, um zu sehen, was er da gezeichnet hatte, und war beeindruckt.

Ich ging noch weiter an die Kasse heran und drehte den Kopf ein wenig, damit ich die Zeichnung besser sehen konnte. Ich erkannte eine dunkle Gasse, in der ein Junge auf der Veranda eines kleinen Teehauses in Japan saß. Oder war es China? Eigentlich war es auch unwichtig, denn das Bild war atemberaubend. Der Kleine hatte seine Ellenbogen auf seine Knie gestützt und den Kopf in seine Hände gelegt. Mit leeren Augen starrte er vor ich hin und wirkte unglaublich niedergeschlagen. Es war verblüffend, wie es Luke gelungen war, so viel Trauer und düstere Gefühle in mir zu wecken, und das, obwohl nicht einmal Farben im Spiel waren. *Er ist ein Künstler*, dachte ich und sah noch einmal in die Richtung des Raumes, in dem er mit Madison verschwunden war.

In diesem Moment kam er zurück, ging an mir vorbei und setzte sich auf den Hocker hinter der Kasse. Er würdigte mich keines Blickes, nahm sein Papier und seinen Stift wieder auf und zeichnete weiter.

Ich räusperte mich, weil ich ihm gern ein Kompliment für seine Zeichnung gemacht hätte, doch er ließ sich nicht ablenken.

Er war so konzentriert, dass ich beschloss, ihn nicht länger zu stören. Womöglich würde er erneut genervt schnauben und das wollte ich nicht.

Ich ging in die Richtung, in die er kurz zuvor mit Madison verschwunden war, und fand sie vor einem der drei Computer-Arbeitsplätze.

»So ein unfreundlicher Kerl ...«, sagte Madison, die bereits mehrere Dokumente geöffnet hatte und zwischen ihnen hin und her sah.

»Ja, sehr sympathisch wirkt er nicht, aber ...«

Madison sah zu mir auf und verzog genervt die Lippen.

»Er ist ein Künstler.«

»Na und? Auch Künstler sollten freundlich sein, wenn sie mit Kunden zu tun haben«, sagte sie und wandte sich wieder ihren Dateien zu. »Woher weißt du, dass er einer ist?«

Ich erzählte ihr von seiner Zeichnung. »Er hat wirklich Talent.«

»Hm ...«, machte Madison, die sich offensichtlich auf ihre Dokumente konzentrieren musste. Sie klickte ein paar Mal mit der Maus, bis einer der Drucker hinter uns ansprang und ein Blatt nach dem anderen ausspuckte.

Madison stand auf und holte sich den Stapel.

»Sehr gut«, sagte sie, nachdem sie alle Seiten begutachtet hatte, und zog ihren USB-Stick wieder aus dem Computergehäuse.

»Fertig.« Sie lächelte mich glücklich an.

»Super. Können wir wieder los?«

Sie nickte. Erleichtert folgte ich ihr in den vorderen Raum, in dem die Kasse stand.

Luke saß nicht mehr an seiner Zeichnung, sondern stand über den Tresen gebeugt und unterhielt sich mit einem seiner Kollegen, der das gleiche Shirt mit demselben aufgedruckten Logo des Copyshops trug. Als wir näher kamen, drehte sich sein Kollege um und im selben Augenblick hielt ich die Luft an. Es war Matt und als er mich erkannte, verstummte er und sah mich perplex an. *Oh nein ...*

Madison erkannte ihn ebenfalls, ließ sich von ihm aber nicht abschrecken und warf ihm einen freundlichen Blick zu. Ich hingegen senkte den Kopf und wollte so schnell wie möglich aus dem Laden verschwinden, als ich seine Stimme hörte.

»Hallo, Chloé, hallo ...« Fragend sah er zu Madison hinüber.

»... Madison«, beendete sie seinen Satz, woraufhin er ihr ein offenes Lächeln schenkte.

»Hallo, Madison.«

Warum zum Teufel sprach er mich an, nachdem ich so viel Ärger zwischen Ethan und Ava verursacht hatte? Womöglich hatte Ethan ihm von mir erzählt und davon, was für ein schlechter Mensch ich war. Ich versuchte, in Matts Miene zu erkennen, wie er über mich dachte, doch sie war undurchdringlich.

Immerhin wirkte er nicht verärgert und vielleicht hatte Ethan auch keinen weiteren Gedanken mehr an mich verschwendet, was ich ihm nicht verübeln konnte. Die Welt drehte sich schließlich nicht immer nur um mich.

»Hi«, antwortete ich höflich und sah zu ihm hinüber. Sein Lächeln wurde breiter und nun verstand ich überhaupt nichts mehr. Warum grinste er mich nur so an? Hatte ich vielleicht irgendetwas Komisches im Gesicht, was dort nicht hingehörte? Oder lachte er mich etwa aus?

Wir gingen weiter zur Kasse und näherten uns den beiden. Ob ich Matt nach Ethan fragen sollte? Ich fühlte mich schrecklich für das, was an dem Tag auf dem Campus vorgefallen war. Außerdem war ich neugierig und wollte zu gern wissen, wie es Ethan ging und ob zwischen ihm und Ava alles wieder in Ordnung war. Wir waren nur noch wenige Schritte von den beiden entfernt und mit jeder Sekunde, die verstrich, wuchs die Neugier in mir an.

Als wir bei Luke an der Kasse ankamen, sah dieser uns kaum an. Immerhin verzog er das Gesicht nicht mehr, so wie zuvor. Er wirkte beinahe ein wenig freundlicher. Oder bildete ich es mir nur ein? *Komischer Kerl* ...

Ich wandte mich Matt zu und dann nahm ich all meinen Mut zusammen.

»Weißt du, wie ...?«, stammelte ich und bereute es sofort, meinen Mund aufgemacht zu haben. Aber ich musste es wissen.

»Es geht ihm gut«, sagte Matt und ich atmete erleichtert aus.

»Wirklich?«

Er nickte.

»Heißt das, sie haben sich wieder versöhnt?« Mein Herz setzte einen Schlag aus, als Matt den Kopf schüttelte.

»Nein. Sie haben sich getrennt.«

Mir klappte der Mund auf. »Was? Warum? Doch nicht wegen meiner E-Mail, oder?«

»Nein, nein. Zwischen den beiden lief es schon vorher nicht mehr so gut. Ava wollte es noch einmal mit ihm versuchen, aber Ethan hat sich von ihr getrennt. Und offensichtlich war das genau das Richtige für ihn.«

»Wie ... wie meinst du das?«

»Er wirkt seitdem entspannter und ja ...«

»Entschuldige, dass ich gefragt habe. Das hätte ich vielleicht lieber nicht tun sollen. Nicht, dass du am Ende noch Stress mit ihm bekommst, weil wir uns unterhalten«, sagte ich, weil ich nicht wollte, dass ich Matt damit in eine ungünstige Lage brachte. Offenbar war ich sehr gut darin, Chaos und Unruhe zu stiften.

»Quatsch. Er macht daraus ja kein Geheimnis und wie gesagt, er scheint darunter auch weniger zu leiden, als er selbst geglaubt hat. Jedenfalls hat er das gesagt.«

Mir fiel ein Stein vom Herzen, als ich hörte, dass es Ethan gut ging, und ich war erleichtert, zu hören, dass sich die beiden nicht wegen mir getrennt hatten.

»Hat er denn noch etwas über mich gesagt?« Die Frage war mir herausgerutscht, bevor ich es verhindern konnte. Warum hielt ich nicht einfach meinen Mund? »Sorry, das war dumm von mir«, sagte ich schnell und stellte mich zu Madison, die gerade ihr Wechselgeld einsteckte.

Ich sah erst sie an und dann Luke, der sie unverhohlen musterte, während sie mit ihrem Portemonnaie beschäftigt war. Madison bekam davon nichts mit. Ich nahm mir vor, ihr später davon zu erzählen, doch in diesem Augenblick war ich mit meinen Gedanken immer noch bei Ethan und versuchte, so schnell wie möglich aus dem Laden zu kommen. Ich drehte mich zum Gehen um, als Matts Stimme erneut erklang.

»Er hat mir von dir erzählt ...« Bei seinen Worten wurde mir schlecht. Das konnte nichts Gutes bedeuten. Langsam hob ich den Blick und sah ihn noch einmal an.

»Über Ava hat er nie so gesprochen wie über dich«, sagte er und ich wollte am liebsten im Boden versinken. Oh. Mein. Gott. Ich musste hier sofort raus. Ich griff nach Madisons Hand und wollte sie hinter mir aus dem Laden ziehen, doch sie blieb stehen.

»Was willst du damit sagen?«, fragte sie, woraufhin ich sie erschrocken anstarrte.

»Komm, Madison. Ich will es lieber nicht hören«, bat ich sie, doch sie schüttelte den Kopf.

»Raus mit der Sprache. Ist das was Gutes oder was Schlechtes?« Es fühlte sich fantastisch an, Madison an meiner Seite zu haben. Sie war in kürzester Zeit zu einer der wichtigsten Personen in meinem Leben geworden, dennoch zog ich erneut an ihrer Hand.

»Bitte, Madison, es ist das Beste, wenn wir es dabei belassen«, sagte ich und da verstand sie und nickte.

»Entschuldige, ich …« Doch weiter kam sie nicht, weil Matt sie unterbrach.

»Also über Ava hat er jedenfalls nie so viel gesprochen wie über dich«, sagte er und der Boden begann sich unter meinen Füßen zu drehen.

21

Ethan

»Komm, Max, hier entlang!«, rief ich, woraufhin er mir schwanzwedelnd in die nächste Straße folgte. Ich lief weiter und endlich erreichten wir den Waldweg. *Attack* von Thirty Seconds to Mars lief gerade an und ich erhöhte die Lautstärke. Der Song vibrierte in meinen Ohren und sofort bekam ich Lust, schneller zu laufen.

Ich versuchte, mich auf die Musik und den Weg zu konzentrieren, doch trotz der schnellen Beats und der perfekten Laufkulisse wollte es mir nicht gelingen.

Seit wir Chloé vor ein paar Wochen auf dem Campus begegnet waren, hatten Ava und ich uns ein zweites Mal gestritten, bis ich den Entschluss gefasst hatte, die Sache mit ihr zu beenden. Ich hatte sie nicht länger hinhalten und ausprobieren wollen, ob ich mich irgendwann doch mit ihr von Chloé ablenken konnte. Das wäre Ava gegenüber nicht fair gewesen und passte nicht zu mir. Ich hatte versucht, es ihr zu erklären, und zum Glück hatte sie es irgendwann eingesehen und mir eine letzte Nachricht geschickt, in der sie zugab, dass es besser war, unsere Beziehung unter diesen Umständen zu beenden.

Seitdem ging mir die Situation auf dem Campus nicht mehr aus dem Kopf. Vor allem der Moment, als Ava auf Chloé zugegangen war und ihre Hand zur Faust geballt hatte. In diesem

Augenblick hatte sich alles in mir schmerzhaft zusammengezogen. Ava hatte eine Grenze überschritten.

Meine Grenze.

Von der nicht einmal ich selbst gewusst hatte, dass ich sie besaß. Mir waren alle Sicherungen durchgebrannt und ich hatte Chloé beschützen wollen, ohne dass ich etwas dagegen hätte tun können. Der Impuls, ihr beizustehen, war für mich ein eindeutiges Zeichen dafür, dass ich trotz allem, was geschehen war, nie zulassen könnte, dass jemand ihr wehtat oder sie in die Enge trieb.

Dabei hatte ich kein Mitleid für sie empfinden wollen. Im Gegenteil. Doch es war, wie es war, und ich konnte nichts dagegen tun. Tief in meinem Inneren wusste ich, dass ich jederzeit genauso wieder reagieren würde, wenn jemand Chloé zu nahe kam. Ganz offensichtlich war sie mir immer noch viel zu wichtig und das ärgerte mich. Zu eng waren wir beide miteinander verbunden gewesen und dieses Band bestand immer noch, obwohl ich fest daran geglaubt hatte, es wäre mit Chloés Umzug nach New York längst durchtrennt worden.

Immer wieder quälte mich der Gedanke an ihre E-Mail. Ich hatte keine Ahnung, ob ich ihr jemals darauf antworten sollte, denn ich wusste nicht mehr, was ich wirklich wollte. Die Worte in ihrer Mail hatten sich in meine Gedanken eingebrannt und ließen mich an all der Wut zweifeln, die ich die Jahre über auf sie gehabt hatte. Vielleicht hatte sie damals ja nicht nur mir, sondern auch sich selbst das Herz gebrochen?

Was, wenn ich ihre Entschuldigung annahm? Was, wenn sie das als Zeichen dafür sah, mir weitere Nachrichten zu schreiben?

Und was, wenn mir das gefiel …?

Bei dem Gedanken daran, weitere Nachrichten von ihr zu bekommen, begann mein Herz noch härter gegen meine Rippen zu hämmern. Ich konnte mir nicht vorstellen, Chloé wieder in meinem Leben zu haben. Als ›Freundin‹ …

In meiner Welt konnte das niemals klappen, weil ich bei ihrem Anblick fast genauso aufgeregt war wie damals bei unserem allerersten Kuss. Und das war ein ziemlich eindeutiges Zeichen dafür, dass ich ihr lieber nicht antworten sollte, denn nur mit ihr befreundet zu sein, überstieg meine Vorstellungskraft. Nie wieder würde ich nur ein Kumpel für sie sein können, denn dafür hatte ich sie viel zu sehr und viel zu lange geliebt.

***

Ich sprintete hinter Max die Treppen hinauf bis zu Mrs. Morrisons Apartment. Wie jedes Mal schielte ich kurz zu unserer alten Wohnungstür hinüber und schluckte, bevor ich bei Mrs. Morrison klopfte. Es dauerte einen kurzen Moment, dann schloss sie auf und machte eine einladende Geste.

»Ich muss gleich wieder los, tut mir leid.«

»Komm bitte trotzdem kurz rein. Ich möchte etwas mit dir besprechen«, sagte sie und klang dabei ernst. Ohne zu zögern, gab ich nach und folgte ihr in die Wohnung.

Max verschwand sofort in die Küche und trank hörbar aus seiner Wasserschale, die Mrs. Morrison ihm jedes Mal bis zum Rand mit frischem Wasser füllte, während wir laufen waren.

»Setz dich doch, ich möchte mit dir über Chloé sprechen. Sie war vor kurzem hier und ich wusste nicht, ob ich es dir überhaupt erzählen soll. Aber offensichtlich ist sie wieder da und versucht, mit dir zu reden, und ...«

»Chloé war hier?«, unterbrach ich sie, woraufhin sie sofort nickte.

»Ja. Sie wollte eigentlich zu dir. Aber natürlich hat sie gesehen, dass dein Name nicht mehr an der Klingel steht, und hat es daraufhin bei mir versucht. Ich habe ihr von dir und deiner Mum erzählt und ich hoffe, du bist mir deswegen nicht böse. Das Mädchen tat mir leid und ich finde es ziemlich mutig von ihr, hierher zu kommen, um mit dir zu reden. Sie wollte dir eine E-Mail schicken, hat sie das getan? Habt ihr inzwischen miteinander gesprochen?«

Langsam schüttelte ich den Kopf und nickte anschließend. Verwirrt sah sie mich an.

»Ich habe ihre E-Mail bekommen, aber ich habe nicht darauf geantwortet.«

Mrs. Morrison seufzte. »Warum nicht?«

»Das weiß ich selbst nicht so genau. Seit sie wieder hier ist, bin ich völlig durcheinander...« Ich berichtete knapp von dem, was in den letzten Wochen geschehen war, und als ich endete, atmete Mrs. Morrison tief ein.

»Hör zu, mein Lieber. Ich kann dir natürlich nicht sagen, was du machen sollst, dafür bist du längst zu alt und mir steht es nicht zu, das zu tun. Aber ich sehe doch, dass es dich beschäftigt und vielleicht auch blockiert. Es hält dich davon ab, dein Leben weiterhin so zu leben, wie du es die letzten drei Jahre versucht und gemeistert hast. Um wirklich glücklich zu sein, solltest du mit dem, was dich noch bedrückt, abschließen. Sonst schwebt diese Geschichte womöglich für den Rest deines Lebens wie eine dunkle Wolke über deinem Kopf und lässt die Sonnenstrahlen nie ganz zu dir runterkommen.«

Mrs. Morrisons Worte trafen direkt in mein Herz. Aber ich wusste nicht, ob ich dazu jetzt schon bereit war.

»Vielleicht sollte ich ihr antworten, das stimmt. Aber ich will noch ein wenig darüber nachdenken.«

»Natürlich, aber schiebe es nicht zu lange vor dir her. Wie gesagt, solche Dinge können dich lange bedrücken und davon abhalten, das Leben zu führen, das du dir wünschst und verdienst. Sie will hin und wieder herkommen und mit mir zusammen einkaufen, aber keine Sorge, ihr werdet euch nicht über den Weg laufen.«

»Okay.« Mehr bekam ich nicht heraus und stand langsam auf. »Dann komme ich übermorgen wieder...« Ich ging zu ihr hinüber und drückte sie zum Abschied. Max war indes längst zu uns ins Wohnzimmer gekommen, hatte sich in sein Hundebett gelegt und dämmerte müde vor sich hin.

»Bis bald, Max«, sagte ich und als der liebenswerte Hund schlapp die Augen öffnete, verließ ich das Apartment.

In weniger als zehn Minuten schaffte ich die kurze Strecke in meine Wohnung und als ich gerade den Schlüssel ins Türschloss stecken wollte, wurde die Tür von innen geöffnet.

Matt stand vor mir und trug einen großen Pappkarton unter dem Arm. Fragend sah ich ihn an.

»Das sind die letzten Sachen von Ava... Sie hat mich angerufen und mich darum gebeten, ihr Zeug einzusammeln und ihr die Kiste zu bringen.«

»Okay. Danke, dass du das machst. Ich fühle mich immer scheiße, wenn ich an sie denke«, sagte ich und trat einen Schritt zur Seite, damit er mit der Kiste aus der Tür kam.

Er nickte und lächelte mich verständnisvoll an. »Es ist wohl besser so«, sagte er und ich stutzte.

»Wie meinst du das?«

Er drehte sich um und verzog den Mund. »Das weißt du doch... Offensichtlich ist da noch einiges zwischen dir und Chloé, was dich davon abhält, für eine andere Frau bereit zu sein.«

Er stellte die Kiste auf dem Boden ab und kam zu mir zurück. Mit einem warmen Lächeln sah er mich an und legte seine Hand auf meine Schulter.

»Du solltest das mit Chloé klären, Kumpel. Sonst kommst du nie über sie hinweg. Und sie offensichtlich auch nicht«, sagte er und ich erstarrte.

»Dasselbe hat Mrs. Morrison auch gesagt.« Ich berichtete von dem Gespräch mit ihr, woraufhin Matts Blick nachdenklicher wurde.

»Ich habe sie gestern gesehen. Im Copyshop. Sie und ihre Freundin waren da und als sie mich gesehen hat, hat sie nach dir gefragt. Alter, offensichtlich schwirrst du ihr genauso im Kopf herum, wie sie dir. Redet miteinander und sprecht euch aus. Vielleicht ist das die beste Lösung für alle. Sie will sich doch nur entschuldigen.«

Ich brauchte einen Moment, um Matts Worte zu verarbeiten.

»Sie hat nach mir gefragt?«

»Ja, hat sie. Und sie sah wirklich fertig aus.«

Die Gedanken in meinem Kopf überschlugen sich. »Und was, wenn ich mit ihr spreche und sie dann erst recht nicht mehr aus dem Kopf bekomme? Was, wenn ich nachgebe und ihr verzeihe? Sie hat in der Mail gefragt, ob wir Freunde sein können. Das kann ich mir aber nicht vorstellen, dafür ...«

Ich verschluckte mich beinahe an meinen eigenen Worten und fühlte mich mit einem Mal gehetzt. Ich hatte so schnell gesprochen, dass Matt jetzt derjenige war, der einen Moment zum Nachdenken brauchte.

»Alter ... hörst du dir eigentlich selbst manchmal beim Reden zu?« Er machte eine Pause und gab mir Zeit zum Antworten, doch ich sagte nichts. »Wir kennen uns jetzt schon über zwei Jahre und bis vor ein paar Wochen hast du nie etwas von Chloé erzählt, aber ich weiß mittlerweile, wie du tickst, und so verwirrt habe ich dich noch nie gesehen. Was willst du für dich? Willst du sie ein für alle Mal vergessen und ignorieren? Dann sag es ihr. Willst du sie wieder in dein Leben lassen? Dann lass sie. Aber entscheide dich, denn wenn du selbst nicht weißt, was du willst, hilft das niemandem. Und ich glaube, es geht ihr genau wie dir.«

Jetzt brach das reinste Chaos in meinem Kopf aus und der Raum begann sich zu drehen. Schweißperlen liefen mir die Schläfen hinab und ich wusste, dass sie nicht nur vom Laufen kamen, sondern ein eindeutiges Zeichen dafür waren, dass Matt verdammt recht hatte. Genau wie Mrs. Morrison. Ich wischte mir über die Stirn und massierte mir die Schläfen.

»Ich muss jetzt los«, sagte er und zog mich in eine kurze Umarmung. »Du schaffst das schon. Sei ehrlich mit dir selbst, dann wirst du schon erkennen, was du wirklich willst.«

Er löste sich von mir, drehte sich um und hob den Karton auf. Anschließend verschwand er die Treppen hinunter und ließ mich mit einem Gedankenkarussell in meinem Kopf stehen.

***

Nach der heißen Dusche fühlte ich mich tatsächlich ein wenig besser. Dennoch wurde ich die Worte von Mrs. Morrison nicht los. Ich rasierte mich und als ich damit fertig war, betrachtete ich mein Spiegelbild. Was wollte ich nur? Ich versuchte mir vorzustellen, wie es mit Chloé und mir weitergehen sollte, doch immer, wenn ich daran dachte, ein einfacher Freund für sie zu sein, schnürte sich meine Kehle zu.

Ich hatte keine Ahnung, wie es weitergehen würde, aber ich wusste, was ich nicht wollte. Und das war, erneut verletzt zu werden. Schmerz hatte etwas Fieses an sich, das weit über den Moment hinausging, in dem man ihn das erste Mal fühlt. Vor allem der Schmerz, der sich wie ein Parasit in das eigene Herz schlich und sich dort mit aller Kraft festhielt. Dieser Schmerz konnte lange Zeit unbemerkt in dir wohnen und mucksmäuschenstill sein und irgendwann würdest du sogar glauben, er wäre für immer verschwunden. Doch dann, mit einem Mal, wenn eine Situation oder ein Mensch auftauchte, der mit deinem Schmerz untrennbar verknüpft war, kam er mit aller Macht zurück und haute dich um. Riss dich von den Füßen und tat auf einmal noch viel mehr weh als zuvor.

Und genauso erging es mir jetzt. Ich hatte den Gedanken an Chloé jahrelang unterdrückt. Hatte meine Erinnerungen an sie auf Eis gelegt und den Schlüssel zum Gefrierfach weggeworfen. Und nun, wo sie wieder da war, tauten sie Stück für Stück wieder auf. Und obwohl meine Erinnerungen so lange leblos und tot gewesen waren, spukten sie jetzt umso lebendiger in meinem Kopf herum, sodass ich es kaum aushielt.

Ich beschloss, mir später noch einmal richtig Zeit zu nehmen und zu überlegen, was ich wollte. Doch jetzt dachte ich an meine Vorlesungen und an das College, denn das war mir ebenfalls sehr wichtig.

Mit schnellen Schritten lief ich die zwei Straßen zu Moe's Café entlang und freute mich schon auf meinen Kaffee und meine mit Pistaziencreme gefüllten Croissants. Meine Morgenroutine erdete mich, gab mir das Gefühl von Struktur und Sicherheit und plötzlich bewegte ich mich wieder in meiner Komfortzone.

Mal sehen, was Sara heute so erzählt und ob sie und ihre Mum es endlich geschafft haben, ihr Apartment fertig zu streichen, dachte ich und öffnete die Tür des Cafés.

Sofort stieg mir der Duft von frischem Kaffee und süßem Gebäck in die Nase und ich ließ meinen Blick über das Innere des Cafés gleiten. Hier war ich zu Hause und fühlte mich augenblicklich gut.

Sara stand mit dem Rücken zu mir und bemerkte mich nicht.

»Hey!«, sagte ich, woraufhin sie erschrocken zusammenzuckte. Amüsiert grinste ich sie an und als sie mich erkannte, erwiderte sie mein Lächeln.

»Mach das nicht noch mal!«, sagte sie empört und kam zu mir herüber.

»Sorry, kommt nicht wieder vor … Wie geht's dir?« Ich schmunzelte immer noch.

»Gut, und dir?«

»Wie immer«, antwortete ich und stellte meinen To-Go Becher auf dem Tresen ab. »Bei mir ist alles bestens«, sagte ich in der

Hoffnung, das Universum würde mich hören und das Gesetz der Anziehungskraft endlich wieder funktionieren. Irgendwo musste man schließlich anfangen, positiv zu denken, richtig?

Sie griff nach meinem Becher und wandte sich zu der großen glänzenden Kaffeemaschine um, mit der sie den besten Kaffee der ganzen Stadt zubereitete.

»Eins oder zwei?«, fragte sie und deutete auf die Croissants.

»Eigentlich hätte ich gern zwei gehabt, aber …«, antwortete ich und sah auf das fast leere Tablett in der Glasvitrine. Ich freute mich, wenigstens eins abzubekommen, und konnte die Pistaziencreme schon auf meiner Zunge schmecken. Allein der Anblick machte mich glücklich.

»Gleich kommt Nachschub«, sagte sie und Freude stieg in mir auf. In diesem Moment öffnete sich die Tür zu der kleinen Küche hinter ihr, woraufhin sie zu lächeln begann.

»Siehst du, wie auf Kommando«, sagte Sara, drehte sich zu der Person um, die gerade mit einem vollen Tablett hereinkam, und dann blieb mein Herz stehen.

Chloé …

Was zum Teufel machte sie hier? Ich verschluckte mich beinahe an meiner eigenen Spucke und kniff ungläubig die Augen zusammen. Chloé war hier? In meiner Komfortzone?!

Sofort war die Unsicherheit zurück, mischte sich mit Wut und Frust und mit einem einzigen Wimpernschlag verschwanden all meine guten Vorsätze von heute früh auf einmal. Sie lösten sich innerhalb weniger Sekunden in Luft auf und ließen mich eiskalt im Stich.

Chloé starrte mich fassungslos an. Sara bemerkte die Spannung zwischen uns sofort und hielt in ihrer Bewegung inne. Langsam nahm sie Chloé das Tablett ab und ließ es auf den Tresen sinken.

»Ihr kennt euch?«

Chloé und ich nickten synchron.

Chloé fing sich schneller als ich und wandte ihren Blick von mir ab. Sie sah Sara an und schluckte, bevor sie zu sprechen begann.

»Ethan und ich, wir ...« Ihre Stimme versagte und sie sah mich erneut an. In ihrem Blick lag so viel Trauer und Ratlosigkeit, wie ich selbst in diesem Moment spürte.

»Wir kennen uns schon sehr lange«, beendete ich ihren Satz und ich war überrascht, wie ruhig und gleichzeitig kräftig meine Stimme klang.

Chloé sah mich dankbar an und verzog ihre Lippen zu einem vorsichtigen Lächeln. Ich hingegen konnte ihr Lächeln nicht erwidern und presste meine Kiefer fest aufeinander.

»Ich gehe dann lieber wieder nach hinten und sehe nach den Muffins«, sagte sie und als Sara stumm nickte, drehte Chloé sich um und ging. Bevor sie allerdings durch die Tür verschwand, drehte sie den Kopf in meine Richtung und sah mich ein letztes Mal an. Mein Herz zog sich bei ihrem Anblick schmerzhaft zusammen.

»War da mal was zwischen euch?« Sara musterte mich skeptisch.

»Ja ...« Ich sah immer noch auf die Tür zur Küche und blinzelte. »Seit wann arbeitet sie hier?«

»Seit heute. Anthony hat sie eingestellt.«

Ich biss mir auf die Zunge.

»Ist das ein Problem für dich? Nicht, dass ich in diesem Fall etwas daran ändern könnte, aber ...«

Ich schüttelte den Kopf, obwohl es mir schwerfiel. Doch ich wollte nicht, dass Chloé mir mit ihrer bloßen Anwesenheit meine Morgenroutine durcheinanderbrachte. Denn ich liebte es, nach dem Laufen hierherzukommen, meine Croissants zu essen und mir einen Kaffee für die Vorlesungen zu kaufen.

Doch ich wollte auch nicht, dass sie ihren neuen und womöglich ersten richtigen Job sofort wieder aufgab. Denn dazu hatte ich trotz allem, was vorgefallen war, kein Recht und ich würde mich dabei auch nicht gut fühlen.

Ich wollte nicht mehr flüchten und versuchen, damit klarzukommen und locker mit der Situation umzugehen. Es würde schon irgendwie gehen, wenn sie hier arbeitete. Erneut schlichen sich die Worte von Matt und Mrs. Morrison in meine Gedanken.

Der Geschmack des Kaffees und der Croissants würde sich wegen ihrer Anwesenheit mit Sicherheit nicht ändern und meine morgendlichen Gespräche mit Sara würde ich auch nicht aufgeben. Niemals, denn das hier war einer meiner Lieblingsorte und ich wollte versuchen, stark zu sein, damit er es auch blieb. Für mich.

»Nein, nein. Das ist kein Problem. Selbst wenn du sie entlassen könntest, würde ich das nicht wollen. So bin ich nicht.«

Sara schenkte mir ein warmes Lächeln und ich wusste sofort, dass ich das Richtige gesagt hatte. Ich konnte in meiner Komfortzone bleiben, in der ich meine Routine weiterverfolgte, die mir Halt gab und mich erdete. Das musste ich mir nur oft genug vor Augen halten, dann würde es bestimmt auch klappen. Hoffte ich zumindest …

22

Chloé

Drei Tage später

Der Ofen meldete sich mit seinem aufdringlichen Piepton. Ich eilte hinüber und schaltete ihn aus. Es war halb acht und die ersten Gäste würden demnächst ins Café kommen. Sara und ich waren jeden Tag ab sechs hier und bereiteten alles vor. Wir belegten Sandwiches, backten Muffins und Croissants und füllten sie mit der berühmten Pistaziencreme, die sehr viele Fans hatte.

Sie waren jeden Tag als Erstes ausverkauft und ich verstand nicht, warum Sara und Anthony nicht einfach mehr von ihnen backten und zum Verkauf anboten.

Ethan kam jeden Tag vor seinen Vorlesungen vorbei, kaufte sich zwei Stück davon und einen Americano. Und jeden Tag unterhielt er sich ein paar Minuten mit Sara über alles Mögliche. Ich hatte sie ein paar Mal dabei beobachtet. Offensichtlich kannten sich die zwei schon länger und es gehörte zu ihrer täglichen Routine, sich auszutauschen.

Ethan hatte immer noch nicht auf meine Mail geantwortet und ich deutete das als Zeichen dafür, dass er mir nichts mehr zu sagen hatte. Meine Entschuldigung ließ ihn anscheinend kalt und interessierte ihn nicht weiter.

Ich zog mir die großen Ofenhandschuhe an und öffnete die Ofenklappe. Warmer Dampf waberte mir entgegen und ich schloss die Augen für einen Moment. Die Croissants dufteten unglaublich gut. Vorsichtig zog ich das heiße Tablett heraus. Sara hatte die Pistaziencreme bereits fertig angerührt und in einen Spritzbeutel gefüllt.

»Heute machst du das mal«, sagte sie, woraufhin ich sie ungläubig ansah.

»Meinst du wirklich? Und was, wenn …?«

»Du schaffst das schon. Hast ja oft genug zugesehen, wie ich es mache, und ich kann jederzeit helfen.«

»Okay … Wie lange müssen sie vorher abkühlen?«

»Nur ein paar Minuten.«

Ich stellte das Tablett auf die große Arbeitsfläche aus Stein, die vor dem Fenster stand, holte das zweite Blech Croissants hervor und schob es anschließend in den Ofen.

»Warum backt ihr nur zwei Bleche pro Tag? Die Dinger sind jedes Mal sofort ausverkauft.«

»Keine Ahnung«, erwiderte sie schulterzuckend und widmete sich wieder den Tomaten für die Salate zum Mitnehmen.

Als die Croissants kalt genug waren, zog ich mir dünne Hygienehandschuhe an und nahm eines davon vorsichtig in die Hand. In der anderen Hand hielt ich den Spritzbeutel und suchte nach einer geeigneten Stelle, um ihn in das feine Gebäck zu stechen. Sara kam zu mir herüber und nickte mir ermutigend zu.

»Trau dich einfach. Da geht so schnell nichts kaputt und selbst wenn … Die Leute kaufen sie auch, wenn sie nicht perfekt aussehen. Dafür schmecken sie einfach zu gut.«

Ich lächelte sie an, stach die Spitze des Beutels hinein und drückte die Creme anschließend vorsichtig heraus. Das Croissant in meiner Hand wurde schwerer und Freude breitete sich in mir aus.

»Super, das klappt doch wunderbar!« Sara verschwand nach vorn in den Gästeraum und kam kurz darauf wieder zurück.

***

Als ich mit den Croissants fertig war, trug ich das Tablett in den Verkaufsraum und legte eines nach dem anderen vorsichtig in die Vitrine. In diesem Augenblick ging die Tür des Cafés auf und als ich Ethan sah, hielt ich unwillkürlich die Luft an. Ich wusste zwar, zu welcher Uhrzeit er immer kam, und dennoch war ich jeden Morgen aufs Neue überfordert, sobald er auftauchte. Er sah großartig aus und trug einen blauen Hoodie mit dem Logo des Mayhem College.

Als er mich sah, huschte sein Blick kurz über mein Gesicht. Ich hoffte auf ein kleines Lächeln von ihm, doch das kam nicht ... Er hatte nur Augen für das Gebäck in der Vitrine und erst als Sara aus der Küche trat, wurde sein Gesichtsausdruck weicher.

Er stellte sich an den Tresen und ihr üblicher Smalltalk begann. Sara lächelte ihn an, packte ihm zwei Croissants ein und bereitete seinen Kaffee zu.

Ein kleiner Anflug von Eifersucht keimte in mir auf und ich wandte den Blick ab. Ich hatte kein Recht darauf, eifersüchtig auf sie zu sein. Schließlich hatte ich meine Chance auf eine Zukunft mit ihm wie ein altes Taschentuch in den Müll geworfen und durfte mich jetzt nicht beschweren. Sara und er konnten so viel quatschen und miteinander scherzen, wie sie wollten.

Dennoch entwich mir ein leises Seufzen, als ich mich umdrehte. Mein Blick fiel auf das schmutzige Geschirr, das auf einem der Tische stand. Ich schnappte mir ein Tablett und ging hinüber, um es einzusammeln.

»Chloé!« Madisons Stimme zauberte mir sofort ein Lächeln auf die Lippen. Auch sie kam fast jeden Morgen zu uns, bestellte sich einen großen Matcha Latte und leistete mir ein paar Minuten Gesellschaft, bevor sie in ihre Vorlesungen verschwand.

»Sehen wir uns nachher auf dem Campus?«, fragte sie und umarmte mich zur Begrüßung.

»Na klar.«

»Wollen wir nach den Vorlesungen heute etwas unternehmen? Vielleicht eine Maniküre, oder so?«, fragte sie, doch ich schüttelte den Kopf.

»Ich kann nicht und du hast auch keine Zeit.«

»Was? Wieso?« Fragend sah sie mich an.

Ich grinste voller Vorfreude.

»Meine Eltern laden uns zwei zum Abendessen ein«, sagte ich und das Lächeln auf Madisons Lippen wurde breiter.

»Sie mögen dich sehr und seit sie dich beim Umzug kennengelernt haben und Stella von dir schwärmt, fragen sie regelmäßig nach dir.«

»Oh, wow ... Sie müssen mich aber nicht einladen«, sagte sie verblüfft, doch ihr Gesichtsausdruck verriet mir, dass sie sich freute.

»Wollen sie aber. Also, hast du heute schon etwas vor? Natürlich nur, wenn du magst, das ist ...«

»Ich komme. Dein Dad ist sehr sympathisch und deine Mum auch.«

In diesem Moment spürte ich Ethans Blick von der Seite und sah verstohlen zu ihm hinüber.

Und tatsächlich. Er fixierte mich und unsere Blicke trafen sich. Alles um mich herum wurde leiser. Ich verlor mich in seinem Blick und ich glaubte, für einen winzig Moment so etwas wie Trauer darin zu erkennen. Ein Stich breitete sich in meiner Brust aus und raubte mir den Atem. Ob er unser Gespräch gehört hatte? Vermutlich ...

Früher war Ethan derjenige gewesen, der beinahe jeden Tag bei uns gegessen hatte, weil er sonst nur Mikrowellengerichte bekommen hatte. Oder gar nichts. Irgendwann war es zu einer Selbstverständlichkeit geworden, dass Ethan bei uns gewesen war, bis seine Mum ihn abends nach der Arbeit abgeholt hatte.

»Chloé?« Madisons Stimme durchbrach meine Gedanken.

»Entschuldige, was hast du gesagt?«

»Wann soll ich da sein?«

»Zum Abendessen?«

Sie nickte und warf mir einen amüsierten Blick zu.

»Jaaa ... Träumst du, oder was?«, fragte sie und folgte meinem Blick. »Oh ... Verstehe. Ich werde einfach um halb sieben kommen, ist das okay?«

Entschuldigend sah ich sie an und nickte. »Hmhm ... Dann sehen wir uns bei meinen Eltern«, antwortete ich, während Madison hinüber zu Ethan ging und sich hinter ihm anstellte. Er griff nach seinem To-Go Becher und den Croissants und warf mir einen letzten Blick zu, bevor er das Café verließ.

***

»Möchtest du noch ein wenig von dem Gemüse?« Mum sah mich fragend an.

»Nein, danke.«

»Wie läuft´s eigentlich in deinem Schreibkurs? Gefällt er dir immer noch so gut?«

»Ja, schon. Es macht Spaß und es lenkt mich ein wenig ab, aber das Schreiben ist nicht dasselbe wie das Klavierspielen.«

»Natürlich nicht. Es macht ja keine Musik«, sagte Stella und biss erneut in ihr Hühnchen.

»So war das nicht gemeint. Ich mag es, zu schreiben und meinen Gedanken freien Lauf zu lassen. Es ist toll, sich in eine neue Welt zu träumen, aber ... Ach, ich weiß ja auch nicht.«

»Willst du den Kurs weitermachen?«, fragte Dad.

»Auf jeden Fall. Wenn ich ins College gehe, habe ich wenigstens nicht das Gefühl, auf der Stelle zu treten. Es tut mir gut, mit den anderen Studenten zusammen zu sein.«

Wie in Zeitlupe spießte ich eine Karotte auf, schob sie mir in den Mund und aß sie gedankenversunken.

»Was ist los mit dir, Schatz? Da ist doch noch etwas, oder?«, fragte Dad und legte seine Gabel zur Seite.

Seufzend sah ich zu ihm auf. »Ich überlege, ob ich den Job im Café wieder kündigen und mir etwas anderes suchen soll.«

»Warum?«, fragte Madison, die direkt neben mir saß. Jetzt war aber nicht nur ihr Blick auf mich gerichtet, sondern auch der aller anderen. Mum ließ nun ebenfalls ihre Gabel sinken und tupfte sich mit einem Taschentuch den Mund ab.

»Wie kommst du denn auf die Idee?«, fragte sie und ich erzählte ihr und den anderen von Ethan, und davon, dass er jeden Tag da war.

»Ich weiß einfach nicht, ob das gut für mich ist, wenn ich da arbeite. Und für Ethan. Er kommt jeden Tag und er …«

Stella, meine Eltern und Madison sahen mich bedrückt an und ich ärgerte mich darüber, dass ich ihnen das Abendessen mit meinem Gedankenchaos vermieste.

»Sorry, ich weiß ja auch nicht. Lassen wir das Thema lieber«, sagte ich und zuckte mit den Schultern.

Doch Dad schüttelte den Kopf und auch Mum sah nicht überzeugt aus.

»Hat er dir denn gesagt, dass er nicht möchte, dass du da arbeitest?«, fragte Dad.

»Nein. Er tut die meiste Zeit so, als würden wir uns nicht kennen, und allein das ist schon unerträglich. Ich meine, ich …« Ich schluckte die nächsten Worte hinunter und trank anschließend etwas Wasser. »Er hat damit offenbar kein Problem. Sara hat gesagt, dass er sich genauso verhält wie vor meiner Zeit als Aushilfe. Aber als ich Madison heute früh von eurer Einladung erzählt habe, hat er mich plötzlich angestarrt, als hätte er alles gehört.«

Mum wechselte einen vielsagenden Blick mit Dad.

»Oh nein, das wollten wir nicht. Er … er muss sich … Wenn er das gehört hat, dann …«

»Dann fühlt er sich jetzt bestimmt ausgetauscht«, beendete Stella Mums Satz und traf damit den Nagel auf den Kopf.

»Genau«, stimmte ich zu und sah bedrückt auf meinen Teller. Mein Appetit war nun vollends verschwunden und ich sah entschuldigend zu Madison hinüber.

»Sorry, Madison, das hat nichts mit dir zu tun. Das war dumm von mir, dich vor seinen Augen einzuladen. Ich hätte dir später von der Einladung erzählen sollen.«

Madison schüttelte den Kopf und legte ihre Hand auf meine. »Chloé, lass dich davon nicht runterziehen. Er wird es schon überleben, schließlich ist es nur ein Abendessen«, sagte sie, aber das stimmte nicht.

»Es ist mehr als das«, hörte ich Dad und Madison sah ihn fragend an. »Ethan und Chloé waren seit der Elementary School befreundet und er ist bei uns ein und aus gegangen, als würde er hier wohnen. Und wir waren es …« Er deutete auf sich und Mum. »… die ihn zu jeder Mahlzeit hier haben wollten, weil seine Mutter nicht immer dazu in der Lage war, sich um ihn zu kümmern.«

»Valerie ist gestorben«, sagte ich und sofort richteten sich alle Augen wieder auf mich.

»Was?! Wann?«, fragte Mum erstickt und hielt sich die Hand vor den Mund.

»Armer Ethan«, flüsterte Stella und auch Dad verschlug es die Sprache.

Für einen Moment sagte niemand mehr etwas und eine bedrückende Stille legte sich über uns.

23

Chloé

Ich hatte mein Versprechen gehalten und war heute das erste Mal mit Mrs. Morrison und Max ein paar Lebensmittel einkaufen gegangen. Die alte Frau konnte nur noch langsam gehen, doch sie hatte darauf bestanden, mich zu begleiten.

Ich verstand, warum sie das wollte, denn offenbar sah sie nur wenige Menschen am Tag und hatte keine Familie mehr in der Stadt. Ethan und Max waren die einzigen festen Größen in ihrem Alltag und ich freute mich, von nun an auch wieder dazugehören zu dürfen.

Es hatte mir gutgetan, Zeit mit Mrs. Morrison zu verbringen, denn in ihrer Welt lief alles ein wenig langsamer und ruhiger ab. Ich hatte mich mit dem Versprechen verabschiedet, sie in ein paar Tagen erneut zu besuchen, und ihr meine Telefonnummer auf einen Zettel geschrieben, damit sie mich jederzeit anrufen konnte.

Ich war gerade vor meiner Haustür angekommen, da klingelte mein Handy.

Es war ein FaceTime-Anruf von Layla. Sofort schlug mein Herz vor Freude schneller und ich nahm das Gespräch an.

»Hey!«, begrüßte sie mich und lächelte in die Kamera.

»Hi, Layla! Schön, dich zu sehen«, erwiderte ich ihre Begrüßung und hielt mir die Hand vor den Mund, weil ich ein Gähnen nicht unterdrücken konnte.

»Du siehst total verpennt aus. Sag bloß, du bist gerade erst aufgestanden?«

Grinsend hob sie eine Augenbraue und verzog amüsiert die Lippen. In diesem Moment wurde mir erneut bewusst, wie sehr sie mir wirklich fehlte. Ich schüttelte den Kopf und erzählte ihr von meinem Job in Moe's Café, während ich die Treppen hinaufging und die Tür zu unserer Wohnung aufschloss. Als ich in meinem Schlafzimmer war, berichtete ich ihr von dem Aufeinandertreffen mit Ethan und Ava und davon, dass er sich von ihr getrennt hatte.

»Oh Mann, Chloé ... Du wolltest doch nach Hause, weil dir hier alles zu viel war, und nun steckst du mitten in dieser Sache drin. Hast du etwa auch wieder angefangen, Klavier zu spielen? Das wäre ja wunderbar!«

Augenblicklich vergaß ich Ethan und alles, was sich in den letzten Wochen ereignet hatte. Meine gute Laune und die Euphorie, die ich bis eben noch verspürt hatte, verschwanden auf einen Schlag.

»Nein ... Habe ich nicht und ... das werde ich wahrscheinlich auch nicht mehr. Allein der Gedanke daran ...« Ich konnte den Satz nicht beenden, denn sofort machte sich Übelkeit in mir breit und meine Hände begannen zu schwitzen.

Vor mir sah ich den weißen Flügel auf der Bühne und den grellen Strahler, der auf mich gerichtet war. Ich erinnerte mich an die Stille, die mich beinahe erdrückte. Meine Finger berührten die kühlen Tasten des Klaviers. Sie waren so glatt und glänzten wie neu im Scheinwerferlicht.

Und dann passierte es. Meine Finger begannen zu zittern. Dann meine Schultern und schließlich bekam ich keine Luft mehr. Mein Zwerchfell schien nach oben bis an meine Kehle zu wandern und hielt mich davon ab, einzuatmen. Schweiß brach auf meiner Stirn aus und meine Finger wurden feucht.

»Heute noch?!«, hörte ich die eiskalte Stimme von Miss Marble und mein Puls beschleunigte sich. Mein Blick verschwamm und ich spielte die ersten Töne. Doch anstatt die wunderschönen Klänge zu hören, zu denen ich sonst in der Lage war, klangen sie zu hart, zu lang, zu schief und ich erkannte, dass meine Finger auf den falschen Tasten lagen.

Ich erschrak. Warum lagen sie dort? Warum zitterten sie? Warum wurde mein Blick immer verschleierter und warum drehte sich der Saal plötzlich?

»Chloé?! Alles okay? Fängt es wieder an?«

Ich nickte, nicht in der Lage, auch nur ein einziges Wort herauszubekommen.

»Entschuldige bitte. Ich dachte, du hättest das hinter dir lassen können. So abgelenkt, wie du zu Hause bist. Vergiss einfach, was ich gesagt hab, und erzähl mir von Ethan, ja?«

Ich wollte nicken und an ihn denken, um mich zu beruhigen. Doch ich konnte es nicht. Die Übelkeit wurde immer schlimmer und ich bekam Angst, mein Schlafzimmer vollzukotzen. Ohne ein weiteres Wort zu sagen, legte ich mein Handy auf den Schreibtisch und rannte ins Bad.

Voller Panik riss ich das Fenster auf und öffnete den Wasserhahn. Ich versuchte, langsam zu atmen, und legte meinen Kopf in den Nacken, während das eiskalte Wasser über meine Handgelenke lief. Ohne hinzusehen, verteilte ich das Wasser auf meinen Unterarmen und die Übelkeit ließ allmählich nach.

Ich fixierte die Lampe an der Decke und war froh, sie bisher noch nie genauer betrachtet zu haben, denn alles, was mir neu war, lenkte mich in solchen Situationen ab. Ich versuchte, mich auf jedes Detail der Lampe zu konzentrieren.

Die blauen Ränder, das gebürstete Metall, die Glühbirne, die nicht brannte, weil draußen die warme Junisonne schien.

Langsam senkte ich meinen Kopf und sah auf meine Hände, die mittlerweile rot vom kalten Wasser waren.

Ganz vorsichtig beugte ich mich über das Waschbecken und wusch mir das Gesicht, bis die Übelkeit verschwunden war und mein Puls wieder normal ging.

Ich drehte den Wasserhahn zu und trocknete mich ab. Von draußen hörte ich Autos und die Schritte der Menschen, die gerade an unserem Mietshaus vorbeigingen. Die Geräusche des ganz normalen Lebens beruhigten mich weiter und mein Blick wurde wieder klarer.

Dann dachte ich an Layla. Ob sie noch am Handy war? Ich nahm einen letzten tiefen Atemzug am Fenster, schloss es dann und ging zurück in mein Schlafzimmer.

Das Display meines Handys leuchtete immer noch und ich sah Laylas besorgtes Gesicht.

Ich nahm mein Telefon in die Hand und sofort lächelte sie mich unsicher an.

»Alles in Ordnung? War dir wieder schlecht?«

Ich nickte.

»Es tut mir leid. Ich werde das nie wieder ansprechen, Ehrenwort!«, sagte sie und hob zwei Finger, um ihrem Versprechen noch mehr Ausdruck zu verleihen.

Ihre Geste rührte mich und ich versuchte, zu schmunzeln.

»Irgendwann hört das bestimmt wieder auf«, sagte ich und hoffte, dass es stimmte.

Ich hasse diese Attacken, in denen ich die Kontrolle über meinen eigenen Körper verlor und dachte an die Panikattacke bei meinen Eltern, nach der ich mich eigentlich noch einmal mit dem Gedanken hatte anfreunden wollen, nach einem Therapeuten zu suchen.

Doch ich hatte es nicht getan, weil ich auch davor Angst hatte. Was, wenn der Psychologe tatsächlich feststellte, dass mit mir etwas nicht stimmte? Dass ich womöglich längst verrückt war, weil ich vor einem Klavier Angst hatte …

»Ganz bestimmt. Mach dir keine Sorgen«, antwortete sie und sah anschließend auf ihre Armbanduhr. Ich wusste genau, dass sie gleich wieder in die nächste Vorlesung musste und mit dem Versprechen, ganz bald wieder miteinander zu telefonieren, beendeten wir das Gespräch und mein Blick wanderte zur Uhr. In knapp einer Stunde begann auch meine Vorlesung und obwohl ich gerade erst eine Panikattacke hinter mir hatte, versuchte ich, es mir nicht anmerken zu lassen.

Deshalb packte ich meinen Laptop ein und machte mich anschließend auf den Weg ins College. Die anderen Studenten und die Themen, die in dem Kurs besprochen wurden, lenkten mich immer ab. Ich freute mich darauf, wieder ins normale Leben zurückzukehren, und hoffte, dass es heute das letzte Mal war, dass mich Angst und Panik überfallen hatten.

24

Ethan

Mit einem Täuschungsmanöver ließ ich Matt stehen und passte den Ball hinüber zu Lionel. Er fing ihn auf, drehte sich um die eigene Achse, visierte den Korb an und sprang hoch. Er warf den Ball in einem hohen Bogen und versenkte ihn sicher.

»Drei Punkte!«, jubelte er und grinste siegessicher. Ich hatte es vermisst, mit den Jungs nach den Vorlesungen auf dem Platz ein paar Körbe zu werfen, und spürte, wie sehr es mich befreite.

Jetzt bekamen Matt und Rick den Ball und wir gingen auf unsere Positionen. Matt warf Rick den Ball zu, der sofort zu einem neuen Wurf ansetzte und dabei den Ring des Korbs traf. Der Ball prallte ab und fiel ins Gebüsch. Ich machte mich auf den Weg, um ihn zu holen. Als ich zurückkam, hörte ich Avas Namen und sah die drei fragend an.

»Worüber sprecht ihr?«

»Über Ava und dich«, gab Lionel zu und sah mich entschuldigend an. »Ich habe Matt gefragt, wie es ihr geht. Er hat ihr doch ihre Sachen gebracht, oder?«

»Habe ich etwas verpasst?«, fragte Rick, der am anderen Ende des Spielfelds gestanden hatte und nun zu uns herüberkam.

»Ja, hast du. Ich habe mich von ihr getrennt«, sagte ich und klopfte ihm freundschaftlich auf die Schulter.

»Das verstehe ich nicht. Warum?« Ungläubig sah er mich an, woraufhin ich aufstöhnte. Ich wollte jetzt nicht über Ava reden und schon gar nicht über Chloé. Entschuldigend sah ich ihn an, schüttelte aber den Kopf.

»Können wir ein anderes Mal darüber reden? Ich will lieber weiterspielen.«

»Oder ihr erzählt mir kurz, was passiert ist, und wir spielen dann weiter. Ich bin offensichtlich der Einzige, der keinen blassen Schimmer hat.« Rick sah von einem zum anderen, woraufhin Lionel und Matt mir vielsagende Blicke zuwarfen.

Ich knurrte, kam zurück und erzählte ihm in wenigen Worten von der Sache auf dem Campus, der E-Mail und davon, dass Chloé bei Mrs. Morrison war.

»Oh Shit, Alter! Und so was wolltest du mir erst nachher erzählen? Wie geht's dir denn mit dem ganzen Scheiß?«

»Siehst du! Das ist genau der Grund, warum ich nicht darüber reden wollte. Weil das dann immer weiter so geht. Ich will einfach nicht darüber nachdenken. Es nervt und ich habe keine Lust auf dieses Thema!«

Meine Freunde sahen mich mitleidig an und meine Wut wurde noch größer. »Hört verdammt nochmal damit auf, mich so anzusehen! Ich bin ein erwachsener Mann. Mir ist das Ganze gerade total egal. Können wir jetzt weiterspielen?«

»Wenn es dir egal wäre, würdest du es nicht sagen«, hörte ich Lionel und ich wusste genau, dass er damit recht hatte.

»Bitte … Können wir einfach weiterspielen?«

Langsam nickten sie und ich war erleichtert, als es endlich weiterging. Ich wollte abschalten und einen klaren Kopf bekommen. Das hier war das Beste, was ich seit Tagen getan hatte, und ich war noch lange nicht ausgepowert genug, um jetzt schon wieder aufzuhören.

***

Es war zum Verrücktwerden. Ich ging zum gefühlt hundertsten Mal durch die Gänge und hielt nach dem Hundefutter Ausschau. Warum, zum Teufel, veränderten sie in diesem Laden ständig die Position der Marken? Alle paar Monate taten sie das und jedes Mal musste ich dann suchen.

Max vertrug nicht jedes Futter, deshalb kaufte ich seit zwei Jahren immer dieselbe Sorte für ihn. Mrs. Morrison hatte sich darüber gefreut, dass ich nicht erst wieder am Ende des Monats für sie einkaufen ging, sondern diesmal ein paar Tage früher. Letztes Mal hatte sie ein paar Dosen eines anderen Futters für Max gekauft, weil alles aufgebraucht und der nächste Tierbedarfsladen zu weit entfernt von ihrer Wohnung war. Allein ging sie keine langen Strecken mehr und ich hatte mir fest vorgenommen, sie nicht noch einmal in diese Situation zu bringen.

Im nächsten Gang befand sich das Spielzeug für Hunde und am Ende erkannte ich endlich das Futter. Als ich zwischen die vollen Regale schritt, blieb mein Blick plötzlich an einem roten Gummiball hängen, an dem drei kurze bunte Seile hingen. Ich wollte das Spielzeug nicht länger als nötig ansehen und ging daran vorbei. Dann blieb ich allerdings doch stehen, drehte mich wieder um und ging zurück. Ich musterte es und wollte es vom Haken nehmen, brachte es aber nicht über mich, denn plötzlich schossen Bilder aus der Vergangenheit in meinen Kopf und direkt in mein Herz.

Chloé stand neben mir in einem dieser Tierbedarfsläden und obwohl wir wussten, dass Max schon mehr als genug Spielzeug, Bälle und quietschende Tiere aus Plastik besaß, kaufte sie diesen roten Ball mit den Seilen für ihn.

»Er hat doch schon viel zu viel Zeugs. Mrs. Morrison meinte, wir sollen ihm nicht jede Woche etwas Neues kaufen«, sagte ich zu ihr und versuchte, sie davon abzuhalten, es mitzunehmen.

»Ach, komm schon ... Max wird sich ganz bestimmt riesig darüber freuen und viel Spaß dabei haben, ihn zu jagen und zu uns zurückzubringen. Das powert ihn aus und davon haben doch alle am Ende was. Max ist doch irgendwie auch unser Hund, findest du nicht? Und Mrs. Morrison wird es doch nicht wehtun, wenn wir ihm so einen Ball mitbringen.«

Damit hatte Chloé mich überzeugt und ihn für Max bezahlt.

Damals hatte sie recht gehabt, denn auch für mich hatte es sich immer so angefühlt, als würde Max auch uns gehören. Max war tatsächlich verrückt nach dem Ding gewesen und immer, wenn er einen von den Bällen verloren oder kaputt gekaut hatte, hatte Chloé ihm einen neuen gekauft.

Seit Chloé jedoch nach New York gezogen war, hatte ich ihm keinen dieser Bälle wieder gekauft und überlegte, warum nicht. Max hatte schließlich keine Schuld an unseren Problemen, doch selbst der wuschelige, liebenswerte Hund hatte unter unserer Trennung leiden müssen. Ich beschloss, dass es an der Zeit war, keine Wut mehr zu empfinden, wenn ich an Chloé dachte, auch wenn es mir schwerfiel.

Es gab keinen Grund, warum ich den Ball nicht für Max mitnehmen sollte. Er würde ausflippen, wenn er ihn sah.

Ich ließ den Ball in meinen Einkaufswagen fallen und ging anschließend weiter zum Dosenfutter. Ich packte so viel ein, wie ich tragen konnte, und stellte mich an die Kasse.

Vor mir standen zwei weitere Kunden und bevor ich es verhindern konnte, tauchte plötzlich die Vorstellung von Chloé und mir in diesem Laden auf. Ich sah sie neben mir, wie sie mir einen Witz erzählte, den ich längst kannte und über den ich dennoch lachte, als hätte ich ihn zum ersten Mal gehört ...

»Der Nächste bitte!«

»Ich glaube, Sie sind an der Reihe«, sagte ein älterer Herr, der hinter mir stand und mir mit dem Finger auf die Schulter tippte.

Erschrocken blinzelte ich ihn an und dann war ich wieder im Hier und Jetzt. Ich hatte überhaupt nicht bemerkt, wie ich erneut in die Vergangenheit abgedriftet war, und warf dem Herrn einen entschuldigenden Blick zu.

»Sorry«, murmelte ich und begann, je eine Dose pro Sorte auf das Band zu stellen, und nannte der Kassiererin die Anzahl der Dosen.

25

Ethan

Schon von draußen sah ich Matt und öffnete die Tür zum Café. Einmal im Monat frühstückten wir am Wochenende hier gemeinsam mit Lionel und Rick und genossen die Zeit ohne Stress und Hektik. Seit ein paar Tagen sah ich die Sache mit Chloé ein wenig gelassener. Ich wusste nun, dass es mich nicht umbrachte, sie in meiner Nähe zu haben. Wir sahen uns regelmäßig und von Tag zu Tag fiel es mir leichter, damit umzugehen.

Zwar benahmen wir uns eher wie flüchtige Bekannte und nicht wie Leute, die ihr halbes Leben miteinander verbracht und sich geliebt hatten, doch das war für mich okay. Sie schwirrte mir immer noch unheimlich viel im Kopf herum, aber die Gedanken an sie zogen mir nicht mehr den Boden unter den Füßen weg. So langsam kam ich wieder in meine Komfortzone zurück, zu der sie jetzt irgendwie dazugehörte. *Man gewöhnt sich eben an alles …*

»Du siehst ja fertig aus«, begrüßte ich meinen Mitbewohner, der die letzte Nacht nicht nach Hause gekommen war und offensichtlich nicht viel geschlafen hatte.

»Danke«, erwiderte er und sah mich müde an.

»Hast du schon was bestellt?«

Er schüttelte den Kopf. »Natürlich nicht. Ich warte, bis alle da sind, sonst bin ich mit dem Essen fertig, bevor der Letzte sich hingesetzt hat.«

»Das kann aber noch dauern, du kennst doch Rick und Lionel …«

Matt stöhnte auf und hielt sich den Kopf fest, als würde er ohne seine Hände hinunterfallen. »Wie spät ist es?«

»Fast elf.«

»Wir waren um halb elf verabredet. Wo bleiben die beiden?«

In diesem Moment kam Lionel ins Café, woraufhin sich Matts Miene ein wenig aufhellte.

»Hey, Alter! Wie siehst du denn aus?«, fragte Lionel und klopfte Matt fest auf die Schulter.

»Lass das, Mann! Mein Schädel dröhnt und ich brauche dringend etwas, das die Kopfschmerzen vertreibt!«

»Das nennt sich Aspirin«, neckte ihn Lionel und ließ sich neben ihm nieder.

»Ich hab einen Mordshunger, Jungs. Wo bleibt Rick?« Lionel sah uns fragend an.

»Woher sollen wir das wissen?«

Matt tat mir leid, deshalb stand ich auf und ging zum Tresen, hinter dem Sara mit Chloé stand. Sie unterhielten sich und Chloé kicherte. Sie sah wunderschön aus und beim Klang ihres Lachens verzogen sich meine Mundwinkel ebenfalls zu einem kleinen Lächeln. Ich konnte es nicht verhindern und wusste nicht, ob ich das überhaupt noch wollte.

»Hey, Chloé, hallo, Sara«, begrüßte ich die beiden und sofort straffte sich Chloé, während Sara ganz entspannt blieb und an den Tresen trat.

»Was können wir für dich tun?«, fragte sie und im Augenwinkel konnte ich sehen, wie Chloé zu Sara hinüberschielte. *Was hat dieser Blick zu bedeuten?* Ich hatte keine Zeit, länger darüber nachzudenken, und deutete auf Matt.

»Habt ihr zufällig ein paar Aspirin? Matt platzt bald der Schädel«, sagte ich und Sara nickte.

»Du darfst aber niemandem sagen, dass du sie hier von uns bekommen hast. Wir dürfen so was nicht rausgeben. Nur Lebensmittel und Getränke, keine Medikamente ...«

»Dein Geheimnis ist bei mir sicher«, versprach ich und wieder schoss Chloés Blick zu Sara und anschließend zu mir herüber. Sie beobachtete uns zwei ganz genau. War sie etwa verunsichert? Vielleicht glaubte sie, zwischen mir und Sara wäre mal etwas gelaufen. Oder vielleicht auch nicht. Ich versuchte, die Grübeleien abzuschütteln, und nahm die Papiertüte, in die Sara die Tabletten getan hatte, entgegen. Chloé reichte mir ein großes Glas Wasser und einen Teller mit einem Croissant.

»Für Matt. Er sollte vorher etwas essen«, sagte Chloé, bevor ich fragen konnte, warum sie mir ein Croissant mitgab.

Ich warf ihr einen dankbaren Blick zu und ging dann zurück zu den Jungs.

»Hier. Das Croissant ist von Chloé, sie meint, du sollst vor dem Aspirin etwas essen«, sagte ich und Matt hob mit zusammengekniffenen Augen den Kopf.

»Sehr nett von ihr, danke«, erwiderte er, sah an mir vorbei zum Tresen und winkte anschließend in Chloés Richtung. Ich drehte mich ebenfalls zu ihr herum und als ich ihr wunderschönes Lächeln sah, presste ich die Kiefer fest aufeinander. Sie war immer noch genauso aufmerksam und hilfsbereit wie früher und beinahe hätte ich mir gewünscht, wir beide wären nie voneinander getrennt gewesen, weil sich dieser Moment wieder anfühlte wie damals.

Matt hatte das Croissant in der Zwischenzeit verputzt und schluckte die Tabletten anschließend hinunter.

»Sie ist wirklich nett und sie hat dich nicht aus den Augen gelassen«, sagte Lionel und blickte mich amüsiert an.

»Was? Wen meinst du? Sara?«

»Nein! Natürlich nicht. Ich meine Chloé. Sie hat jede deiner Bewegungen genau verfolgt und ...«

»Hör auf, Lionel!«, sagte ich genervt, aber mein Kumpel dachte gar nicht daran.

»Warum denn? Jeder Blinde sieht, wie sehr sie auf dich steht ...«

»Sei still«, knurrte ich und sah erneut zu Chloé hinüber, die gerade den Tresen abwischte, als die Tür zum Café aufging.

Ich drehte mich um, in der Hoffnung, Rick würde endlich kommen, und schnaubte enttäuscht, als ich sah, dass es ein fremder Kerl war, der schnurstracks auf den Tresen zulief. Ich wandte mich wieder Lionel zu, der mich immer noch belustigt angrinste.

»Selbst wenn das so wäre. Die Sache zwischen Chloé und mir ist ein für alle Mal vorbei. Ich lasse mich ganz bestimmt nicht ein zweites Mal auf sie ein. So dumm bin ich nun auch wieder nicht.« Ich hatte mich in Rage geredet, doch zum Glück hatte Chloé davon nichts mitbekommen, weil sie mit dem neuen Gast beschäftigt war. Lionel deutete auf die zwei und ich beobachtete, was Chloé tat.

Die Worte, die ich eben zu meinem Freund gesagt hatte, hallten in mir nach und ich nahm mir vor, auch an sie zu glauben. Ich durfte mich nie wieder auf sie einlassen und musste sie auf Abstand halten. Das war das Beste für mich.

Matt stöhnte auf und massierte sich die Schläfen.

»Immer noch nicht besser?«

»Nein«, flüsterte er und ich beschloss, dass es Zeit war, unser Frühstück zu bestellen. In diesem Moment hörte ich Chloés Stimme und fuhr herum.

»Sehr gern, eine Sekunde«, sagte sie freundlich und schenkte dem großen Kerl ein wunderschönes Lächeln. Er hatte sich weit über den Tresen gebeugt und erwiderte ihr Lächeln. Der Typ sah gut aus, verdammt gut sogar. Mein Blick wanderte hektisch zwischen den beiden hin und her.

Chloé nahm ein Sandwich aus der Vitrine und packte es vorsichtig in eine Papiertüte. Dann wandte sie sich zu der glänzenden Kaffeemaschine um und schäumte Milch auf. Als sie fertig war, reichte sie ihm seinen Kaffee in einem To-Go Becher, wobei sich ihre Hände berührten.

Hitze stieg in mir auf, als sie ihm ein zuckersüßes Lächeln zuwarf. In diesem Moment öffnete sich die Tür des Cafés erneut und Rick trat ein. Er hob eine Hand zur Begrüßung und stellte sich hinter den Kerl an den Tresen.

Sara kam aus der Küche und dann begann Rick offensichtlich zu bestellen. *Dieser Arsch ... Erst zu spät kommen und dann als erster bestellen, während wir Idioten die ganze Zeit auf ihn warten.*

Ich sah erneut zu Chloé hinüber, als der Typ sein Handy zückte und etwas darauf tippte. Er hielt ihr sein Display vor die Nase. Wollte er ihr etwa seine Nummer zeigen? Oder sie anrufen? Aber sie kannte ihn doch überhaupt nicht.

Mein Kopf schwirrte und ich kämpfte gegen den Drang an, zu ihnen hinüberzugehen und ihn dabei zu unterbrechen. Was immer er auch gerade tat.

Rick kam zu uns an den Tisch und ließ seinen Blick über unsere Gesichter wandern.

»Hey, Leute!«, sagte er gut gelaunt und erntete ein gequältes Knurren von Matt.

Rick sah ihn verwundert an und setzte sich dann neben mich. Der Typ stand immer noch am Tresen und es gelang mir nicht, meinen Blick von den beiden abzuwenden. Rick drehte sich in die Richtung um, in die ich sah, und grinste.

»Die Neue ist heiß, nicht wahr? Sie zieht die Kerle an wie ein Magnet.« Mein Blick schoss in seine Richtung, Lionel nickte zustimmend und Matt öffnete den Mund.

»Das ist Ethans Ex, du Dummkopf«, sagte Matt heiser, woraufhin Rick die Augen aufriss.

»Das ist Chloé?« Rick klang verblüfft und sah mich fragend an.

Ich erwiderte nichts und schielte zum gefühlt hundertsten Mal an diesem Morgen hinüber zum Tresen. Es sollte mir verdammt nochmal egal sein, was sie tat. Es musste mir egal sein!

Doch offensichtlich war es das nicht. Verräterisches Herz ... schlug bei der Falschen höher.

»Was hat der Kerl denn mit Chloé geredet?«, fragte Lionel.

Ich lauschte konzentriert, hing förmlich an Ricks Lippen und wartete ungeduldig auf seine Antwort.

»Ach, also ... Ähm, eigentlich ...«

»Komm schon, Rick! Raus damit. Wir haben doch selbst gesehen, wie er mit ihr flirtet«, sagte ich und wollte es nun auch wissen, obwohl der Gedanke mich beinahe umbrachte.

»Wozu willst du das wissen? Ich meine, du hast doch selbst gesagt, dass du nicht über sie reden willst, warum dann also jetzt? Es sollte dir egal sein, was sie macht, wenn sie dich so nervt.« Rick verschränkte seine Arme vor der Brust und ich hielt die Luft an. Das waren exakt meine Worte gewesen, die ich ihm und den anderen auf dem Basketballplatz an den Kopf geworfen hatte. Und das, was ich gesagt hatte, hörte sich richtig an. Doch das, was ich fühlte, war etwas anderes.

Endlich verließ der Typ das Café und ich atmete erleichtert aus.

»Er hat ihr nur ein Bild von seinem zerkratzten Auto gezeigt. Offensichtlich ist ihm in der Nacht jemand dagegen gefahren und er hat keine Ahnung, wer das war«, sagte Rick.

»Was für eine billige Anmache«, brummte ich und wandte meinen Blick endgültig vom Tresen und von Chloé ab.

»Also egal ist sie dir ganz offensichtlich nicht, Alter. Vielleicht solltest du doch mal mit ihr sprechen. Hab gehört, dass das manchmal Wunder bewirkt«, sagte Lionel und ich wusste, er meinte es nur gut.

Zähneknirschend starrte ich vor mir auf den Tisch. In diesem Moment kam Chloé zu uns herüber. Sie hielt einen Block und einen Stift in den Händen und blieb vor unserem Tisch stehen.

»Möchtet ihr etwas bestellen?«, fragte sie freundlich und lächelte die Jungs der Reihe nach an. Als sie mich ansah, stolperte mein Herz und ich hoffte, sie würde den Blick von mir abwenden, damit sich mein Puls wieder beruhigte. Doch sie sah mich länger an als nötig und für einen Moment stand die Zeit um uns herum still.

26

Chloé

Das mit dem Joggen war eine ganz dumme Idee gewesen und ich ärgerte mich darüber, auf Miss Emmons gehört zu haben.

Jessica Emmons war meine Psychologin, die ich vor einer Woche das erste Mal besucht hatte. Anfangs hatte ich geglaubt, ich könnte ihr nichts erzählen. Nachdem ich dann aber ein wenig von mir und meiner Vergangenheit berichtet hatte, war der Rest förmlich aus mir herausgesprudelt und ich hatte ihr alles erzählt, ohne dabei etwas zu beschönigen.

Es hatte gutgetan, ihr zu schildern, was mich belastete, und sie hatte mich beruhigt und mir gesagt, dass es richtig gewesen war, zu ihr zu kommen. Sie war mir von Anfang an sehr sympathisch gewesen und ich hatte schnell das Gefühl gehabt, ihr vertrauen zu können.

Bei meinem zweiten Besuch gestern hatten wir darüber gesprochen, was ich selbst dafür tun konnte, dass es mir besser ging, und Miss Emmons hatte vorgeschlagen, dass ich auch mal etwas Neues ausprobieren sollte. Meine Gasthörerschaft und den Schreibkurs fand sie super, doch sie wollte, dass ich mich immer wieder mit neuen Dingen beschäftigte.

Das schafft neue Erinnerungen und du lernst dabei neue Facetten an dir selbst kennen, hatte sie gesagt und ihre Worte hatten für mich

Sinn ergeben. Wir hatten eine Liste mit Aktivitäten angefertigt, die mir eingefallen waren, und eine davon war eben Joggen gewesen.

Nun aber stand ich mitten im Wald und schnaufte wie eine Dampflokomotive. Ich hatte mir Sportschuhe, eine kurze Hose und eins meiner Yoga Tops angezogen und war die Strecke, die Ethan und ich mit Max früher immer genommen hatten, ohne Wasser in den Wald gelaufen. Doch es stellte sich heraus, dass meine Kondition noch schlechter war, als ich befürchtet hatte.

Selbst meine regelmäßigen Besuche auf der Yogamatte schienen mir beim Laufen nichts zu nützen, denn ich spürte jeden Muskel in meinen Waden, meinen Oberschenkeln und in meinem Po.

Schwer atmend, wurde ich langsamer und hörte schließlich ganz auf zu laufen. Von Ethan wusste ich, dass es nicht gut war, abrupt stehen zu bleiben, weil der Kreislauf langsam wieder runterfahren sollte.

Darum ging ich mit müden Schritten weiter, bis ich zu einer Bank kam, an der wir früher auch immer eine kleine Pause eingelegt hatten. Es war jedoch eine neue Bank, die offensichtlich erst vor kurzem ausgetauscht worden war. Die alte hatte damals schon so ausgesehen, als würde sie jeden Moment zusammenbrechen. Ethan und ich hatten diesen Ort geliebt und ihn irgendwann zu einem unserer Lieblingsorte gemacht, an den wir beinahe täglich gegangen waren.

Ich ließ mich auf der Bank nieder und genoss den Ausblick auf den ruhigen See, der vor mir in der Sonne glitzerte. Mein Puls beruhigte sich allmählich und der Durst ließ etwas nach.

Ich war allein. Weit und breit war kein Mensch und ich beschloss, mich eine Weile hier auszuruhen. Ich legte mich auf den Rücken, streckte meine Beine aus, schloss die Augen und verschränkte die Arme hinter dem Kopf.

Es tat so gut, meinem Körper eine kleine Pause zu gönnen, und das Gefühl der warmen Sommersonne auf meiner Haut war einfach fantastisch. Sicher würde ich später, wenn ich nach Hause kam, ein paar neue Sommersprossen auf meiner Nase entdecken, die sich immer wieder auf meinen Nasenrücken schlichen.

Vögel zwitscherten in den verschiedensten Tönen und irgendwo in der Ferne erklang das gleichmäßige Klopfen eines Spechts.

Plötzlich wurden Schritte im Sand laut und kurz darauf platschte etwas ins Wasser. Mit angehaltenem Atem schrak ich auf und blinzelte gegen die Sonne.

Ein Hund war in den See gelaufen und für einen kurzen Moment beneidete ich ihn. Als ich hier angekommen war, hatte ich auch daran gedacht, mich im See abzukühlen, aber das war mir dann doch zu unheimlich gewesen. Zumal ich hier bis jetzt keiner Menschenseele begegnet war.

»Hey! Komm wieder her!« Eine laute Männerstimme erklang und ich wusste sofort, wem sie gehörte.

Ethan ...

Erneut sah ich zu dem Hund, von dem jetzt nur noch sein Kopf über der Wasseroberfläche zu sehen war, und dann erkannte ich Max. Doch Max kümmerte es nicht, was Ethan sagte, und bellte auf.

Mit schnellen Schritten lief Ethan bis zum Ufer und stemmte seine Hände in die Hüften.

»Max! Komm sofort wieder her!«, rief Ethan erneut, doch Max schwamm weiter hinaus aufs Wasser.

Max hatte das früher auch immer wieder getan, bis Ethan ihn irgendwann nur noch an der Leine mitgenommen hatte, weil Mrs. Morrison keine Lust gehabt hatte, den Hund ständig zu baden. Ich wollte gerade Ethans Namen rufen, als dieser begann, sich auszuziehen. Wie erstarrt hielt ich in meiner Bewegung inne und heftete meinen Blick auf ihn. Jeder Muskel in meinem Körper spannte sich an und mein Puls schoss in die Höhe.

»Na warte, du Gauner!«, rief er und riss sich sein Shirt über den Kopf. Ich hielt den Atem an. Sein breiter Rücken glänzte vor Schweiß und ich konnte das Muskelspiel unter seiner Haut deutlich sehen.

Ethan sah umwerfend aus und verdammt sexy. Offenbar hatte er in den letzten drei Jahren regelmäßig trainiert, denn seine Oberarme und die Muskeln auf seinem Rücken waren deutlich größer, als ich sie in Erinnerung hatte.

Lautlos setzte ich mich auf. Ich musterte ihn unverhohlen und bevor ich mich bemerkbar machen konnte, rannte Ethan ins Wasser und sprang anschließend mit einem Kopfsprung in den See. Er tauchte wieder auf und begann zu kraulen.

Ethan war schneller als Max und als der Hund erkannte, dass Ethan ihn beinahe eingeholt hatte, drehte er sich endlich um und schwamm ihm entgegen. Offenbar war das Ganze ein aufregendes Spiel für ihn und ich lächelte in mich hinein.

Ethan schimpfte mit Max, doch ich konnte hören, dass er es nicht ernst meinte. Er spritzte Wasser auf ihn, woraufhin dieser erneut bellte. Dann beruhigten sie sich und ich sah, wie Ethan sich auf den Rücken legte und seine Arme und Beine ausstreckte.

Ich konnte nicht sehen, ob er die Augen geschlossen hatte, doch mit einem Mal wirkte er völlig entspannt. Ich ertappte mich dabei, ihn für seine Unbekümmertheit und seinen Mut, einfach in den kalten See zu rennen, zu beneiden. Aber so war Ethan früher schon gewesen und hatte mich mit seiner ungestümen Art immer wieder mitgerissen und aus der Reserve gelockt.

Mit ihm war ich mutiger gewesen. Ich sah an mir hinab und ließ meinen Blick anschließend zu Ethans Klamotten wandern, die im Sand lagen. Da entdeckte ich eine kleine Wasserflasche und wunderte mich darüber, dass ich sie eben nicht bemerkt hatte. Aber es war eigentlich auch kein Wunder, denn ich war viel zu sehr damit beschäftigt gewesen, ihn anzustarren. Ich wollte es eigentlich nicht zugeben, weil ich wusste, dass es nicht gut für mich war, ihn zu lange zu mustern, doch er gefiel mir immer noch viel zu gut. Die Bilder von seinem nackten Oberkörper hatten sich unwiderruflich in mein Gedächtnis eingebrannt und je mehr ich versuchte, sie zu vergessen, desto intensiver erinnerte ich mich daran, wie sich sein Körper angefühlt hatte, als ich ihn noch berühren durfte. Als wir noch ein Paar gewesen waren und unglaublich schöne Momente miteinander erlebt hatten.

Ob ich kurz zu seinem Rucksack gehen und einen kleinen Schluck Wasser trinken sollte? Meine Kehle war noch trockener als zuvor, was nicht zuletzt an Ethans Anblick lag. Ich haderte mit mir. Oder sollte ich einfach so schnell wie möglich verschwinden, bevor er mich bemerkte? Dann würde er wenigstens nicht erfahren, dass ich ihn ohne sein Wissen beobachtet hatte.

So wie er mich vor ein paar Tagen im Café gemustert hatte, während der Kerl mich mit seinem zerschrammten Auto vollgequatscht hatte.

Erneut sah ich zu Ethan aufs Wasser und suchte den See nach Max ab. Doch er war nirgends zu sehen.

Ich stand auf. Wo steckte er nur? Langsam trat ich näher ans Ufer und schielte dabei durstig auf die noch halbvolle Wasserflasche von Ethan hinunter.

Auf einmal kam Max aus dem Schilf gerannt, das meterhoch auf der linken Seite stand. Als er mich erkannte, bellte er aufgeregt und lief auf mich zu. Stürmisch und schwanzwedelnd sprang er an mir hoch und schüttelte sich, sodass überall an meinen Beinen nasser Sand klebte.

»Hey, Max«, sagte ich leise und strich ihm über seinen wuscheligen Kopf.

»Chloé?!«

Mein Blick schoss hinüber zu Ethan und mein Herz setzte einen Schlag aus.

Verlegen und mit angehaltenem Atem sah ich an ihm vorbei. Max hörte nicht auf und wurde immer stürmischer, als er erkannte, dass Ethan jetzt mit schnellen Armzügen an Land schwamm. Aufgeregt lief er am Ufer auf und ab, kam zwischendurch wieder zu mir zurückgerannt und bellte. Er sprang erneut an mir hoch und diesmal verlor ich das Gleichgewicht und landete im warmen Sand.

Nun war Max völlig aus dem Häuschen. Er bellte und leckte mir übers Gesicht. Er hatte offensichtlich nie vergessen, dass wir oft zusammen hier gewesen waren, und obwohl er mir kaum Luft zum Atmen ließ und ich kichern musste, nagten die Erinnerungen an diese unbeschwerte Zeit an meinem Gewissen.

Auf einmal ließ Max von mir ab und ein langer Schatten legte sich über mich. Ethan stand vor mir und musterte mich eingehend. Ich sah auf und hielt mir die Hand über die Augen, weil er genau vor der Sonne stand und es mir schwerfiel, nicht zu blinzeln.

Er ließ seinen Blick immer wieder über meinen Körper wandern. Hitze schoss mir in die Wangen. Wie sah ich überhaupt aus? Was trug ich gerade noch mal? Ich war verwirrt und konnte keinen klaren Gedanken fassen.

»Was machst du hier?«, fragte er und bückte sich zu mir herunter. Er sah mir in die Augen und ich konnte die Wassertropfen sehen, die von seinen dunklen Haaren perlten und auf seine Schultern fielen. Dann hielt er mir seine Hand hin und ohne zu zögern, griff ich danach. Als ich sie berührte, kribbelte mein ganzer Körper und ein kleines verschmitztes Lächeln trat auf seine Lippen.

Was hatte das zu bedeuten? Lachte er mich etwa aus? Weil ich dank Max über und über mit Sand und Matsch beschmiert war?

Ethan zog mich langsam nach oben und als ich wieder mit beiden Füßen fest im Sand stand, stieß Max aufgeregt an meinen Hintern, woraufhin ich erneut das Gleichgewicht verlor.

Ich fiel nach vorn an Ethans Brust. Meine Hände lagen plötzlich auf seiner warmen Haut und ich konnte seinen Herzschlag spüren. Schnell und kräftig, so wie immer. Erschrocken entwich mir ein Seufzen.

Ich war ihm plötzlich so nahe, dass ich seinen Atem an meinem Ohr spüren konnte, und eine Gänsehaut überzog meinen Rücken, obwohl ich innerlich brannte. Ich wusste nicht mehr, wann ich seine nackte Haut das letzte Mal berührt hatte, doch es fühlte sich fantastisch an.

Und das sollte es eigentlich nicht.

Ich hatte ihn verlassen, ihn verletzt und sein Vertrauen in mich zerstört. Und das würde ich nie im Leben wiedergutmachen können. Die unerwartete Nähe zu ihm raubte mir den letzten Rest meines Denkvermögens und ich schluckte trocken.

Ganz langsam sah ich zu ihm hinauf und ich glaubte für einen winzigen Moment, ein Funkeln in seinen Augen zu erkennen. Früher hatte er mich in solchen Augenblicken immer an sich gezogen und war mir mit seinen Fingern durchs Haar gefahren, bevor er mich geküsst hatte.

Die Erinnerung daran brachte mich beinahe um.

Das hier war nicht richtig und ich würde es lange bereuen, wenn ich es jetzt zuließ, dass er mir noch näher kam.

Deshalb räusperte ich mich und wollte mich von ihm lösen, doch dann verstummte alles um uns herum und ich hatte nur noch Augen für ihn.

27

Ethan

Chloé war mir mit einem Mal so verdammt nahe, dass ich glaubte, zu träumen. Es fühlte sich perfekt an - genauso perfekt, wie es das früher immer getan hatte.

Die Zeit schien stillzustehen, doch dann löste Chloé sich langsam von mir und senkte den Kopf. Trotz all der Sandkörner in ihrem Haar und an ihrem Gesicht war sie wunderschön. Sie trat einen Schritt zurück und die Stelle, an der ihre Hände auf meiner Brust gelegen hatten, wurde augenblicklich kühler. Sofort wünschte ich mir ihre Berührung zurück, obwohl ich es nicht sollte.

Wie in Zeitlupe ließ ich meinen Blick über ihr Gesicht und anschließend über ihren Körper wandern. Ihr Anblick raubte mir den Atem. Sie trug nur eine Shorts und ein knappes Top, das keinen Raum für Interpretationen ließ.

Ich kannte jeden Zentimeter ihres Körpers und dennoch hatte er sich verändert. Sie war dünner als früher und ihre Schlüsselbeine traten ein wenig hervor. Die Zeit in New York hatte ihr offenbar nicht besonders gutgetan, denn ich wusste, dass Chloé aufhörte zu essen, wenn sie gestresst war.

»Chloé …«, flüsterte ich und meine Stimme war nicht mehr als ein leises Krächzen. Sie sah auf und ich erkannte denselben Sturm in ihren Augen, der auch in mir wütete.

Mit ihr an diesem Ort zu stehen, ganz allein, und ihr so nah zu sein, war unbeschreiblich. Und obwohl ich mir fest vorgenommen hatte, sie nie wieder an mich heranzulassen, brauchte sie nichts anderes zu tun, als einfach nur dazustehen und mich anzusehen, um mich aus dem Konzept zu bringen.

Ihr Blick verriet mir, dass auch sie innerlich gegen die Anziehungskraft ankämpfte, die immer noch, oder vielleicht sogar viel stärker als je zuvor, zwischen uns herrschte.

Ich sah, wie sie schluckte. Sie schlang ihre Arme um ihren Oberkörper, als würde sie frieren. Dann wandte sie den Blick von mir ab, drehte sich suchend um ihre eigene Achse und sah mich anschließend erschrocken an.

»Wo ist Max?«

Ihre Frage katapultierte mich innerhalb einer Sekunde wieder zurück in die Gegenwart. Mit einer schnellen Bewegung fuhr ich herum und scannte die Umgebung nach ihm ab. Doch da war keine Spur mehr von ihm. Shit! Wo konnte er nur schon wieder sein? Ich dachte an den kleinen, mit Büschen und Sträuchern überwucherten Abhang, der nicht weit von hier entfernt war und an dem ich ihn immer an die Leine nahm, weil es ihn jedes Mal dort hinunterzog. Vermutlich lebten da Kaninchen oder sonst was, ich wusste es nicht. Er bellte dann immer wie verrückt und versuchte, sich loszureißen, wenn wir da vorbeikamen.

Schnell ging ich zu meinen Sachen, die am Ufer im Sand lagen, zog mich wieder an und wollte an Chloé vorbeirennen. Doch der besorgte Blick in ihren Augen blieb mir nicht verborgen. Sie liebte Max genauso sehr wie ich, das wusste ich genau. Und ganz offensichtlich hatte sie auch Angst um ihn.

»Komm!«, rief ich.

Ohne zu zögern, folgte sie mir.

Gemeinsam liefen wir bis zum Abhang und Chloé schnaufte heftig, als wir ankamen.

»Hier.« Ich hielt ihr meine Wasserflasche hin.

Verunsichert sah sie mich an. Ich lächelte, doch sie rührte sich nicht.

»Schon okay. Wirklich. Ich sehe doch, wie durstig du bist.«

Dann endlich nahm sie die Flasche und trank hastig ein paar Schlucke. Sie war völlig fertig.

Als sie getrunken hatte, hielt sie mir die Flasche hin. »Danke.«

Ihr zaghaftes Lächeln war atemberaubend und bevor ich verstand, was ich da tat, erwiderte ich es. Ihr Lächeln wurde breiter und allein ihr Anblick ließ mich auf Wolke sieben schweben.

Reiß dich zusammen, ermahnte mich meine innere Stimme, woraufhin ich schluckte. Dann begann ich zu pfeifen und Chloé rief Max, so laut sie konnte.

Nach ein paar Minuten, *oder waren es erst Sekunden,* hielt ich inne und sah den Abhang hinunter.

»Er will immer da runter, wenn wir hier vorbeilaufen.«

Chloé betrachtete den mit Geröll und Sträuchern überwucherten Abhang und dann machte sie sich plötzlich auf den Weg zwischen die Büsche. Im letzten Moment griff ich nach ihrem Arm und hielt sie fest.

»Nicht! Du könntest abrutschen und dir wehtun.« Ich würde es mir nie verzeihen, wenn sie sich jetzt wegen mir verletzte. Weil ich nicht richtig auf Max aufgepasst hatte.

Sie blickte zwischen mir und dem Abhang hin und her und seufzte. Nur widerwillig kam sie zurück und kletterte wieder über die Absperrung.

Erneut rief sie seinen Namen und pfiff laut. Doch der verflixte Hund war nirgends zu sehen. Unruhe stieg in mir auf und die Vorwürfe in meinem Kopf wurden immer lauter. Was sollte ich nur Mrs. Morrison sagen, falls ich Max nicht wiederfand?

Verzweifelt schoss mein Blick von einem Strauch zum nächsten und dann sah ich den Abhang hinunter und überlegte, selbst hinabzusteigen. Doch was sollte das bringen? Womöglich dachte Max dann wieder, ich würde mit ihm Fangen spielen und weiter nach unten rennen. Das durfte ich auf keinen Fall riskieren! Ich griff mir an die Stirn und begann unruhig auf und ab zu wandern.

»Glaubst du wirklich, er könnte hierher gelaufen sein?«, fragte Chloé und kam auf mich zu. Mein Herz hämmerte gegen meine Rippen und Angst stieg in mir auf. Was, wenn ihm schon etwas Schlimmes passiert war? Was, wenn er ganz woanders war und wir beide am völlig falschen Ort nach ihm suchten? Dabei war ich mir so sicher gewesen, dass er hierher gerannt sein musste.

Ich zuckte mit den Schultern und wollte weiter auf und ab laufen, als Chloé ihre warmen Hände auf meine Schultern legte und mich festhielt.

»Mach dich nicht verrückt, Ethan. Max ist schlau und er wird wieder auftauchen. Irgendwann merkt er, dass er zu lange von dir getrennt ist, und wird zurückkehren«, sagte sie, doch ich befürchtete, sie könnte falschliegen.

Max steckte immer voller Energie und war neugierig wie ein Welpe. Es würde ewig dauern, bis er mich oder Mrs. Morisson vermisste und den Weg nach Hause antrat.

»Normalerweise lasse ich ihn immer am Waldrand kurz von der Leine, aber heute ist er wirklich vorbildlich gelaufen und da habe ich mir gedacht, dass er seine Freiheit etwas länger genießen sollte als sonst. Als er in den See gesprungen ist, hat er etwas getan, das ich ihm sonst nie erlaubt hätte. Er darf immer nur etwas trinken, aber nicht rein, obwohl er gut schwimmen kann«, sagte ich und mein Atem ging schneller.

Es strengte mich an, so schnell zu reden, und mir schwirrte der Kopf. Dann legte Chloé ihre Hände wieder auf dieselbe Stelle auf meine Brust, wo sie schon vorhin am See gelegen hatten, und ich hielt die Luft an.

Alles, was ich noch wahrnehmen konnte, waren ihre warmen Hände auf meiner Brust. Ich konzentrierte mich auf ihre Berührung und nach ein paar Atemzügen beruhigte sich mein Herzschlag, obwohl sie mir die ganze Zeit über in die Augen sah.

»Ich kenne das Gefühl, wenn die Angst übermächtig wird.«

»Wirklich?«

Sie nickte stumm und der Sturm, der vor wenigen Minuten am See noch in ihren Augen getobt hatte, verschwand. Und da begriff ich, dass auch Chloé nicht nur gute Zeiten in New York erlebt haben musste, wenn sie so etwas sagte. Mitleid stieg in mir auf und bevor ich verstand, was ich tat, zog ich sie in eine Umarmung und hielt sie fest.

Sie keuchte auf, wehrte sich aber nicht dagegen und dann legte sie ihren freien Arm um meinen Rücken und schmiegte ihren Kopf an meine Brust.

Ich vergaß alles um mich herum. Sogar Max. In diesen Sekunden verlor ich mich in unserer Umarmung, von der ich die letzten Jahre immer wieder geträumt und mich mit jeder Faser meines Körpers danach gesehnt hatte.

Eine gefühlte Ewigkeit standen wir eng umschlungen vor dem Abhang und ich wollte nicht, dass dieser Moment je vorüberging. Mit jedem Atemzug beruhigte sich mein aufgeregtes Herz ein wenig mehr. Und das nur, weil ich Chloé in meinen Armen hielt.

Die Wut auf sie und die Trauer darüber, von ihr verlassen worden zu sein, blieb diesmal aus und wich dem Gefühl, endlich wieder da zu sein, wo ich hingehörte.

Ich schloss die Augen und atmete ihren Duft ein. Es fühlte sich an, als wäre ich in diesem Augenblick zum ersten Mal seit einer Ewigkeit wieder nach Hause gekommen.

Dann zuckten wir plötzlich zeitgleich zusammen, als ein leises Bellen in meine Ohren drang. Chloé hatte es offenbar auch gehört.

Ich erwachte aus meiner Trance und wusste wieder, was wir hier eigentlich tun sollten. Eilig löste ich meine Arme von ihr und ging hinüber an die Kante des Abhangs. Konzentriert scannte ich die Umgebung ab und legte meine Hand über die Augen, damit ich trotz der Sonne etwas sehen konnte.

Chloé trat neben mich und tat dasselbe. Und da sah ich Max endlich! Schwanzwedelnd und voller Freude rannte er den Abhang herauf. Schnell und flink wie immer. Chloé schlug sich die Hände vor den Mund und versteifte sich neben mir. *Hoffentlich schafft er es, ohne abzurutschen*, betete ich und beobachtete jede seiner Bewegungen. Max war immer so aufgedreht und deshalb manchmal ein wenig tollpatschig. Dabei stolperte er hin und wieder auch mal über seine eigenen Füße. Doch zu meiner Erleichterung flog Max nur so zwischen den Büschen und Steinen hindurch und wich ihnen geschickt aus, ohne das Tempo dabei zu drosseln. Er hielt kurz an, sah zu uns herauf und bellte erneut auf. Nur noch wenige Meter trennten ihn von uns und als er es endlich geschafft hatte, sprang er aufgeregt zuerst an mir und anschließend an Chloé hoch.

»Du hast mir eine Heidenangst eingejagt, du kleiner Ausreißer!«, schimpfte ich mit ihm und ging in die Hocke. Immer wieder drängte er sich an mein Gesicht und war völlig aus dem Häuschen.

»Was hätte ich nur Mrs. Morrison sagen sollen, wenn ich ohne dich nach Hause gekommen wäre? Sie hätte bestimmt einen Herzinfarkt bekommen«, redete ich weiterhin auf ihn ein, obwohl ich wusste, dass er kein Wort verstand.

Chloé stand währenddessen vor uns und lächelte. Sie hatte die Hände vor ihre Brust gepresst und freute sich für uns. In diesem Moment wurde mir klar, wie gut ich mich bei ihrem Versuch, mich zu beruhigen, gefühlt hatte. Und ich staunte selbst, wie schnell es funktioniert hatte.

Langsam stand ich auf und leinte Max wieder an. Ich öffnete die Wasserflasche und bot Chloé erneut an, daraus zu trinken. Doch diesmal lehnte sie ab. Ich trank einen großen Schluck daraus, bevor ich Max' kleine Schale aus meinem Rucksack holte und sie füllte.

Chloé sah mir dabei zu. »Früher habe ich deine Wasserflasche in meinem Fahrradkorb mitgenommen«, flüsterte sie und mit einem Schlag kehrten all die wunderschönen Bilder an diese Zeit zurück.

Doch wie auch schon zuvor riss mich der Gedanke daran nicht mehr sofort von den Beinen. Es tat zwar noch weh, aber es hatte sich etwas in mir verändert …

28

Chloé

Ich setzte mich an einen der freien Tische im Café und holte meinen Laptop hervor. Meine Schicht war gerade zu Ende gegangen und ich wollte es hier mit dem Schreiben versuchen. Meine Dozentin, Miss Henderson, hatte uns eine umfangreiche Hausaufgabe aufgedrückt und ich war spät dran. Zwar legte ich am Ende des Semesters keine Prüfung ab wie die anderen Studenten, doch ich wollte mir Mühe geben.

Der Schreibkurs tat mir gut und es machte mir viel Spaß, mich in diese neue Welt hineinzuarbeiten. All die neuen Begriffe, die Schreibtechniken und die Organisation meiner Ideen und Gedanken halfen mir, immer mehr zu mir selbst zurückzufinden. Denn ich wendete das Gelernte nicht nur beim Schreiben unserer Kurzgeschichten an, sondern auch bei meinem Journal, in das ich jeden Tag ein paar Seiten schrieb, seit ich wieder zu Hause war.

Schon als kleines Mädchen hatte ich ein Tagebuch nach dem anderen vollgeschrieben und damals waren mir die Ideen für verrückte Kurzgeschichten nur so zugeflogen.

Ich klappte den Laptop auf und öffnete meine Geschichte. Lange hatte ich darüber nachgedacht, wovon sie handeln sollte, bis mir eine meiner Kurzgeschichten eingefallen war, die ich vor vielen Jahren begonnen, aber nie ganz beendet hatte. Sie handelte von einem kleinen Jungen, der auf der Suche nach einem der wertvollsten Schätze der Welt war. Dieser Schatz bestand aber nicht etwa aus Gold und Edelsteinen, nein. Der Besitzer dieses Schatzes würde in der Lage sein, die Zeit zurückzudrehen.

Obwohl das Schreiben nicht dasselbe war wie das Klavierspielen, fühlte es sich dennoch gut an. Die Tasten auf meinem Laptop waren beinahe wie die Tasten auf einem Klavier, nur mit dem Unterschied, dass die Buchstabentasten Worte erschufen und keine Klänge. Dennoch transportierten sie Emotionen und Gefühle, wie es auch die Töne und Melodien in der Musikwelt taten. Ich las die letzten Sätze von gestern noch einmal durch und sah sofort, dass ich ein paar Schreibfehler übersehen hatte. Ich änderte sie und fügte noch den einen oder anderen Satz hinzu.

Erneut las ich die letzten Zeilen und ein zufriedenes Lächeln schlich sich auf meine Lippen, als plötzlich Musik aus den kleinen Lautsprechern erklang, die überall im Café an der Decke angebracht waren. Eigentlich spielte immer leise Musik im Hintergrund und verlieh dem Café damit eine gewisse Stimmung, doch dieses Lied war anders.

Ich musste nicht lange hinhören und wusste sofort, welches Stück es war, denn ich kannte es in- und auswendig. Yirumas Finger flogen nur so über die Tasten seines Pianos und jagten mir damit einen eiskalten Schauder über den Rücken.

The River Flows In You war schon damals Ethans und mein Lieblingsstück gewesen und eines der Ersten, das ich perfekt beherrscht hatte. Der Klang der einzelnen Töne weckte Erinnerungen in mir und obwohl Ethan und ich uns in den letzten Wochen wieder ein wenig aneinander gewöhnt hatten und uns vor ein paar Tagen am See sogar viel zu nahe gekommen waren, lösten die Klänge erneut kalten Schweiß in mir aus.

Ich blickte hinüber zu Anthony, der hinter dem Tresen stand und in einer Zeitung blätterte. Es waren nur wenige Gäste da und offensichtlich hatte er gerade nichts Besseres zu tun. Das war meine Chance.

»Hey, Anthony. Könntest du vielleicht etwas anderes abspielen?«

Verwundert sah er von seiner Zeitschrift auf.

»Wie bitte? Warum? Es klingt doch wunderschön.«

»Ja, ich weiß, das tut es, aber …«

In diesem Moment kam Sara mit einem Tablett voller Muffins aus der Küche und stellte es auf dem Tresen ab. Sie sah zwischen mir und Anthony hin und her und begriff sofort, dass etwas nicht stimmte.

»Was ist los?«

Anthony sah zu mir herüber und zögerte. »Chloé gefällt die Musik nicht. Dabei haben wir diese Playlist schon eine ganze Weile nicht mehr gespielt und Ethan hat …«

»Was hat Ethan?«, unterbrach ich Anthony und es tat mir auf der Stelle leid. So war ich normalerweise nicht, doch als Ethans Name gefallen war, waren die Erinnerungen an ihn und mich vor meinem Klavier auf einen Schlag zurückgekommen.

Ethan hatte immer wieder geduldig neben mir auf dem Klavierhocker gesessen und mit mir die schwierigen Stellen geübt, bis ich sie konnte. Immer, wenn ich aufgeben wollte, war er da gewesen und irgendwann hatte selbst er ein paar Töne auswendig gekonnt. Wenn auch nicht so flüssig wie ich, doch er hatte ja auch nie Klavierstunden bekommen.

»Ethan hat uns diese und noch ein paar andere Playlists irgendwann einmal geschickt, weil er fand, dass unsere Musik langweilig war«, sagte Sara langsam und musterte mich dabei.

»Ich verstehe, aber könnt ihr nicht trotzdem eine andere nehmen? Nur solange ich hier bin? Bitte …« Meine Stimme klang viel dünner und bittender, als ich wollte, doch dann wurde Saras Blick endlich weicher. Auch Anthony schien zu verstehen, dass es mir wirklich wichtig war und als die zwei nickten, fiel mir ein Stein vom Herzen. Anthony griff nach seinem Handy, tippte ein paarmal darauf herum und kurz darauf begann ein neuer Song.

Jetzt waren es Gitarrentöne und Akkorde, die ebenso schön und beruhigend wirkten wie die eines Klaviers, und ich atmete erleichtert auf. Diese Musik konnte auch ich hören und genießen, ohne dabei einen Nervenzusammenbruch zu erleiden. Mit einem dankbaren Lächeln ging ich zurück zu meinem Tisch und setzte mich wieder an meine Geschichte.

***

Ich kuschelte mich auf die Couch und schaltete den Fernseher ein, als Madison nach Hause kam.

»Hey«, sagte ich, als sie einen Blick ins Wohnzimmer warf.

»Komme gleich«, antwortete sie und verschwand in ihrem Schlafzimmer. Kurz darauf kam sie zurück und ließ sich schwer aufs Sofa fallen.

»Du siehst erledigt aus.«

Sie nickte. »Ich war noch einmal im Copyshop und jedes Mal, wenn ich da bin, ist der Kerl an der Kasse damit beschäftigt, zu zeichnen. Dabei sollte er doch für die Kunden da sein, oder etwa nicht?«

Sie trug schon wieder einen ihrer weiten Hoodies, obwohl draußen die Sonne schien. Ich fragte mich, warum sie das tat, doch ich wollte ihr nicht das Gefühl geben, dass ich sie beobachtete.

Ich schmunzelte, weil sie einfach zu süß war, wenn sie sich aufregte. »Warum warst du denn schon wieder dort?«

Verlegen sah sie auf ihre Hände, bevor sie mich unsicher anlächelte. »Ich musste ein paar Seiten in einem Buch aus der

Bibliothek kopieren, das bereits vorbestellt war. Das durfte ich mir nur für eine Stunde ausleihen und musste es sofort wieder zurückgeben.«

»Mittlerweile kann man sehr viele Bücher als E-Book ausleihen. Aber das weißt du bestimmt längst, oder?«

»Ja, aber ich mag es viel lieber, echtes Papier zu benutzen. Und ja, ich weiß, wie schlecht das unendliche Bäumefällen und Bücherdrucken für die Umwelt ist.«

Plötzlich verzog sie die Lippen zu einem unsicheren Lächeln.

»Oder willst du einfach nur den Kerl hinter der Kasse sehen?«

Sie zuckte mit den Schultern. »Und was ist mit dir und Ethan? Habt ihr euch nach deinem Lauf am Wochenende noch mal gesehen?«

Mit einem Seufzen sah ich an ihr vorbei.

»Nun sag schon, habt ihr euch getroffen? Oder wenigstens im Café gesehen?«

Ich schluckte trocken. »Ich sehe ihn jeden Morgen und jedes Mal tut er so, als wäre alles okay. Ich dachte, wir wären uns an dem Tag ein wenig nähergekommen, aber offensichtlich beschäftigt ihn das weniger als mich …«

Madison erwiderte nichts und für einen kurzen Moment herrschte Stille.

»Wahrscheinlich ist es das Beste so und ich sollte das alles einfach wieder vergessen«, sagte ich, wusste aber ganz genau, dass ich das nicht konnte.

Madison musterte mich und biss sich nachdenklich auf die Lippe. »Er hat auch nicht auf deine E-Mail geantwortet, stimmt's?«

Ich schüttelte den Kopf. »Er macht mich verrückt.«

»Er sieht ja auch verdammt gut aus.«

»So meinte ich das nicht. Ich würde mich gern mit ihm über das unterhalten, was damals passiert ist, obwohl ich ihm schon alles geschrieben habe. Aber er hat nie etwas dazu gesagt und das ist die reinste Folter. Damit verschwindet die Achterbahn in meinem Kopf nie.«

»Und wie läuft es mit dem Klavierspielen?«

Verwirrt von dem plötzlichen Themenwechsel blinzelte ich sie an. »Wie bitte?«

»Na, hast du es noch einmal versucht? Das letzte Mal konntest du kaum darüber sprechen. Hat sich daran was geändert?«

Ich setzte mich gerade auf und sofort schossen meine Gedanken zu meinem weißen Klavier, das immer noch bei meinen Eltern im Wohnzimmer stand und das mich jedes Mal, wenn ich sie besuchte, daran erinnerte, was ich verloren hatte. Sofort wurden meine Hände feucht und ich strich mir nervös durch die Haare.

Ich spielte mit meinen Fingernägeln und dann berichtete ich von der Musik im Café und wie es mir dabei ergangen war.

Madison warf mir einen mitfühlenden Blick zu. »Das tut mir so leid. Entschuldige, ich hätte nicht wieder davon anfangen sollen«, sagte sie und legte ihre Hand auf meine.

»Ist schon okay. Vielleicht hilft es mir ja, wenn ich ab und zu darüber spreche. Sagt man das nicht so? Dass man die Angst vor etwas verliert, je öfter man sich mit ihr beschäftigt?«

Madison nickte. »Auf jeden Fall! Gibt es denn irgendwas, von dem du glaubst, dass es dir helfen könnte, die Angst vor dem Spielen zu vertreiben? Warum fürchtest du dich so sehr davor? Ich meine, du hast es doch irgendwann mal geliebt, richtig?«

Ich nickte.

»Dann muss es irgendeinen Weg geben, die Angst zu besiegen. Oder liebst du es nicht mehr? Hast du es ein für alle Mal abgeschrieben?«

Unsicher sah ich sie an. »Ich ... ich weiß es ehrlich gesagt nicht mehr. Das Ganze verwirrt mich ... Wenn ich daran denke, wie ich mich in New York gefühlt habe, bekomme ich

Schweißausbrüche und mein Puls schießt in die Höhe. Aber wenn ich ...« Ich schluckte und machte eine kurze Pause. »Miss Emmons hat mir dieselbe Frage letzte Woche auch gestellt.«

»Deine Therapeutin?«

»Ja. Auch ihr konnte ich keine klare Antwort geben, aber sie hat mir den Rat gegeben, einen Notfallkoffer für mich anzulegen, damit ich mich von meiner Angst ablenken kann, wenn sie mich wieder einholt.«

»Wie? Einen richtigen Koffer? Verstehe ich nicht.«

»Man kann einen richtigen Koffer nehmen, es geht aber auch ein kleines Täschchen oder auch ganz ohne. Sie sagt, dass es vielen Leuten hilft, sich abzulenken, und damit zu verhindern, dass man sich in die Angst hineinsteigert.«

Ich hob mein Handgelenk an und zeigte ihr ein Haargummi, wie viele es trugen, wenn sie ihre Zöpfe irgendwann lösten und nicht wussten, wohin mit den Gummibändern.

»Wenn meine Hände kalt und feucht werden und sie beginnen zu zittern, kann ich mit dem Band spielen, es in die Länge ziehen und an mein Handgelenk zurückschnappen lassen.«

»Was soll das bringen?«

»Es soll ablenken. Mich im Hier und Jetzt halten, bevor die Panik übermächtig wird und ich allein nicht mehr herauskomme. Ich habe es noch nicht ausprobiert, aber seit sie mir davon erzählt hat, trage ich eins. Außerdem hat sie mir noch eine Atemtechnik gezeigt, die mir helfen kann, die Enge in meiner Brust zu lösen, wenn sie auftaucht. Beim Yoga habe ich auch schon mal einen Kurs gemacht, in dem es um Atemtechniken ging, und die von Miss Emmons geht in dieselbe Richtung.«

Madison setzte sich mir gegenüber und hörte mir aufmerksam zu.

»Soll ich sie dir erklären?«

»Ja, bitte. Ich finde es großartig, wie du dich damit beschäftigst, und ich glaube, das sollte jeder Mensch wissen, wenn es dabei hilft, mit Angst umzugehen.«

Ich erklärte Madison, wie die 4-7-11-Methode funktionierte, und als ich fertig war, lächelte sie mich breit an.

»Ich glaube, das merke ich mir.«

»Wenn du willst und wenn dich das interessiert, kann ich dir ja noch eine Methode zeigen. Miss Emmons meinte, ich soll alle ausprobieren und auch ohne Panikattacke üben, damit sie im Notfall schneller abrufbar sind.«

»Und was denkst du? Glaubst du, dass sie dir helfen?«

»Ich weiß es nicht, aber es fühlt sich gut an, verstanden zu werden. Da gibt es noch etwas, das mir aufgefallen ist, aber das habe ich Miss Emmons nicht erzählt.«

»Was? Ist alles okay? Muss ich mir Sorgen machen?«

»Nein, nein, so meinte ich das nicht. Mir ist aufgefallen, dass ich weniger Angst habe, wenn ich während einer Panikattacke daran denke, wie Ethan früher neben mir gesessen und mir beim Spielen zugesehen hat. Dann fühlt es sich nicht ganz so schlimm an. Ich glaube, das liegt daran, dass mich die Gedanken an ihn einfach zu sehr aufwühlen. Hört sich das verrückt an?«

Sofort schüttelte Madison den Kopf. »Überhaupt nicht. Macht doch Sinn, weil dich die Gedanken an ihn von deiner Angst ablenken.«

Ich nickte. »Ja, ich ... ich glaube, so kann man es sagen. Er saß früher so oft neben mir und es gab dieses eine Lied, das heute im Café lief. Damals habe ich wochenlang daran gesessen und es beinahe Tag und Nacht geübt. Doch es gab zwei Stellen, die mir einfach nicht gelingen wollten, und ich bin beinahe daran verzweifelt.«

Madison hob eine Augenbraue und starrte gebannt auf meine Lippen.

»Und immer, wenn er sich dann neben mich gesetzt und mir aufmunternde Worte ins Ohr geflüstert hat, klappte es irgendwann.«

»Wenn du so über ihn sprichst, ist die Angst dann auch da?«

Ich überlegte kurz und schüttelte langsam den Kopf.

»Ähm, nein ... ich glaube nicht.«

»Du glaubst oder du weißt?«, hakte sie nach und ich fühlte in mich hinein. In den letzten Minuten war kein Schweißausbruch aufgetaucht und auch mein Herz schlug mir nicht bis zum Hals.

»Weißt du, was ich glaube?«, fragte sie und ein Funkeln trat in ihre Augen, begleitet von einem breiten Grinsen. »Ich glaube, dass du es mit dem Klavierspielen noch einmal versuchen solltest. Und dabei denkst du die ganze Zeit an Ethan. Mal sehen, ob deine Panik dann immer noch sofort auftaucht oder ob sie sich in Grenzen hält. Wenn du willst, bleibe ich bei dir sitzen, so wie Ethan es getan hat, und falls doch eine Panikattacke aufkommt, machst du die Atemübung mit mir«, bot sie an und ein kleiner Hoffnungsschimmer stieg in mir auf.

»Meinst du wirklich?«

»Ja. Ich meine, das Schreiben macht dir offensichtlich Spaß, sonst würdest du es nicht freiwillig nach deiner Schicht im Café tun. Aber jeder, der dich über das Klavierspielen reden hört, versteht sofort, wie sehr es dir in Wirklichkeit fehlt.«

Sie wollte noch etwas sagen und öffnete den Mund erneut, als ihre Smartwatch plötzlich aufdringlich klingelte. Sie hob ihr Handgelenk und stöhnte, als sie den Namen des Anrufers las.

»Das ist einer aus meinem Kurs, da muss ich rangehen«, sagte sie entschuldigend und stand auf. Dabei zog sie ihr Handy aus der großen Tasche des Hoodies und kurz darauf begrüßte sie ihren Kommilitonen, bevor sie in ihrem Schlafzimmer verschwand und die Tür hinter sich schloss.

Madisons Worte hallten in mir nach und ich fühlte einen Anflug von Erleichterung in mir aufsteigen. Sie hatten Hoffnung in mir geweckt und plötzlich breitete sich Aufregung in mir aus. Ich trat endlich nicht mehr auf der Stelle.

Die Gespräche mit ihr, Miss Emmons und meinen Eltern wirkten sich tatsächlich verdammt positiv auf meine Gedankenwelt aus. Keiner von ihnen hielt mich für verrückt, im Gegenteil. Sie unterstützten mich und dachten mit, boten mir ihre Hilfe an, die eigentlich nur aus ihrer bloßen Anwesenheit bestand. All die Angst fand ausschließlich in meinem Kopf statt, das wusste ich längst. Miss Emmons hatte es so toll formuliert, dass ich mir ihre Worte aufgeschrieben hatte und sie mittlerweile täglich in meinem Journal nachlas. Sie hatte gesagt, dass ich versuchen sollte, die Attacken zu akzeptieren, anstatt gegen sie anzukämpfen, und dass sie schneller vorbeigingen, als ich dachte.

Ich stand von der Couch auf, ging in mein Schlafzimmer und kam mit meinem Journal zurück. Dann schlug ich die Seite auf, auf der ich ihre Worte notiert hatte, und las sie erneut.

»Meist hält so ein Zustand nur wenige Sekunden an, obwohl es sich wie eine Ewigkeit anfühlt. Das kommt von der Hilflosigkeit und von der Angst, diese Situation könnte für immer anhalten. Das tut sie jedoch nie. Sie geht immer wieder vorbei und daran musst du glauben.«

Es war beruhigend, die Sätze zu lesen, und allmählich bekam ich wirklich das Gefühl, dass es mit mir bergauf ging, wenn auch nur in winzig kleinen Schritten.

Habe ich vielleicht doch noch eine Chance, irgendwann wieder ein wenig Klavier zu spielen?

29

Ethan

Mist! Ich war zu spät und lief noch schneller. In Gedanken formulierte ich eine neue Entschuldigung für Mrs. Morrison, doch eigentlich gab es keine. Ich hatte schon wieder verschlafen und ahnte warum. In letzter Zeit schlief ich später ein als sonst, was wahrscheinlich auch daran lag, dass ich immer vor dem Einschlafen an Chloé dachte, obwohl ich es nicht wollte.

Als ich endlich bei meinem alten Wohnhaus ankam, drückte ich sofort auf den Klingelknopf. Ich wartete auf das summende Geräusch des Türöffners, doch nichts geschah.

Ob sie noch einmal eingeschlafen war?

Ich klingelte erneut, während mein Puls vor Anstrengung bis zum Hals schlug. Wahrscheinlich war ich viel zu schnell gelaufen und musste den Rest meines heutigen Trainings etwas ruhiger angehen, damit meine Muskeln nicht übersäuerten.

Wieder blieb der Türöffner stumm.

Normalerweise brauchte sie nicht so lang, um die Tür zu öffnen. Deshalb klingelte ich ein drittes Mal und wartete weiter.

Immer noch nichts.

Ein mulmiges Gefühl breitete sich in meinem Magen aus. Da stimmte doch etwas nicht …

Ich kramte meinen Schlüsselbund hervor, an dem auch der Hausschlüssel von Mrs. Morrisons Apartment hing. Unsicher drehte ich ihn in meiner Hand. Sie lebte ohne Familie hier in Vancouver und darum hatte sie mir nach Mums Tod einen ihrer Schüssel gegeben, falls sie ihren verlor.

Mit jeder Sekunde, die verstrich, ohne dass sie öffnete, wurde ich nervöser. So lange hatte ich bisher noch nie auf das Geräusch des Türsummers warten müssen.

Jetzt war es genug.

Ohne noch länger Zeit zu verlieren, schloss ich die Tür auf und hastete die Treppen hinauf in den zweiten Stock.

Oben angekommen, klopfte ich und sofort hörte ich Max bellen. Er war laut und aufgeregt. Ich kannte sein Bellen. Dieses klang alarmiert und nicht freudig, wie sonst, wenn er mich kommen hörte.

»Mrs. Morrison? Sind Sie da?«, rief ich durch die Tür und lauschte, doch Max´ Bellen ließ mir keine Chance, ihre Schritte zu hören, falls sie näher kam.

Jetzt reichte es mir. Mit zitternden Fingern steckte ich den Schlüssel ins Schloss und öffnete die Tür. Max sprang sofort an mir hoch und bellte dabei ununterbrochen. In seinen Augen erkannte ich, wie aufgekratzt er war. Er wedelte auch nicht mit dem Schwanz.

Ein sehr schlechtes Zeichen …

Ohne die Tür hinter mir zu schließen, rannte ich ins Wohnzimmer, doch es war leer. Wo zum Teufel war sie nur?

Mein Herz raste. Zu dieser frühen Uhrzeit, wenn halb Vancouver noch schlief, konnte sie unmöglich aus dem Haus gegangen sein. Oder etwa doch? Mrs. Morrison hatte kein Alzheimer und war für ihre achtundsiebzig Jahre noch äußerst wach und aufmerksam.

Mein Herz hämmerte jetzt noch stärker gegen meine Rippen und Angst stieg in mir auf. Angst um die alte Dame, die so viel mehr als nur eine Nachbarin für mich war.

Hastig lief ich weiter durch die Wohnung, dann sah ich sie endlich und hielt im selben Augenblick vor Schreck die Luft an.

Mrs. Morrison lag auf dem Boden im Badezimmer und bei ihrem Anblick blieb mir beinahe das Herz stehen. Sofort tauchten die Bilder meiner Mum vor meinem inneren Auge auf. Wie ich sie damals bewusstlos in unserem Wohnzimmer gefunden hatte ...

Aber Mrs. Morrison war wach und sah mich aus müden Augen an.

»Ethan ... Junge«, war das Einzige, das sie herausbekam. Ihre Stimme war rau und heiser. Ich verstand ihre Worte nur schwer, weil sich ihre linke Gesichtshälfte beim Sprechen nicht bewegte.

Sofort begriff ich, dass sie nicht einfach gestürzt war. Wie in Zeitlupe hob sie ihren rechten Arm, doch der linke blieb regungslos neben ihr auf den kalten Kacheln liegen.

Sie musste einen Schlaganfall erlitten haben. Ich hockte mich neben sie und legte eine Hand auf ihren Arm. Sie war eiskalt. Max schnupperte aufgeregt an ihrem Körper und legte sich neben sie. Offenbar hatte er die ganze Zeit schon bei ihr gelegen, um sie zu wärmen, denn an ihrem Nachthemd hingen unzählige Hundehaare. Doch der Hund kam nicht zur Ruhe, stand wieder auf und begann, ihre Hand zu lecken.

»Was ist passiert?«

Mrs. Morrison bewegte die Lippen, doch diesmal brachte sie keinen Ton heraus. Shit! Müde schloss sie die Augen und seufzte erschöpft.

Mit zitternden Händen und rasendem Puls zog ich mein Handy aus der Hosentasche und wählte 911.

»Hallo? Ich brauche einen Notarzt!«

Der Mann am anderen Ende der Leitung bat mich, zu erklären, was geschehen war, doch es gelang mir kaum, ordentliche Sätze zu formulieren. Schweiß brach auf meiner Stirn aus und ich betete, dass alles nur schlimmer aussah, als es tatsächlich war. Immer wieder sah ich die Bilder meiner bewusstlosen Mum vor mir und mir wurde schlecht.

»Wir beeilen uns! Bleiben Sie ganz ruhig. Solange ihre Nachbarin ohne Probleme atmet und ihr Puls gleichmäßig und nicht zu hoch ist, schwebt sie nicht in Lebensgefahr.«

»Okay.«

»Soll ich in der Leitung bleiben, bis der Notarzt da ist, oder schaffen sie es allein?«

»Ich glaube, wir schaffen das.«

»Gut, dann halten Sie durch, der Wagen müsste gleich bei Ihnen sein.«

Wir beendeten das Gespräch.

Ich versuchte, Mrs. Morrison anzulächeln, und strich ihr sanft über ihren linken Arm.

»Kannst du das spüren?«

Kaum merklich schüttelte sie den Kopf. Mein Blick fiel auf Max, der nun zum Glück endlich ruhiger geworden war und wieder neben ihr auf dem Boden lag. Was sollte ich nur mit ihm machen? Mit in den Notarztwagen würden sie ihn vermutlich nicht lassen. Er wäre nur im Weg. Und hier allein lassen?

Ohne mich oder Mrs. Morrison würde er verrückt werden, das wusste ich ganz genau. Außerdem hatte er fürs Erste genug Stress gehabt. Fieberhaft überlegte ich, was ich mit ihm tun sollte, weil ich nicht wusste, wie lange ich mit Mrs. Morrison im Krankenhaus bleiben würde.

Und dann dachte ich an Chloé … Sie war die Einzige, bei der Max ohne Weiteres bleiben würde. Sie war unsere letzte Rettung.

Ohne einen weiteren Gedanken zu verschwenden, tippte ich ihre Nummer ein. Seit ich die E-Mail mit ihrer Telefonnummer bekommen hatte, kannte ich sie auswendig, auch wenn ich sie mir überhaupt nicht hatte merken wollen …

Es klingelte und klingelte, doch sie ging nicht ran. Ich schaltete den Lautsprecher an, griff nach einem Handtuch und faltete es. Vorsichtig legte ich es Mrs. Morrison unter den Kopf. Dankbar lächelte sie mich an. Die arme Frau …

Es klingelte immer noch und ich nahm ihren Bademantel vom Haken und deckte sie damit zu, damit sie nicht mehr so sehr fror.

Endlich nahm Chloé das Gespräch an und als ich ihre Stimme hörte, setzte mein Herz einen Schlag aus.

»Chloé?! Ich bin's …« So schnell ich konnte, erzählte ich ihr von dem, was passiert war. »Kannst du …« Weiter kam ich nicht, weil sie mich unterbrach.

»Bin schon unterwegs! Ich kümmere mich um Max, macht euch keine Sorgen. Wenn der Arzt früher da ist als ich, leg den Schlüssel unter die Fußmatte.«

Mir fiel ein Stein vom Herzen. Ihre Stimme zu hören, gab mir das sichere Gefühl, nicht allein zu sein und die Situation irgendwie zu überstehen.

In diesem Augenblick war es wie früher zwischen uns beiden. Sie hatte sofort begriffen, wie ernst es war, und meine Gedanken weitergeführt. Erleichtert atmete ich aus. Chloé schien trotz der schlechten Nachrichten Ruhe zu bewahren und dieses Gefühl übertrug sich auf mich. Ich konnte hören, wie sie Sara etwas zurief und anschließend das Café verließ. Im Hintergrund waren plötzlich Autos zu hören und ich wusste, sie war auf dem Weg.

»Kannst du am Telefon bleiben, bis du hier bist?«

Ich hatte diese Frage ausgesprochen, bevor ich darüber nachdenken konnte, und sofort kam ihre Antwort.

»Natürlich bleibe ich dran.«

Ich setzte mich zu Mrs. Morrison auf den Boden, streichelte abwechselnd Max und ihr über die Schulter, während Chloé am anderen Ende der Leitung anfing, mir von der Arbeit im Café zu erzählen.

Ich hatte ja keine Ahnung gehabt, dass sie so viel zu tun hatten, bevor sie das Café täglich öffneten, und dachte daran, wie gern ich jetzt dort gewesen wäre, einen Kaffee getrunken und ein Croissant mit Pistaziencreme gegessen hätte.

Nach ein paar Minuten verstand ich, was Chloé in Wirklichkeit tat. Sie redete ununterbrochen von scheinbar belanglosem Zeug und lenkte mich und Mrs. Morrison damit von unserer beschissenen Situation ab. Kurz darauf hörten wir schwere Schritte durch die offene Wohnungstür. Max knurrte sofort, blieb aber bei Mrs. Morrison liegen. Sie wurden immer lauter und dann erklang die tiefe Stimme eines Mannes.

»Hallo? Wo sind Sie?«

»Hier!«, rief ich, rappelte mich vom Fußboden auf und stand plötzlich einem Notarzt und einem Sanitäter gegenüber. Erleichtert atmete ich aus. Sie gingen an mir vorbei und hockten sich neben Mrs. Morrison auf den Boden.

Max flippte beinahe aus. Wie vom Blitz getroffen, sprang er auf, knurrte und bellte. Er wollte Mrs. Morrison beschützen und tat mir dabei unendlich leid. Traurig sah ich ihn an und ich wusste, dass ich ihn irgendwie beruhigen musste, damit der arme Kerl nicht am Ende einen Herzanfall bekam.

Wo bleibt Chloé nur? Ich sah auf mein Handy, das immer noch mit ihr verbunden war, und nahm es auf. In den letzten Tagen hatte sie ihr altes blaues Fahrrad immer wieder vor dem Café angeschlossen und ich hoffte, dass sie es auch heute dabeihatte. Denn das Café lag einige Straßen von hier entfernt und sie war damit sicher schneller als mit jedem Bus oder Auto.

Ich nahm den bellenden Max zur Seite und sah mich hilflos um. Was sollte ich nur mit ihm machen? Hierbleiben konnte er nicht und mitnehmen ging auch nicht.

»Komm, Kumpel. Die helfen ihr nur. Keine Panik«, versuchte ich ihn zu beruhigen, doch es nutzte nichts.

Mit aller Kraft zog ich ihn weg. So hatte ich ihn noch nie erlebt, aber ich konnte verstehen, dass er völlig aufgelöst und verängstigt war. Als ich das Bad mit ihm verließ, beugten sich die beiden Männer weiter über Mrs. Morrison und untersuchten sie.

Max ließ sich nicht beruhigen und für einen Moment erschrak ich bei dem Anblick seiner großen Zähne. Er war so kräftig und wusste genau, was er wollte.

»Max, beruhige dich! Es wird alles wieder gut!«, sagte ich, als der Sanitäter an mir vorbei die Treppen hinunterrannte. Was war nur los?

Wenig später kam er mit einem zweiten Assistenten und einer Trage zurück. Schnaufend schoben sie das Ungetüm in die Wohnung und kurz darauf hoben sie Mrs. Morrison an und legten sie darauf. Sie schnallten sie fest und bei ihrem Anblick wurde mir flau im Magen, weil sie nichts mehr allein machen konnte, außer sich nach mir umzusehen. Angst und Unsicherheit spiegelte sich auch in ihrem Blick wider. Ich musste sofort an ihre Seite und ihr zeigen, dass ich sie nicht allein ließ. Mit schwerem Herzen blickte ich zu dem völlig überforderten Max hinüber, der jetzt erneut aufdrehte und bellte, als sie sich auf den Weg durch den Flur machten. Ich nahm meinen Schlüssel hervor, um ihn für Chloé unter die Matte vor der Tür zu legen.

»Es tut mir leid, Kumpel, aber du musst hierbleiben. Chloé kommt gleich und nimmt dich mit, okay?« Ich bückte mich zu ihm hinunter und strich ihm über den Kopf.

Es brach mir das Herz, ihn so zu sehen, aber ich konnte Mrs. Morrison auf keinen Fall allein lassen. Ich stand wieder auf und sperrte ihn im Badezimmer ein, damit er mir nicht hinterherlaufen konnte. Erneut blickte ich in den Flur, in dem die Männer gerade dabei waren, die Trage in Richtung der Treppe zu schieben, als ich Chloé erkannte.

»Mrs. Morrison, wie geht es Ihnen?«

Die Männer blieben stehen und beobachteten Chloé dabei, wie sie an die Trage herantrat und Mrs. Morrison liebevoll die Hand auf die Schulter legte.

»Wir müssen jetzt weiter«, sagte der Notarzt, woraufhin Chloé zur Seite trat.

»Es wird sicher alles wieder gut, ich kümmere mich um Max, machen Sie sich keine Sorgen.«

Mrs. Morrison nickte kaum merklich und dann schoben die Männer sie weiter.

Als Chloé den Kopf hob, trafen sich unsere Blicke und die Zeit stand trotz des Chaos um uns herum für einen kurzen Moment still.

Erleichterung, Dankbarkeit und das Gefühl von Vertrauen stiegen gleichzeitig in mir auf und obwohl die Situation alles andere als entspannt war, fühlte ich mich bei ihrem Anblick wieder in die Zeit zurückversetzt, in der noch alles gut gewesen war.

Wenn sie da war, war ich wieder ich und sie war wieder sie. Chloé fühlte sich nach meinem Zuhause an, obwohl das Haus, in dem wir beide standen, seit mehr als zwei Jahren nicht mehr meine Heimat war.

Als sie vor mir stand, breitete ich meine Arme aus und umarmte sie. Ich schloss die Augen und dann erwiderte sie meine Umarmung. Ich spürte ihren Herzschlag an meiner Brust und sog ihren Duft ein. Sie war hier, bei mir, bei uns …

»Ich muss hinterher ... Max ist im Badezimmer. So wie es aussieht, haben Mrs. Morrison und er dort die halbe Nacht auf dem Boden gelegen. Seine Leine hängt neben der Tür«, sagte ich und löste mich rasch von ihr, als mir bewusst wurde, dass ich Mrs. Morrison und die Sanitäter sonst womöglich verpassen würde und sie ohne mich fahren könnten. Chloé sah über ihre Schulter nach hinten zum Badezimmer, aus dem in diesem Augenblick Max' Bellen zu hören war.

»Geh und mach dir keine Sorgen! Ich kümmere mich um ihn und ... Sobald du mehr weißt, meldest du dich, okay?«

Ich erkannte die Sorgen in ihrem Blick und am liebsten hätte ich sie erneut umarmt, denn in diesem Moment war sie wieder die alte Chloé, die ich so sehr geliebt hatte.

Meine Stimme versagte. Ich nickte stumm, warf ihr einen letzten dankbaren Blick zu und rannte anschließend dem Notarzt hinterher.

30

Chloé

Max lief neben mir an der Leine und ich beschloss, langsam zu fahren. Früher war er unzählige Male neben mir und meinem Fahrrad gelaufen und offensichtlich tat es ihm gut, sich zu bewegen. Nach nur wenigen Metern entspannte er sich deutlich und sah nicht mehr unentwegt zurück, sondern geradeaus.

Kurz darauf kamen wir im Café an und Sara öffnete uns die Tür. Ich erzählte ihr, was geschehen war und vor Schreck hielt sie sich die Hand vor den Mund.

»Die arme Mrs. Morrison! Hoffentlich wird alles wieder gut«, sagte sie, als ich mit Max an ihr vorbeiging.

»Sie sah so fertig und alt aus.«

Sara runzelte die Stirn. »Ist sie nicht auch schon ziemlich alt?«

»Ja, das schon. Aber auf der Trage wirkte sie plötzlich so zerbrechlich.«

Gemeinsam gingen wir hinüber zum Tresen, hinter den ich eine Schüssel Wasser stellte und eine Decke für Max auslegte. Sofort nahm er seinen Platz an, legte sich hin und schlief kurz darauf ein.

Das Café öffnete gleich und wir hatten noch einiges zu erledigen.

Nacheinander hoben wir alle Stühle von den Tischen und rückten sie an ihre Plätze. Die Geräusche störten Max nicht.

Erneut dachte ich an Mrs. Morrison. Ihr Anblick ging mir nicht mehr aus dem Kopf und auch Ethan konnte ich nicht vergessen. Er hatte mich umarmt und dabei gezittert. Genau wie ich, wenn ich eine dieser Angstattacken hatte. Diesmal jedoch war ich diejenige gewesen, die Ruhe bewahrt und einen anderen Menschen mit meiner bloßen Anwesenheit hatte beruhigen können. In Gedanken versunken glaubte ich, Ethans Umarmung immer noch spüren zu können, und überlegte, was sie zu bedeuten hatte.

Dann fiel mir plötzlich der Stuhl aus der Hand. Er schrammte dabei über mein Knie.

»Au!«

»Chloé?! Alles in Ordnung?« Sara kam sofort zu mir herüber. Ich rieb mir die pochende Stelle an meinem Knie und nickte.

»Ja, nicht so schlimm«, erwiderte ich und lächelte sie schwach an.

Es tat wirklich nicht sehr weh, aber die Sorgen um Mrs. Morrison und Ethans Anblick gingen mir einfach nicht mehr aus dem Kopf. Am liebsten wäre ich in diesem Moment bei ihnen gewesen.

»Wenn du eine Pause brauchst, dann nimm sie dir ruhig. Es war schließlich ein aufregender Morgen. Ich schaffe das auch allein.«

»Nein, nein. Es geht schon. Ich bin nur etwas verwirrt und ...«

»Natürlich bist du das. Aber du und Ethan, ihr habt genau richtig gehandelt und jetzt ist Mrs. Morrison in den besten Händen. Mehr könnt ihr im Moment nicht für sie tun.«

Ich nickte stumm und sah zu Boden.

Sara kam noch näher und legte mir eine Hand auf die Schulter. »Ich mag dich, Chloé. Und ich mag Ethan und Max. Wenn ich irgendwie helfen kann, dann sagt es mir, in Ordnung?«

»Okay, danke«, erwiderte ich.

Sie drückte mich fest an sich und es war unbeschreiblich schön, mittlerweile auch Sara zur Freundin zu haben. Als sie sich von mir löste, schenkte sie mir ein mitfühlendes Lächeln. Dann machten wir uns wieder an die Arbeit und eine Stunde später war das Café wie jeden Morgen voller Gäste. Wir hatten viel zu tun und verkauften einen Kaffee nach dem anderen. Auch Ethans beliebte Croissants waren beinahe ausverkauft. Normalerweise war er einer der Ersten, die jeden Morgen kamen, und sicherte sich gleich zwei davon. Jetzt waren noch vier da und ich beschloss, seine beiden zur Seite zu legen und sie ihm später mitzubringen. Wann immer dieses Später auch sein mochte.

Eine junge Frau trat an den Tresen und bestellte einen Cappuccino und ein Sandwich. Ich drehte an dem Rad für die Düse, mit der ich die Milch aufschäumte. Heißer Dampf stieg auf und ich griff nach dem Lappen, mit dem wir die Düse zwischendurch säuberten. Ich legte ihn um die Milchdüse und zuckte sofort zusammen. Ein heißer Schmerz schoss durch meine Hand und ich biss mir auf die Zähne. Sara hatte es gesehen und drehte den Dampfhahn sofort zu.

»Chloé! Hast du dich sehr verbrannt?«

Sie nahm meine Hand und drehte sie hin und her. »Das musst du schnell kühlen«, sagte sie und schob mich in Richtung Küche.

Das war mir bisher noch nie passiert. Mit meiner pochenden Hand verschwand ich in die Küche und drehte das kalte Wasser auf. Es tat gut und ich genoss das erleichternde Gefühl auf meiner pochenden Haut. Kurz darauf kam Sara, sah mich an und holte ein Kühlpad aus dem Gefrierschrank.

»Nicht zu fest drauf drücken«, sagte sie und wickelte das Kühlpad in ein sauberes Papiertuch ein. »Sonst bekommst du davon noch mehr Blasen.«

»Okay.«

»Besser, du gehst nach Hause. Ich habe Anthony angerufen, er übernimmt deine Schicht. Sonst verletzt du dich am Ende noch ernsthaft.«

Ich wollte protestieren, doch Saras Blick war stark und selbstbewusst und mir wurde klar, dass es keinen Sinn machte, mit ihr zu diskutieren.

»Ich habe zwei Croissants für Ethan zur Seite gelegt«, sagte ich und überlegte, ob ich sie nicht doch wieder zurücklegen sollte. In seiner Situation dachte er vermutlich nicht einmal ans Essen, doch …

»Kein Problem. Ich packe sie dir ein und für dich ein Sandwich. Welches möchtest du?«, unterbrach mich Saras Stimme und riss mich damit aus meinen Gedanken, die erneut zu Ethan und Mrs. Morrison abgedriftet waren.

Ich wollte erneut ablehnen, doch bevor ich den Kopf schütteln konnte, kam Sara auf mich zu.

»Keine Widerworte. Du hast noch nichts gegessen und wenn du eine Hilfe für Ethan, Mrs. Morrison und Max sein möchtest, brauchst du dafür genauso Energie wie die anderen«, sagte sie eindringlich und lächelte mich dabei an. Sie zog mich in eine neue Umarmung und ich schloss für einen Moment die Augen.

Kurz darauf stand ich mit Max an der Leine vor dem Café. Mein Fahrrad ließ ich wegen meiner verletzten Hand hier. Ein kleiner Spaziergang tat Max und mir wahrscheinlich ohnehin gut.

Zuhause angekommen, hob Max neugierig die Nase in die Luft und zog dann an der Leine in Richtung Küche. Ich folgte ihm und als ich sah, wohin er wollte, war es schon zu spät. Gierig schnappte er sich das halbe Sandwich von gestern, das ich vergessen hatte wegzuwerfen. Der arme Kerl hatte offenbar richtig Hunger und ich ärgerte mich über mich selbst und darüber, dass ich überhaupt nicht daran gedacht hatte.

Ich wusste sofort, dass ich ihn nicht für den Rest des Tages ohne richtiges Futter hierbehalten konnte. Deshalb verschwand ich mit ihm aus der Wohnung. Wir gingen hinunter, liefen die kurze Straße entlang und bogen zwei Mal ab, bis wir vor einer kleinen Tierhandlung standen.

Von Mrs. Morrison wusste ich, welches Futter Max vertrug, und kaufte ein paar Dosen. Dazu nahm ich noch einen Napf und als ich an der Kasse stand, entdeckte ich einen blauen Ball, an dem ein paar kurze Seile hingen. Sofort griff ich danach, denn dieser Ball sah genauso wie das Hundespielzeug aus, das ich Max früher immer gekauft hatte. Jetzt wollte ich es ihm allerdings noch nicht zeigen und erst mal wieder zurück in meine WG gehen, um ihn zu füttern.

Oben angekommen, fraß er tatsächlich die ganze Dose auf und als er fertig war, ging ich mit ihm ins Wohnzimmer. Ich bedeutete ihm, sich auf eine Decke auf den Boden zu legen, und ließ mich erschöpft auf die Couch nieder. Müde schloss ich die Augen und legte den Kopf in den Nacken, als mein Handy klingelte.

Sofort starrte ich auf das Display und sah Ethans Nummer aufleuchten.

»Hallo«, sagte ich aufgeregt und hielt die Luft an, als ich seine belegte Stimme hörte.

»Also, sie haben Mrs. Morrison gründlich untersucht und es deutet alles auf einen Schlaganfall hin. Die ersten Ergebnisse sprechen sogar dafür, dass es nicht ihr Erster war.«

»Nicht ihr Erster?«

»Nein. Die Ärzte sagen, so was gibt es manchmal. Dann sind die Anfälle so gering, dass der Betroffene sie nicht einmal richtig wahrnimmt oder aber sie nicht einordnen kann.«

»Und was bedeutet das für Mrs. Morrison?«

»Das weiß ich noch nicht genau. Die Ärzte wollen sie eine Weile im Krankenhaus behalten, weil das Risiko eines erneuten Schlaganfalls in den ersten Tagen danach sehr hoch ist. Sie kann ihre linke Körperhälfte nicht bewegen.«

»Oh nein«, entfuhr es mir und ich hielt mir die Hand vor den Mund.

»Manchmal verbessert sich das mit der Zeit wieder, aber in vielen Fällen bleibt es wohl so.«

Mitleidig sah ich zu Max hinüber. »Und was jetzt?«

»Ich weiß es nicht. Sie werden weitere Untersuchungen durchführen und dann werden sie wohl besprechen, wie es mit ihr weitergehen soll.«

Einen Moment lang sagte niemand von uns beiden etwas und ich versuchte, meine Gedanken zu ordnen.

So viel an einem Tag mit Ethan zu sprechen, war für mich immer noch ungewohnt und fühlte sich gleichzeitig doch so normal und unglaublich gut an.

Ich hatte ihn die letzten Jahre schrecklich vermisst, das wurde mir in diesem Moment erneut klar und offenbar hatte er längst vergessen, wie sehr er sich gewünscht hatte, ich würde sofort wieder verschwinden, als wir vor dem Copyshop miteinander gesprochen hatten.

Seit dem Tag am See fühlte ich mich ihm wieder viel näher und hatte gehofft, dass es zwischen uns endlich wieder bergauf ging. Dass wir wieder wie damals Freunde sein konnten, auch wenn mir der Gedanke an seine warme Haut unter meinen Händen erneut einen angenehmen Schauder über den Rücken jagte.

»Wo bist du?«, fragte er und ich sah mich in meiner WG um.

»Zu Hause.«

»Warum seid ihr nicht im Café?« Er klang besorgt.

Ich erzählte ihm davon, dass Sara mich nach Hause geschickt hatte, und hörte, wie er am anderen Ende der Leitung seufzte.

»Wie geht's deiner Hand jetzt? Brauchst du auch einen Arzt?«
Seine Sorge rührte mich, doch ich versuchte, mir nichts darauf einzubilden. Denn so war Ethan schon immer gewesen. Voller Empathie und Nächstenliebe.

»Nein, nein. Alles okay hier. Uns geht es gut, nicht wahr, Max?«

Beim Klang seines Namens hob Max die Augenbrauen an und sah zu mir herüber. Er wedelte mit dem Schwanz, rührte sich aber nicht. Offenbar war er ebenfalls erschöpft und erneut dachte ich daran, dass er womöglich die ganze Nacht bei Mrs. Morrison auf dem Boden des Badezimmers verbracht und kaum geschlafen hatte.

»Dann kann er noch eine Weile bleiben? Das dauert hier noch etwas, denke ich.«

»Selbstverständlich. Wir kriegen das schon hin«, sagte ich und trotz allem, was vorhin geschehen war, war ich in diesem Moment sogar ein wenig glücklich. Weil Mrs. Morrison in Sicherheit und unter ärztlicher Aufsicht war. Und auch, weil Ethan und ich uns wieder ein Stück nähergekommen waren und es sich jetzt beinahe wie früher anfühlte.

Wir beendeten das Gespräch und dann rief ich meinen Dad an und erzählte ihm alles, was an diesem Morgen geschehen war.

31

Ethan

Am nächsten Tag

Ich erinnerte mich nicht mehr daran, wann ich meinen morgendlichen Lauf je zuvor hatte ausfallen lassen. Und heute war schon der zweite Tag. Ich vermisste meine morgendliche Routine mit Max, doch Mrs. Morrison war jetzt natürlich wichtiger. Viel wichtiger.

Auf dem Weg ins Krankenhaus rief ich Chloé an und erkundigte mich nach ihnen.

»Hallo, alles gut bei euch? Wie war die Nacht?«

»Hey! Hier läuft's wie am Schnürchen. Max hat sich irgendwann in mein Bett geschlichen und als ich ihn bemerkt habe, ist er wie ein Mäuschen wieder auf seine Decke auf den Boden gekrochen«, antwortete Chloé gut gelaunt.

»Danke ...« Mir fehlten die Worte. Ohne sie würde es Max ganz bestimmt nicht gut gehen, denn neben Mrs. Morrison kannte er nur mich und sie wirklich lange. Und jetzt wusste ich, dass ich Chloé, was Max anging, zu einhundert Prozent vertrauen konnte.

»Ich hole ihn nachher ab, wenn ich mit den Ärzten gesprochen habe«, sagte ich und bog in die Straße ein, in der das Krankenhaus lag.

»Mach dir keinen Stress. Ich nehme ihn gleich wieder mit ins Café. Dort hat er keine Langeweile. Anthony und Sara freuen sich schon auf ihn«, erwiderte sie und ich lächelte, obwohl ich wusste, dass sie mich nicht sehen konnte.

»Das ist lieb von dir. Aber ich glaube, Max wird sich freuen, mich zu sehen, und in die Vorlesungen kann ich heute sowieso nicht. Ein langer Lauf wird ihm und mir heute Abend guttun.«

»Wie gesagt, kein Stress. Es geht ihm gut bei mir. Er spielt sogar schon wieder.«

»Spielen? Womit denn?«

»Ich habe ihm gestern einen dieser Bälle mit den kurzen Seilen gekauft. Erinnerst du dich an die? Einer davon hing an der Kasse im Tierhandel, wo ich gestern Futter für ihn besorgt habe.«

Bei ihren Worten breitete sich augenblicklich eine Welle von Wärme und Dankbarkeit in mir aus. Chloé war immer noch die Alte und Max schwebte bei ihr wahrscheinlich auf Wolke sieben. Ich konnte mich wirklich auf sie verlassen, genau wie damals. Und beinahe fühlte es sich in diesem Moment so an, als wäre sie nie fort gewesen.

»Das ist sehr lieb von dir. Du bekommst das Geld später von mir zurück.«

»Auf keinen Fall. Das habe ich für Max gemacht und ich würde mich nicht gut dabei fühlen, wenn du oder Mrs. Morrison mir später Geld geben.«

»In Ordnung, wie du willst.«

»Super! Dann melde dich einfach, wenn du fertig bist. Du weißt ja, wo wir sind«, erwiderte sie mit einem Grinsen auf den Lippen. Ich konnte es ganz genau hören, denn ihre Stimme klang immer noch wie damals, wenn sie mich so angelächelt und mir dabei etwas erzählt hatte.

Ich schluckte und rieb mir den Nacken. Der Gedanke an sie ließ meinen Kopf heiß werden und mein ganzer Körper begann zu kribbeln. Genau wie früher ...

»Mache ich, bis dann«, antwortete ich und beendete das Gespräch, bevor ich mich noch weiter in meine unsinnigen Gedanken hineinsteigern konnte.

***

Ich sah das große, modern aussehende Krankenhaus vor mir und blickte an der Fassade hinauf bis zum letzten Stock. Ich wollte nicht hineingehen, wollte keine schlechten Nachrichten über den Gesundheitszustand von Mrs. Morrison hören. Angst stieg in mir auf und ließ meine Hände kalt werden.

Es wird schon nicht so schlimm sein ..., redete ich mir ein, holte tief Luft und betrat das Gebäude.

In ihrem Zimmer angekommen, traf ich auf den Arzt, der gerade mit der Visite fertig war. Er berichtete von den Testergebnissen und mit jedem Wort, das anschließend folgte, verblasste meine Hoffnung auf ein gutes Ende.

»Sie meinen also, dass es das Beste für sie ist, wenn sie in ein Pflegeheim kommt?«, fragte ich den Arzt Dr. Michael ungläubig, der neben Mrs. Morrisons Bett stand und ernst nickte.

»Ja. Im Moment geht es ihr gut, doch es ist nicht ausgeschlossen, dass sie weitere Schlaganfälle bekommt. In ihrem jetzigen Zustand ist sie auf Hilfe angewiesen. Rund um die Uhr. Sie wird vorerst hierbleiben und eine Reha machen. Und dann kann sie in ein Pflegeheim ihrer Wahl umziehen.«

Traurig sah ich zwischen dem Arzt und Mrs. Morrison hin und her.

»Das ist schon okay, Ethan«, sagte Mrs. Morrison und griff nach meiner Hand. Sie hatte Schwierigkeiten die Worte sauber auszusprechen, aber ich verstand sie trotzdem.

Eigentlich hätte ich derjenige sein sollen, der ihr Trost spendete, aber ich brauchte einen Moment, um zu begreifen, dass der Arzt recht hatte.

Natürlich benötigte sie Hilfe. Schließlich konnte sie ihre linke Körperhälfte kaum bewegen. Zwar konnte sie die Finger wieder spüren, doch ein Glas damit festzuhalten, eine Tür aufzuschließen oder Wäsche zusammenzulegen, würde sie nicht mehr schaffen.

»In einem Pflegeheim wird sie die beste Betreuung und Pflege bekommen. Es gibt einige sehr gute Einrichtungen, die ihr alles bieten. Ausgebildetes Krankenpflegepersonal, Physiotherapeuten und sogar Ärzte sind in einigen Heimen rund um die Uhr anwesend.«

»Physiotherapeuten?«

»Genau. Sie wird an einem Reha-Programm teilnehmen. Wenn sich ihr Zustand nicht in der nächsten Zeit deutlich verbessert, wird sie das Laufen wieder neu erlernen müssen. Aber die Chancen dafür kann man noch nicht abschätzen. Jeder Patient ist anders und jeder Schlaganfall ebenfalls.«

»In Ordnung. Können Sie uns Pflegeheime empfehlen? Wer übernimmt die Kosten?«

»Mach dir darum keine Sorgen, Ethan. Das ist alles geklärt.« Ihre linke Gesichtshälfte bewegte sich nicht mehr mit und hing schlaff herunter.

Sie lächelte mich an und ihr Anblick brach mir das Herz. Ich drückte ihre rechte Hand und sie drückte meine ebenfalls, so stark sie konnte. Sie sah zuversichtlich aus, schien keine Angst zu haben und das beruhigte mich ein wenig. Offensichtlich hatte sie sich mit ihrer Situation abgefunden und ich sollte das ebenfalls tun.

»Und was ist mit Max? Dürfen Hunde mit in ein Pflegeheim?«, fragte ich den Arzt, aber der zuckte mit den Schultern.

»Soweit ich weiß, nein. Aber mittlerweile bieten einige Heime regelmäßige Besuche von Therapiehunden und sogar Katzen an. Weil es die älteren Leute glücklich macht«, antwortete er und bei jedem seiner Worte starb meine Hoffnung ein bisschen mehr, Max könnte bei Mrs. Morrison bleiben.

»Max bleibt bei dir, Ethan. Natürlich nur, wenn du das möchtest. Er liebt dich über alles und du bist für ihn genauso wichtig wie ich«, sagte Mrs. Morrison und ein dicker Kloß bildete sich in meiner Kehle.

»Wir kommen jeden Tag zu Besuch«, war das Einzige, was ich herausbekam, und kämpfte damit, die Tränen zurückzuhalten, die hinter meinen Augen brannten. Ich fühlte mich klein, schwach und verletzlich, weil ich nichts für Mrs. Morrison tun konnte. Und für Max.

Sie wird ihn schrecklich vermissen und er sie ...

***

Chloé warf mir einen erschöpften Blick zu, als wir das Krankenhaus am späten Abend verließen. Tränen schimmerten in ihren Augen. Ganz offensichtlich ging es ihr genau wie mir und sie konnte den Gedanken an Mrs. Morrison in einem Pflegeheim nur schwer ertragen.

»Wenigstens geht es ihr gut, wenn man von der gelähmten linken Seite absieht«, sagte ich.

»Es ist trotzdem traurig. Ob sie sich in einem Heim wohlfühlen kann? Sie hat doch so lange Jahre in ein und derselben Wohnung gewohnt«, sagte sie und sah mich fragend an.

»Ich weiß es nicht. Sie wirkt nicht sonderlich verängstigt. Und ich werde mich gleich morgen darum kümmern und in dem Heim anrufen, das sie sich ausgesucht hat. Vielleicht kann sie ja ein paar Möbel aus ihrer Wohnung mitnehmen.«

»Stand das denn in der Broschüre?«

»Keine Ahnung. Ich konnte mir die Broschüren noch nicht in Ruhe ansehen. Mir geht das alles zu schnell und ich ... Ich weiß ja auch nicht.«

Innerhalb von zwei Tagen war meine Welt völlig aus den Angeln gehoben worden und ich hatte plötzlich Sorgen und Gedanken, von denen ich nicht einmal im Traum geglaubt hätte, sie jetzt zu haben.

»Wenn sie ihre eigenen Möbel mitbringen darf, dann helfen wir dir beim Umzug.«

Ich hob den Kopf und sah sie verwirrt an. »Wir?«

»Ja. Ich und mein Dad. Und meine Mum. Und Stella passt derweil auf Max auf. Er mag sie sehr und sie hat schon gefragt, ob sie auch mal mit ihm spazieren gehen darf.«

»Das würdet ihr für sie tun?«

»Natürlich. Ich habe ihnen alles erzählt und Dad hat sofort angeboten, dir zu helfen, egal, wobei.«

Bei ihren Worten zog sich mein Magen schmerzhaft zusammen.

Chloés Dad war für mich immer wie ein guter Freund gewesen. Mehr sogar. Er hatte sich um mich gekümmert, als wäre ich sein eigener Sohn.

Plötzlich tauchten Bilder von ihm und mir in der Garage auf. Er hatte mir gezeigt, wie er das vordere Rad eines Fahrrads ausbaute und wie man den Schlauch wechselte. Chloé hatte sich immer wieder platte Reifen geholt, weil sie mich beinahe jeden Tag bei meinen Läufen durch den Wald begleitet hatte. Und irgendwann, beim gefühlt hundertsten Mal Schlauchwechsel hatte er mir mein erstes eigenes Fahrrad geschenkt. Damals war ich erst zwölf Jahre alt gewesen, doch noch heute erinnerte ich mich genau daran, wie glücklich er mich damit gemacht und wie sehr ich ihn in diesem Moment geliebt hatte. Meine Mum hatte davon gewusst, denn Chloés Dad hatte sie vorher gefragt, ob er und seine Frau mir eins schenken durften. Und ich hatte

Mum dafür immer wieder gedankt, dass sie es ihnen erlaubt hatte. Das war eine Ausnahme, denn sie hatte nie Hilfe von anderen angenommen, weil sie nicht das Sozialprojekt anderer Leute sein hatte wollen, wie sie es ab und zu ausgedrückt hatte.

»Ethan?« Chloés Stimme drang wie aus weiter Ferne an meine Ohren und mein Blick wurde wieder klarer.

»Alles okay?«, fragte sie und ich nickte, obwohl ich mich ganz und gar nicht gut fühlte. Das alles ging mir immer noch viel zu schnell und ich hatte das Gefühl, den Boden unter meinen Füßen zu verlieren. Ich hasste es, nichts tun zu können und dabei zusehen zu müssen, wie alles um mich herum und in meinem Inneren kaputtging. Plötzlich schwankte ich.

Chloé legte eine Hand auf meine Schulter und strich sanft über mein Shirt. Ihre Hand war warm und ihre Finger bewegten sich langsam. Ich nahm nur noch ihre Berührung wahr. Sie verunsicherte mich und war mir gleichzeitig so vertraut, dass der Drang, sie in den Arm zu nehmen, mit jeder Sekunde größer wurde.

Ich fühlte mich schwach, hilflos und hatte niemanden, der mir den Rücken stärkte, wenn ich selbst stark sein musste. Ich musste für Mrs. Morrison da sein, sie beschützen und dafür sorgen, dass sie das Beste bekam, das möglich war. Und ich würde es auch schaffen. Irgendwie …

Ich senkte den Kopf und dann spürte ich Chloés Finger unter meinem Kinn. Sanft hob sie mein Gesicht an und unsere Blicke trafen sich. In ihren Augen erkannte ich dieselbe Unsicherheit. Doch sie wandte ihren Blick nicht von mir ab und hielt mich damit gefangen. Ich konnte nicht wegsehen.

Plötzlich erkannte ich noch etwas anderes in ihren Augen. Da war noch mehr, was sie fühlte, und das Bedürfnis, sie festzuhalten, wurde beinahe übermächtig.

Dann schlang sie ihre Arme um mich und ich ließ es geschehen. Mit schwirrendem Kopf und klopfendem Herzen hob ich meine Arme und drückte sie an mich. Eigentlich wollte ich ihr keine falschen Signale senden, doch es tat mir einfach zu gut, von ihr gehalten zu werden. Von jemandem, der denselben Schmerz fühlte wie ich.

»Ich werde dich nicht im Stich lassen. Ich bin hier und ich bleibe hier. Für immer«, sagte sie an meinem Hals und ich konnte ihren Atem spüren.

Träumte ich das alles? Bildete ich mir das ein oder geschah das hier gerade wirklich?

Ich versteifte mich und hielt die Luft an. Wie lange war es her, dass ich mich so gut gefühlt hatte? Durfte ich das überhaupt? Genau jetzt, wo meine Welt erneut Kopf stand und auseinanderzubrechen drohte …

32

Chloé

Ein Monat später

Mrs. Morrison hatte die letzten Wochen in der Klinik verbracht und eine Reha gemacht. Und weil sie morgen in ihr Pflegeheim einzog, trugen Dad und Ethan schnaufend das letzte Möbelstück in ihr neues Zimmer.

Das Pflegeheim hatte tatsächlich möblierte und leere Zimmer im Angebot und Mrs. Morrison war überglücklich gewesen, als sie erfahren hatte, dass sie einige ihrer Möbel mitnehmen durfte. Einzig ihr Bett konnte sie nicht behalten, weil das Heim moderne und hydraulisch bewegbare Betten vorschrieb. Im Fall von Mrs. Morrison machte es auch Sinn, weil sie allein schwer aufstehen konnte und das Rückteil ihres Bettes nach vorn fuhr, wenn man die Fernbedienung drückte.

»Passt auf, links wird es knapp!«, rief ich. Ethan und Dad blieben stehen und sahen zu der breiten Tür. Vorsichtig manövrierten sie die Kommode durch den Türrahmen. Über meiner Schulter hing eine volle Reisetasche. Mit der anderen Hand zog ich den großen Koffer von Mrs. Morrison hinter mir her.

Als endlich alles in ihrem Zimmer an seinem Platz stand, atmeten wir erleichtert auf. Den ganzen Vormittag schon hatten

Ethan und Dad die Möbel geschleppt und nun ließen sie sich erschöpft auf die Couch sinken.

»Hoffentlich gefällt es ihr«, sagte Ethan und sah sich um.

»Ganz bestimmt.« Dad lächelte ihn aufmunternd an und zu meiner Erleichterung hellte sich Ethans Miene ein wenig auf.

»Danke noch mal. Ohne euch zwei hätte ich das nie geschafft.«

Dad machte eine wegwerfende Handbewegung.

»Ach, Ethan … Du brauchst dich nicht immer wieder zu bedanken. Wir machen das sehr gern. Es ist selbstverständlich. Schließlich kennen wir Mrs. Morrison fast genauso lang wie du«, sagte er und klopfte ihm väterlich auf die Schulter. Ethan verzog die Lippen zu einem dankbaren Lächeln und sah im Anschluss zu mir herüber.

»Wann wird sie morgen hergebracht?«, fragte Dad.

Ethan antwortete, ohne den Blick von mir abzuwenden. »Um halb neun.«

Ethan wollte Max nach ihrem Umzug endlich zu sich holen. Der sonst so quirlige Hund war seit dem Schlaganfall von Mrs. Morrison deutlich ruhiger geworden, solange sie nicht in der Nähe war. Doch immer, wenn ich mit meiner Schicht im Café fertig war, wusste er genau, dass wir zu ihr ins Krankenhaus fuhren und mit ihr gemeinsam einen kleinen Spaziergang unternahmen. Zwar saß Mrs. Morrison nach dem Schlaganfall die meiste Zeit in einem Rollstuhl, doch das trübte seine Wiedersehensfreude natürlich nicht. Auf Station durfte Max aus hygienischen Gründen leider nicht.

Die Abschiede hingegen waren traurig. Für Mrs. Morrison und für Max. Sie trennten sich nur sehr ungern voneinander und es brach mir jedes Mal das Herz, das mitansehen zu müssen. Das Gefühl, nichts für die beiden tun zu können, machte mich fertig.

Gemeinsam verließen wir ihr neues Zimmer. Dad stieg in den gemieteten Transporter und sah uns beide fragend an.

»Soll ich euch irgendwo absetzen?«

Ethan und ich schüttelten gleichzeitig den Kopf.

»In Ordnung. Dann bis heute Abend, mein Schatz. Mach´s gut, Ethan, mein Junge. Und komm uns besuchen. Du bist immer noch jederzeit herzlich willkommen, das weißt du hoffentlich.«

Ethan nickte lächelnd, sah dann aber schnell zu Boden.

Dad fuhr langsam rückwärts aus der Parklücke und bog anschließend in die nächste Straße ab.

Ich räusperte mich. »Ich bin nicht oft bei ihnen. Wenn du Mum und Dad besuchen willst, musst du dir keine Sorgen machen, dass wir uns dort ständig über den Weg laufen könnten. Meine Eltern lieben dich und sprechen immer wieder von dir.«

Ethan sah mich ernst an und hob unschlüssig die Schultern.

»Ohne dich konnte ich sie damals nicht mehr besuchen, obwohl sie mir auch gefehlt haben.«

Er antwortete leise und ein kalter Schauder durchzuckte mich. Die Schuldgefühle überrollten mich im selben Augenblick und drohten, mich zu ersticken.

»Es tut mir leid ... Das hab ich nie gewollt.«

Meine Stimme klang rau und meine Kehle wurde eng. Doch Ethan reagierte nicht darauf. Er trat von einem Bein aufs andere und wich meinem Blick aus. Ich wusste, dass meine Entschuldigungen weder ihm noch mir halfen, und offensichtlich fiel es ihm genauso schwer, darüber zu reden, wie mir.

Aber er hatte keine Schuld und ich hatte keine Möglichkeit, es wiedergutzumachen. Den Schmerz, den ich ihm zugefügt hatte, konnte ich mit nichts auf der Welt je heilen. Und ich musste mir eingestehen, dass ich ab jetzt und für alle Ewigkeit mit der Gewissheit leben musste, dass ich allein dafür verantwortlich war.

»Ich begleite dich und nehme Max dann mit«, sagte er schließlich und ging langsam los.

***

Eine Woche später

»Beeil dich!«, rief Madison und klopfte gegen die Badezimmertür. Ich öffnete sie und sie kam herein.

»Wow, Chloé! Du siehst fantastisch aus!«, sagte sie und bedeutete mir, mich um meine eigene Achse zu drehen. Ich trug ein kurzes Kleid, das sie mir geliehen hatte, und ich hatte mich ausnahmsweise geschminkt. Ich erinnerte mich kaum daran, wann ich das letzte Mal Make-up aufgetragen hatte, doch ich musste zugegeben, dass mir gefiel, was ich im Spiegel sah.

»Meinst du nicht, es ist ein wenig zu kurz?«

Unsicher blickte ich Madison an. Doch sie schüttelte heftig den Kopf und strich mir eine Falte am Rücken glatt.

»Du siehst umwerfend aus. Wir werden diese Party rocken!«

Ihre Augen funkelten und ihre Vorfreude steckte mich an.

Ich dachte an meine gestrige Sitzung mit Miss Emmons, in der sie mich gefragt hatte, ob ich auch in anderen Situationen Angst empfand. Ich hatte verneint und ihr gesagt, dass ich nur nervös wurde, wenn ich ans Klavierspielen und an die Zeit in New York dachte. Doch jetzt, wo ich im Begriff war, in diesem Kleid auf eine Studentenparty zu gehen, auf der wahrscheinlich unzählige Leute auf engstem Raum feierten, war ich mir plötzlich nicht mehr so sicher und horchte in mich hinein. Bei den Gedanken an Tanzen und laute Hip-Hop-Musik verspürte ich zum Glück keine Angst und atmete erleichtert durch.

»Jetzt bist du an der Reihe!«

»Kannst es wohl kaum erwarten, zu tanzen, was?« Madison trat neben mich und besah sich im Spiegel.

»Ich hol dir dein Kleid«, sagte ich und bevor sie etwas erwidern konnte, huschte ich auch schon aus dem Bad und verschwand in ihrem Schlafzimmer.

***

Schon von Weitem hörte ich die laute Musik, die aus dem kleinen Einfamilienhaus kam. Es strahlte wie ein Weihnachtsbaum. Mit bunten Lichterketten geschmückt, war es so auffällig wie ein Papagei unter Pinguinen. Der Rest der Straße war still und ich konnte mir gut vorstellen, dass sich die Nachbarn irgendwann beschweren würden.

Mit jedem Schritt, den wir näher an das Haus kamen, wurde ich aufgeregter und horchte in mich hinein, um zu fühlen, ob die Aufregung in irgendeiner Weise von Angst gefärbt war. Doch zum Glück war da nichts und Erleichterung mischte sich mit echter Vorfreude.

Drinnen war es noch lauter, aber nicht zu laut. Mit viel Mühe konnte man sich noch unterhalten und das kleine Haus bot trotz allem genug Platz für die feiernden Studenten. Einige tanzten im freigeräumten Wohnzimmer und ich sah mich genauer um.

Vielleicht kannte ich ja doch jemanden außer Madison. Ich drehte mich in die Richtung, aus der gerade lautes Lachen erklang.

»Maya?«, rief ich verwundert und als sie mich erkannte, kam sie sofort freudestrahlend auf mich zu und umarmte mich zur Begrüßung.

»Chloé?! Du siehst ja heiß aus! Schön, dich zu sehen! Bist du allein?«, fragte sie, als Abbie im selben Moment hinter ihr auftauchte. Ich kannte die beiden aus meinem Schreibkurs. Sie waren mir sehr sympathisch und hatten immer freche Sprüche auf den Lippen. Es tat mir gut, mit ihnen an einem Tisch zu sitzen und mich mit ihnen auszutauschen.

»Hey, Chloé!«, begrüßte mich jetzt auch Abbie und ich stellte Madison den beiden vor.

»Soll ich uns ein paar Drinks holen?«, fragte Abbie, woraufhin alle nickten. Einschließlich mir. Ich trank selten Alkohol, doch heute war ein besonderer Tag und ich wollte mich zur Abwechslung mal wieder wie eine normale Studentin fühlen, die unbeschwert ein paar schöne Stunden auf einer Party verbrachte.

In den Tagen nach dem Schlaganfall von Mrs. Morrison hatte ich kaum über mich oder meine eigenen Probleme nachdenken können. Seitdem hatte ich allerdings auch das Gefühl, dass die unangenehme Spannung zwischen Ethan und mir nachgelassen hatte und wir locker miteinander reden konnten. Die dicke Mauer, die er um sich herum errichtet hatte, war deutlich dünner geworden. Manchmal konnte ich sogar schon ein kleines bisschen hinter seinen Schutzwall blicken. Er war in den letzten Tagen deutlich freundlicher zu mir gewesen und ab und zu hatte es sich fast angefühlt wie damals, als noch alles in Ordnung gewesen war.

Hätte ich doch nur nie etwas an meinem Leben geändert, dachte ich und für einen kurzen Moment wurde ich wieder von meinem schlechten Gewissen geplagt.

Zu viert gingen wir in die Küche. Überall standen Bierflaschen, harter Alkohol und Säfte, bunte Plastikbecher und Knabberzeug. Wir sahen uns die verschiedenen Getränke an und Abbie beschloss, einen Cocktail mit gelbem Ananassaft, rotem Granatapfelsaft und einem klitzekleinen Schuss Gin zuzubereiten. Fragend sah sie jede einzeln an und nachdem alle genickt hatten, füllte sie vier blaue Plastikbecher und überreichte jeder von uns einen.

Dann stießen wir auf uns an. Ich nippte an dem Getränk und war erstaunt, wie fruchtig und süß es trotz des Gins schmeckte.

Mit unseren Drinks in den Händen kehrten wir zurück ins Wohnzimmer, wo gerade ein Lied zu Ende ging und ein Neues begann. Ich lauschte der Musik und als die Stimme von Pink ertönte, hüpfte mein Herz vor Freude. Ich liebte sie und ihre kräftige Stimme, mit der sie die Ungerechtigkeit in ihrer Welt hinausschrie und dabei immer den richtigen Ton traf.

Und dann hielt mich nichts mehr. Ich tanzte das erste Mal seit Ewigkeiten und fühlte mich großartig. Madison fiel sofort mit ein und auch Abbie und Maya bewegten sich im Rhythmus der Musik. Ich hörte auf, über alles nachzudenken, was in den letzten Tagen und Monaten passiert war, und tanzte einfach. Endlich vergaß ich alles andere um mich herum.

Wir tanzten und nach unzähligen schnellen Liedern brauchte ich eine Verschnaufpause und sah mich nach einem freien Platz in dem jetzt sehr voll gewordenen Wohnzimmer um.

Ich ließ meinen Blick über die Gesichter der anderen Studenten wandern und dann blickte ich plötzlich in Ethans braune Augen und erstarrte.

Mein Herz stolperte bei seinem Anblick und ich hielt die Luft an. Er saß nur da und sah mich scheinbar völlig ungerührt an. Aber das allein reichte schon aus, um mich völlig aus dem Takt zu bringen. Unsicher verzog ich meine Lippen zu einem kleinen Lächeln und hoffte, er würde es erwidern, doch das tat er nicht.

Er musterte mich und mit einem Mal war es mir unangenehm, seinen Blick auf meinem Körper zu spüren. Weil ich ihn nicht deuten konnte. War er davon genervt, dass ich hier war, obwohl wir uns die letzte Zeit schon so oft gesehen und sogar ganz gut verstanden hatten? Oder hatte ich mir das alles nur eingebildet?

Ich wusste es nicht und überlegte, ob es vielleicht besser war, zu verschwinden, als er endlich die Hand zur Begrüßung hob und mein Lächeln erwiderte. Zwar war sein Lächeln nicht das, womit er mich früher jedes Mal um den Verstand gebracht hatte. Aber immerhin hatte er überhaupt eins für mich.

33

Ethan

Da stand sie und winkte mir zurück. Sie trug ein wunderschönes Kleid, das ihr ausgesprochen gut stand, und ich schaffte es nicht, mich von ihr abzuwenden. Ich starrte sie schon viel zu lange an und meine Kehle wurde von Sekunde zu Sekunde trockener.
Das darf nicht sein! Das soll nicht sein!
Ich sollte sie nicht attraktiv und sexy finden.
Aber ich konnte nichts dagegen tun, denn sie war nun mal verdammt attraktiv und sexy. Das war sie schon immer gewesen. Doch für mich war sie so viel mehr und das machte die ganze Sache noch viel komplizierter.
Es war mir gerade erst gelungen, sie in meiner Nähe zu akzeptieren, ohne jedes Mal bei ihrem Anblick eine Krise zu bekommen. Die Wut und Enttäuschung, die ich in den ersten Wochen wegen ihr verspürt hatte, waren zwar noch da, aber sie waren verblasst und rissen mir nicht mehr den Boden unter den Füßen weg.
In den letzten Tagen und Wochen hatte sie mich bei allem unterstützt und war für mich und Mrs. Morrison da gewesen. Sie hatte sich rund um die Uhr um Max gekümmert und war jeden Tag mit uns ins Krankenhaus gekommen. Ihre Familie hatte beim Umzug geholfen und ich hatte mich selbst dabei erwischt,

zu träumen. Davon, wie es wäre, wenn sie nie nach New York gezogen wäre. Ich wäre wunschlos glücklich gewesen ...

Und obwohl sie mir versichert hatte, mich nie wieder im Stich zu lassen und hierzubleiben, bestand für mich immer noch das Risiko, dass sie es dennoch irgendwann tun würde, oder?

Das hatte sie vor dem Krankenhaus gesagt und ich hatte mir von ganzem Herzen gewünscht, dass sie ihr Wort halten würde. Dass sie für immer hierbleiben würde. Und dass sie damals geblieben wäre.

Ich schluckte erneut. Mein Hals fühlte sich immer noch staubtrocken an und erst jetzt gelang es mir, meinen Blick von ihr abzuwenden.

Suchend sah ich mich um. Matt saß neben mir und tippte auf seinem Handy herum.

»Wo gibt´s die Getränke?«, fragte ich ihn, doch er zuckte mit den Schultern.

»Keine Ahnung. Wahrscheinlich in der Küche. Oder im Badezimmer.«

Ich sah mich um und mein Blick fiel auf eine offene Tür, aus der in diesem Moment ein paar Studenten mit blauen Plastikbechern kamen und sich lauthals unterhielten.

»Soll ich dir was mitbringen?«, fragte ich und er nickte.

»Eine Cola wäre cool«, sagte er und tippte weiter ununterbrochen auf seinem Handy herum.

»Okay.«

Ich sah noch einmal kurz zu Chloé hinüber und erneut trafen sich unsere Blicke. Shit! Warum zog mich ihre bloße Anwesenheit schon wieder so sehr in ihren Bann? Dabei wollte ich es wirklich versuchen. Das mit dem Freunde sein. Einfach, um zu sehen, ob es nicht doch klappte und ob es für uns beide funktionierte. Es wäre zumindest ein Anfang ...

Ich wandte mich von ihr ab und verschwand in der Küche. Dort herrschte das reinste Chaos. Auf der Kücheninsel standen nur harter Alkohol und Säfte. Ich trank so gut wie nie Alkohol und schon gar keinen hochprozentigen. Hin und wieder ein Bier, wenn wir Football sahen oder Geburtstage feierten. Ich hatte mein ganzes Leben lang gesehen, was Alkohol anrichten konnte, wenn man ihm verfallen war, und schon immer gewusst, dass ich dieses Schicksal niemals teilen wollte.

»Gibt's hier kein Bier?«, fragte ich einen großen blonden Kerl, der gerade dabei war, sich und seiner Begleitung einen Drink aus Whiskey und Cola zu mischen.

»Vorhin waren hier noch ein paar Dosen, aber die sind jetzt weg. Schau mal oben im Badezimmer, da hab ich was gesehen«, antwortete er und ich nickte.

Oben angekommen, fand ich das Bad sofort und warf einen Blick in die Badewanne, die bis zum Rand mit Eis und verschiedenen Getränkedosen gefüllt war. Ich nahm ein Bier und eine Cola heraus und wollte gerade wieder gehen, als Chloé das Bad betrat.

»Bin schon weg«, sagte ich, ging auf sie zu und hob gleichzeitig die Dosen in die Luft. Doch sie sah nicht auf meine Hände und die Dosen, sondern direkt in meine Augen.

Ob sie auch ein paar Bier haben wollte?, schoss es mir durch den Kopf, doch ich verwarf den Gedanken sofort wieder, weil ich wusste, dass sie kein Bier trank. Und wenn sie welches für jemand anderen holte? Vielleicht für einen anderen Kerl?

Allein der Gedanke löste Herzklopfen in mir aus und ich überlegte fieberhaft, ob sie da unten im Wohnzimmer mit einem Mann gesprochen hatte oder nicht. Doch ich erinnerte mich an keinen und schluckte die Frage deshalb schnell wieder hinunter.

Sie räusperte sich leise. Dann schloss sie die Tür ganz langsam hinter sich.

»Können wir kurz reden?«, flüsterte sie. Hitze stieg in mir auf und mein Verstand schrie *Nein!* Doch mein Herz war da anderer Meinung. Es wollte hören, was sie zu sagen hatte. Ich drückte die kalten Dosen fester, aber sie gaben nicht nach. Dann nickte ich stumm, woraufhin sich Chloés angespannte Miene verzog und sich ein kleines Lächeln auf ihre Lippen schlich. Sie drehte den Schlüssel im Schloss und mein Herz klopfte mir bis zum Hals. Ich malte mir aus, wie dieses Gespräch zwischen uns aussehen würde, doch immer wieder wanderten meine Gedanken zu ihrer E-Mail, auf die ich bis heute nicht geantwortet hatte.

Wollte sie etwa von mir hören, wie alles zwischen uns weitergehen sollte? Das wusste ich nämlich selbst nicht so genau.

Sie kam einen Schritt auf mich zu, blieb aber dennoch in sicherem Abstand zu mir stehen. Jede Sekunde, in der sie nichts sagte, war kaum zu ertragen und ich wünschte mir, ihre Gedanken lesen zu können. Und dann öffnete sie ihren Mund wie in Zeitlupe.

»Es tut mir alles so leid«, begann sie, verstummte aber wieder. Was genau meinte sie? Vielleicht die Sache mit Mrs. Morrison und mit Max?

»Wenn du die Sache mit Mrs. Morrison meinst ...«

»Darum geht es mir nicht. Also, natürlich tut es mir für sie leid, dass das passiert ist, und ...« Nervös sah sie an mir vorbei und biss sich auf die Lippe. »Eigentlich meinte ich die Sache mit Ava. Ich wollte nicht, dass es wegen mir Ärger zwischen euch gibt. Ich wollte mich mit der E-Mail nur bei dir entschuldigen. Und weil du nicht mit mir reden wolltest, da dachte ich ...«

»Es ist besser so«, unterbrach ich sie, woraufhin sie abrupt verstummte.

»Besser ohne Ava?«

»Ja, ich …« Fuck! Warum entwickelte sich unser Gespräch in diese Richtung? Ich wollte nicht über Ava sprechen, weil es mir immer noch leidtat, wie die Sache zwischen uns zu Ende gegangen war und weil mir in diesem Augenblick bewusst wurde, wie wenig ich nach unserer Trennung an sie gedacht hatte.

»Sie hatte es nicht verdient, so von mir behandelt zu werden.«

»Wie meinst du das? Ich bin mir sicher, dass du immer gut zu ihr warst. Etwas anderes kann ich mir überhaupt nicht vorstellen.«

»Ich weiß es nicht, aber sie hat einen Besseren verdient.«

»Einen Besseren als dich?« Chloé blinzelte ungläubig. Ich hörte, wie sie schluckte, und dann sah sie an mir vorbei. »Ich glaube, es gibt keinen Besseren als dich.«

Ihre Worte kamen viel zu spät bei mir an. »Ich habe sie nicht geliebt. Ich wollte es, aber …«

Wie in Zeitlupe ging ich einen weiteren Schritt auf Chloé zu. Sie hob ihren Kopf an und sah mir direkt in die Augen.

»Ava hatte recht.«

»Womit?«, flüsterte sie und obwohl unten im Wohnzimmer immer noch laute Musik mit einem viel zu starken Bass zu hören war, jagte mir der Klang ihrer Stimme eine Gänsehaut über den Rücken. Mein Herz drohte zu explodieren, so aufgeregt war ich in diesem Moment, in dem ich ihr die Wahrheit über mich und Ava sagen wollte.

»Ich … ich konnte mich nicht mehr auf sie konzentrieren. Auf uns … Nicht, seitdem du wieder hier bist.«

34

Chloé

Ein brennender Schmerz breitete sich in meiner Brust aus und fraß sich durch meinen ganzen Körper. Er nahm mir die Luft zum Atmen. Mit meiner verdammten E-Mail hatte ich Ethans Leben aus den Angeln gerissen. Dabei hatte er versucht, mich zu vergessen. Er hatte sogar eine Freundin gehabt.

Meine bloße Anwesenheit hatte ausgereicht, um alles kaputt zu machen, was er sich aufgebaut hatte. Ich hasste mich in diesem Moment noch viel mehr als je zuvor, denn das hatte ich nicht gewollt. Ich hätte diese E-Mail nie abschicken dürfen. Langsam trat ich einen Schritt zurück und tastete nach dem Schlüssel, der in der Tür steckte. Immer wieder griff ich ins Leere. Mit einem Ruck drehte ich mich um und wollte die Tür öffnen, als Ethan meinen Arm berührte. Es tat unendlich weh, seine Finger auf meiner Haut zu spüren, weil ich mehr davon wollte, es aber nicht haben konnte.

Alles in mir wollte weg, weil ich die Schuldgefühle nicht ertrug, die sich in mir ausbreiteten. Doch ich konnte nicht.

Langsam drehte ich mich zu ihm herum und sah direkt in seine traurigen braunen Augen.

Sein Anblick riss mich bei lebendigem Leib in tausend Stücke, denn ich war schuld an seinem Leid. An seiner Trauer, an seinem Verlust und an all dem Chaos in seinem Leben.

»Das … das wollte ich nicht. Wirklich …«

Im selben Augenblick legte er auch seine zweite Hand an meinen Arm und ich schluckte. Diese Nähe zu ihm war zu viel für mich. Mein Herz klopfte wie wild in meiner Brust und am liebsten wäre ich im Erdboden versunken. Ich wollte mich weiter entschuldigen, doch dann öffnete er den Mund.

»Ich liebe dich immer noch. Ich habe versucht, es zu leugnen, wollte Ava lieben, aber ich kann mich nicht länger selbst belügen.«

Hatte er das gerade wirklich gesagt? Er liebte mich nach wie vor und hatte Ava nie geliebt? Weil er es nicht konnte? Ich wusste nicht, was ich daraufhin erwidern sollte, und suchte verzweifelt nach den richtigen Worten. Aber da war keine Antwort, die ich hätte formulieren können, ohne dass sie ebenfalls eine Lüge gewesen wäre. Er hatte mir gerade eben die Wahrheit über seine Gefühle offenbart und er verdiente es, dass ich dasselbe tat. Darum atmete ich tief ein und sagte ihm, was ich wirklich dachte.

»Ich hätte nie gehen dürfen. Dich aufzugeben, war der größte Fehler meines Lebens und ich bereue ihn jeden Tag. Wenn ich könnte, würde ich die Zeit zurückdrehen. Ich habe alles verloren. Dich. Mich. Uns und …«

Er schnappte nach Luft, sagte aber nichts. Ich ließ meinen Blick über jeden Millimeter seines Gesichts wandern, in der Hoffnung, lesen zu können, was in ihm vorging. Doch es gelang mir nicht. Ich wollte weitersprechen und es fiel mir unendlich schwer, weil die Worte nicht über meine Lippen wollten. Aber in diesem Moment redeten wir endlich offen und ehrlich miteinander, also sollte er auch die ganze Wahrheit über mich erfahren.

»Ich habe nie aufgehört, dich zu lieben, und ich wünschte, ich wäre bei dir gewesen, als deine Mum …«

Bei meinen Worten wurden seine Augen feucht. Die Sekunden wurden zu einer Ewigkeit, bis er endlich etwas sagte.

»Es war die schlimmste Zeit meines Lebens und …«

Er beendete den Satz nicht. Stattdessen zog er mich an sich und schlang seine Arme um mich. Er hielt mich fest, obwohl er derjenige war, der von mir gehalten werden sollte.

»Es tut mir so leid«, war das Einzige, was ich herausbekam.

Ich erwiderte seine Umarmung. Diesen Moment würde ich nie wieder vergessen, denn in seinen Armen war ich zu Hause. Endlich wieder angekommen. Wie sehr hatte ich mich nach diesem Gefühl gesehnt.

Eine Weile standen wir stumm da und ich spürte seinen schnellen, kräftigen Herzschlag an meiner Brust. Ethans Duft stieg mir in die Nase und ich sog ihn tief ein.

»Ich will nie wieder jemanden verlieren«, sagte er, löste sich langsam von mir und sah mir dabei tief in die Augen.

»Ich habe dir versprochen, dass ich hierbleibe. Für immer.«

»Versprochen?« Seine Stimme klang belegt und ich konnte die Unsicherheit in seinem Blick ablesen.

»Versprochen«, erwiderte ich und dann begannen seine Augen zu strahlen. Er senkte den Kopf. Plötzlich waren unsere Lippen nur noch wenige Zentimeter voneinander entfernt.

»Ich liebe dich immer noch wie am ersten Tag und es gibt nichts, das ich mir mehr wünsche als uns. Aber nur, wenn du wirklich für immer bleibst.«

Mein ganzer Körper begann zu kribbeln und ich hatte das Gefühl, zu träumen.

»Ich gehe nie wieder fort von dir. Das überlebe ich kein zweites Mal.«

Ethans Mundwinkel wanderten nach oben und dann, endlich, legte er seine Lippen auf meine. Meine Haut prickelte an seiner und meine Hände wurden feucht. Mein Puls schoss in die Höhe, genau wie bei einer herannahenden Panikattacke.

Gedanklich versuchte ich, mich auf die Atemtechnik vorzubereiten, die ich von Miss Emmons gelernt hatte, doch zu meiner Erleichterung blieb die Panik aus. Stattdessen begann ich zu fliegen, während ich in seinen Armen stand und seinen Kuss erwiderte.

Dabei waren wir beide mitten in einem fremden Badezimmer in einem lauten Haus voller feiernder Menschen. Niemals, nicht in einer Million Jahren hätte ich damit gerechnet, dass sich der heutige Abend so entwickeln würde. Ich konnte nicht glücklicher sein und hatte trotz allem Angst, diesen unglaublichen Moment nur zu träumen und im nächsten Augenblick wieder aufzuwachen.

Dieser wundervolle Mann war so sehr von mir verletzt worden. Er hatte den Tod seiner Mum allein durchgestanden und war nicht daran zerbrochen. Er war stark und immer für alle da. Und ich wusste, dass ich ihn nie wieder verlassen würde. Niemals, denn für mich war er das Wertvollste auf der Welt.

»Ich liebe dich und ich habe nie aufgehört, dich zu lieben«, flüsterte ich zwischen zwei Atemzügen, woraufhin er sich von mir löste. Tränen standen mir plötzlich in den Augen und rollten über meine Wangen. Ethan wischte sie sanft fort und ich konnte sehen, dass auch in seinen Augen Tränen schimmerten.

»Geh nie wieder fort.« Seine Stimme war rau und belegt.

»Niemals«, versprach ich und warf mich erneut in seine Arme.

Plötzlich klopfte jemand voller Wucht an die Tür. Erschrocken fuhren wir auseinander und grinsten uns gleichzeitig an. Dann schloss Ethan die Tür auf und wir verließen das Badezimmer. Doch statt wieder hinunter ins Wohnzimmer zu gehen, zog er mich ein zweites Mal an sich und küsste mich erneut.

Diesmal ließen wir uns mehr Zeit und ich begann zu begreifen, dass es tatsächlich gerade passierte und kein Traum mehr war. Trotz allem, was ich ihm angetan hatte, stand er vor mir, umarmte mich und küsste mich genauso, wie er es früher immer getan hatte. Und dennoch war es ganz anders. Intensiver, wärmer, dankbarer. Ich war unendlich dankbar für diesen Moment und wollte dieses Gefühl nie wieder verlieren.

Schwer atmend lösten wir uns voneinander und sahen uns an. Ich lächelte und wusste, dass ich dieses Lächeln wahrscheinlich in den nächsten Tagen oder sogar Wochen nicht wieder aus dem Gesicht bekommen würde. Und das wollte ich auch gar nicht.

Auch an Ethans Lippen zupfte ein unwiderstehliches Lächeln und im nächsten Augenblick schmiegte ich mich erneut an seine warme Brust.

»Das muss ein Traum sein«, hörte ich ihn sagen und lauschte anschließend seinem Herzschlag, der sich mit dem Rauschen in meinen Ohren vermischte und genauso schnell ging wie meiner.

»Zum Glück ist das kein Traum mehr, sondern echt«, flüsterte ich und drückte ihn, so fest ich konnte.

Ich löste mich nur widerwillig von ihm, doch ich wusste, dass wir nicht den Rest des Abends im Flur dieses überfüllten Hauses stehen konnten. Ethan schob seine Hand in meinen Rücken und ließ sie an meiner Taille liegen. Gemeinsam gingen wir die Treppen hinunter. Unten im Wohnzimmer trafen wir auf Madison, die sofort aufhörte zu tanzen, als sie uns sah. Sie ließ ihren Blick zwischen uns hin und her wandern. Ihr Blick blieb an Ethans Hand an meiner Seite hängen. Sofort lächelte sie breit und kam dann auf uns zu.

»Ist es das, wonach es aussieht?«, fragte sie und musterte mich eingehend.

»Ich glaube schon«, erwiderte ich und konnte selbst noch nicht ganz fassen, was hier gerade geschah.

Ethan räusperte sich.

»Ihr zwei kennt euch ja eigentlich schon, aber ... Ethan, das ist Madison, meine wundervolle Freundin und Mitbewohnerin. Madison, das ist ...«

»Ethan«, beendete sie meinen Satz und warf uns einen liebevollen Blick zu. »Ich freue mich so für euch!«

»Danke«, sagte Ethan und sah sich um. Ich folgte seinem Blick.

Sein Freund Matt saß auf der Couch und hob im selben Augenblick den Kopf. Als er uns erkannte, stand er auf und kam zu uns herüber. Auch er schien sofort zu begreifen, was hier geschehen war.

Er klopfte Ethan auf die Schulter. »Du siehst verdammt glücklich aus«, hörte ich ihn sagen und bei Matts Worten begann mein Herz erneut, vor Freude zu hüpfen.

Ich würde wahrscheinlich noch eine ganze Weile brauchen, um wirklich zu realisieren, dass Ethan und ich endlich wieder zusammen waren, doch es gab keinen schöneren Gedanken mehr für mich.

»Wollen wir hierbleiben oder wollen wir ein wenig spazieren gehen?« Ethan sah mich fragend an.

»Ich wäre jetzt gern mit dir allein«, gab ich zu, woraufhin Matt und Madison verständnisvoll lächelten.

»Dann gehen wir mal«, sagte Ethan, drückte meine Hand ein wenig fester und wir verschwanden hinaus in die dunkle, lauwarme Sommernacht.

35

Chloé

Am nächsten Tag

Es klingelte an der Tür. Sofort sprang Max auf und lief zum Flur. Ich folgte ihm und warf auf dem Weg dorthin einen kurzen Blick in mein Schlafzimmer, in dem Stella sich gerade für die Schule fertig machte. Sie hatte gestern Abend auf Max aufgepasst und anschließend schon geschlafen, als ich nach Hause gekommen war.

»Guten Morgen«, sagte ich im Vorbeigehen, woraufhin sie mir ein zuckersüßes Lächeln schenkte. An der Tür angekommen, drückte ich den automatischen Türöffner.

Es musste Ethan sein und bei dem Gedanken an ihn setzte mein Herz einen Schlag aus. Auch Max ahnte, wer es war, und wedelte aufgeregt mit dem Schwanz. Ethan hatte mich gestern Abend nach Hause begleitet und wir hatten den ganzen Weg ununterbrochen miteinander geredet. Erst über einfache Dinge, wie meine Schichten im Café und über den Schreibkurs im College. Dann hatte er von seinem Training berichtet und davon, dass es ihm guttat, mehrmals an einem Tag zu trainieren. Ich hatte ja nicht geahnt, wie viel Zeit er mittlerweile in sein Lauftraining steckte, doch ich freute mich für ihn. Laufen war schon immer ein Teil von ihm gewesen. Ethan ohne Laufschuhe war für mich unvorstellbar.

Dann hörten wir Schritte auf der anderen Seite der Tür und Max wurde noch aufgeregter.

»Du freust dich genauso auf ihn wie ich, was?« Wie zur Bestätigung bellte er kurz auf. Es klopfte und ich hielt die Luft an. Was, wenn Ethan den gestrigen Abend bereute? Wenn er jetzt, wo er eine Nacht darüber geschlafen hatte, alles mit anderen Augen sah? Ich versuchte, die Gespenster aus meinen Gedanken zu vertreiben und fest daran zu glauben, dass er nichts bereute.

Langsam atmete ich ein und öffnete dann die Tür.

Mein Herz schlug einen Salto nach dem anderen. Seine Augen strahlten genauso hell, wie sie es früher immer getan hatten. Er stand direkt vor uns, in Shorts und Laufschuhen. Heute lächelte er bis über beide Ohren.

Er bereut nichts, gar nichts!, schoss es mir durch den Kopf und sofort machte sich Erleichterung in mir breit.

»Hey«, sagte er und obwohl es nur ein Wort war, schwebte ich auf Wolke sieben. Dasselbe Gefühl wie damals stieg in mir auf und mit jeder Sekunde, die verstrich, wurde mir klarer, was für ein wahnsinniges Glück ich doch hatte. Er trat einen Schritt auf mich zu, doch bevor ich etwas erwidern konnte, drückte sich Max an mir vorbei und begrüßte Ethan schwanzwedelnd. Er sprang an ihm hoch, woraufhin Ethan ihn liebevoll ansah und streichelte.

»Guten Morgen, mein Freund«, sagte er, hockte sich zu ihm hinunter, sah jedoch immer wieder zu mir herauf. Dann erhob er sich wieder, breitete seine Arme aus und zog mich eng an sich heran.

Endlich ... Ihn zu berühren war unbeschreiblich schön. Er war deutlich stärker als damals, das war mir gestern Abend schon aufgefallen. Ich schloss die Augen und genoss es, seine Kraft zu spüren. Er hauchte mir einen Kuss auf die Stirn und strich mir sanft über den Rücken. Ich atmete seinen frischen Duft ein und sofort war ich wieder in der Vergangenheit, in der er genauso geduftet hatte.

»Hast du gut geschlafen?«

Er schüttelte den Kopf. »Ich habe kaum ein Auge zubekommen.« Seine Stimme vibrierte in meiner Brust.

»Ich auch nicht«, gab ich zu und sein Lächeln wurde noch breiter. Ich stellte mich auf die Zehenspitzen und legte meine Hände in seinen Nacken. Dann zog ich ihn zu mir heran und küsste ihn.

»Waaas?!«, erklang Stellas Stimme im selben Augenblick hinter uns und erschrocken fuhren wir auseinander.

»Ihr zwei …?« Sie hielt sich beide Hände vor den Mund und blinzelte ungläubig.

Ethan nickte als Erster und dann tat ich dasselbe. Er legte mir einen Arm über die Schultern und drückte mir einen Kuss auf meine Haare.

Stella überlegte nicht lange und fiel uns beiden um den Hals. Ich liebte diesen Augenblick, in dem sie sich genauso für uns beide freute wie ich mich.

Nachdem Stella sich wieder von uns gelöst hatte, gingen wir gemeinsam in unsere Wohnung.

»Willst du etwas trinken?«, fragte ich ihn und deutete auf die Couch.

Er ließ sich langsam nieder und sobald er saß, sprang Max auf seinen Schoß. Max verschwendete keine Zeit und begann sofort, Ethans Gesicht mit feuchten Hundeküssen zu bedecken.

»Immer mit der Ruhe«, presste Ethan zwischen zwei Lachern hervor und drückte Max von sich weg. Der Hund gab nicht auf, doch dann schob Ethan ihn vorsichtig von sich runter.

»Ich glaube, jetzt gehe ich mir erst mal das Gesicht und die Hände waschen«, sagte er und stand wieder auf. Ich zeigte ihm das Bad und nachdem er fertig war, kam er wieder zurück. Diesmal begrüßte Max ihn mit seinem blauen Spielzeugball im Mund, woraufhin Ethan mir einen wissenden Blick zuwarf.

»Er liebt ihn einfach«, sagte ich, obwohl das nicht zu übersehen war. Auffordernd ließ Max den Ball genau vor Ethans Füße fallen, doch Ethan schüttelte den Kopf.

»Nicht hier, Kumpel.« Er hob den Ball auf und steckte ihn sich in die Hosentasche. Sofort wedelte Max aufgeregt mit dem Schwanz, weil er Ethans Worte nicht verstanden hatte. »Nein, Max. Später. Wir nehmen ihn mit und spielen unten damit.« Max hörte auf und setzte sich gehorsam vor Ethan auf den Boden.

Er hörte wirklich gut auf Ethan und ich nahm mir vor, es in Zukunft genauso zu machen wie er, damit Max mir nicht auf der Nase herumtanzen konnte.

In diesem Moment kam Stella mit einer Flasche Wasser und ein paar Gläsern herein. »Ich dachte, ich bringe einfach mal was«, sagte sie und grinste glücklich.

»Danke«, erwiderten Ethan und ich gleichzeitig, woraufhin Stella kicherte.

»Ich kann es immer noch nicht glauben. Mum und Dad werden ausflippen.«

Dieser Gedanke war mir natürlich auch schon gekommen, doch ich hatte meinen Eltern noch nichts von Ethan und mir erzählt. Dafür war diese Sache viel zu wichtig und zu groß, um sie zwischendurch am Telefon zu erwähnen.

»Mist! Schon halb acht?«, sagte Stella, als sie auf ihr Handy sah. »Ich komme zu spät!« Sie verschwand in meinem Schlafzimmer und kam kurz darauf umgezogen und mit einem ordentlichen Pferdeschwanz wieder heraus.

»Bye, Chloé, bye, Ethan«, sagte sie und blieb mitten in der Bewegung stehen. Sie drehte sich noch einmal zu uns beiden um und lächelte glücklich.

»Ich freue mich so! Endlich!«

»Wir uns auch«, erwiderte er und griff nach meiner Hand. Obwohl diese Geste so klein und unscheinbar aussah, bedeutete sie mir die Welt. Für mich war sie das Größte und nachdem Stella die Tür hinter sich zugezogen hatte, waren wir zwei mit Max allein. Ethan drehte sich langsam zu mir herum und dann küsste er mich.

»Davon habe ich die ganze Nacht geträumt. Ich hatte Angst, einzuschlafen und am nächsten Tag aufzuwachen, nur um dann zu merken, dass alles ein Traum war.«

»Genauso ging es mir auch. Aber das hier passiert gerade wirklich. Zum Glück«, erwiderte ich und schmiegte mich anschließend an seinen Hals. Ich genoss diesen Augenblick mit jeder Faser meines Körpers und mein Herz hüpfte vor Freude auf und ab.

Dann löste sich Ethan von mir und sah mich entschuldigend an. »Ich sollte auch losgehen, sonst komme ich nachher zu spät. Bist du heute im Café?«

»Ja, aber erst ab elf.«

»Und bis wann arbeitest du?«

»Ich habe um fünf Schluss«, antwortete ich und er überlegte.

»Um vier gehe ich zu Mrs. Morrison, aber danach habe ich Zeit. Wollen wir heute Abend etwas zusammen essen?«

»Sehr gern«, erwiderte ich und er stand auf. Ich folgte ihm zur Tür und bevor ich mir überlegen konnte, wie ich mich am besten von ihm verabschieden sollte, drehte er sich um und legte seine Lippen erneut auf meine.

»Ich kann gar nicht genug von dir bekommen«, raunte er an meinem Mund und ich hätte es nicht besser formulieren können.

»Geht mir genauso.«

Ich genoss seine warmen Lippen auf meinen und allein bei dem Gedanken, ihn gleich gehen zu lassen, vermisste ich ihn schon.

Doch dann löste er sich von mir. Mit einem breiten Lächeln im Gesicht verabschiedete er sich und ich schloss die Tür hinter ihm.

Ich atmete tief ein, ging zurück in mein Schlafzimmer und ließ mich auf meine Matratze fallen. Ein glückliches Seufzen entwich mir und ich schloss die Augen. Dann fiel mir plötzlich ein, dass ich mir für heute vorgenommen hatte, Layla anzurufen, um ihr von den Ereignissen der letzten Tage zu berichten, weshalb ich mich sofort wieder aufsetzte und nach meinem Handy griff. Es klingelte nur einmal, bis sie ranging.

»Layla? Du glaubst ja nicht, was gestern Abend passiert ist«, begann ich, ohne sie zuvor zu begrüßen, und hörte, wie sie am anderen Ende der Leitung die Luft einsog.

»Was? Du hörst dich glücklich an, schieß los!«

Ich erzählte ihr alles über die Party und unsere ersten Küsse seit Jahren und davon, dass ich überhaupt nicht verstand, wie das alles hatte passieren können.

»Wow! Das ist ja fantastisch, Chloé! Ich freue mich so für euch. Wie kann das sein?«

»Ich weiß es doch auch nicht, aber ich werde es nicht mehr infrage stellen und es einfach genießen. Das ist immer noch so unwirklich und doch war er eben hier, hat Max abgeholt und mich zum Abschied erneut geküsst.«

»Und wie sieht's mit deinen Angstattacken aus?«, wollte sie wissen und ich berichtete ihr auch von dem Notfallkoffer und von der Atemübung, die mir Miss Emmons beigebracht hatte.

»Davon habe ich schon einmal gelesen. Hilft es dir?«

»Ja, schon. Zwar habe ich immer noch Angst, ich könnte mitten am Tag eine Panikattacke bekommen, aber ich bekomme immer mehr das Gefühl, etwas tun zu können.«

»Hat dir Miss Emmons auch von der 5-4-3-2-1-Methode erzählt? Die habe ich letztens im Internet gefunden.«

»Nein, die kenne ich nicht. Worum geht es dabei?«

»In dem Artikel stand, dass du bei einer herannahenden Panikattacke an fünf Dinge denken sollst, die du sehen kannst. Dann an vier, die du anfassen kannst, an drei die du hören kannst, an zwei, die du riechen kannst und schließlich an eine, die du schmecken kannst.«

»Das ist aber eine Menge, woran ich denken soll. Es geht es dabei um Ablenkung, richtig?«

»Ganz genau. Ich hab´s mal ausprobiert und ich finde, man könnte daraus eine Art Spiel machen, damit du nicht jedes Mal an dieselben Dinge denkst. Du könntest dir Themen überlegen und aufschreiben und den Zettel mit den Ideen steckst du dir einfach in deine Hosentasche. Sobald es anfängt, schaust du drauf und denkst dir Dinge zu dem jeweiligen Thema aus.«

»Das hört sich wirklich fast wie ein Spiel an.«

»Finde ich auch. Du kannst es ja mal ausprobieren und falls es nichts für dich ist, kehrst du zu deiner Atemübung zurück.«

»Ich glaube, das mache ich. Ich werde mich nachher dran setzen und mir ein paar Mottos überlegen. Vielleicht zu Orten, an die ich gern reisen würde, oder zu Filmen, die ich liebe.«

»Ich wusste, dass du darauf anspringst«, sagte Layla amüsiert und säße sie in diesem Moment bei mir, würde ich sie so fest umarmen, wie ich nur konnte.

»Danke.«

»Doch nicht dafür.«

»Natürlich dafür. Echte Freunde zeigen sich erst, wenn es einem schlecht geht.«

»Ich bin immer für dich da und außerdem habe ich eine kleine Überraschung für dich.«

»Was?! Wie? Eine Überraschung?« Vor lauter Freude hielt ich gebannt die Luft an.

»Ich kann dich Anfang August besuchen und eine Woche bleiben, wenn du willst.«

»Du meinst, du kannst wirklich herkommen? Oh Layla! Ich kann es kaum erwarten, dich wiederzusehen!«

»Ich auch, mein Dad hat es mir angeboten. Er würde mich begleiten.«

»Du glaubst ja nicht, wie glücklich du mich damit machst! Ich kann es kaum erwarten«, sagte ich und versuchte gleichzeitig, die Wochen zu zählen, bis sie hier sein würde.

36

Ethan

Ich saß in einem japanischen Sushi Restaurant und wartete auf Chloé. Sie hatte es vorgeschlagen und als ich es mir im Internet angesehen hatte, hatte ich mich daran erinnert, dass wir zwei früher immer wieder in ein echtes Sushi Restaurant hatten gehen wollen. Doch bevor wir dazu gekommen waren, war Chloé auch schon nach New York umgezogen und seitdem hatte ich nicht mehr daran gedacht. Kurz flammte der Schmerz an die Erinnerung der vergangenen drei Jahre wieder in mir auf, bis Chloé vor mir stand.

Sofort erhob ich mich und begrüßte sie mit einem leichten Kuss auf die Wange. Die Situation war noch ungewohnt für mich und dennoch genoss ich jede Sekunde.

»Hast du schon bestellt?«

»Nein, ich wollte auf dich warten«, sagte ich und ihr Lächeln wurde breiter. Der Kellner kam und wir bestellten einen großen gemischten Teller, den wir uns teilen wollten.

Sie sah mich an und für einen Moment herrschte Stille zwischen uns. Unzählige Fragen brannten mir auf der Zunge, doch es waren zu viele, um sie alle gleichzeitig zu stellen. Als ich mir endlich etwas in meinem Kopf zurechtgelegt hatte, begann Chloé zu reden.

»Es fühlt sich alles so, so neu an. Und gleichzeitig so vertraut.«
»Ich weiß, was du meinst. Mir geht es genauso.«
»Bist du immer noch davon überzeugt, dass es die richtige Entscheidung war? Ich meine ...«
»Ja«, antwortete ich, bevor sie weiterreden konnte. »Bin ich. Seit du wieder da bist, denke ich fast ununterbrochen an dich und ich bekomme dich einfach nicht mehr aus dem Kopf. Ich habe es versucht, aber egal, was ich auch mache, es klappt einfach nicht.«
Ihr Blick wurde unsicher. »Irgendwie hört sich das nicht so gut an«, sagte sie, woraufhin ich sofort den Kopf schüttelte.
»Nein, nein. So war das nicht gemeint. Im Gegenteil. Die letzten Wochen haben mir ganz deutlich gezeigt, dass ich immer noch etwas für dich empfinde, obwohl ich so wütend und enttäuscht war.«
»War? Heißt das, dass du es jetzt nicht mehr bist?«
Ich schüttelte den Kopf, zuckte dann aber gleichzeitig mit den Schultern. »Ich glaube, dieses Gefühl wird nicht so schnell vollständig verschwinden, aber es ist so viel passiert in letzter Zeit, das mir gezeigt hat, dass ich bei dir sein will.«
Chloé musterte mich, erwiderte aber nichts.
»Alles hat mit deiner Mail angefangen. Sie hat mich völlig überrumpelt und ich wollte sie ignorieren, aber das konnte ich nicht. Und nachdem ich sie gelesen habe, bekam ich dich einfach nicht mehr aus dem Kopf. Und dann die Sache mit Mrs. Morrison ... Du warst die Erste und Einzige, die mir in den Sinn gekommen ist, als es ihr schlecht ging und ich nicht mehr weiter wusste. Es muss etwas bedeuten, wenn du die Einzige bist, an die ich in einem solchen Moment denke. Und dein Versprechen, dass du nie wieder gehen wirst. Ich wusste es damals schon und ich weiß es auch heute noch ... Ich möchte nicht ohne dich sein. Wollte es nie. Und wenn ich uns beiden keine zweite Chance

gebe, werde ich es vielleicht für immer bereuen. Ich habe nicht mehr viel zu verlieren, Chloé.«

Chloé atmete langsam ein und dann füllten sich ihre Augen mit Tränen.

»Ich fühle mich so ... es tut mir so leid! Dass ich dich im Stich gelassen habe, und das mit deiner Mum ...«

Bei der Erwähnung meiner Mum knotete sich mein Herz zusammen und ich wandte den Blick von ihr ab.

»Verzeih mir. Ich ... ich bin so ...«

»Ist schon gut. Mir fällt es immer noch schwer, über sie zu reden.«

Chloé setzte sich gerade auf. Sie wirkte ebenfalls verunsichert und blickte an mir vorbei. »Hast du dann auch feuchte Hände und das Gefühl, keine Luft mehr zu bekommen?«

Ich hielt die Luft an und erstarrte. Dann nickte ich leicht.

Chloés Blick wirkte beinahe alarmiert und ich konnte sehen, wie sie sich verkrampfte.

»Du kennst das?«

Sie sah erneut an mir vorbei und zuckte dann nickend mit den Schultern.

»Ja ...« Ihre Stimme war nur noch ein Flüstern.

Der Kellner kam und stellte eine große Platte voller Makis, Nigiris und Inside-Out Rolls vor uns ab. Die Platte sah fantastisch aus, doch der Appetit war mir plötzlich vergangen. Fuck ...

Eigentlich hatte ich diesen Abend mit Chloé genießen wollen. Immerhin war es unser erstes offizielles Date nach drei Jahren und somit ein Grund zum Feiern. Doch zwischen uns war einfach zu viel passiert, um einfach dort weiterzumachen, wo wir vor drei Jahren aufgehört hatten.

»Was meinst du damit? Warum kennst du das? Wann ...«

»Ich kann nicht mehr Klavier spielen.«

Ungläubig blinzelte ich sie an. Chloé konnte nicht mehr spielen? Aber warum nicht? Ich sah auf ihre Finger und sie schienen völlig in Ordnung zu sein.

»Was? Wie? Das verstehe ich nicht. Warum? Was hält dich davon ab?«

Ich konnte sie mir beim besten Willen nicht ohne ein Klavier vorstellen, weil es das Einzige war, wofür sie immer alles gegeben hatte.

Sie biss sich auf die Unterlippe und schien zu überlegen, wie sie am besten antworten konnte, doch sie blieb still.

»Vielleicht lassen wir das Thema lieber. Offensichtlich geht es dir nicht gut dabei.«

»Nein, ich ... ich muss lernen, damit umzugehen.«

Ihre Worte machten mich nervös. Was war nur passiert?

»Hat dir jemand etwas angetan? In New York?«

Kopfschüttelnd riss sie die Augen auf. »Nein, nein. Das nicht ...« Sie verstummte und ich konnte hören, wie sie schluckte. Dann sprach sie weiter. »Ich habe mein Stipendium verloren. Ich war nicht gut genug und ...«

Ich konnte nicht glauben, was ich hörte, und hielt die Luft an.

»Nicht gut genug? Du? Das glaube ich nicht«, sagte ich und griff über den kleinen Tisch hinüber nach ihrer Hand. Dankbar lächelte sie mich an und dann sprach sie weiter. Sie berichtete von den Prüfungen, vom endlosen Üben und Proben und davon, dass sie im letzten halben Jahr nicht mehr richtig hatte schlafen und essen können.

»Den ganzen Tag drehte sich alles nur noch ums Klavierspielen. Ich hatte keine freie Minute und der Druck war so groß, dass ich ...« Sie brach ab und in diesem Moment konnte ich nicht mehr sitzen bleiben. Ich stand auf, ging zu ihr hinüber und hockte mich vor ihr hin.

»Sag es ruhig, Chloé. Lass es raus«, bat ich sie und dann liefen ihr die Tränen übers Gesicht. Ihre Schultern bebten und ich konnte nicht anders, als sie zu umarmen.

»Es tut mir leid. Ich wollte uns nicht den Abend kaputt machen. Dieses verdammte Klavierspielen, diese verdammte Juilliard. Wäre ich bloß nie nach New York gezogen.« Ihre Stimme brach und in mir löste sich etwas.

In diesem Moment begriff ich, was sie wirklich durchgemacht hatte. Sie war nicht mehr sie selbst. Sie hatte sich verloren und konnte sich nicht wiederfinden. Ich konnte ihr nicht länger böse sein und drückte sie noch fester an mich.

»Ich habe alles falsch gemacht und das ist nun die Strafe dafür«, sagte sie leise und sah mich entschuldigend an. »Ich habe es verdient.«

Ich wusste nicht, was ich darauf antworten sollte, und blieb stumm. Wäre sie nicht gescheitert, wäre sie vermutlich immer noch in New York und nicht hier. Ich ertappte mich bei dem Gedanken, dass ich mich darüber freute, sie wieder hier zu haben. Doch gleichzeitig stieg in mir das schlechte Gewissen auf, weil ich verstand, wie sehr sie darunter litt.

»Das bekommen wir bestimmt wieder in den Griff.«

»Wir?« Sie hob den Kopf und sah mich aus roten Augen an.

Ich nickte langsam. »Ja, wir.«

Sie hielt sich die Hand vor den Mund und erneut liefen ihr die Tränen über die Wangen.

»Wie kannst du mir nur verzeihen? Ich war so dumm.«

Ich strich ihr sanft über den Rücken. »Niemand ist perfekt. Du warst jung und hattest einen Traum und irgendwie hab ich auch verstanden, warum du mit mir Schluss gemacht hast. Aber ich wollte nicht wahrhaben, dass es so vielleicht besser für uns war. Du hast recht, ich hätte alles dafür getan, um dich so oft wie möglich zu besuchen. Und ich weiß nicht, wie gut das meiner Mum oder meinen Noten getan hätte«, gab ich zu und sie verstummte.

»Wirklich?«

»Ja. Aber damals hätte ich das nie verstanden oder zugegeben.«

Sanft wischte ich ihr erneut die Tränen von den Wangen und dann legte ich meine Lippen auf ihre. Ich spürte ihre Verzweiflung und ihre Angst und ich wollte sie ihr nehmen. Ich wollte für sie da sein, stark sein.

»Ich bin so froh, dass du wieder hier bist«, sagte ich, als ich mich von ihr löste. Dann strich ich ihr eine Haarsträhne aus der Stirn.

»Ich auch. Sehr sogar.«

37

Chloé

Noch während Ethan die letzten Makis mit Wasabi gegessen hatte, hatte er mich gefragt, ob ich die Nacht bei ihm verbringen wollte. Ohne überlegen zu müssen, hatte ich ja gesagt, weil ich überhaupt nicht genug von ihm und seiner Gesellschaft bekam.

Natürlich hatten wir Max bei Madison abgeholt, weil er ab jetzt jede Nacht bei Ethan und den Tag über bei mir im Café bleiben sollte. So war er nie allein, denn das war er nicht gewohnt. Ethan wollte Mrs. Morrison jeden Tag besuchen und mit ihr und Max spazieren gehen. Ich war froh über diesen Plan. Denn somit hatten beide, Mrs. Morrison und Max, etwas davon und wir machten das Beste aus der Situation.

Ich folgte Ethan in sein Wohnzimmer. Dort lag Max' großes Hundebett, das er sofort schwanzwedelnd in Besitz nahm.

»Wo ist dein Mitbewohner?«

»Matt? Er arbeitet noch im Copyshop«, antwortete er und ich erinnerte mich an den Tag im Laden, an dem Ethan mir klipp und klar gesagt hatte, was er von mir hielt. Ein Stich flammte kurz in meiner Brust auf und ich atmete tief ein. *Zum Glück gehört dieser Moment endgültig der Vergangenheit an ...*

»Ist es für Matt okay, wenn ich hier übernachte?«

Verwundert zog Ethan eine Augenbraue hoch. »Warum sollte es für ihn nicht okay sein? Er hält sich aus meinen Privatangelegenheiten raus.«

Ich zuckte mit den Schultern und sah verlegen an ihm vorbei. »Ich weiß nicht, ich meine, er hat ja einiges mitbekommen und …«

»Keine Sorge, Chloé. Niemand steht uns beiden im Weg. Im Gegenteil. Matt mag dich und er weiß, wie viel du mir bedeutest. Er freut sich für mich. Für uns«, sagte er und eine Welle der Wärme und Dankbarkeit breitete sich in mir aus. Ich umarmte Ethan. Es fühlte sich so gut an, bei ihm zu sein. So erleichternd, so frei. Endlich würde mein schlechtes Gewissen Ruhe geben und ich konnte wieder nach vorn blicken. In meine Zukunft … in unsere.

Ethan gähnte und hielt sich dabei schnell die Hand vor den Mund. »Entschuldige, ich …«

»Die letzten Tage und Wochen waren für uns alle anstrengend«, sagte ich und berührte seine Wange. Langsam strich ich über seine warme Haut. »Musst du wirklich jeden Tag so früh raus?«

Er nickte. »Mein Trainingsplan ist sehr voll und die fünf Meilen am frühen Morgen sind ein fester Bestandteil davon.«

Er griff nach meiner Hand und zog mich hinter sich durch den Flur. Ich drehte mich noch einmal nach Max um, der bereits eingeschlafen war, und lächelte.

In Ethans Schlafzimmer angekommen, fiel mein Blick auf sein großes Bett und ich schluckte. Ob er sich erhoffte, dass wir heute Nacht miteinander schliefen?

Mir war der Gedanke selbstverständlich auch schon gekommen, doch ich hatte ihn nicht zu Ende gedacht und wusste in diesem Moment nicht, was richtig und was falsch war. Doch Ethan ging an seinem Bett vorbei zu seinem Schrank und kramte darin herum.

»Shorts oder lange Hose?«, fragte er, drehte sich zu mir um und hielt mir zwei Hosen von sich hin.

»Shorts«, sagte ich und er grinste.

»Willst du auch ein Shirt von mir?«

Ich nickte, woraufhin er sich umdrehte und ein hellblaues Shirt mit dem Logo des Mayhem College aus seinem Schrank zog. Die lange Hose ließ er wieder verschwinden und drückte die Schranktür zu. Dann kam er zu mir herüber und gab mir beides.

»Wo ist das Bad?«, fragte ich und griff nach meinem Rucksack. Zu Hause hatte ich mir eine Zahnbürste, Cremes und etwas Make-up eingepackt, weil ich morgen vor meiner Schicht im Café nicht noch mal nach Hause gehen würde. Meine Schlafsachen hatte ich vor lauter Aufregung jedoch völlig vergessen.

»Hinten, am Ende des Flurs«, sagte er und deutete auf eine schmale Tür.

Ich verschwand im Bad und machte mich fertig. Als ich die Tür wieder öffnete, stand Ethan ebenfalls in Shorts und einem schwarzen Unterhemd vor mir. Bei seinem Anblick hielt ich die Luft an. Er musterte mich und ein breites Lächeln schlich sich auf seine Lippen.

»Du siehst süß aus«, sagte er leise und eine angenehme Gänsehaut rieselte mir über den Rücken. Er kam näher und strich mir sanft mit dem Finger über den Arm.

Seine Berührung hinterließ eine brennende Spur auf meiner Haut. Er beugte sich zu mir herunter und küsste mich. Seine Hand wanderte langsam in meinen Nacken und er vergrub seine Finger in meinen Haaren.

Genauso, wie er es damals immer getan hatte, und plötzlich fühlte ich mich wieder zu Hause. Angekommen und am richtigen Platz. Hier. Der Ort, an dem ich sein wollte. An seiner Seite, wo es mir gut ging. Wir küssten uns und zum ersten Mal an diesem Abend spürte ich seine Zunge an meinen Lippen. Ich öffnete meinen Mund und unsere Zungen berührten sich. Ich wurde in die Zeit vor drei Jahren zurückkatapultiert und eine Welle der Erleichterung durchströmte mich.

Nie im Leben hatte ich damit gerechnet, ihm noch einmal so nahe sein zu dürfen, ihn zu spüren, ihn zu schmecken und seinen Duft einzuatmen. Ich erwiderte den Kuss und mit jeder Sekunde, die verstrich, wurde mein Verlangen nach ihm größer. Er stöhnte auf und ich presste mich enger an ihn. Es fühlte sich perfekt an, doch in meinem Inneren erklang die kleine warnende Stimme, die mir riet, es nicht zu schnell angehen zu lassen. Auch, wenn wir damals schon miteinander geschlafen hatten. Doch das war mehr als drei Jahre her und dieses Mal wollte ich alles richtig machen.

»Ethan ...«, flüsterte ich und er hielt inne. »Wir ... wir sollten es vielleicht ein wenig langsamer angehen lassen«, sagte ich und er nickte sofort.

»Tut mir leid, ich ... du hast wahrscheinlich recht.« Langsam löste er sich von mir, lächelte aber immer noch und ich wusste sofort, dass er genauso empfand wie ich. So war es zwischen uns beiden immer gewesen. Wir hatten uns auch ohne viele Worte verstanden und das hatte es so wundervoll und perfekt gemacht.

»Danke«, flüsterte ich an seinem Hals und umarmte ihn dabei, so fest ich konnte.

***

Die Sonnenstrahlen kitzelten meine Haut und als ich die Augen öffnete und den Duft um mich herum wahrnahm, wusste ich sofort wieder, wo ich war.

In Ethans Schlafzimmer.

Gestern Abend hatte ich lange neben ihm wach gelegen, weil ich vor Aufregung und Freude nicht einschlafen konnte. Ich hatte mich an seine Seite gekuschelt und meinen Kopf auf seine Brust gelegt, während er mich im Arm gehalten hatte.

Sein kräftiger Herzschlag war immer langsamer geworden und während ich ihm noch von der Arbeit im Café erzählt hatte, war er eingeschlafen. Dann hatte ich ihn ein letztes Mal geküsst, woraufhin ihm ein tiefes Seufzen entwichen war. Er hatte so entspannt, so in sich ruhend und glücklich geklungen, dass es mir ein Lächeln auf die Lippen gezaubert hatte.

Jetzt lag ich allein im Bett, weil er mit Max längst zu seinem morgendlichen Lauf aufgebrochen war. Ich sah auf die Uhr und erschrak. In einer halben Stunde begann meine Schicht im Café.

Mit einem Ruck sprang ich aus dem Bett, ordnete die Decken und sah mich um. Auf seinem Schreibtisch lagen meine Klamotten, ordentlich zusammengefaltet, so wie ich sie gestern dort abgelegt hatte. Eilig griff ich nach ihnen, wobei ein Stapel Blätter hinunterfiel. Ich stöhnte auf. Verflixt!

Ich bückte mich, um die Papiere aufzusammeln. Als ich sie wieder zusammen hatte, ging ich zum Schreibtisch zurück und legte alles ab. Mein Blick fiel auf die oberste Seite. Ich wollte seine Unterlagen nicht lesen, doch das große rote Logo fiel mir sofort ins Auge und war nicht zu übersehen.

Ich schloss die Augen, drehte ich mich um und versuchte, zu vergessen, was ich soeben gesehen hatte. Langsam zog ich mich aus, faltete seine Shorts und sein T-Shirt ordentlich zusammen und legte beides auf die Bettkante. Dann dachte ich erneut an das große rote Logo auf dem offiziell aussehenden Schreiben und überlegte, ob ich es mir nicht doch genauer ansehen sollte. Ich verwarf den Gedanken wieder, öffnete leise die Tür und sah in den Flur. Ich wusste nicht, ob sein Mitbewohner Matt noch zu Hause war oder ob er ebenfalls ein Läufer wie Ethan war und früh raus musste. Wenn er aber bis spät abends im

Copyshop gearbeitet hatte, schlief er vermutlich noch. Deshalb schlich ich leise durch den Flur.

Ich putzte mir die Zähne, kämmte mir die Haare und cremte mein Gesicht ein. Dann ging ich zurück in Ethans Zimmer und kam mir dabei wie ein Eindringling vor. In seinem Zimmer angekommen, packte ich meine Sachen wieder ein und zog mein Handy hervor. Ob ich Ethan kurz anrufen sollte? Ich wollte ihn beim Laufen nicht stören und überlegte. Dann fiel mein Blick erneut auf seinen Schreibtisch, auf dem die Sonnenstrahlen das oberste Papier erhellten.

Ich glaube, das Logo irgendwo schon einmal gesehen zu haben. Erneut schaute ich auf mein Handy und beschloss dann, Ethan anzurufen. Es klingelte und im selben Moment ertönte ein Vibrieren, das von seinem kleinen Nachttisch kam. Ich ging hinüber und sah, dass sein Handydisplay aufleuchtete. Chloé stand dort und dahinter war ein rotes Herzchen Emoji zu sehen. Ein breites Lächeln schlich sich auf meine Lippen. Ich wollte gerade auflegen, da hörte ich seine Stimme in meinem Handy und stutze.

»Wie ... wie kannst du ans Telefon gehen, wenn es doch hier vor mir liegt und vibriert?«, fragte ich, ohne ihn zu begrüßen. Zu groß war die Verwunderung.

»Ich habe eine Smartwatch, mit der ich telefonieren kann. Darum, darum brauche ich kein Handy beim Laufen«, keuchte er und ich begriff erst jetzt, was er meinte.

»Verstehe«, sagte ich und sein Atem ging weiterhin schwer. »Wann kommst du zurück?«

»In zwanzig Minuten bin ich da«, antwortete er und ich sah auf meine Handyuhr.

»Ich muss gleich los, sonst komme ich zu spät zu Sara.«

»Dann sehen wir uns später im Café. Ich komme gegen halb neun und bringe dir Max mit.«

»Selbstverständlich. Ich bereite schon mal sein Frühstück hier für ihn vor.«

»Shit!«, sagte Ethan und ich horchte auf. »Ich hab ganz vergessen, ihm seinen Napf auszuwaschen, tut mir leid. Das Hundefutter habe ich unter das Waschbecken gestellt.«

»Kein Problem, ich mach das schon.«

»Okay, danke. Dann bis später«, sagte er und wir beendeten das Gespräch.

Sofort ging ich in die Küche und bereitete Max' Frühstück vor. Anschließend kehrte ich in Ethans Schlafzimmer zurück und griff nach meinem Rucksack, den ich auf seinem Schreibtisch abgelegt hatte. Zum dritten Mal an diesem Morgen fiel mein Blick auf das oberste Blatt.

Ich fühlte mich schlecht, weil ich ihn nicht ausspionieren wollte, doch das große rote S in der Mitte des Briefkopfs schrie mich förmlich an. Dann nahm ich es in die Hand und las.

Stanford University, Kalifornien. Etwas weiter unten war das Datum von letzter Woche abgedruckt und daneben, ebenfalls in dicken roten Buchstaben, die Worte: *Track and Field Cross-Country Program.*

Ich überflog den Brief und hielt gleichzeitig den Atem an. Konnte das wirklich wahr sein? Oder träumte ich gerade? Erneut las ich die Worte und mein Herzschlag setzte für einen Moment aus.

Ethan hatte ein Angebot der Stanford University aus den USA erhalten. Sie boten ihm ein Sportstipendium für die restlichen drei Semester seines Studiums an. Ich dachte an das amerikanische Studiensystem, das unserem in Kanada ähnelte. Doch das Mayhem College arbeitete mit drei Semestern pro Jahr, während die Stanford Universität nur zwei hatte. In den USA waren derzeit noch Sommerferien und das Semester begann in wenigen Wochen, während das mittlere Semester hier in vollem Gange war.

Ich suchte den Text nach einer Frist ab und tatsächlich fand ich sie. Ethan hatte noch zwei Wochen Zeit, um sich in Stanford zu melden, anderenfalls würde das Angebot verfallen. Ich las den Brief erneut und auch das Datum, an dem er geschrieben worden war. Offenbar hatte er ihn erst vor wenigen Tagen erhalten.

Ich griff nach meinem Handy, googelte das *Track and Field Program* und war sofort beeindruckt. Die Stanford University hatte ein riesiges Sportprogramm mit unzähligen Sportarten.

Ich konnte kaum glauben, wie viele Studenten dort an den verschiedenen Standorten studierten und Sport trieben. Es war ein einmaliges Angebot, das hier auf seinem Schreibtisch lag. Ob der Zettel schon ganz oben auf dem Stapel gelegen hatte, bevor ich alles hinunter gerissen hatte? Ich ärgerte mich darüber, nicht vorsichtiger gewesen zu sein. Was, wenn Ethan nicht wollte, dass ich davon wusste? Und was, wenn er das Angebot annahm? Ob er darüber nachgedacht hatte?

Plötzlich piepte mein Handy und ich erschrak. Ich hatte eine Nachricht von Sara bekommen und schlug mir leicht gegen die Stirn.

Sara: Komme eine halbe Stunde später. Sorry. Muss noch Milch einkaufen, der Lieferant schafft es erst morgen.

Verflixt! Ich muss los!

Ohne noch einen weiteren Gedanken fassen zu können, legte ich den Brief zurück auf den Stapel, nahm meinen Rucksack und verließ Ethans Wohnung so leise wie möglich.

38

Ethan

Mit wedelndem Schwanz rannte Max auf Mrs. Morrison zu und freute sich wie verrückt.

»Hallo, mein Lieber«, sagte sie und tätschelte ihm liebevoll den Kopf. Ich griff nach Chloés Hand und als Mrs. Morrison das bemerkte, hielt sie in ihrer Bewegung inne und blinzelte neugierig.

»Ihr zwei, ihr …«

»Wir sind wieder zusammen«, beendete ich ihren Satz, woraufhin sie ungläubig zwischen mir und Chloé hin und her sah. Dann hob sie ihren rechten, nicht gelähmten Arm und bedeutete uns damit, zu ihr zu kommen. Gemeinsam gingen wir zu ihr hinüber und ließen uns in eine feste Umarmung ziehen.

»Das freut mich, Kinder«, sagte sie und mit einem Mal fühlte ich mich wieder wie der Junge, der jeden Morgen vor ihrer Tür gestanden und auf Max gewartet hatte.

Mrs. Morrison wollte alles über unsere Versöhnung wissen und deshalb erzählte ich ihr die ganze Geschichte. Immer wieder nickte sie und obwohl ihre linke Mundhälfte sich nicht mehr synchron zur rechten bewegte, war ihr Lächeln eindeutig und sie sah genauso glücklich aus, wie ich mich fühlte. Als ich fertig war, schaute sie erneut zwischen Chloé und mir hin und her.

»Ich freue mich sehr für euch.« Bei ihren Worten schlug mein Herz vor Glück schneller.

»Das sind wir auch«, erwiderte Chloé und schmiegte ihren Kopf an meine Schulter.

Mrs. Morrison atmete tief ein und dann kletterte Max umständlich auf ihren Schoß, obwohl er dafür eigentlich zu groß war. Doch seit Mrs. Morrison nicht mehr allein laufen konnte, wollte er ihr so nah wie möglich sein und bei dem Anblick der beiden wurde meine Kehle enger.

»Wir gehen dann mal«, sagte ich, bevor sich die Schlinge um meinen Hals noch fester zuziehen konnte. Anders als auf der Station im Krankenhaus durfte Max mit ins Pflegeheim und in das Zimmer von Mrs. Morrison.

»Seid ihr um sieben wieder da?«

»Ja, wie immer«, bestätigte ich und gemeinsam verabschiedeten wir uns von den beiden.

Draußen vor dem Pflegeheim legte ich den Kopf in den Nacken und atmete tief durch. Es fiel mir immer noch unendlich schwer, sie so zu sehen, und ich wünschte, ich könnte irgendetwas für sie tun. Doch ich wusste, dass es nichts gab, das ich ändern konnte, und ich musste lernen, die Situation so zu akzeptieren, wie sie war. Auch wenn es mir verdammt schwerfiel.

Chloé sah mich liebevoll an. Ich konnte ihr nie widerstehen, wenn sie mich so ansah, darum ging ich auf sie zu und zog sie in eine feste Umarmung.

»Ich bin so froh, dass ich das jetzt so oft tun kann, wie ich will«, flüsterte ich an ihrem Ohr und küsste sie anschließend auf ihre Schläfe.

»Ich auch«, erwiderte sie und schmiegte sich fester an mich.

So standen wir für ein paar Minuten auf dem kleinen Platz vor dem Pflegeheim und hingen unseren Gedanken nach. Trotz allem, was geschehen war, fühlte ich mich gut. Ich war überglücklich darüber, wie sich mein Leben in den letzten Tagen verändert hatte, denn zusammen würden wir auch diese Zeit durchstehen und allein der Gedanke daran machte mir Mut.

Wir lösten uns voneinander und Chloé sah mich fragend an.

»Was wollen wir unternehmen? Vielleicht ein wenig spazieren gehen? Oder wollen wir uns irgendwo hinsetzen und etwas essen?«

»Essen klingt gut«, antwortete ich und sah mich um. Doch in dieser Gegend gab es kaum Restaurants oder Imbissbuden, an denen man schnell etwas Warmes bekam.

»Lass uns ein Taxi nehmen«, schlug ich vor und sie nickte.

***

In dem kleinen, abgegrenzten Garten der Pizzeria setzten wir uns an einen Tisch und bestellten. Mittlerweile hatte ich einen Riesenhunger und die Zeit war knapp. In etwas mehr als einer Stunde mussten wir wieder bei Mrs. Morrison sein und Max abholen.

Während wir auf das Essen warteten, sah ich zu Chloé hinüber und plötzlich blickte sie an mir vorbei. Hatte ich irgendetwas verpasst? Oder hatte ich etwas Falsches gesagt? Sie wirkte angespannt und ich fragte mich, was nun kam.

»Ist alles okay mit dir? Du siehst so nervös aus.«

Chloé schüttelte den Kopf.

Dann griff ich über den Tisch nach ihrer Hand. »Was hast du?«

Verlegen biss sie sich auf die Unterlippe. Sie schluckte, sah mir kurz in die Augen und dann wieder an mir vorbei.

»Ich ... ich weiß nicht, wie ich es sagen soll«, stotterte sie und sofort waren all meine Sinne in Alarmbereitschaft. Was würde jetzt kommen? Was würde sie sagen? Bereute sie vielleicht doch, wieder mit mir zusammen zu sein? Das durfte nicht sein! *Es ist doch so perfekt ...*

»Willst du ... willst du doch nicht mit mir zusammen sein?«, fragte ich heiser und zum Glück schüttelte sie sofort den Kopf.

»Doch, doch, um Gottes Willen. Natürlich möchte ich das. Für mich gibt es nichts Wichtigeres als dich.« Ihr Brustkorb hob und senkte sich dabei immer schneller, als wäre sie gerade ein paar Meilen gerannt. »Aber das ist es nicht. Ich ...« Sie brach ab und sah mich erneut unsicher an. Diese Situation machte mich ganz verrückt und es fiel mir verdammt schwer, Ruhe zu bewahren.

»Egal, was es ist, du kannst mir alles sagen«, versicherte ich ihr, woraufhin ihr Blick ein wenig weicher wurde.

»Und du wirst nicht wütend auf mich sein?«

Ich schüttelte den Kopf, obwohl ich nicht wusste, was sie sagen würde.

»Ich habe heute früh das Angebot der Stanford University in deinem Schlafzimmer gesehen. Auf dem Schreibtisch. Als ich meine Sachen vom Tisch nehmen wollte, sind ein paar Zettel hinuntergefallen und als ich sie aufgehoben habe und ordentlich zurücklegen wollte, lag es ganz oben auf dem Stapel. Ich wollte deine Privatsachen nicht durchstöbern, das musst du mir glauben ...«

Sie brach ab. Ich wusste sofort, worüber sie sprach, und meine Gedanken begannen zu rasen. Ich hatte mich längst entschieden.

»Ich nehme das Angebot nicht an.«

Chloé riss die Augen auf. »Was?! Meinst du das ernst?« Ungläubig musterte sie mich und mit einem Mal war ihre Unsicherheit verflogen.

»Ja. Sehr ernst sogar. Ich kann hier nicht weg, Chloé. Ich will nicht weg. Nicht von dir, Mrs. Morrison und Max. Nicht jetzt. Und auch nicht später. Sie werden mich brauchen«, sagte ich und bei dem Gedanken daran, alle zu verlassen, spannte sich jeder Muskel in meinem Körper an. Ich würde es nie übers Herz bringen und gleichzeitig ärgerte ich mich darüber, dass ich der Universität in Kalifornien nicht schon abgesagt hatte.

Dann wäre das Thema längst vom Tisch gewesen und Chloé wäre nie in diese beschissene Situation gekommen, in der sie jetzt steckte und glaubte, etwas Falsches zu tun. Der Zettel lag seit zwei Tagen ganz unten in dem Stapel, weil ich mich damit nicht beschäftigen wollte. Weil das *Track and Field Program* für mich nicht infrage kam. Obwohl ich natürlich wusste, was für eine einmalige Chance es war.

»Ethan ... Das ist, das kannst du doch nicht wirklich ablehnen. Stanford ist ...«

»... eine der besten Unis der Welt. Ich weiß, aber ich kann hier nicht weg. Was, wenn Mrs. Morrison mich braucht? Wenn ihr etwas passiert, während ich tausende Meilen von hier entfernt bin und ich ...«

»Aber ...«, unterbrach sie mich leise, doch ich schüttelte heftig den Kopf.

»Ich will nicht absagen, aber ich muss«, antwortete ich und hoffte, Chloé würde verstehen, dass ich keine andere Wahl hatte.

Ich hatte mich noch nicht einmal richtig an den Gedanken gewöhnt, dass wir zwei endlich wieder zueinandergefunden hatten. Und auch nicht daran, dass Mrs. Morrison nie wieder in ihre alte Wohnung zurückkehren würde und bis an ihr Lebensende in diesem Heim verbringen musste.

»Aber das ist deine große Chance. Du hast sie verdient und sie ist einmalig. So eine bekommst du nie wieder ...« Sie versuchte es erneut und ich ließ den Kopf hängen.

Sie hatte recht. Aber ich konnte mir beim besten Willen nicht vorstellen, das Angebot anzunehmen. Ich wurde hier gebraucht und ich konnte nicht weg. Wäre das mit Mrs. Morrison nicht passiert und wäre ich nicht wieder mit Chloé zusammen, hätte ich das Angebot wahrscheinlich angenommen. Aber jetzt war alles anders und meine Entscheidung stand fest.

»Chloé, ich will nicht wieder ohne dich sein. Ich kann es ja kaum glauben, dass wir zwei wieder zusammen sind.«

»Aber das Programm wird daran nichts ändern. Nicht jetzt und auch in Zukunft nicht. Diesmal ist alles anders. Ich bin anders und auch du. Ich werde diejenige sein, die hierbleibt und die auf dich warten wird. Ich habe einen Job und ich kann mir jeden Monat ein Ticket kaufen und dich besuchen, wenn wir das wollen. Ich könnte sogar mit dir kommen und mir dort einen Job suchen«, sagte sie und bei ihren Worten breitete sich eine Welle der Wärme in meiner Brust aus.

Doch ich schüttelte den Kopf. »Das kann ich nicht von dir erwarten.«

»Das musst du auch nicht, weil ich es anbiete. Daran kannst du nichts ändern. Ich würde dich, so oft es geht, besuchen und niemand könnte mich davon abhalten. Und auch für Mrs. Morrison würde ich sorgen«, sagte sie und mit einem Mal brannten die Tränen hinter meinen Augen. Aber ich wollte nicht weinen. Nicht schon wieder …

»Wie willst du dich denn ganz allein um sie kümmern? Das …«

»Ich bin nicht allein. Meine Familie ist hier, sie würden mich unterstützen. Max würde wieder bei mir wohnen und ich würde ihn jeden Nachmittag zu Mrs. Morrison bringen, so wie wir es jetzt auch machen. Meine Eltern haben mich schon öfter gefragt, warum wir sie noch nicht mitgenommen haben, weil sie sich ebenfalls Sorgen um Mrs. Morrison machen. Sie wissen, wie wichtig sie dir ist und sie mögen sie genauso gern wie ich.«

Ich wusste nicht, was ich sagen sollte, und war froh, als der Kellner kam und die große Salamipizza vor mir auf den Tisch stellte. Chloé hatte sich Pasta mit Pesto bestellt und beides duftete unwiderstehlich. Doch als der Kellner uns einen guten Appetit wünschte und wieder ging, rührte sich keiner von uns.

Obwohl mein Magen hörbar knurrte, war mir nicht mehr nach Essen zumute. Doch ich wusste, dass ich etwas essen musste, nahm ein Stück Pizza in die Hand und biss hinein. Schweigend aßen wir und mit jedem Bissen, den ich hinunterschluckte, verschwand die Enge in meiner Brust und mit ihr der Hunger.

»Es tut mir leid«, sagte Chloé plötzlich und ich hielt inne.

»Das muss es nicht, wirklich«, erwiderte ich und legte das Stück Pizza zurück auf meinen Teller.

Ich beugte mich über den Tisch und griff nach ihrer Hand.

Traurig blinzelte sie mich an. »Das war dein großer Traum«, flüsterte sie und bei ihren Worten bekam ich eine Gänsehaut.

»Ja. Das war er. Früher ...«

39

Chloé

»Du meinst, er hat ein Angebot aus Stanford erhalten und lehnt es ab?« Dad hob ungläubig eine Augenbraue.

»Genau, weil er nicht von hier wegwill«, antwortete ich und dachte an den gestrigen Abend, der ganz anders verlaufen war, als ich erhofft hatte.

Nach dem Besuch im Restaurant hatten wir nicht mehr über sein Angebot gesprochen und waren zusammen zu Mrs. Morrison gefahren. Am liebsten hätte ich ihr davon erzählt, um sie zu fragen, was sie davon hielt. Aber ich wollte Ethan nicht weiter zu etwas drängen, worüber er offensichtlich nicht mehr reden wollte und längst entschieden hatte. Doch es tat mir leid für ihn, weil diese Chance einzigartig und gleichzeitig so fantastisch war. Und weil er sie verdient hatte.

»Wegen dir?«, fragte Dad und ich nickte.

»Und wegen Mrs. Morrison und Max.«

Mum seufzte. »Ich kann ihn gut verstehen.«

»Wen kannst du gut verstehen?«, fragte Stella, die in diesem Moment von ihrem Schwimmtraining nach Hause kam. Mit einem müden Seufzen ließ sie ihre Tasche auf den Boden fallen und setzte sich neben mich auf die Couch.

»Ethan …« Dad erzählte ihr knapp, worum es ging, und mit jedem seiner Worte wurde Stellas Gesichtsausdruck bedrückter.

»Armer Ethan ...«, murmelte sie und kuschelte sich an mich. »Wir brauchen einen Plan.«

»Einen Plan?« Jetzt waren alle Augen auf Stella gerichtet.

»Ja. Einen, der ihn davon überzeugt, dass er nichts verliert, wenn er nach Kalifornien geht. Wenn er sich keine Sorgen mehr um Mrs. Morrison machen muss, gibt es nichts, was ihn davon abhalten könnte, oder?«

»Ich habe schon mit ihm darüber gesprochen und ihm versichert, dass wir uns um sie kümmern würden. Dass wir sie jeden Tag besuchen gehen und sie auch mal mitnehmen, damit sie ein wenig Abwechslung hat. Aber das alles hat nichts gebracht.«

Stella seufzte. »Würde er denn gehen, wenn Mrs. Morrison ihm selbst versichern würde, dass es okay ist?« Sie sah mich fragend an.

Ich zuckte mit den Schultern. »Daran habe ich auch schon gedacht, aber ich will es nicht übertreiben. Vielleicht ist er dann enttäuscht von mir, weil ich seine Entscheidung nicht respektiere, und ich will Mrs. Morrison nicht mit Dingen belästigen, die sie beunruhigen könnten. Womöglich will sie nicht, dass Ethan weggeht«, sagte ich, woraufhin Dad und Mum gleichzeitig nickten.

Doch Stellas Gesichtsausdruck blieb skeptisch. »Das ist wirklich schade.« Dad warf mir einen mitfühlenden Blick zu und ich sank noch ein Stück tiefer in die Couch.

»Er hat doch sicher noch ein wenig Zeit, um über das Angebot nachzudenken, oder?«, fragte Dad.

»Ja, zwei Wochen glaube ich.«

»Siehst du. Vielleicht ändert er seine Meinung ja bis dahin.« Mum stand auf und kam zu mir herüber. Sie gab erst Stella und dann mir einen Kuss und hockte sich vor uns hin. »Lade ihn doch bitte für morgen Abend ein, okay? Geht das?«

»Zum Abendessen?«

»Ja. Ich habe ihn schrecklich vermisst«, sagte Mum und ein Lächeln schlich sich auf meine Lippen.

»Ich habe ihn auch vermisst«, stimmte Dad zu und ich fand die Idee wunderbar.

»Okay, ich frage ihn später.«

Die Vorstellung, ihn endlich einmal wieder bei uns zu Hause zu haben, gefiel mir. Sehr sogar. Und obwohl wir an diesem Abend keine Lösung für seine Einladung nach Stanford gefunden hatten, stieg ein Funken Vorfreude auf den nächsten Abend in mir auf.

Dad sah mich nachdenklich an. »Darf Mrs. Morrison ihr Heim denn schon verlassen?«

»Ich weiß es nicht genau. Sie kann sich im Heim mit ihrem Rollstuhl frei bewegen und sie hat jeden Tag ein volles Programm mit Physio und Training. Ich kann sie ja fragen. Warum?«

»Vielleicht sollten wir sie auch mal einladen und gemeinsam mit ihr über Ethan sprechen«, schlug er vor, woraufhin ich den Kopf schüttelte.

»Nein, Dad. Er wird sich vorkommen wie ein kleiner Junge, über den andere entscheiden. Das wird ihm nicht gefallen. Mir jedenfalls wäre das unangenehm und ich kenne ihn. Ich weiß, du meinst es gut, aber ich glaube wirklich, dass wir das lassen sollten.«

»Du hast vermutlich recht. Ich würde ihm das aber sehr gern ermöglichen. Er hat es sich verdient und …«

»Ja, das hat er. Aber ich glaube, wir können nichts daran ändern. Das muss er selbst entscheiden.«

Für einen Moment sagte niemand mehr etwas, bis sich Dad plötzlich räusperte und mich fragend ansah.

»Wie sieht es eigentlich bei dir aus? Ich meine, bei dir und dem Klavierspielen? Du bist ja jetzt schon eine Weile bei Miss Emmons.«

Mit einem Mal rückten Ethan und Stanford in weite Ferne.

»Ja …«, antwortete ich leise und schielte an ihm vorbei. Mir war das Thema immer noch sehr unangenehm und ich hoffte, Dad würde es dabei belassen. Doch ich irrte mich.

»Und? Hast du das Gefühl, dass dir die Gespräche mit ihr etwas bringen?«

»Ähm, ja … schon. Also, wir tasten uns langsam an das Ganze heran.«

»Ist es noch zu schwer für dich, um darüber zu sprechen?«, fragte er und ich horchte in mich hinein. Miss Emmons hatte mir geraten, immer einen Schritt nach dem anderen zu machen, auch wenn er mir noch so klein erschien. Ich wollte es versuchen und schüttelte deshalb den Kopf.

»Ich weiß es nicht. Ich muss es ausprobieren«, sagte ich und setzte mich auf. Stella tat es mir gleich, rutschte aber keinen Zentimeter von mir weg. Es fühlte sich gut an, ihren Körper an meinem zu spüren. Sie strahlte Sicherheit aus und auch von Dad empfing ich das Gefühl, in einer geschützten Umgebung zu sein.

Ich atmete tief ein. »In den letzten Tagen habe ich kaum darüber nachgedacht, darum hatte ich auch keine Schweißausbrüche mehr«, sagte ich. Dann erzählte ich von meiner letzten Panikattacke, bei der Madison dabei gewesen war, und von dem Notfallkoffer, den ich mit Miss Emmons durchgesprochen und geübt hatte.

»Und hast du das Gefühl, dass er dir hilft, wenn du ans Klavierspielen denkst? Oder Klavierstücke hörst?«

»Ich habe mir keine mehr angehört, seit ich aus New York zurück bin. Nur einmal habe ich ein Stück von Yiruma im Café gehört und meinen Kollegen darum gebeten, andere Musik zu spielen. Aber er und Sara hatten mir gesagt, dass es die Playlist von Ethan war und sie sie schon lange nicht mehr gespielt hatten.«

»Von Ethan?« Stella runzelte ungläubig die Stirn.

»Komisch, oder?«

»Finde ich überhaupt nicht«, sagte sie und hob eine Augenbraue. »Ich finde das eher total romantisch. Waren die Stücke von Yiruma nicht eure Favoriten?«

»Ja, das waren sie«, antwortete ich und sah zu meinem alten weißen Klavier hinüber, das unter einem Bettlaken in der hintersten Ecke des Wohnzimmers stand. Mum hatte es abgedeckt, damit ich es nicht sehen musste, wenn ich bei ihnen zu Besuch war. Ich dachte daran, wie Ethan neben mir auf dem Hocker gesessen und ich lange und schwierige Stücke wieder und wieder geübt hatte. Und immer, wenn ich aufgeben wollte, hatte Ethan mich dazu ermutigt, weiterzumachen und nicht aufzugeben. Er hatte schon immer eine beruhigende Wirkung auf mich gehabt und bei dem Gedanken an die Vergangenheit, fühlte ich mich das erste Mal nicht gehetzt und auch mein schlechtes Gewissen blieb stumm.

Das war neu ...

Es fühlte sich fantastisch an und ohne dass ich etwas dagegen hätte tun können, schlich sich nun auch auf meine Lippen ein vorsichtiges Lächeln.

»Was ist?«, fragte Dad, der meinen Gesichtsausdruck bemerkt hatte und mich aufmerksam betrachtete. »Du lächelst.«

»Ich weiß.«

»Jetzt verstehe ich gar nichts mehr. Worum geht's gerade? Hab ich was verpasst?« Stella warf uns fragende Blicke zu.

»Nein«, antwortete ich und sah sie glücklich an. »Ich ... ich habe mich nur daran erinnert, wie Ethan früher immer neben mir gesessen und mich ermutigt hat, nicht aufzugeben. Und ... es ist schon das zweite Mal, dass ich dabei keine Angst verspüre.«

Mum, Dad und Stella starrten mich sprachlos an und für einen kurzen Moment leuchtete erneut ein Hoffnungsschimmer in mir auf. Nur um genauso schnell wieder zu verschwinden, wie er aufgetaucht war.

Doch ich hatte ihn gespürt. Den Funken, der versuchte in mir aufzuleuchten. Eindeutig. Tief in meinem Inneren wusste ich, dass er wieder da war. Das Gefühl war unbeschreiblich. Es breitete sich in mir aus und ließ mich nicht mehr los.

»Du meinst, du bist nicht in Panik ausgebrochen, obwohl du an früher gedacht hast? An die Zeit, in der du täglich geübt hast?«, hakte Dad nach und ich nickte.

»Genau. Ich … ich habe zwar immer noch ein wenig Herzklopfen, aber das ist vielleicht auch, weil ich mittlerweile schon erwarte, dass die Panik kommt. Aber eben, da waren nur Ethan und ich und sonst nichts.«

»Und wenn du an New York denkst?«, wollte Stella wissen und ich hob sofort die Hände.

»Nein, nein. Das probiere ich jetzt lieber nicht aus. Miss Emmons hat gesagt, kleine Schritte. Und dass positive Erinnerungen die Negativen irgendwann überschreiben. Sie verblassen mit der Zeit. Daher kommt auch der Spruch ›*Die Zeit heilt alle Wunden*‹ und daran will ich glauben.«

Dad stand auf und kam zu uns beiden herüber. Wie Mum kurz zuvor, hockte er sich vor uns auf den Boden und breitete die Arme aus. Stella und ich ließen uns in seine Umarmung fallen und es fühlte sich unbeschreiblich gut an, seine starken Arme um meinen Körper zu spüren.

»Das wird schon wieder«, sagte er und auch ich begann endlich, daran zu glauben.

40

Ethan

Mit klopfendem Herzen stand ich vor der großen massiven Holztür von Chloés Elternhaus. Es war Jahre her, dass ich das letzte Mal hier gewesen war, und obwohl ich Chloés Dad jetzt schon wiedergesehen hatte, war ihrer Mum bis heute nicht mehr begegnet. Auch sie war, genauso wie ihr Dad, immer unglaublich lieb und fürsorglich gewesen und hatte mich wie ein Familienmitglied behandelt.

Kurz schämte ich mich dafür, den Kontakt so abrupt beendet zu haben, doch damals hatte ich es nicht ertragen, weiterhin hierherzukommen.

Ich drückte den Klingelknopf und kurz darauf öffnete Chloé die Tür. An ihren Beinen vorbei kam Max angelaufen und sprang freudig an mir hoch.

»Hey, mein Lieber«, sagte ich und streichelte ihn, bevor ich einen Schritt auf Chloé zutrat und sie mit einem Kuss begrüßte.

Mein Herz schlug noch schneller, als Chloés Mum plötzlich hinter ihr auftauchte. Meine Kehle wurde eng und ich wusste nicht, ob ich sie ansehen oder lieber wegschauen sollte. Doch ihr Blick verriet mir sofort, dass ich mich für nichts schämen musste. Sie breitete sie die Arme aus und lächelte. Genauso, wie sie es all die Jahre getan hatte, wenn ich zu Besuch gekommen war. Sie kam mir kleiner vor als früher, was höchstwahrscheinlich daran lag, dass ich noch etwas gewachsen war.

Langsam ging ich auf sie zu und ließ mich von ihr umarmen. Kurz darauf löste sie sich von mir und musterte mich. Sie nahm mein Gesicht in beide Hände und küsste mich auf die Wange.

»Es ist so schön, dich endlich wieder hier zu haben«, sagte sie und ihre Augen wurden feucht. Ich nickte und wollte schlucken, doch es gelang mir nicht. Ich konnte nichts darauf erwidern. Dann löste sich eine Träne aus ihrem Auge und rann blitzschnell über ihre Wange. Nur mit letzter Kraft hielt ich meine eigenen Tränen zurück. Sie küsste mich erneut auf die Wange und umarmte mich ein zweites Mal.

»Lass ihn doch erst mal reinkommen.« Chloés Dad stand plötzlich neben uns und ich versteifte mich erneut.

Bei dem Umzug von Mrs. Morrison hatten wir beide wie früher Hand in Hand zusammengearbeitet. Aber ihn hier wiederzusehen, war noch mal ganz anders und als Chloés Mum sich von mir löste, zog mich ihr Dad ebenfalls in eine feste Umarmung. So viel Körperkontakt war ich überhaupt nicht mehr gewohnt und dennoch genoss ich die Nähe zu ihnen beiden mit jeder Faser meines Körpers.

Ich vernahm ein leises Räuspern und als Chloés Dad sich von mir löste, stand Stella im Flur und grinste breit. Sie kam auf mich zu und tat es ihren Eltern gleich. Dieser Moment sah für andere von Außen vielleicht banal und alltäglich aus, doch für mich war er das komplette Gegenteil. Und er war perfekt, weil ich endlich wieder zu Hause angekommen war.

Chloés Mum rief Max herein. Zu meiner Verwunderung hörte er aufs Wort und schoss schwanzwedelnd an uns vorbei zurück ins Haus.

Wir gingen ins große Wohnzimmer und sofort fühlte ich mich wie in eine andere Zeit versetzt. Es hatte sich nichts geändert, alles sah noch genauso aus wie vor drei Jahren und mir wurde erneut bewusst, dass drei Jahre nicht so lange waren, wie es sich in meinem Herzen immer angefühlt hatte.

Ich setzte mich neben Chloé auf die Couch und ließ meinen Blick über die vielen Bilder an der Wand wandern. Neben Chloés und Stellas Kinderfotos erkannte ich auch die, auf denen ich mit Chloé und Stella zusammen drauf war. Sogar das Bild von Chloés Dad und mir mit dem Fahrrad, das er mir vor vielen Jahren geschenkt hatte, hing noch am selben Platz.

»Ihr habt die Bilder von mir nie abgenommen?«, fragte ich verwundert und alle im Raum schüttelten die Köpfe.

»Warum sollten wir? Du hast so lange praktisch auch zu unserer Familie gehört. Es gab keinen Grund, weshalb wir sie hätten abnehmen sollen«, sagte Chloés Mum und erneut wurde meine Kehle enger.

»Es wird allerdings Zeit für neue Fotos«, sagte ihr Dad und hielt sein Handy plötzlich demonstrativ in die Höhe.

»Dad!«, protestierte Chloé.

Ich griff nach ihrer Hand. »Ist schon okay«, sagte ich leise und lächelte sie an.

»In Ordnung. Ich … ich wollte nicht, dass sie dich so überrumpeln«, sagte sie und wir stellten uns nebeneinander hin. Chloés Dad hielt sein Handy, so weit er konnte, von uns entfernt und machte ein paar Selfies. Dann zeigte er sie uns und wir erkannten sofort, dass auf jedem Bild irgendetwas nicht stimmte. Mal hatte einer die Augen geschlossen, dann war Max verschwunden, oder Chloés Dad war nur zur Hälfte zu sehen.

Stella nahm ihm das Handy ab. »Lass mich mal, Dad, ich glaube, ich kann das besser«, sagte sie und bevor er protestieren konnte, setzte sie zu neuen Selfies an.

Diesmal waren die Bilder in der Tat besser und Stella schickte sie an sich und Chloé, woraufhin ihre Handys piepten.

Wir setzten uns auf die Couch und Chloés Mum verschwand in der Küche, während ihr Dad sich uns gegenüber auf dem breiten Sessel niederließ.

Ich sah mich erneut im Raum um und mein Blick blieb an Chloés Klavier hängen, das mit einem weißen Bettlaken abgedeckt war.

Ich deutete darauf und sah Chloé fragend an. »Bekommst du schon beim Anblick Angst?«

Sie zuckte mit den Schultern. Wie automatisch legte ich den Arm über ihre Schultern und zog sie an mich.

»Das wird schon wieder«, flüsterte ich ihr aufmunternd zu, obwohl ich es natürlich nicht wissen konnte. Aber ich glaubte ganz fest daran, dass sie irgendwann wieder die Chloé sein würde, die tief in ihrem Inneren schlummerte. Sie musste nur fest daran glauben.

Chloé nickte kaum merklich und tatsächlich wirkte sie dabei, als würde sie selbst ebenfalls daran glauben.

***

»Sag mal, Ethan …«, begann Chloés Dad, woraufhin ich von meinem Teller zu ihm aufsah. »Chloé hat von dem Angebot aus Stanford erzählt …«

Beinahe hätte ich mich an dem Essen verschluckt.

»Dad …! Wir haben doch gesagt …«

»Warte mal, Schatz. Ich frage ja nur. Das würde ich bei euch beiden genauso tun und ich habe bei Ethan noch nie eine Ausnahme gemacht, oder etwa doch?«

Chloés Blick verriet mir, wie unangenehm es ihr war.

»Darf ich dich dazu etwas fragen?« Ihr Dad runzelte die Stirn und wirkte ernsthaft besorgt.

»Selbstverständlich«, antwortete ich und ein freundliches Lächeln breitete sich auf seinen Lippen aus.

»Warum nimmst du das Angebot nicht an?«

Chloé fiel die Gabel aus der Hand. »Dad! Ich ... ich habe dir doch schon alles erzählt«, protestierte sie, doch ich legte ihr unter dem Tisch meine Hand aufs Knie, woraufhin sie verstummte.

»Ich möchte es von ihm hören«, sagte Chloés Dad und lächelte mich dabei warmherzig an.

»Ist schon okay, Chloé, wirklich.«

Sie ließ ihre Schultern sinken und entspannte sich.

»Ich habe mich dagegen entschieden, weil ich nicht wegkann. Mrs. Morrison braucht mich hier und Chloé möchte ich auch nicht wieder vermissen. Wir sind gerade erst wieder zusammengekommen, das geht mir alles zu schnell.«

Chloé nickte zustimmend und sah ihren Dad auffordernd an. Hoffentlich beließ er es dabei und die Sache war vom Tisch.

»Aber was möchtest du? Du sagst, du kannst nicht, weil Mrs. Morrison dich braucht und weil du Chloé vermissen würdest. Darum geht es aber nicht. Sondern einzig und allein darum, was du möchtest. Um das *Wie* kümmern wir uns danach.«

Chloés Dad hatte sein Besteck auf dem Tellerrand abgelegt und sah mir jetzt fest in die Augen. Ich kannte die Art, wie er mit uns über ernste Dinge sprach, noch zu gut und es hatte mir immer gefallen, wie er uns mit gezielten Fragen dazu gebracht hatte, zu verstehen, wo das eigentliche Problem lag.

»Ich?«

Er nickte. »Du.«

Unsicher sah ich zwischen ihm, Chloés Mum, Stella und Chloé hin und her. Dann atmete ich tief ein und ließ meine Schultern beim Ausatmen hinabsinken.

»Ich würde schon gern nach Stanford gehen. Mein Coach sagt auch, es ist ein einmaliges Angebot, das ich kein zweites Mal bekomme, aber es ist nicht der richtige Zeitpunkt ...«

»Siehst du! Da haben wir die Antwort«, sagte er, woraufhin Chloé und Stella gleichzeitig zusammenzuckten.

»Den richtigen Zeitpunkt gibt es nie, mein Lieber. Immer passt irgendetwas nicht. Hättest du das Angebot angenommen, wenn das mit Mrs. Morrison nicht passiert wäre?«

Ich zuckte die Schultern. »Ich weiß es nicht.«

»Und wenn Chloé immer noch in New York wäre?«

Darüber hatte ich noch nicht nachgedacht und schluckte trocken.

»Wir alle verstehen, wie du das meinst, mein Junge. Aber du bist erst einundzwanzig und hast ein Riesenangebot auf dem Tisch, das du gern annehmen würdest. Das ganze Drumherum hält dich davon ab und ich kann nachempfinden, wie schwer es für dich ist, zu gehen.«

»Aber ...«, begann ich, verstummte dann jedoch wieder, als Chloés Dad mir fest in die Augen blickte.

»Man findet immer einen Weg, wenn man nur lang genug danach sucht und wenn man fest genug daran glaubt, dass alles möglich ist«, sagte er und da war er wieder. Dieser Moment, in dem er es schaffte, mich zum Nachdenken zu bringen.

Ich sah zu Chloé hinüber und in ihrem Gesicht konnte ich erkennen, dass auch ihr die Worte ihres Dads zu schaffen machten. Es war nicht leicht, eine Entscheidung zu treffen, wenn man wusste, dass sie wehtun würde. Egal, wie man sich entschied.

Genauso musste es Chloé vor drei Jahren ergangen sein. Zwar hatte ihr Dad ihr wahrscheinlich nicht gesagt, dass sie mit mir wegen ihres Umzugs nach New York Schluss machen sollte. Aber er hatte sie ganz sicher dazu gebracht, ehrlich mit sich selbst zu sein und genau zu überlegen, was sie tief in ihrem Inneren wirklich wollte.

»Ich glaube, Dad hat recht«, sagte Chloé, woraufhin ich sie verunsichert anblinzelte. »Ich weiß, du willst nicht von Mrs. Morrison und mir weg, aber es ist doch nicht für immer. Nur für drei Semester. Die Zeit wird so schnell vorbeigehen, glaub mir. Du wirst kaum Zeit haben, dich richtig an alles zu gewöhnen. Dein Studium wird viel schneller vorbei sein, als du jetzt noch glaubst.«

Ich nickte, obwohl ich nicht überzeugt war.

Und dann sprach ihre Mum. »Wenn du diese Chance ungenutzt lässt, wirst du es später vielleicht bereuen. Es gibt eine Zeit im Leben, da kann man Risiken eingehen. Da reist man um die Welt und lernt neue Leute kennen, neue Orte und sich selbst.«

Ich brauchte einen Moment, um ihre Worte zu verstehen, doch dann kam mir ein Gedanke, der mir die Luft zum Atmen raubte. »Und was, wenn Mrs. Morrison nicht mehr da ist, wenn ich zurückkomme?«

Bei meinen eigenen Worten zog sich mein Herz schmerzhaft zusammen und eine Gänsehaut ließ mich frösteln.

Chloés Dad atmete langsam ein und aus. Dann beugte er sich ein kleines Stück zu mir herüber und antwortete ganz ruhig und leise.

»Wie lange Mrs. Morrison noch bei uns bleibt, kann niemand wissen. Nicht einmal die Ärzte. Und ob du nun hier in der Uni bist, während sie von uns geht, oder in Kalifornien studierst, ändert leider nichts an der Tatsache, dass wir alle …« Er deutete auf jeden Einzelnen von uns. »… nichts dagegen tun können, wenn die Zeit für einen von uns gekommen ist. Ich weiß, was du meinst, und ich fühle dasselbe wie du. Aber hast du dich mal gefragt, wie Mrs. Morrison darüber denken würde, wenn sie wüsste, dass du wegen ihr auf eine so große Chance in deinem Leben verzichtest? Wie würde sie sich fühlen? Sie liebt dich wie ein Familienmitglied. Genau wie wir.«

Er sah zu seiner Frau hinüber, die ohne zu zögern nickte. »Eltern wollen für ihre Kinder nur das Beste. Und obwohl wir nicht deine Eltern sind und Mrs. Morrison nicht deine leibliche Grandma, bist du trotzdem Teil unserer und ihrer Familie und für die möchte man nur das Beste.«

Er setzte sich wieder aufrecht hin und trank einen Schluck seines Biers.

Trotz allem war ich immer noch nicht davon überzeugt, einfach alles stehen und liegen zu lassen und nach Kalifornien aufzubrechen.

»Ich kann mit dir kommen, wenn du willst«, sagte Chloé plötzlich leise und ich fuhr herum.

»Nein, du ... du bist doch eben erst nach Hause gekommen und du hast deine Familie hier, deine WG, den Job und deinen Schreibkurs. Und wenn du mitkommst, wer passt dann auf Max auf?«

Ich sah Chloé entschuldigend an und legte meine Hand auf ihre.

»Ich weiß noch nicht, was ich mache. Aber ich werde darüber nachdenken und, und vielleicht ...« Ich sah sie unsicher an und seufzte. »Vielleicht frage ich Mrs. Morrison wirklich, was sie dazu sagt.«

41

Chloé

Als alle anderen nach oben gegangen waren, klappten wir die große Couch im Wohnzimmer aus und machten es uns gemütlich. Mum und Dad hatten uns angeboten, gemeinsam bei ihnen zu übernachten, und Ethan hatte ohne zu zögern zugestimmt. Es tat ihm offensichtlich gut, wieder hier in unserem Haus zu sein, und ich konnte mir kaum vorstellen, wie sehr er das alles vermisst haben musste.

Schließlich war mein Zuhause auch sehr lange seins gewesen und mein schlechtes Gewissen meldete sich wieder zurück. Wegen mir hatte er seinen Anker verloren und ich war froh, dass er ihn jetzt wieder zurückhatte.

Gemeinsam breiteten wir das Bettlaken über der großen Matratze aus und legten anschließend eine weiche Decke für Max auf den Boden. Dad und Stella waren sogar noch schnell in einen Tierfachmarkt gefahren und hatten ein paar Dosen Hundefutter für Max besorgt. Und zwei neue Schalen, falls wir die Übernachtung irgendwann noch einmal spontan wiederholen wollten.

»Irgendwie ist er ja jetzt auch unser Hund«, hatte Stella voller Stolz gesagt, woraufhin Ethan ihr ein breites Lächeln geschenkt hatte.

Ich bezog die Kissen, während Ethan mit der Kingsize Decke kämpfte und sich in dem großen Bezug verhedderte.

»Warte, ich helfe dir.« Ich ging zu ihm hinüber und gemeinsam gelang es uns, die Decke zu beziehen. Als wir fertig waren, ließen wir uns erschöpft aufs Bett fallen.

»Ich habe so viele Nächte hier unten verbracht«, sagte er und seufzte. Wir sanken tiefer in die Kissen und ich kuschelte mich an ihn. Das Gefühl, ihm so nahe zu sein, war unbezahlbar und ich atmete seinen Duft ein.

»Ich will nicht weg von dir«, flüsterte er an meinem Haar und seine Worte gingen mir unter die Haut. Mein ganzer Körper begann zu kribbeln und plötzlich erschauerte ich bei dem Gedanken, mich vielleicht bald erneut von ihm verabschieden zu müssen.

»Ich will auch nicht mehr von dir getrennt sein. Ich komme mit dir. Egal, wohin du gehst«, erinnerte ich ihn an mein Versprechen, aber erneut schüttelte er den Kopf.

»Du hast hier so viel, worum du dich kümmern musst, und ich habe vorhin ganz vergessen, Miss Emmons zu erwähnen. Du sagtest doch, dass sie dir guttut und dass du das Gefühl hast, dass dir die Therapiestunden schon viel gebracht haben.«

»Ja, schon, aber ...«

»Chloé, dass du deine Angst in den Griff bekommst, ist genauso wichtig wie alles andere. Eigentlich sogar das Wichtigste.«

»Aber nicht wichtiger als du oder als deine Träume«, sagte ich.

»Das kann man nicht so einfach miteinander vergleichen. Für mich bist du auch das Wichtigste auf der ganzen Welt, aber ...«

»Es gibt auch noch andere Menschen, die dir wichtig sind, und Ziele, die du gern erreichen würdest«, beendete ich seinen Satz und er schluckte.

»Ja ...« Er klang beinahe so, als schämte er sich dafür und das brach mir das Herz. Langsam setzte ich mich auf und sah ihm fest in die Augen.

»Und das ist völlig in Ordnung. Ich freue mich unheimlich, dass du diese Chance bekommen hast, und ich weiß auch, wie viel dir Mrs. Morrison und Max bedeuten.«

»Und deine Familie ...« Er blinzelte mich an, sah dann aber an mir vorbei.

»Und meine Familie. Aber nur du kannst eine Entscheidung treffen und egal, was du auch tust, ich werde immer bei dir sein. Ob nun jeden Tag hier oder so oft wie möglich in Kalifornien. Ich habe einen Collegefonds, über den ich frei verfügen kann, und wenn ich will, könnte ich dich jeden Monat besuchen kommen.«

»Oder du studierst auch noch mal«, schlug er vor und ich stutzte.

»Ich?«

»Ja, du. Du hast dein Studium abgebrochen und du ...«

»Ich glaube nicht, dass ich das noch einmal kann«, unterbrach ich ihn und nun war ich diejenige, die an ihm vorbeisah, wobei mein Blick auf mein verhülltes Klavier hinter ihm fiel. Ethan drehte sich ebenfalls um. In seinem Blick lag unendliches Mitgefühl, gemischt mit einem Hauch von Enttäuschung.

»Siehst du?«

»Was?«

»Du glaubst nicht daran, es wieder zu schaffen, du selbst zu sein und deine Angst zu überwinden. Genau, wie ich es nicht glaube, von hier weggehen zu können.«

»Aber du bist doch nur achtzehn Monate weg.«

»Und du könntest deine Angst in derselben Zeit vielleicht besiegt haben.«

Ich schluckte trocken, weil ich mit dieser Antwort nicht gerechnet hatte. Dann hielt er mir seine Hand hin. »Komm mal mit«, sagte er und war im Begriff, aufzustehen.

»Was? Wohin?«, fragte ich, doch Ethan schlug schon die Decke weg.

»Vertraust du mir?« Er drehte sich zu mir um und hielt in seiner Bewegung inne.

»Natürlich.«

»Dann komm, ich möchte etwas ausprobieren. Du kannst jederzeit aufhören, aber ich würde mich freuen, wenn du es wenigstens mal versuchst.«

Er deutete auf das Klavier und sofort versteifte ich mich. Mein Herz hämmerte schmerzhaft gegen meine Rippen und ich hielt die Luft an.

»Du meinst …?«

»Ja.«

Sofort schüttelte ich den Kopf.

»Okay.« Er ließ meine Hand los und hob abwehrend die Hände. »Aber willst du es nicht einmal versuchen? Bei mir lässt du auch nicht so schnell locker. Du versuchst, mich mit allen Mitteln umzustimmen, damit ich nach Kalifornien gehe. Als ob du mich loswerden willst.«

Bei seinen Worten riss ich die Augen auf und hielt mir die Hand vor den Mund.

»Nein, nein, Ethan! Das habe ich nicht gemeint. Niemals. Ich will doch nur, dass du diese einzigartige Chance nicht so schnell abschreibst, ohne es versucht zu haben, ich …«

»Siehst du. Das weiß ich doch und ich liebe dich dafür. Aber ich kenne dich, Chloé. Trotz der langen Zeit, in der du weg warst, hast du dich nicht so sehr verändert, wie du vielleicht glaubst. In deinem Inneren steckt immer noch die Chloé, die das Klavierspielen über alles liebt und es gehört zu dir, ob du willst oder nicht. Und selbst, wenn du dein angefangenes Studium nie beendest, wird dir das Klavierspielen immer fehlen, wenn du nicht irgendwann den ersten Schritt in die richtige Richtung machst. Wann war das letzte Mal, dass du gespielt hast?«

»Das … das ist doch unwichtig. Sobald ich an New York denke, wird mir schlecht«, sagte ich und spürte, wie mir beim bloßen Gedanken daran schwindelig wurde.

Sofort begann ich an meinen imaginären Notfallkoffer zu denken und erinnerte mich an die 4-7-11 Atemübung. *Falls gleich eine Panikattacke kommt, bin ich wenigstens vorbereitet …*

Ich sprach mir selbst Mut zu und versuchte, stark zu bleiben.

Er drückte mich an sich und bei seiner Berührung entspannte ich mich augenblicklich. »Du bist aber nicht mehr dort, Chloé. Du bist hier. Zu Hause. Bei deinen Eltern und bei mir. Dir kann hier nichts passieren. Du bist hier sicher. Nichts und niemand tut dir was. Erst recht kein Klavier, das in der Ecke steht. Und wenn es dir zu viel wird, dann atmen wir die Angst zusammen weg, so wie du es mir erklärt hast.«

Ich hörte jedes seiner Worte. Und mit jeder Silbe, die seinen Mund verließ, beruhigte ich mich ein kleines Stück mehr. Was er sagte, ergab Sinn und ich erinnerte mich daran, als ich ihn und mich in meinen Gedanken an dem Klavier sitzen gesehen und keine Angst verspürt hatte.

Langsam atmete ich ein und löste mich von ihm.

»Ich schlage dir etwas vor«, sagte ich, doch allein bei dem Gedanken wuchs die Aufregung in mir an. Aber ich wollte mutig sein, wollte einen Schritt nach dem anderen gehen, so wie Miss Emmons es gesagt hatte. Weil die Angst sich in Grenzen hielt, hatte ich das Gefühl, auf dem richtigen Weg zu sein. Und darum sprach ich weiter.

»Wenn ich mich mit dir an das Klavier setze und es das erste Mal wieder versuche, dann versuchst du es in Stanford. Abgemacht?«

Ethan starrte mich sprachlos an, nickte dann aber wie in Zeitlupe.

»Okay, aber was ist mit Mrs. Morrison? Ich …«

»Wir reden mir ihr. Oder du allein, wie du willst. Und dann sehen wir weiter«, schlug ich vor und als er diesmal lächelte, wirkte es nicht aufgesetzt, sondern echt.

»Gut. So machen wir das«, antwortete er und griff erneut nach meiner Hand. Meine Finger fanden seine und allein die warme Haut seiner Hand zu spüren, gab mir das Gefühl von Sicherheit. Bis hierher war alles noch okay.

Langsam gingen wir hinüber zum Klavier und dann standen wir davor. Er bedeutete mir, das Laken zu greifen, und gemeinsam zogen wir es vorsichtig herunter. Der weiße Lack glänzte im Licht der kleinen Lampe neben der Couch.

Mein Herz klopfte, doch auch jetzt hielt sich die Aufregung in Grenzen. *Ganz ruhig weiteratmen, mir kann nichts passieren*, erinnerte ich mich und sog die Luft genau vier Sekunden lang langsam ein, um sie anschließend sieben Sekunden lang auszuatmen. Ethan zog den Hocker ein Stück zurück und klappte den Tastenschutz hoch, sodass die Tasten und die goldene Schrift auf der Innenseite zum Vorschein kamen.

»Alles in Ordnung?« Prüfend sah er mich an.

»Ja«, antwortete ich und erinnerte mich immer wieder an seine Worte. In Gedanken wiederholte ich sie wie ein Mantra.

Du bist hier. Zu Hause. Bei deinen Eltern und bei mir. Dir kann hier nichts passieren. Du bist hier sicher.

Ich wiederholte die Atemübung erneut und dann setzte sich Ethan als Erster und hielt mir seine Hand hin. Ich legte meine Hand in seine und ließ mich neben ihm nieder. Mein Herz pochte viel zu schnell bis an meinen Hals. Mit jeder Sekunde, die verging, erwartete ich das Einsetzen der Panik. Ich versuchte, mich zu kontrollieren, atmete langsam ein und aus und zählte innerlich die Sekunden, bis mir der Schweiß ausbrach. So, wie er es immer am Anfang tat.

Doch er kam nicht. Kurz verspürte ich einen Anflug von Hitze in mir aufsteigen, aber ich atmete ein paar Mal tief ein und aus und zu meinem Erstaunen beruhigte ich mich wieder. Sollte ich weitermachen? Oder es lieber dabei belassen? Aber jetzt hatte ich einen Deal mit Ethan gemacht und wenn ich kniff, würde der platzen.

Ethan legte seine Finger auf die Tasten und sah mich fragend an.

»Darf ich?«

Zögernd nickte ich.

Und dann erklang das erste *a*. Dann das *gis* und dann das nächste *a*. Er hatte es nicht vergessen. Tränen standen mir in den Augen, doch ich blinzelte sie weg. Ich erkannte unser Lied sofort und konnte es kaum glauben.

»Wie geht´s dir? Hast du Angst? Hältst du das aus?«

Ich schüttelte den Kopf, zuckte aber gleichzeitig mit den Schultern.

»Es geht. Ich bin aufgeregt und ich … Du kennst die Noten noch?«, fragte ich und er nickte.

»Ich werde sie nie vergessen.«

Mein Hals wurde enger.

»Genau wie ich dich nie vergessen habe. Diese Klänge und die Erinnerungen an dich und unsere Zeit sind miteinander verbunden und ich glaube nicht, dass sich das jemals ändern wird.«

»Mir geht es genauso«, sagte ich und schmiegte mich an ihn. Er zog mich an sich und dann küsste er mich.

»Wenn ich mich daran erinnere, wie wir hier zusammen gesessen haben und wie du mich immer ermutigt hast, sobald ich aufgeben wollte, dann vergesse ich meine Angst für einen kurzen Moment und sehe nur noch dich. An dich zu denken, hilft mir und scheint meine Angst ein wenig abzuschwächen, weil ich mich an die schönen Augenblicke an meinem Klavier erinnere und nicht sofort an das denke, was in New York passiert ist …«

Liebevoll lächelte er mich an.

»Du meinst, wenn du an mich denkst, verbindest du damit trotz allem, was geschehen ist, etwas Schönes?«

Ich nickte und auf einmal ergaben meine Gedanken einen Sinn.

»Das ist doch großartig, Chloé. Vielleicht ist das dein Ausweg. Oder zumindest ein Anfang.« Seine Freude und Hoffnung steckten mich an.

»Vielleicht, ja ...«

»Willst du es versuchen?«

»Jetzt? Hier?«

»Ja. Mit mir.«

»Okay«, flüsterte ich und im selben Augenblick begannen meine Finger zu zittern. Ganz leicht, aber sie taten es. Oder bildete ich es mir nur ein?

Ethan spürte meine Aufregung sofort und legte seine großen warmen Hände auf meine.

»Wenn es zu viel ist, dann mach nicht weiter. Das war schon ein Riesenerfolg, oder etwa nicht?«

Ich blieb stumm und versuchte, mich auf seine Berührungen zu konzentrieren.

»Kannst du deine Hand auf meiner lassen?«

»Natürlich«, sagte er leise und ich hob meine rechte Hand an. Dann legte ich einen Finger nach dem anderen auf die kalten glatten Tasten und spürte, wie meine Fingerspitzen ebenfalls kälter wurden. Im ersten Moment wollte ich sie wieder zurückziehen, aber Ethans Hand lag schwer auf meiner und das beruhigte mich.

Er stand auf und setzte sich hinter mich auf den Hocker. Ich rutschte ein Stück vor, damit wir gemeinsam Platz darauf hatten. Jetzt spürte ich seinen ganzen Körper an meinem. Seine warme Brust an meinem Rücken, die sich unter seinen Atemzügen langsam hob und senkte. Zwischen uns war kein

Zentimeter mehr Platz. Er legte seine zweite Hand auf meine und dann spielte ich die erste Note unseres Liedes.

Ethans Atem an meinem Ohr, sein langsamer Herzschlag an meinem Rücken und seine warme Haut auf meiner, beruhigten mich und ich konnte nicht glauben, dass das hier tatsächlich funktionierte. Ich war aufgeregt und die Angst war da. Die Angst vor der Angst. Doch die Panik blieb aus und ganz langsam beruhigte sich auch mein Puls wieder. Ich spielte die zweite Note, atmete tief ein. Dann die Dritte.

»Ethan ...«, flüsterte ich und drehte mich nach hinten zu ihm, aber es gelang mir nicht.

»Du bist so stark«, sagte er und am liebsten hätte ich ihn in diesem Moment umarmt und geküsst.

»Ich ...«

»Du machst das großartig.« Sein Atem kitzelte mein Ohr und kurz lenkte er mich damit tatsächlich von meinen Fingern auf den kühlen Tasten ab. Seine Nähe beruhigte mich und für einen Moment schloss ich die Augen.

Dann setzte ich erneut an und spielte die ersten Noten mit der rechten Hand. Ganz langsam und dann zwei mit der Linken. Ich erwartete immer noch den Tiefpunkt, an dem die Hitze in meine Wangen schießen und mein Herz zu stolpern beginnen würde. Doch nichts dergleichen geschah. Und als mir bewusst wurde, was hier gerade passierte, brannten meine Augen und ein dicker Kloß bildete sich in meinem Hals.

Ich schluckte und es tat weh, doch gleichzeitig war ich überglücklich. Die Gedanken in meinem Kopf rasten wild durcheinander.

Konnte ich es vielleicht wirklich schaffen und irgendwann wieder ohne Angst leben und Klavier spielen? Mit Ethan an meiner Seite und ohne ihn? Denn falls er nach Kalifornien ging, musste ich es trotzdem schaffen.

Ich ließ meine Hände sinken. Sie glitten von den Tasten auf meinen Schoß und dann schluchzte ich auf.

Ethan schlang seine Arme von hinten um mich und in diesem Moment fühlte ich mich so geliebt und beschützt wie schon lange nicht mehr. Er hielt mich fest und ich wusste, dass ich nie wieder einen anderen Menschen so sehr lieben würde wie ihn. Er wusste genau, was ich fühlte, kannte jeden Gedanken in meinem Kopf und war einfach da. Niemals würde ich ihn je wieder enttäuschen oder im Stich lassen. Ab jetzt wurde er mich nicht mehr los.

Nun war ich an der Reihe, für ihn da zu sein, damit auch er endlich seinen großen Traum verwirklichen konnte. Ich betete dafür, dass Mrs. Morrison derselben Meinung war wie wir.

»Chloé?« Die Stimme meines Dads erklang plötzlich leise gedämpft und wir drehten uns um.

Mum und Dad standen hinter uns und starrten uns mit großen Augen an. Mum hielt sich die Hand vor den Mund und Dad kam zwei Schritte auf uns zu.

Wir standen auf und bevor wir in ihre Richtung gehen konnten, umarmte er uns beide und erneut füllten sich meine Augen mit Tränen.

Doch diesmal waren es Freudentränen.

42

Ethan

Max bellte vor Aufregung und zog an der Leine, als er das Pflegeheim sah. Chloé ging neben mir her und ich sah auf unsere Finger, die ineinander verschlungen waren. Auf dem kleinen Platz vor dem Hauptgebäude blieben wir zwei für einen Moment stehen.

»Willst du nicht mit reinkommen?«, fragte ich, woraufhin sie unschlüssig mit den Schultern zuckte.

»Ich weiß nicht so recht«, sagte sie, während Max erneut an der Leine zerrte. »Vielleicht ist es besser, wenn ihr zwei allein seid. Ich will nicht, dass Mrs. Morrison dich dazu ermutigt, nur weil ich dabei bin.«

»Okay. Dann sehen wir uns später bei mir?«

»Auf jeden Fall.« Sie küsste mich zum Abschied und winkte mir ein letztes Mal zu, bevor ich mit Max ins Gebäude hineinging.

Mrs. Morrison saß auf ihrer kleinen Couch und hatte den Fernseher eingeschaltet. Ich ließ Max' Leine los und sofort stürmte er auf sie zu. Er sprang auf die Couch neben sie, wedelte aufgeregt mit dem Schwanz und begann wie immer, an ihr zu schnuppern. Er bellte einmal kurz auf und schmiegte seinen Kopf anschließend an ihre Seite. Es war zu süß, die beiden zu beobachten, und allein bei dem Gedanken, sie für mehr als ein

Jahr zu verlassen, zog sich mein Herz schmerzhaft zusammen. Aber ich musste mit ihr sprechen, ansonsten würde ich weiterhin auf der Stelle treten.

»Hallo, mein Lieber, wie geht es dir?«, fragte sie an Max gewandt und strich ihm mit der rechten Hand über den Kopf. Dann sah sie mich an und lächelte liebevoll.

»Ethan, mein Junge, schön, dich zu sehen. Was ist los?«

Ich stutzte. Woher wusste sie nur, dass mir etwas auf dem Herzen lag, ohne dass ich auch nur ein einziges Wort darüber verloren hatte?

»Ich muss mit dir sprechen«, murmelte ich und schluckte trocken. Ich setzte mich neben sie auf den alten Sessel und sofort spielte ich nervös an den abgenutzten Kanten der Armlehnen. Ihr Blick wanderte nachdenklich über meine Finger bis zu meinem Gesicht und wieder hinab.

»Raus mit der Sprache«, forderte sie und musterte mich skeptisch.

Ich öffnete den Mund, doch meine Stimme versagte. Das hier war schwerer, als ich gedacht hatte, und mein Herz hämmerte gegen meine Rippen.

»Ich habe ein Angebot bekommen«, begann ich und ihre Miene hellte sich sofort wieder auf.

»Ein Angebot?«

»Ja ... Aus Kalifornien. Von der Stanford University.«

Sie hob ihre schmalen Augenbrauen und sah mich fragend an.

»Die Universität bietet mir an, mein Studium in den USA weiterzuführen und dort an einem speziellen Aufbauprogramm für Läufer teilzunehmen.«

Sie atmete hörbar ein. Diesmal konnte ich ihre Gedanken nicht von ihrem Gesicht ablesen. Dann öffnete sie den Mund und ein eindeutiges Lächeln zupfte an ihren Lippen.

»Das ist ja großartig, mein Schatz!«

»Wirklich?« Ich konnte nicht glauben, dass sie so begeistert davon war.

»Natürlich! Ich bin zwar alt, aber nicht von gestern. Ich weiß, welchen Ruf die Stanford auf der ganzen Welt hat, und ein Angebot von dieser Universität zu bekommen, das ist ...« Sie machte eine Pause und suchte offensichtlich nach dem richtigen Wort. »Das ist eine einmalige Chance. Herzlichen Glückwunsch, Ethan!«

Ungläubig blinzelte ich sie an.

»Wann soll es losgehen?«, fragte sie, woraufhin ich mit den Schultern zuckte.

»Im Herbst«, antwortete ich und versuchte, meine Gedanken zu beruhigen, die immer schneller in meinem Kopf umherflogen.

Mrs. Morrison klang selbstbewusst und glücklich, was ich von mir nicht behaupten konnte. »Aber, ich ...«

»Du klingst unentschlossen. Willst du das Angebot nicht annehmen?«

»Das bin ich auch. Ich meine, das Angebot ist wirklich einmalig, das ist mir klar. Aber ich will nicht von hier weg. Nicht jetzt. Der Zeitpunkt ist ...«

»Der Zeitpunkt ist nie perfekt, mein Lieber. Das Leben wartet nicht darauf, bis du bereit bist. Manche Chancen muss man ergreifen, und zwar dann, wenn sie sich einem bieten. Auch, wenn das Timing schlecht ist.«

»Ich kann hier aber nicht weg. Du und Max ...«

»Wegen uns?« Sie schüttelte den Kopf. »Ethan, nein. Bitte denke nicht einmal daran. Das würde ich nicht ertragen.«

Was meinte sie damit? Sie klang ehrlich empört.

»Was ertragen? Dass ich hierbleibe, um bei dir und Max zu sein? Und bei Chloé?«

Kurz schwieg sie, dann holte sie tief Luft und sprach weiter. »Ich weiß ganz genau, was in dir vorgeht. Das sieht man dir an der Nasenspitze an. Aber du darfst nicht zu lange zögern. Du hast so hart trainiert und jetzt zahlt es sich endlich aus. Wenn einer diese Chance verdient hat, dann du. Sie wird wahrscheinlich kein zweites Mal an deine Tür klopfen.«

Ich nickte, obwohl ich es nicht wollte.

»Aber wer kümmert sich um dich und Max, wenn ich weg bin? Und was, wenn …« Bei dem bloßen Gedanken daran, Mrs. Morrison könnte, genau wie Mum, einfach von mir gehen und mich allein zurücklassen, bildete sich ein dicker Kloß in meiner Kehle.

»Ethan, mein Junge, komm mal her.« Sie klopfte auf die leere Seite neben sich auf der Couch. Umständlich rutschte sie ein Stück zur Seite und ich stand auf, um ihr zu helfen. Doch sie hob die rechte Hand und ich blieb, wo ich war.

»Ich schaffe das schon allein«, sagte sie und tatsächlich gelang es ihr, zu rutschen.

Ich setzte mich neben sie und dann ließ sie ihren Blick über mein Gesicht wandern. Ihre ganze Körperhaltung strahlte Selbstbewusstsein und Stärke aus, obwohl ihr Körper alt und gebrechlich war und nicht immer das tat, was sie wollte.

»Hör mir mal gut zu. Auch wenn es dir jetzt schwerfällt, die Worte zu hören …«

Mein Herz hämmerte schmerzhaft gegen meine Rippen.

»Niemand kann wissen, wann und wie mein Leben zu Ende geht. Natürlich wünsche ich mir, noch lange bei dir und Max sein zu können und dich und Chloé weiter zusammen glücklich zu sehen. Vielleicht sogar auch irgendwann eure Kinder …«

Bei ihren Worten brannten die Tränen hinter meinen Augen und mein Atem ging schneller.

»Doch ich würde es nicht wissen wollen, wann mein letzter Tag auf dieser Erde ist, und das ist auch gut so. Allein der Gedanke an ein Ablaufdatum ist absurd und würde alles zerstören. Meine Lebensfreude und die Lust auf den nächsten Tag.«

Ich erwiderte nichts darauf, weil ich nicht wusste, was ich dazu sagen sollte.

»Aber du würdest mich sehr traurig machen, wenn du meinetwegen auf deine Chance verzichtest und diese Möglichkeit an dir vorbeiziehen lässt. Denn dann bin ich letztlich diejenige, die dich bremst und zurückhält. Und das will ich nicht sein. Ich will, dass du ganz für dich allein entscheidest, egal, wie es um mich steht. Und im Moment geht es mir gut. Die Reha läuft, ich habe mich eingelebt und obwohl ich meinem alten Leben noch nachtrauere, weiß ich, dass ich nicht mehr viel ändern und ab jetzt nur noch Schadensbegrenzung betreiben kann. Ich arrangiere mich mit der neuen Situation und das ist auch in Ordnung so.«

»Aber ich will für dich da sein. Dir helfen, dir ...«

»Das bist du auch. Selbst wenn du nicht jede Minute hier sein kannst. Die Pfleger kümmern sich um mich. Dass ich Hilfe brauche, wird sich offensichtlich nicht mehr ändern, auch wenn ich schon wieder die Finger und Zehen ein wenig bewegen kann.«

Wie zum Beweis ließ sie die Finger an ihrer linken Hand auf und ab hüpfen. Meine Augen füllten sich mit Tränen. Ich konnte nicht glauben, was ich gerade sah. Plötzlich rannen die Tränen heiß an meiner Wange hinab.

Mrs. Morrison hob ihre faltige Hand und legte sie mir sanft unters Kinn. Mit warmen Fingern strich sie die Tränen weg und sah mich liebevoll an.

»Du bist wie der Enkelsohn, den ich nie hatte. Ich will das Beste für dich. Lass dir diese Chance nicht entgehen und wer weiß, vielleicht ist es genau das Richtige und am Ende wird alles gut. Wenn du magst, können wir ja miteinander telefonieren. Mit den Kameras, die in den Telefonen stecken, du weißt schon. Die jungen Leute machen das heutzutage doch immer öfter und sogar im Supermarkt.«

»Du meinst FaceTime?«

Sie zuckte mit der Schulter. »Ich weiß nicht, wie man das nennt, aber du weißt, was ich meine.«

»Natürlich.«

»Ich werde hier gut versorgt, Ethan. Mach dir darum bitte keine Sorgen und wenn Chloé oder Stella Max herbringen können und mir ab und an ein wenig Gesellschaft leisten, bin ich rundum glücklich. Auch, wenn ich dich selbstverständlich sehr vermissen werde«, fügte sie hinzu und eine weitere Träne löste sich aus meinem Augenwinkel.

»Du meinst also, ich sollte es tun?«

»Auf jeden Fall. Andernfalls machst du eine alte Frau sehr unglücklich. Außerdem wäre deine Mum verdammt stolz auf dich, wenn sie dich jetzt sehen könnte. Sie würde ebenfalls wollen, dass du deine Chance ergreifst«, sagte sie und ich konnte nicht mehr anders, als sie zu umarmen.

In diesem Augenblick ließ ich meinen Tränen freien Lauf und fühlte mich plötzlich wie der kleine Junge, der sich beim Spielen mit Max das Knie aufgeschlagen hatte und das sie anschließend mit einem Pflaster versorgt hatte, weil Mum nicht zuhause gewesen war. Mrs. Morrison war schon so lange ein fester Bestandteil meines täglichen Lebens und ich konnte mir immer noch nicht vorstellen, wie ich es ohne sie schaffen sollte.

Doch ihre Meinung war klar und deutlich und ich wusste jetzt, was ich tun wollte, auch wenn allein der Gedanke an einen Umzug nach Kalifornien wehtat.

»Aber du musst mir versprechen, auf dich aufzupassen, bis ich wieder da bin. Ich komme dich besuchen.«

Sie legte ihre Hand auf meinen Rücken und strich langsam darüber.

***

»Was? Wie geil ist das denn?!« Lionel klopfte mir anerkennend auf die Schulter. Auch Matt kam zu mir herüber und umarmte mich fest.

»Warum hast du nichts davon erzählt?«, fragte Matt und grinste mich gleichzeitig breit an.

»Weil ich es eigentlich nicht annehmen wollte«, antwortete ich ehrlich, woraufhin die beiden überrascht die Augenbrauen hochzogen.

»Wenn Rick das hört, wird er glauben, du wärst verrückt! Dass du überhaupt zögerst, ist doch ...«, sagte Lionel, doch als er Matts nachdenklichen Blick sah, verstummte er.

»Wegen Chloé?«, fragte Matt und ich nickte.

»Und wegen Mrs. Morrison und Max«, antwortete ich und sofort wurde meine Kehle wieder enger. Ich hatte mich noch nicht an den Gedanken gewöhnt und ich wusste, dass es noch eine Weile dauern würde.

Lionel verstand nicht, wovon ich sprach, weshalb ich ihm knapp von meiner alten Nachbarin berichtete.

»Oh ...«, entfuhr es ihm und er nickte verständnisvoll. »Das habe ich nicht gewusst. Sorry, Alter. Also, wenn du willst ...« Er sah zu Matt hinüber und dieser nickte sofort. »Wenn wir etwas für dich und deine Mrs. Morrison tun können, dann immer raus mit der Sprache. Wir helfen gern. Wir könnten sie besuchen, ihr ein wenig Gesellschaft leisten.«

Ungläubig sah ich zwischen meinen besten Freunden hin und her und eine tiefe Dankbarkeit stieg in mir auf.

»Das würdet ihr tun?«

Sie nickten gleichzeitig und erneut brannten Tränen hinter meinen Augen. Aber diesmal gelang es mir, sie zurückzuhalten, und dann umarmte ich die zwei.

»Ihr seid die Besten! Vielleicht nehme ich euch wirklich demnächst mit zu ihr und ihr lernt sie kennen. Sie freut sich über jeden Besuch und ist gern mit jungen Leuten zusammen.«

»Klar doch! Ich hab auch eine Grandma und ich weiß, wie sehr sie Gesellschaft liebt. Das kriegen wir schon hin«, sagte Lionel und machte mir damit tatsächlich ein wenig mehr Mut.

Ich bekam immer öfter das Gefühl, dass ich das Richtige tat, und jetzt, wo sogar meine besten Freunde sich um sie kümmern wollten, war der Gedanke, hier wegzugehen, ein klein wenig leichter zu ertragen.

Plötzlich klingelte es und wir sahen zur Tür. Matt stand auf und drückte den Türöffner. Kurz darauf klopfte es an der Haustür und Matt ließ Chloé herein. Sie folgte ihm ins Wohnzimmer und bei ihrem Anblick wurde mir sofort leichter ums Herz. Sie kam auf mich zu und ich stand auf, um sie zum begrüßen.

»Wir sehen uns dann später, Kumpel«, sagte Matt und bevor ich etwas darauf erwidern konnte, winkten die zwei mir auch schon zu und verschwanden aus der Wohnung.

»Sind sie etwa wegen mir gegangen?« Sie sah mich unsicher an.

»Damit wir Zeit für uns haben.« Ihre Miene hellte sich auf.

»Ich habe ihnen eben davon erzählt, dass ich nach Kalifornien gehe.«

»Und? Wie denken sie darüber?«

»Sie finden die Entscheidung richtig und wollen Mrs. Morrison sogar ab und zu besuchen. Natürlich nur, wenn sie das auch will«, fügte ich hinzu und ein glückliches Lächeln breitete sich auf Chloés Lippen aus.

»Das ist ja großartig! Wollen wir dann mal loslegen?«

Verwirrt sah ich sie an. »Loslegen? Womit?«

»Na mit den Vorbereitungen. Hast du denn schon in Kalifornien angerufen und deinen Platz angenommen?«

Allein bei dem Gedanken, die Sache offiziell zu bestätigen, wurde mir heiß und kalt. »Nein.«

»Dann solltest du keine Zeit mehr verlieren. Und anschließend schauen wir nach einem Flugticket für dich und können ja schon mal überlegen, was du noch alles brauchst.«

Chloé meinte es tatsächlich ernst und ich schluckte. »Willst du mich etwa doch loswerden?«

Mit einem traurigen Blick erstarrte sie. »Nein! Natürlich nicht, aber ...« Ihre Augen wurden feucht und ich bereute meine dumme Frage.

Doch bei ihrer Entschlossenheit und ihrem Tatendrang hatte es sich wirklich kurz so angefühlt, als freute sie sich darüber, wenn ich so schnell wie möglich abreiste.

Ich nahm ihr Gesicht in beide Hände und küsste sie.

»Ich will nicht von dir getrennt sein«, hauchte sie in meinen Mund und dieses Mal konnte ich meine Tränen nicht mehr zurückhalten. Heiß und brennend liefen sie über meine Wangen. Der Gedanke, mich schon wieder von ihr trennen zu müssen, brachte mich beinahe um und ich ertrug es kaum, daran zu denken.

»Ich komme dich ganz oft besuchen, versprochen. Jeden Monat, wenn du willst«, sagte sie mit heiserer Stimme.

Sie schluckte und kurz darauf berührten sich unsere Lippen erneut.

43

Chloé

Ich schlang meine Arme um Ethan und er ließ es geschehen. Unser Kuss wurde intensiver, fordernder, verzweifelter. Wie sollte ich die nächsten Wochen und Monate nur ohne ihn überstehen?

Jetzt, wo wir gerade erst wieder zueinandergefunden hatten. Es fühlte sich nicht richtig an, ihn gehen zu lassen, weil alles in mir seinen Namen schrie.

Ununterbrochen.

Tag und Nacht.

Jeder Zentimeter meines Körpers und meines Herzens sehnte sich nach ihm. Nach seiner Nähe und nach seinen Berührungen. Und endlich legte er seine starken Arme um mich und ein tiefes Knurren entfuhr ihm. Die Härchen in meinem Nacken stellten sich auf und ich wünschte in diesem Moment, unsere Körper könnten miteinander verschmelzen. Ethans Herz hämmerte so stark, dass ich es in meinem eigenen Brustkorb spüren konnte.

»Ich liebe dich«, sagte ich an seinen Lippen. Er stockte und löste sich von mir. Dann sah er mich an und sein Atem wurde schneller. Seine Schultern hoben und senkten sich im Rhythmus seines Atems und dann biss er die Zähne fest aufeinander, sodass seine Kiefermuskeln deutlich hervortraten.

Er blinzelte. »Ich liebe dich auch ... Habe es immer getan«, antwortete er mit rauer Stimme und in diesem Moment war ich mir überhaupt nicht mehr sicher, ob es richtig war, ihn ermutigt zu haben, nach Stanford zu gehen.

Mein Herz setzte einen Schlag aus und brach gleichzeitig in tausend Stücke. Ich dachte an die letzten Wochen und daran, wie verzweifelt und gebrochen ich aus New York nach Hause gekommen war. Wie wütend ich auf mich selbst gewesen war und wie sehr ich mich dafür geschämt hatte, wieder hierher zurückzukommen. Als Versagerin. Wie sehr ich darunter gelitten hatte, nicht mehr Klavier spielen zu können.

Doch mit einem Mal wurde mir klar, dass das alles nichts im Vergleich zu dem war, was in diesem Moment geschah. Mein Versagen wirkte auf einmal so unwichtig, so belanglos und so verdammt leise.

Das hier war das, was wirklich zählte. Ethan war wichtig. Wir waren wichtig und alles andere kam danach. Wir zwei gehörten zusammen. Schon seit dem Tag, als er das erste Mal in unserer Klasse aufgetaucht war. Und ich hatte es nicht zu schätzen gewusst. Das würde mir nicht noch einmal passieren und in diesem Augenblick wusste ich genau, was ich tun würde.

Er küsste mich erneut und diesmal lag so viel Verzweiflung und Sehnsucht in seinem Kuss, dass es mir den Atem raubte. Mein Körper brannte und ich wollte ihm noch näher sein.

»Komm«, flüsterte er an meinen Lippen und ich hoffte, dass er an dasselbe dachte wie ich. Allein der Gedanke daran ließ meinen ganzen Körper kribbeln.

Er küsste mich ein letztes Mal auf den Mund, bevor er sich von mir löste und anschließend meine Hand ergriff. Mit wenigen Schritten zog er mich hinter sich her in sein Schlafzimmer. Ethan schloss die Tür hinter uns ab, obwohl wir allein in der Wohnung waren.

»Sicher ist sicher«, sagte er schnell, bevor er mich erneut an sich zog und mich zwischen Küssen rückwärts drängte, bis ich an die Kante seines Bettes stieß. Er hielt mich fest und langsam sanken wir gemeinsam in die weichen Kissen.

Ich begann förmlich, zu fliegen, als ich meine Hände unter sein Shirt gleiten ließ, und sofort erinnerte ich mich an den Tag am See, an dem meine sandige Hände das erste Mal seit Jahren auf seiner warmen nackten Haut gelegen hatten.

Ich wanderte erneut zu der Stelle hinauf und fühlte nach seinem Herzschlag. Es schlug mindestens genauso schnell wie meins und ich liebte den Gedanken daran, dass ich diejenige war, die es höherschlagen ließ.

»Du bringst mich um«, raunte er an meinem Hals, wo er eine Spur aus Küssen hinterließ.

Ich konnte nichts darauf erwidern und versuchte, mich auf das Gefühl an meinem Hals und seine samtweichen Lippen auf meiner Haut zu konzentrieren. Doch mein Blick verschwamm und ich verlor mich unter seinen Berührungen.

Dann fuhr er mit seiner Hand unter mein Top und meinen Rücken hinauf. Ich hielt die Luft an. Als er den Verschluss meines BHs berührte, stoppte er und sah mich fragend an. Ohne etwas zu sagen, nickte ich und seine Augen begannen zu funkeln. Es gelang ihm, den Verschluss zu öffnen, und ich genoss das Gefühl, den BH endlich loszuwerden.

Ethan sah mir dabei die ganze Zeit über in die Augen und ließ seine Hand wie in Zeitlupe von meinem Rücken auf meinen Bauch wandern.

Ich schnappte nach Luft, als seine warmen Fingerspitzen Stück für Stück nach oben wanderten und an den Bügel meines BHs stießen. Langsam schob er ihn nach oben und dann berührte er meine Brust. Meine Haut war mittlerweile so empfindlich, dass ich es kaum ertrug.

Er schob den BH noch ein Stück weiter nach oben und ließ ihn dort liegen. Dann wanderte seine Hand zurück auf meine Brust. Er umfasste sie und im selben Augenblick schlich sich ein unterdrücktes Keuchen aus meinem Mund. Überall, wo er mich berührte, brannte meine Haut. Ich wollte mehr und drückte den Rücken durch, als er mit einem Finger über meine aufgerichtete Brustwarze fuhr.

»Oh …«, entschlüpfte es mir und in diesem Moment ließ Ethan sich mit seinem ganzen Gewicht auf mich nieder. Ich spürte seine große Erektion an meinem Bauch.

Das Verlangen nach ihm wurde beinahe unerträglich. Ich hatte völlig vergessen, Ethans Brust weiter zu erkunden, weil das Gefühl, von ihm berührt zu werden, so wahnsinnig schön war, dass ich an nichts anderes mehr denken konnte. Ich erinnerte mich an unsere ersten intimen Versuche in meinem alten Zimmer im Haus meiner Eltern.

Doch das hier fühlte sich neu und so aufregend an und hatte nichts mehr mit dem gemeinsam, was wir zwei bereits vor vielen Jahren miteinander erlebt hatten.

Ethan stöhnte an meinem Hals und als er seine Erektion fest an meinen Bauch presste, zuckte es lustvoll tief in meinem Inneren. Dann ließ er plötzlich von mir ab, erhob sich und zog sich das Shirt mit einer schnellen Bewegung über den Kopf.

Als er sich wieder zu mir herunterbeugte, empfing ich ihn mit einem Kuss und strich dabei immer wieder über seine glatte heiße Haut. Er stöhnte kurz auf, als ich über seine festen Bauchmuskeln fuhr und meine Finger anschließend hinauf über seine breite Brust wanderten. Ich tastete mich bis zu seinem Nacken hinauf, verschränkte meine Finger hinter seinem Hals und zog ihn sanft zu mir herunter.

Ich küsste ihn, während er sich gleichzeitig mit seinem ganzen Oberkörper auf mich herabsinken ließ. Es fühlte sich unbeschreiblich gut an, ihn auf mir zu spüren. Sein Gewicht auf mir war aufregend und beruhigend zugleich. In diesem Moment hätte ich nicht glücklicher sein können, als mein ganzer Körper voller Lust war und meine erregte Mitte immer drängender nach ihm verlangte. Nichts und niemand stand mehr zwischen uns.

»Endlich …«, flüsterte Ethan an meinem Ohr und küsste die empfindliche Stelle dahinter.

Sein Atem war heiß und dieses eine Wort jagte mir einen angenehmen Schauder über den Rücken. Ich ließ meine Hände weiter hinab wandern, bis ich den Bund seiner Shorts berührte. Ich wollte mehr. Viel mehr und mein Inneres brannte vor Aufregung lichterloh. Ethans Nähe und seine Liebe zu mir waren das Schönste, was es gab, und ich wollte ihm noch näher sein.

Jetzt.

Ich schob seine Hose ein Stück nach unten und als ich meine Finger über seinen festen Po gleiten ließ, sog er scharf die Luft ein.

»Chloé …«, knurrte er und seine Stimme ließ alles in mir erzittern.

»Ich … ich will dich ganz für mich allein haben.« Ich flüsterte die Worte und in derselben Sekunde spannten sich Ethans Muskeln an.

Ich drückte ihn sanft von mir hinunter und er rollte auf die Seite. Dann setzte ich mich auf und zog mein Top und meinen BH ebenfalls über den Kopf. Als ich mich auf Ethan setzte, musterte er mich und in seinen Augen sah ich unendliche Liebe und erwartungsvolle Lust aufblitzen.

»Du bist noch schöner geworden«, hauchte er und seine Stimme war mit einem Mal heiser. Ich genoss seinen Blick auf meinem Körper. Seine Hände wanderten langsam von meinem Bauchnabel hinauf und ich kam ihm entgegen. Dann umfasste er mit beiden Händen meine Brüste und mir blieb die Luft weg.

Ich lehnte mich weiter über ihn, sodass meine Haare über meine Schultern nach vorn in sein Gesicht fielen. Mit einer schnellen Bewegung warf ich sie zur Seite und legte den Kopf schief, damit sie nicht zurückfallen konnten. Dann drückte ich den Rücken durch und Ethan knetete meine Brüste, während er immer wieder mit seinen Daumen über meine harten Brustwarzen strich.

»Du machst mich verrückt«, keuchte ich und sah ihm dabei tief in die Augen.

»Du ahnst ja nicht, was du mit mir anstellst«, antwortete er und seine Mundwinkel verzogen sich zu einem breiten Grinsen.

Ich liebte sein Gesicht, sein Lächeln, jeden Zentimeter von ihm und ich wünschte, die Zeit würde stehenbleiben, damit dieses Gefühl nie wieder aus meinem Herzen verschwand.

Er ließ von meinen Brüsten ab und sofort fehlte mir seine warme Berührung. Er strich meinen Rücken hinab bis auf meinen Hintern und drückte mich fester auf seine Erektion hinunter. Ich bewegte mich langsam vor und zurück und mit jeder Bewegung wuchs die Lust in mir an.

»Hast du ...?«

»In der Schublade«, antwortete er und deutete auf seinen Schreibtisch. Sofort stand ich auf, öffnete sie und nahm die Packung Kondome heraus. Sie war noch eingeschweißt und ich sah ihn fragend an.

»Ich habe es mir so gewünscht«, sagte er und zuckte unschuldig mit den Schultern.

Als wir sein Schlafzimmer betreten hatten, war mir kurz der Gedanke an Ava gekommen und daran, dass er mit Sicherheit hier mit ihr geschlafen hatte. Und obwohl ich mich darüber natürlich nicht beschweren konnte, war es schön, zu wissen, dass hier nichts mehr in dem Zimmer war, das an ihre gemeinsame Zeit erinnerte.

Auf dem Weg zurück in sein Bett öffnete ich die Packung und hielt ihm ein Kondom hin. Er riss es jedoch nicht sofort auf, sondern legte es neben seinem Kissen ab. Ich kletterte zurück zu ihm und ließ mich erneut auf ihm nieder. Wir küssten uns und sofort rieb ich meine Mitte wieder an seiner Erektion. Die vielen Klamotten zwischen uns störten mich und nach kurzer Zeit setzte ich mich neben ihn und legte meine Hand auf die Beule in seiner Hose.

Ich hörte ein unterdrücktes Stöhnen von ihm und lächelte ihn an. Dann griff er zum Kondom, öffnete es und setzte sich ein Stück auf. Meine Hand lag immer noch auf seiner Erektion und als er mich jetzt ansah, zog ich den Bund über seinen aufgerichteten Penis und berührte seine nackte Haut. Er legte den Kopf in den Nacken und schloss die Augen. Dann tastete er nach meiner Hand und stoppte meine Bewegung.

»Mach nicht weiter, sonst ist das hier viel zu schnell vorbei.«

Sofort hielt ich inne. Er zog seine Shorts weiter hinab und streifte sich anschließend das Kondom über. Dann sah er mich an, richtete sich auf und streichelte mir über den Rücken. Fragend hob er die Augenbrauen. Ich nickte und dann öffnete er meine Hose und schob sie mir langsam über den Po.

Er ließ sich viel zu lange Zeit und ich wurde ungeduldig. Deshalb streifte ich meine Hose und meinen Slip das letzte Stück selbst ab und saß im nächsten Augenblick völlig nackt vor ihm. Ich schämte mich kein bisschen dafür und musterte ihn, als er seine Shorts weiter auszog.

Endlich gab es nichts mehr zwischen uns. Ich sank in die Kissen und dann glitt Ethan langsam zwischen meine Beine. Er presste sich an meine Mitte und ein ungeduldiges Feuer brach in mir aus. Ich konnte nicht anders und reckte mich ihm entgegen.

Dann spürte ich plötzlich seine Finger an meiner empfindlichsten Stelle und schloss die Augen. Unendlich sanft strich er über meine heiße Mitte und ich wünschte, er würde noch etwas mehr Druck ausüben. Ich verlor mich in seinen Berührungen. In diesem Moment zählte nur das Hier und Jetzt und dass wir beide hier waren. Ich verdrängte die Angst vor der Zukunft und ich wusste, dass ich diesen Augenblick nie wieder vergessen würde.

Endlich verstärkte er den Druck an meiner pulsierenden Mitte und dann spürte ich seine Spitze an meinem Eingang. Ganz langsam glitt er in mich hinein.

Er war unglaublich vorsichtig und mein Inneres umschloss ihn warm. Noch nie hatte ich dieses Gefühl und hielt den Atem an.

»Tut es weh?«, fragte er und ich schüttelte den Kopf. Wir hatten damals bereits miteinander geschlafen, aber das war nicht mit dem vergleichbar, was hier gerade geschah.

In New York hatte ich keinen Sex gehabt, nicht einmal einen Freund, weil ich keinen hatte haben wollen. Weil mein Herz die ganze Zeit über an Ethan gehangen hatte und damit hatte es verdammt recht gehabt. Zum Glück.

Ethan glitt immer tiefer in mich hinein, bis es nicht mehr weiter ging. Er stöhnte auf, als er sich wieder herauszog und erneut in mich stieß. Er legte den Kopf dabei in den Nacken und ich konnte seinen breiten Hals und seinen Adamsapfel sehen. Ich strich über seine bebende Brust und er kam mir entgegen. Dann küsste er mich bei seinem nächsten Stoß und im selben Moment spürte ich seine Finger wieder an meiner empfindlichen Mitte.

Wir verfielen in einen langsamen Rhythmus aus Stößen, Küssen und der Berührung seiner Finger, die mich mit jeder Bewegung in den Wahnsinn trieben. Wir wurden immer schneller und ich keuchte auf.

»Oh fuck …«, knurrte er.

Mir fehlten die Worte und als Ethan in immer kürzen Abständen in mich hinein stieß, wusste ich, dass ich gleich innerlich explodieren würde. Und dann geschah es endlich und ich krallte mich an ihm fest. Seine Bewegungen waren perfekt und ich hörte seinen angestrengten Atem an meinem Ohr.

Endlich kam ich und wurde mit voller Wucht von diesem Orgasmus überrollt. Er raubte mir den Atem. Ich konnte mich nicht mehr zurückhalten und stöhnte auf.

Ethan bewegte sich immer weiter vor und zurück und dann kam auch er. Seine tiefe, kehlige Stimme vibrierte in meiner Brust und ich fühlte mich ihm so nahe wie noch nie zuvor.

Kurz darauf sackte er atemlos auf mir zusammen und legte seinen verschwitzen Kopf auf meine Brust. Er atmete schnell und sein Herz hämmerte wie verrückt. Seine Hand umfasste meine Brust ein letztes Mal und er küsste meine Brustwarze, die immer noch hart und empfindlich war.

»Ich ... ich kann nicht ohne dich leben«, stöhnte er und bei seinen Worten biss ich mir auf die Lippe.

Wie um alles in der Welt sollten wir die nächsten Monate nur getrennt voneinander überstehen? Vor allem jetzt, wo wir das hier miteinander erlebt hatten?

44

Ethan

Chloé saß neben mir, während wir gemeinsam nach einem geeigneten Flug für mich suchten. In weniger als einer Woche würde ich tatsächlich nach Kalifornien fliegen, an die Stanford University. Und ich war mir immer noch nicht ganz sicher, ob meine Entscheidung richtig war.

Mein Gefühl schrie ununterbrochen *Nein!*, aber mein Verstand flüsterte *Ja*. Ich war hin- und hergerissen, weil ich mich auf die Zeit in Stanford freute und aufgeregt war. Andererseits konnte ich mir aber noch nicht vorstellen, wie es sich anfühlen würde, fortzugehen. Von Chloé, Mrs. Morrison und Max. Von Matt, Lionel und Rick und meiner Routine. Fort aus meiner Komfortzone, die ich noch nie verlassen hatte.

Der einzige Lichtblick war die kurze Zeit, die das Ganze nur dauern sollte und die hoffentlich schnell vergehen würde. Ich betete dafür, dass Chloé recht behielt.

»Hier.« Sie deutete auf eine Zeile. »Der hier sieht gut aus.«

Ich erwiderte nichts darauf und sie drehte sich zu mir herum. »Was denkst du, der ...« Sie verstummte, als ich mit den Schultern zuckte.

Das fühlte sich alles falsch an und dennoch ... Ich hatte mich entschieden und ich wollte der Sache eine realistische Chance geben. Es lag an mir, das Beste daraus zu machen. Ich erinnerte mich an die Worte von Mrs. Morrison. *Außerdem wäre deine Mum sehr stolz auf dich, wenn sie dich jetzt sehen könnte.*

Ich straffte die Schultern und lächelte Chloé an.

Dann sah ich erneut auf mein Display und las. Der Flug ging am Mittwoch um halb elf.

»Okay, ja. Die Zeit ist perfekt«, antwortete ich und ihr Lächeln wurde breiter.

»Super! Dann nimmst du den?«

Ich nickte.

Sie klickte darauf und wir wurden auf eine weitere Seite geleitet, auf der wir die Zahlungsdaten eingeben mussten. Wir hatten die Kreditkarte von Chloés Dad, weil er meinen Flug bezahlte, obwohl ich das anfangs nicht gewollt hatte. Doch er bestand darauf, mich zu unterstützen, und ich sah ihn in diesem Moment erneut vor meinem inneren Auge.

Wir würden dasselbe für unsere Töchter tun und es würde uns sehr glücklich machen, wenn wir das für dich tun dürften, hatte er gesagt, als ich hatte abwehren wollen. Daraufhin hatte er mich so fest umarmt, dass ich mich beinahe wirklich wie ein Teil ihrer Familie gefühlt hatte.

Chloé gab die Kreditkartennummer und den Sicherheitscode ein und kurz darauf erschien ein großer hellgrüner Punkt mit einem weißen Häkchen in der Mitte.

Ihre Buchung war erfolgreich. Wir wünschen Ihnen einen angenehmen Flug.

»Jetzt ist es offiziell«, sagte ich und legte meine Hand auf Chloés Rücken.

Sie lächelte, doch diesmal erreichte das Lächeln ihre Augen nicht. In ihrem Blick flackerte Unsicherheit auf und auch ich konnte nicht mehr lächeln. Chloé schmiegte sich an meine Brust und drückte sich fest an mich.

Für einen kurzen Augenblick hielten wir uns fest, klammerten uns an den anderen. Ich konnte mir immer noch nicht vorstellen, sie und alle anderen zurückzulassen.

Dann löste sie sich von mir und sah mir tief in die Augen.

»Lass uns deine Liste noch einmal durchgehen.« Ihre Stimme klang wieder fester. Sicherer. Ich zog das Stück Papier aus meiner Hosentasche und faltete es auseinander. Wir hatten die Liste vor ein paar Tagen zusammengestellt, damit ich auch nichts vergaß.

Meinen Spind im College hatte ich geräumt und meine Bücher hatte ich auch abgegeben. Exmatrikuliert war ich ebenfalls.

Es gab noch ein paar offene Punkte auf meiner Liste und ich war Chloé so dankbar, dass sie alles mit mir zusammen erledigte. Obwohl ich spürte, wie schwer es ihr fiel, meine Abreise zu organisieren, wusste ich, wie sehr sie mich liebte und dass sie nur meinetwegen die meiste Zeit versuchte, fröhlich und stark zu sein.

»Fehlt nur noch das Handy für Mrs. Morrison und Koffer packen.«

»Und von Mum verabschieden«, fügte ich leise hinzu.

Ich ging viel zu selten an das Grab meiner Mum, aber in den letzten Tagen dachte ich immer wieder daran, ihr endlich alles zu erzählen. Dafür musste ich mir nur noch einen passenden Zeitpunkt überlegen und aufhören, es vor mir herzuschieben.

Chloé sah mich liebevoll an und dann erkannte ich plötzlich, dass ihre Augen feucht waren.

»Deine Mum wäre verdammt stolz auf dich.« Ihre Stimme brach und in diesem Moment bildete sich auch in meinem Hals ein dicker Kloß, den ich nicht hinunterschlucken konnte. Ich blinzelte, doch es half nichts. Tränen brannten in meinen Augen und bevor ich etwas dagegen tun konnte, liefen sie meine Wangen hinab. Verdammt! *Wann hört das nur endlich wieder auf?!* Ich konnte dieses ständige traurig sein nicht mehr ertragen.

Doch ich kam nicht dagegen an. Ich ließ auch meine Mum hier zurück und obwohl sie schon seit etwas mehr als zwei Jahren nicht mehr lebte, glaubte ich immer noch daran, dass ich ihr hier in Vancouver näher war als irgendwo sonst auf der Welt.

***

Ich klopfte zwei Mal und als ich Mrs. Morrisons Stimme hörte, öffnete ich ihre Tür. Sie saß in ihrem Rollstuhl am Fenster und blickte hinaus. Als wir hineingingen, lief Max sofort auf sie zu und begrüßte sie überschwänglich.

In den letzten Tagen waren Chloés Eltern und Stella immer wieder mit uns zu Mrs. Morrison gekommen und gemeinsam hatten sie einen Wochenplan ausgearbeitet, sodass an jedem Tag jemand mit Max zu Besuch kommen konnte. Auch Matt und Lionel hatten sich für einen Tag in der Woche gemeldet und als Mrs. Morrison die beiden Jungs kennengelernt hatte, war sie überglücklich gewesen. Sie liebte es, neue Leute kennenzulernen, und die zwei hatten ihr auch gleich von ihrem Studium, ihrer Arbeit und ihren eigenen Familien erzählt.

»Hallo, ihr zwei! Schön, euch zu sehen. Wie geht's euch?«, fragte sie, nachdem Max sich wieder beruhigt und sie sich zu uns umgedreht hatte.

Sie hatte schnell herausgefunden, wie sie sich mit Hilfe des elektrischen Rollstuhls fortbewegen konnte, und obwohl die Reha bereits erste kleine Erfolge zeigte, war sie weit davon entfernt, wieder allein zu laufen. Immerhin konnte sie ihre linke Hand schon wieder etwas bewegen und auch ihre Mimik hatte sich ein wenig erholt.

Doch die Ärzte hatten mit uns sehr ehrlich über die Prognose gesprochen und uns mitgeteilt, dass sie nicht mit weiteren größeren Verbesserungen rechneten.

»Gut und wie geht's dir?« Wir umarmten sie nacheinander zur Begrüßung.

»Gut, gut geht's mir, Kinder.«

Wir setzten uns gemeinsam auf die Couch, während sie sich in ihrem Rollstuhl vor uns positionierte.

»Wir haben dir etwas mitgebracht«, sagte Chloé und zog die Verpackung des Handys aus ihrer Tasche.

Mrs. Morrison sah uns ungläubig an und schüttelte langsam den Kopf.

»Was zum ...?«

»Wir haben dir ein Handy besorgt, mit dem du Ethan jederzeit anrufen kannst. Sogar per Videoanruf.«

Mrs. Morrison hielt sich die Hand vor den Mund. »Das, das ist ja ...«

»Toll, was?«, fragte ich und Mrs. Morrison nickte sofort. Sie schien sich wirklich zu freuen und in diesem Moment wusste ich, dass es richtig gewesen war, ihr eins zu besorgen.

»Chloé hatte die Idee. So können wir jeden Tag miteinander sprechen, ohne dass einer der anderen bei dir sein muss«, sagte ich und sie nickte erneut. »Es ist zwar ein Gebrauchtes, aber ...«

»Hauptsache, es tut, was es soll«, unterbrach mich Mrs. Morrison und lächelte uns beide an. »Ob ich das überhaupt bedienen kann?«

»Keine Sorge, das ist kinderleicht. Wir haben schon alles eingerichtet und eine Karte mit einer neuen Nummer steckt auch schon drin.«

Mrs. Morrisons Miene verzog sich zu einem breiten Lächeln und mit zitternden Händen nahm sie das Handy aus der Verpackung.

»Wir haben es in eine Schutzhülle gesteckt, damit es nicht kaputt geht, falls es mal hinunterfällt. Du kannst auch ein Band befestigen und es dir umhängen, wenn du willst.« Chloé hielt das bunt geflochtene Band in die Höhe und reichte es ihr.

»Das ist eine gute Idee. Mr. McDoyle von nebenan hat auch so ein Handy. Ich hab´s erst gestern bei ihm gesehen und seine Enkelkinder rufen ihn ständig an.« Bei ihren Worten breitete sich eine Welle der Erleichterung in mir aus.

Wir zeigten ihr die wichtigsten Funktionen und sie übte sofort, uns anzurufen. Alle wichtigen Nummern waren eingespeichert und Mrs. Morrison rief jeden einzeln nacheinander an. Nachdem sie kurz mit Stella gesprochen hatte, war ich an der Reihe. Sie tippte auf meinen Namen und sofort klingelte mein Handy.

»Ich verschwinde mal auf den Flur, dann piept es hier nicht so sehr im Raum«, sagte ich und ging hinaus. Sofort stand die Verbindung des Videoanrufs und wir beide konnten uns glasklar sehen. Jetzt war sie ein wenig unabhängiger von anderen Leuten und konnte sich direkt bei uns melden, wenn ihr danach war.

»Das ist ja super!«, sagte sie und mein Herz flatterte vor Freude.

»Genial, oder?« Ich winkte in die Kamera. Ganz langsam hob sie ihre linke Hand und erwiderte meinen Gruß. Dann kehrte ich zurück in ihr Zimmer und wir beendeten das Gespräch.

»Und wenn du mal vergisst, wie das alles funktioniert, frag einfach einen der Pfleger hier. Oder deine Freunde. Irgendeiner weiß immer, wie es geht«, sagte Chloé und Mrs. Morrison nickte.

Dann versuchte sie, das Band an das Handy zu bekommen, und biss sich dabei konzentriert auf die Unterlippe. Chloé und ich sahen geduldig zu und ich drückte die Daumen, dass sie es schaffte. Es dauerte einen Moment, doch dann hielt sie es an dem bunten Band hoch und strahlte übers ganze Gesicht.

»So ist es gleich viel besser«, sagte sie, als sie es sich anschließend umgehängt hatte, und nahm das Handy erneut in die Hand.

»Ich freue mich«, sagte ich leise und sofort legte sich eine lautlose Spannung über uns drei. Es wurde ernst, denn in zwei

Tagen war mein Abflug und ich würde morgen vorläufig das letzte Mal mit Max zu Besuch kommen.

»Ich freue mich auch, mein Lieber. Das ist eine tolle Sache mit Stanford und mit dem Handy kannst du mich jederzeit anrufen.«

Ich lehnte mich zu ihr hinüber und umarmte sie fest.

»Ich werde dich sehr vermissen«, flüsterte ich und dann versagte meine Stimme. Mrs. Morrison strich mir liebevoll über meinen Rücken und drückte mir anschließend einen Kuss auf die Wange.

»Ich werde dich auch sehr vermissen, mein Junge.« Ich konnte die Trauer in ihrer Stimme hören, obwohl sie versuchte, fröhlich zu klingen. »Chloé und ihre Familie werden sich gut um mich und Max kümmern und wenn du zu Besuch kommst, erzählst du mir von deinen Erfolgen, hörst du?«, sagte sie mit einer gespielten Strenge und ich löste mich von ihr.

»Mache ich«, sagte ich und sah, dass nun auch ihre Augen feucht waren. »Ich ... ich habe dich sehr lieb«, gestand ich und es fühlte sich gut an, ihr das endlich einmal zu sagen.

»Das weiß ich doch. Ich habe dich auch sehr lieb«, erwiderte sie, während ich schluckte.

Dann verabschiedeten wir uns von ihr und ließen Max dort. Am Abend würde Chloés Dad kommen und ihn abholen.

Mit jedem Schritt, den wir aus dem Pflegeheim traten, wurde mein Herz schwerer und als wir um die Ecke gegangen waren, klingelte mein Handy.

Ich zog es aus der Hosentasche und musste grinsen, als ich Mrs. Morrisons Nummer darauf sah. Sofort nahm ich den Anruf entgegen und als ich sie auf meinem Display sah, wurde mein Lächeln breiter.

»Das klappt ja wunderbar!«, sagte sie glücklich und mir wurde augenblicklich leichter ums Herz.

45

Chloé

»Hey, Chloé!« Madison stand vor dem Copyshop und winkte in meine Richtung.

Ich ging auf sie zu. »Rechtschreibfehler im Dokument für den Professor, hm? Sind es viele?«

»Nein, nur zwei, aber das sind genau zwei zu viel«, antwortete sie und umarmte mich zur Begrüßung.

Gemeinsam gingen wir hinein. Matt stand hinter der Kasse und begrüßte uns mit einem freundlichen Lächeln. Er kassierte eine ältere Dame ab und kam dann zu uns herüber.

»Schön, euch zu sehen. Wie geht's?« In diesem Moment stellten sich erneut zwei Kunden an die Kasse und er ging sofort wieder zurück auf seinen Posten.

»Ich müsste noch einmal was vom Stick ausdrucken.«

»Luke ist hinten im PC-Raum. Er kann dir helfen«, sagte Matt, woraufhin Madison seufzte. Luke, der Kerl, der immer nur am Zeichnen war und der den Kunden kaum in die Augen sah. Das letzte Mal, als Madison hier gewesen war, hatte er ihr offenbar sogar zu viel Wechselgeld herausgegeben, weil er nicht ganz bei der Sache gewesen war. Sie hatte ihm die Differenz zurückgegeben und er hatte sich nur mit einem knappen Schulterzucken bedankt.

»Dann gehe ich mal nach hinten«, sagte Madison.

»Okay, ich komme gleich. Ich muss nur ein paar einfache Kopien machen.«

Madison nickte und verschwand in dem schmalen Gang. Matt ging an den großen Kopierer mit der Nummer vier und winkte mich zu sich heran.

»Hier kannst du deine Kopien machen. Schwarz-Weiß?«

»Genau«, antwortete ich und trat neben ihn.

Weitere Leute stellten sich an die Kasse und Matt ging wieder hinter die Theke. Ich trat an den Kopierer und holte meine Tickets heraus.

Ich hatte für die nächsten sechs Monate bereits Flugtickets gekauft und wollte sie für Ethan kopieren, damit er wusste, wann ich ihn besuchen kam. Er wusste noch nichts davon und ich wollte sie ihm heute Abend beim Essen im Haus meiner Eltern geben. Als kleine Erinnerung an mich und daran, dass wir uns öfter und länger sehen würden, als er dachte.

Ich hatte alles bereits mit Sara und Anthony vom Café besprochen und mir für die Zeiten unbezahlten Urlaub genommen. Madison wusste selbstverständlich ebenfalls Bescheid.

Ich kopierte immer drei Tickets auf eine Seite und faltete die Blätter anschließend zusammen. Dann steckte ich sie in einen Umschlag. Ich war schnell fertig und ging nach hinten zu Madison in den PC-Raum.

Als ich dort ankam, sah ich sie sofort und blieb erstaunt stehen. Sie saß an einem der Computer-Arbeitsplätze. Doch anstatt auf den Bildschirm zu sehen und ihre Dokumente auf Schreibfehler zu überprüfen, starrte sie in die Richtung, in der Luke an einem anderen PC-Arbeitsplatz stand und einer weiteren Kundin half, ihre Dateien zu drucken. Er hatte sich über die junge Dame gebeugt und klickte immer wieder mit der Maus.

Dabei verzog er keine Miene und lächelte auch nicht. So wie immer ... Doch plötzlich hob er den Kopf und sah Madison direkt an.

Ihre Blicke trafen sich und Madison hielt seinem Blick stand. Es war beinahe, als stünde die Zeit still, und ohne es zu wollen, hielt ich die Luft an. Immer wieder sah ich zwischen den beiden hin und her.

Verzogen sich Lukes Lippen etwa gerade zu einem kleinen Lächeln oder bildete ich mir das nur ein? Ich konnte es nicht genau erkennen und sah erneut zu Madison hinüber, die in diesem Moment den Blick abwandte.

Dann war der Augenblick plötzlich vorbei und die Spannung, die die Luft zwischen den beiden zum Flirren gebracht hatte, war verschwunden.

Langsam ging ich zu Madison hinüber und legte meinen Rucksack neben dem Bildschirm auf den Tisch.

»Was war das denn?«, fragte ich und deutete kaum merklich in Lukes Richtung. Erschrocken zuckte sie zusammen und sah sich ertappt um.

»Wie? Was? Was meinst du?«

Ich musste schmunzeln. »Na das zwischen Luke und dir gerade. Sein Blick ... Was hast du angestellt?«, fragte ich neugierig, als plötzlich ein Funkeln in ihren Augen aufflackerte.

»Ich habe keine Ahnung, wovon du sprichst ...«

»Nicht? Er ... er hat dich ganz anders angesehen als sonst«, sagte ich und war etwas lauter, als ich wollte.

Sofort legte Madison den Finger vor den Mund. Entschuldigend zog ich die Schultern hoch. »Sorry.«

Sie warf mir einen gespielt empörten Blick zu. Plötzlich setzte sie sich steif auf und ich sah, wie sie versuchte, unbemerkt zu Luke hinüberzuschielen, der in diesem Moment auf uns zukam.

»Hat es jetzt geklappt?«, fragte er und Madison drehte sich zu ihm herum. Und da war es wieder. Das leise Knistern, das vor ein paar Sekunden schon einmal die Luft in diesem Raum erfüllt hatte.

Madisons Wangen wurden rot. So hatte ich sie bisher noch nie erlebt und konnte nur mit Mühe ein Schmunzeln unterdrücken.

Sie nickte und sah Luke dabei fest in die Augen. Dann schlich sich ein zuckersüßes Lächeln auf ihre Lippen und auch seine Mundwinkel wanderten kaum merklich ein winzig kleines Stück nach oben.

Er kam noch näher, löste den Blick von ihr und stellte sich neben sie an den Bildschirm. Dann ging er in die Hocke und checkte das Einstellungsfenster, das Madison geöffnet hatte.

»Dort ...«, sagte er und tippte auf eine Stelle im Menü. »Du musst die Skalierung deaktivieren, sonst druckt er wieder zu klein aus.«

Madison war seinem Finger gefolgt und schluckte.

»Danke«, war das Einzige, was sie rausbekam.

Er zog seine Hand zurück und richtete sich wieder auf. »Ich bin dort drüben, falls du noch Fragen hast«, sagte er und verschwand ans andere Ende des Raumes. Als er außer Hörweite war, sah ich Madison belustigt an.

»Was ist denn mit dem los?«, fragte ich leise und Madison drehte sich zu mir herum.

»Keine Ahnung. Aber heute hat er mich zum ersten Mal angesehen und dann ...«

»Und ihm hat gefallen, was er gesehen hat«, beendete ich ihren Satz, woraufhin Madison erneut errötete.

»Ich werde nicht schlau aus ihm«, sagte sie und ich wusste genau, was sie meinte.

Madison kam jede Woche mindestens zwei Mal hierher, weil sie für ihr Studium immer wieder etwas kopieren oder drucken musste, und bisher hatte er sie noch nie beachtet. Bis heute ...

»Gefällt er dir denn?«, fragte ich und sofort sah sie sich verlegen nach ihm um.

»Keine Ahnung, ich, er ...«

»Also ja«, sagte ich und ließ meine Augenbrauen dabei amüsiert auf und ab wippen.

»Chloé ...« Sie grinste mich verlegen an und ich musste kichern.

»So schüchtern kenne ich dich ja gar nicht.«

Sie lächelte und im selben Augenblick färbten sich ihre Wangen rosa.

***

»Es war wunderbar. Lecker wie immer, vielen Dank«, sagte Ethan und sah meine Mum dankbar an. Sie lächelte ihn an und dann wurden ihre Augen erneut feucht. Zum dritten Mal an diesem Abend.

Ich atmete tief ein. Mum machte die Sache mit Ethans Abflug morgen früh nicht einfacher und ich wusste nicht, wie lange ich es selbst aushalten würde, mich zurückzuhalten. In den Gesichtern der anderen erkannte ich dieselben Emotionen, auch wenn sie versuchten, es sich nicht anmerken zu lassen. Doch mir gelang es nicht so gut und Ethans Blick verriet mir, dass es ihn genauso quälte.

»Ich ... ich habe noch etwas für dich«, sagte ich und holte den Briefumschlag hervor.

Fragend sah er mich an, nahm den Umschlag und betrachtete ihn von allen Seiten.

»Da ist jetzt aber kein Geld drin, oder? Weil ... das kann ich unmöglich ...«

»Nein, nein. Keine Sorge, kein Geld«, sagte ich schnell und alle Blicke waren auf einmal auf uns gerichtet. Mum rückte näher an Dad heran und lehnte ihren Kopf an seine Brust, während er ihr einen Arm über die Schultern legte.

Ethan öffnete den Briefumschlag und faltete die Zettel auseinander. Dann hellte sich seine Miene auf und mein Herz schlug in derselben Sekunde wie wild in meiner Brust.

»Du ... du willst wirklich ...?«

»Natürlich! Und ich dachte, wenn du sie bei dir hast, erleichtern sie dir das Warten.«

Er stand auf und nahm mich in den Arm. »Du kommst ja beinahe alle sechs Wochen ... Das ist doch bestimmt viel zu teuer, wenn du ...«

»Das ist mir egal. Ich habe dir doch gesagt, ich kann das Geld meines Collegefonds nutzen, wofür ich will.«

Ethans Blick wanderte unsicher zu meinen Eltern. Die beiden nickten sofort, woraufhin Ethans angespannte Schultern wieder hinabsanken. Er umarmte mich erneut.

»Wenn das für euch in Ordnung ist, dann ...«

»Selbstverständlich ist es das«, sagte Dad und warf Ethan einen liebevollen Blick zu.

In den letzten Wochen war es zwischen Ethan und Dad beinahe wieder wie vor drei Jahren geworden. Die zwei sprachen über Autos und Motoren, über Technik und über Reparaturen, die am und im Haus erledigt werden mussten. Sie waren sogar schon wieder zusammen in der Garage gewesen und hatten an Ethans altem Fahrrad geschraubt, das er damals bei meinem Umzug nach New York hier stehen gelassen und seither nicht mehr gefahren hatte.

»Wann geht dein Flug morgen?«, fragte Dad und ich konnte hören, wie Ethan schluckte.

»Um halb elf«, antwortete ich.

Allein bei dem Gedanken daran, dass morgen sein letzter Tag hier war, zog sich mein Herz krampfhaft zusammen und ich hielt die Luft an. Ich wusste noch nicht, wie ich in dieser Nacht überhaupt ein Auge zubekommen sollte.

46

Ethan

Aufrecht saß ich im Bett neben Chloé und betrachtete sie. Ihr Atem ging langsam und ruhig. Nach dem gestrigen Essen bei ihren Eltern war sie mit zu mir gekommen und wir beide hatten uns die halbe Nacht immer wieder geliebt.

Richtig geschlafen hatte ich jedoch höchstens drei Stunden und als die Sonne jetzt aufging, wurde mein Herz schwer. Schon sehr bald war der Moment gekommen, um Abschied von ihr zu nehmen, von meinem alten Leben und von meinen Freunden.

Dabei vermisste ich Chloé und die anderen jetzt schon und wusste nicht, wie ich das überleben sollte. Dieses Mal war zwar alles anders als vor drei Jahren, weil ich wusste, dass sie mich in ein paar Wochen besuchen kam, doch der Abschiedsschmerz war beinahe unerträglich.

Ich wollte hier nicht weg. Wollte nicht aus meiner Routine gerissen werden. Ich wollte meine tägliche Laufrunde mit Max machen, anschließend in Moe's Café gehen, meine Freunde und Teamkollegen im College und Mrs. Morrison nachmittags sehen. Das alles fühlte sich falsch an und dennoch wusste ich tief in meinem Inneren, dass es richtig war, diesen Schritt zu wagen. Weil er mich weiterbrachte. Ein winziger Teil in mir war aufgeregt und gespannt auf das, was mich erwartete.

»Guten Morgen«, flüsterte Chloé plötzlich ganz leise neben mir und riss mich aus meinen Gedanken.

Ich senkte den Kopf und bei ihrem Anblick zersprang mein Herz in Abermillionen kleine Stücke. Wie sollte ich sie nur hier zurücklassen? Wie sollte ich ohne sie klar denken, mich auf mein Studium und auf das Training konzentrieren?

Ich schluckte und meine Kehle war mit einem Mal staubtrocken.

»Guten Morgen«, antwortete ich noch leiser und meine Stimme klang brüchig.

Chloé setzte sich auf und ohne ein weiteres Wort zu verlieren, schlang sie ihre Arme um mich und hielt mich fest. Ich atmete ihren Duft ein und die Erinnerung an letzte Nacht kroch in mir hoch. Wie sie mich geküsst und geliebt hatte, wie sie …

Meine Gedanken begannen zu rasen und meine Kehle wurde noch enger.

Seit Chloé wieder in mein Leben getreten war, hatte sich so viel verändert und dennoch war ich glücklicher als je zuvor.

Ich atmete tief ein und küsste ihren Hals. Küsste sie voller Verzweiflung und Sehnsucht. Ein letztes Mal wollte ich ihr ganz nah sein. Ich spürte ihre Haut unter meinen Lippen und atmete ihren Duft ein. Wie konnte ich sie nur zurücklassen? Was war ich nur für ein Idiot …

Eine Träne schlich sich aus meinem Augenwinkel und ich versuchte, sie fortzuwischen. Doch sie war schneller als ich und wurde von Chloés Shirt aufgesogen.

Dann spürte ich Chloés schlanke, aber kräftigen Hände auf meinem Rücken nach oben zu meinem frisch rasierten Haaransatz im Nacken hinaufwandern. Sie vergrub ihre Finger in meinen Haaren. Wie sehr ich dieses Gefühl, von ihr berührt zu werden, liebte. Überall und immer wieder.

»Wir müssen uns fertig machen.« Ihre Stimme war dünn und traurig. Ich nickte stumm, doch mein Herz schrie im selben Moment *Nein*!

»Ich liebe dich ...«, sagte ich an ihrem Hals und als sie meine Worte hörte, drückte sie mich noch fester an sich.

»Ich liebe dich auch«, erwiderte sie und der Klang ihrer Stimme brannte sich in mein Herz und in mein Gedächtnis.

***

Ich stand unter der Dusche, während Chloé sich am Waschbecken die Zähne putzte. Wir waren allein in der Wohnung, weil Matt bei Lionel übernachtet hatte. Die zwei und Rick hatten sich bereits gestern Abend noch einmal von mir verabschiedet, nachdem Chloé und ich das Haus ihrer Eltern verlassen hatten. Ich war froh, dass ich mich heute nicht auch noch von meinen Freunden verabschieden musste, weil das die ganze Sache noch viel schwerer gemacht hätte, als sie ohnehin schon war.

Ich seifte meine Haare gerade ein, als ich einen kalten Windhauch an meiner Haut spürte und kurz darauf Chloés Hände auf meinem Körper.

Sofort schoss mir die Hitze in den Kopf und mein Puls beschleunigte sich. Sie kannte jeden Zentimeter meines Körpers und ich ihren, aber es fühlte sich immer wieder fantastisch an, von ihr berührt zu werden.

Ihre Hände wanderten von meinem Rücken auf meine Brust. Wie in Zeitlupe drehte ich mich zu ihr herum. Das warme Wasser prasselte auf uns herab und das Shampoo lief über mein Gesicht. Ich legte den Kopf in den Nacken und wusch es so schnell wie möglich weg.

Dann wandte ich mich ihr zu und sah in ihre funkelnden Augen. Ich wunderte mich darüber, wie sehr sie in diesem Moment strahlten, obwohl wir uns in wenigen Stunden voneinander verabschieden mussten. In meinem Inneren tobte ein Orkan, der alles, was ich zuvor entschieden hatte, mit sich riss und zerstörte.

Warum hatte ich nur zugesagt? Warum blieb ich nicht einfach da, wo ich war? Nämlich genau hier, bei Chloé.

Sie legte ihre Hände in meinen Nacken, zog mich zu sich hinunter und drückte ihre Lippen auf meine. Sanft strich ich an ihrem Hals entlang, weiter über ihre Schultern und hinab an ihren Armen. In weniger als einem Wimpernschlag war meine Erektion zu voller Größe angeschwollen und pochte vor Aufregung.

»Hier ... hier geht das nicht«, keuchte ich an ihrem Mund, doch sie schüttelte den Kopf und löste sich von mir. Sie schob den Duschvorhang ein kleines Stück beiseite und beugte sich zum Waschbecken, das direkt daneben war.

»Damit schon«, sagte sie und hielt mir ein Kondom hin. Mein Penis zuckte vor Erregung, als ich mich von dem Wasserstrahl abwandte, um das Kondom ordentlich überzustreifen. Als alles perfekt saß, drehte ich mich zurück zu Chloé und konnte es kaum abwarten, sie ein letztes Mal zu lieben.

***

Chloés Dad holte uns mit seinem großen Auto ab und als er ausstieg, warf er mir ein warmes Lächeln zu. Er wirkte wie immer stark und selbstbewusst, ruhig und unerschütterlich. Sein Anblick schenkte mir Kraft und Zuversicht, weil er immer zu den Menschen gehört hatte, zu denen ich aufgesehen hatte. Und solange er guter Dinge war und der Meinung, dass ich das Richtige tat, versuchte ich ebenfalls daran zu glauben.

Er war der Dad, den ich mir insgeheim auch immer für mich gewünscht hatte, und ich war ihm unendlich dankbar dafür, dass er mich in jedem Moment, den wir miteinander verbracht hatten, genauso gut wie seine eigenen Töchter behandelt hatte. Kurz dachte ich daran, wie schön es wäre, wenn ich Chloé eines Tages heiraten und ihn als meinen Schwiegervater tatsächlich Dad nennen konnte, wie unsere Kinder ihn Grandpa nennen und in seine offenen Arme rennen würden. *Verdammt!*

So weit sollte ich nicht von der Zukunft träumen. Doch es war nicht das erste Mal, dass ich diese Szenen vor meinem inneren Auge sah. *Irgendwann wird dieser Traum wahr werden,* dachte ich und atmete tief ein, als Chloés Dad näher kam.

»Na ... Alles okay bei euch?«, fragte er, während er Chloé einen liebevollen Kuss auf die Wange drückte und mich anschließend in eine feste Umarmung zog.

Wir nickten stumm und für einen Moment war die Spannung wieder da. Er öffnete die Tür zur Rückbank. Chloé ging auf ihn zu, warf ihm einen wissenden Blick zu und stieg ein. Dann nahm er mir meinen Koffer und die große Reisetasche ab und bedeutete mir, ebenfalls einzusteigen.

Er ging um das Auto herum, öffnete den Kofferraum und verstaute alles. Dann setzte er sich ans Steuer und wir fuhren los. Ein letztes Mal warf ich einen Blick auf das Haus, in dem ich zwei Jahre lang gewohnt hatte, und der Kloß in meinem Hals war sofort wieder da. Ich verließ mein Zuhause, meine Komfortzone und es fühlte sich wahnsinnig schwer an, sitzen zu bleiben und den Schmerz zu ertragen.

Reiß dich endlich zusammen, Ethan!, sagte ich mir in Gedanken immer wieder und straffte die Schultern. Chloés Hand legte sich in meine und ich drückte sie sanft.

Die Fahrt verging viel zu schnell und mit jeder Meile, die wir hinter uns brachten, schlug mein Herz ein wenig schneller. Bald beruhigte mich das gleichmäßige Motorengeräusch und die leise Musik, die aus dem Radio drang. Doch ich konnte mich nicht einmal auf die Songs konzentrieren, weil ich nur an den Moment des Abschieds dachte, der unaufhaltsam näher rückte. Ich sah auf meine Smartwatch und verstand, dass es nur noch ein paar Minuten dauern würde, bis wir am Flughafen waren.

»Kommt ihr beide noch mit ins Terminal?«

Ohne zu zögern, nickte Chloé. »Natürlich kommen wir mit. Ich bleibe, bis der Flieger abhebt«, antwortete sie und mit jedem ihrer Worte sank mein Herz immer tiefer. In meinen Gedanken sah ich uns zwei schon tränenüberströmt am Sicherheitscheck auseinandergehen und schluckte hart. Das hier war viel schlimmer, als ich es mir ausgemalt hatte, und ich zweifelte erneut daran, dass meine Entscheidung richtig sein konnte, wenn sie so verdammt wehtat.

Dann tauchte der große Tower des Flughafens vor uns auf und Chloés Dad parkte den Wagen. Er stieg als Erster aus und öffnete den Kofferraum. Chloé und ich saßen noch einen kurzen Moment allein auf der Rückbank. Mir entfuhr ein Seufzen, als ich sie ansah. Dann beugte ich mich zu ihr hinüber, zog sie an mich und küsste sie ein letztes Mal. *Es ist kein Abschied für immer,* sagte ich mir in Gedanken immer wieder und als wir uns voneinander lösten, hielt ich meine Tränen mit letzter Kraft zurück.

Mit schwerem Herzen stieg ich nach Chloé aus und wollte nach hinten zum Kofferraum, um meine Sachen abzuholen. Doch Chloés Dad stand bereits vor mir, hatte sich die Reisetasche über die Schulter gehängt und schob mir den Koffer entgegen. Ich wusste, dass es nichts bringen würde, zu protestieren, weil ich ihn mittlerweile gut genug kannte. Er würde die Tasche bis zum Abfertigungsschalter tragen, egal, was ich sagen oder tun würde.

Chloé stand am Kofferraum und als ich um das Auto herumging und sie erblickte, erstarrte ich.

Mir blieb das Herz stehen und ich vergaß zu atmen.

Sie stand da und lächelte mich bis über beide Ohren an und ... Sie hatte ihre Hand an einen kleinen Trolley gelegt. An einen pinken Trolley.

Ungläubig blinzelte ich sie an und sah immer wieder zwischen ihr und dem kleinen Rollkoffer hin und her.

Und dann begriff ich, was das zu bedeuten hatte, und mein Herz raste. Mit wenigen Schritten war ich bei ihr und bevor ich auch nur ein Wort herausbekam, nickte sie überglücklich.

»Ich komme mit, wenn ich darf.«

Mein Herz setzte einen Schlag aus und im nächsten Augenblick zog ich sie, so fest ich konnte, in meine Arme. Ihre Worte kamen zwar sofort in meinem Kopf an, doch erst als ich sie festhielt, verstand ich, was sie wirklich bedeuteten.

»Aber, du hast doch so viele Flugtickets für die nächsten Wochen gebucht, wie ...«

Sie lächelte mich an und wechselte dann einen vielsagenden Blick mit ihrem Dad. Natürlich hatte er die ganze Zeit Bescheid gewusst und am liebsten hätte ich auch ihn in diesem Moment erneut umarmt. Doch ich konnte mich nicht von Chloé lösen. Ihr Dad warf uns einen liebevollen Blick zu und verschwand dann in Richtung des Abfertigungsschalters im Flughafen.

»Ich habe nur einen Hinflug gebucht. Wir entscheiden, wann ich zurückfliege, wenn du das möchtest.«

»Ob ich das möchte? Was ist das für eine Frage? Natürlich will ich das, ich ...«

Sie legte ihre Lippen auf meine und endlich ließ die Angst vor der Trennung und der unerträgliche Schmerz, den ich die ganzen Tage mit mir herumgeschleppt hatte, nach. Ich konnte nicht glauben, dass sie das wirklich tat.

»Und was ist mit Mrs. Morrison und Max? Und mit deinem Job und deinen Kursen? Und ...«

»Um Mrs. Morrison und Max kümmern sich wie besprochen Mum, Dad und Stella, bis ich wieder da bin. Sara und Anthony schaffen es im Café auch ein paar Tage ohne mich. Den Stoff aus dem Kurs bekomme ich von meiner Freundin Maya per Mail. Sie schickt mir ihre Notizen.«

Mein Herz stolperte, als mir etwas Wichtiges einfiel.

»Und was ist mit deinen Terminen bei Miss Emmons?«

»Auch das ist kein Problem. Wir haben beschlossen, die Abstände zwischen unseren Terminen ein wenig auszuweiten, weil es in letzter Zeit so gut läuft«, sagte sie und eine Welle der Erleichterung machte sich in mir breit.

»Du ... du meinst, du machst weiterhin so gute Fortschritte, dass ihr die Treffen reduzieren könnt?«

Ungläubig sah ich sie an, woraufhin sie stolz nickte. »Ja, mir geht es besser. Ich mache zwar nur kleine Fortschritte und die Angst taucht immer mal wieder auf, doch dank meiner Atemübung und der 5-4-3-2-1-Methode schaffe ich es immer öfter, mit ihr umzugehen. Ich arbeite jeden Tag an mir. Das wird alles noch eine Weile dauern, hat Miss Emmons gesagt und ich habe es akzeptiert, dass ich die Angst nicht innerhalb weniger Sitzungen besiegen kann, sondern nur im Alltag«, sagte sie und ich verstand sofort, wie sie das meinte.

Wir sprachen nur wenig über ihre Zeit in New York und auch nur dann, wenn sie selbst davon anfing. Und tatsächlich hatte sie mir erst vor wenigen Tagen davon erzählt, wer Layla war und dass sie Chloé noch im August besuchen würde.

Während sie von ihrer ehemaligen Mitbewohnerin erzählt hatte, war es ihr gut gegangen, obwohl sie selbst, so hatte sie jedenfalls gesagt, damit gerechnet hatte, dass die Angst sie wie so oft währenddessen einholen würde. Ich freute mich über die kleinen, aber sicheren Schritte, die Chloé in die richtige Richtung machte, und war mittlerweile noch fester davon überzeugt, dass sie die Angst und Panik irgendwann vollständig im Griff haben würde.

»Du glaubst ja nicht, wie sehr ich mich freue. Du machst mich damit zum glücklichsten Mann auf der ganzen Welt. Ich liebe dich, Chloé. So sehr!«

»Ich liebe dich auch«, erwiderte sie und zog mich an sich heran. Ich konnte ihren Atem an meinem Mund spüren und fühlte mich sofort wieder zu Hause. Dort, wo Chloé war, befand sich meine Komfortzone, meine sichere Festung. Sie war es immer gewesen und ich war so dankbar dafür, dass wir eine zweite Chance bekommen und wieder zueinander zurückgefunden hatten, denn ich liebte sie über alles auf dieser Welt.

EPILOG

Chloé

Zwei Monate später

Madison lag neben mir auf der Couch und verfolgte gespannt, was Joe, der Hauptdarsteller einer neuen Thriller Serie auf Netflix, alles anstellte, um an Informationen zu kommen. In diesem Moment klingelte mein iPad, das auf dem Tisch vor uns lag und kündigte einen FaceTime-Anruf an.

Verwirrt sah sie zu mir herüber, lächelte aber sofort liebevoll, als sie erkannte, dass es Ethan war.

Max, der neben der Couch in seinem Hundebett geschlafen hatte, erschrak und sah mich empört an.

»Sorry«, sagte ich und griff sofort nach dem iPad.

»Soll ich die Serie anhalten?« Madison sah mich fragend an.

»Das wäre toll, aber ich weiß nicht, wie lange wir miteinander reden ... Du weißt ja, wie das manchmal ist.«

Sie grinste. »Dann sehe ich mir so lange etwas anderes an, bis du fertig bist«, erwiderte sie und mir wurde sofort wieder klar, warum ich Madison so sehr liebte. Sie war empathisch und fürsorglich und dachte immer an die anderen um sich herum.

»Danke«, sagte ich, stand auf und ging in mein Schlafzimmer. Max kam natürlich mit und begleitete mich dorthin. Auf dem

Weg nahm ich das Gespräch an und sofort sah ich Ethans wunderschönes Gesicht auf meinem großen Bildschirm.

»Hey, da bist du ja!«, sagte er zur Begrüßung und schenkte mir ein umwerfend charmantes Lächeln, bei dem ich immer noch dahinschmolz. Sofort bellte Max auf und wedelte mit dem Schwanz, als er Ethans Stimme hörte. Ich bückte mich zu ihm nach unten und zeigte ihm das Display, doch wie immer erkannte er Ethan nicht und schnüffelte aufgeregt am Tablet.

»Er versteht es nicht«, sagte ich und zuckte mit den Schultern.

Ich griff nach meinen Bluetooth-Kopfhörern, damit Max nicht die ganze Zeit Ethans Stimme hörte und ihn ununterbrochen suchte. Das machte er nämlich immer und konnte sich danach nur schwer beruhigen.

Erst letzte Woche war ich aus Kalifornien zurückgekehrt und vermisste Ethan schrecklich. Die Zeit bei ihm war wundervoll und der Abschied wieder schwer gewesen, wenn auch schon deutlich leichter als beim ersten Mal, als ich ihn bei seinem Umzug begleitet hatte. Aber ich hatte es nicht bereut, bei ihm geblieben zu sein, um mit ihm in die USA zu fliegen. Zum Glück brauchten wir Kanadier kein Einreisevisum, sodass ich ihn wirklich jederzeit besuchen konnte, wenn uns danach war.

»Wie geht's dir? Wie war dein Training?«, fragte ich und mein Herz klopfte sofort schneller, als ich daran dachte, wie sexy er in den Trikots der Stanford University aussah. Ich hatte mir sogar eines in den Koffer gesteckt und mitgenommen und bestimmt hatte er es längst gemerkt. Jetzt hing es neben meinem alten Trikot der Seattle Seahawks an der Wand über meinem Bett.

»Ich habe immer wieder Wadenkrämpfe in der Nacht und der Coach sagt, dass ich mehr Magnesium nehmen muss.«

»Aber davon bekommst du Bauchschmerzen.«

»Genau … Ach, das wird sicher bald vorbei sein, wenn mein Körper sich an das hohe Pensum gewöhnt hat«, sagte er und strich sich mit der Hand eine Haarsträhne aus dem Gesicht.

»Du musst endlich zum Friseur!«

»Ich weiß, so langsam nerven mich meine Haare selbst. Ich gehe noch diese Woche.«

In diesem Augenblick wünschte ich mich wieder zu ihm. Ich wollte diejenige sein, die mit den Fingern durch seine Haare fuhr.

»Oh, ich, ich muss dir noch etwas zeigen!«, sagte er und sprang von seinem Bett auf. Er ging durch sein Schlafzimmer und ich hörte, wie er etwas Knisterndes aufhob. Und dann sah ich es. Er hielt mir ein großes Halloween Kostüm hin und grinste dabei übers ganze Gesicht.

»Aber bis Halloween ist doch noch Zeit.«

»Egal, ich habe es sofort gekauft, als ich es im Laden gesehen habe. Du glaubst ja nicht, wie viele Halloweenpartys hier bald stattfinden«, sagte er und ich lachte auf.

»Zieh es an!«

»Okay.« Er legte sein Handy kurz ab und für einen Moment sah ich nur noch die Decke seines Schlafzimmers.

»Ethan …?«

Fragend beugte er sich über sein Handy. »Hm?«

»Ich will sehen, wie du dich umziehst«, flüsterte ich und als er das Handy wieder aufhob, wurde sein Grinsen breiter.

Er stellte das Handy so hin, dass ich ihn sehen konnte, und dann erkannte ich das Funkeln in seinen Augen, gemischt mit derselben Sehnsucht, die auch ich verspürte. Ich liebte diesen Mann so sehr, dass es mir körperlich wehtat, wenn ich nicht in seiner Nähe sein konnte. Doch ich zeigte es ihm nicht, weil ich wusste, dass er dasselbe für mich empfand, und ich wollte für uns beide stark sein.

Wir würden diese Zeit schon irgendwie überstehen und wenn er endgültig wieder zurückkam, würde ich ihn nie wieder gehen lassen.

Er nahm das große grüne Teil heraus, öffnete den Reißverschluss und noch bevor er es angezogen hatte, hielt ich mir vor Lachen die Hand vor den Mund. Ich erkannte, welche Figur er darstellte, und wünschte erneut, ich könnte in diesem Augenblick bei ihm sein, um ihn live zu sehen und ihn zu küssen, während er dieses Kostüm trug.

»Mike Glotzkowski aus Monster AG?! Das ist ja der Oberknaller! Ich liebe Mike!«, quietschte ich auf.

»Er ist der beste Charakter im ganzen Film«, stimmte Ethan mir zu und als er jetzt vollständig angezogen war, bekam ich das Grinsen überhaupt nicht mehr aus dem Gesicht.

Ethan war von Kopf bis Fuß hellgrün und eine dicke Kugel hing um seinen Oberkörper herum, auf dem ein Auge und der breite Mund von Mike zu sehen waren. Er sah einfach zuckersüß aus und ich hielt mir den Bauch vor lachen.

»Du siehst fantastisch aus, ich liebe es!«, sagte ich und Ethan nickte belustigt. »Das Kostüm musst du unbedingt mitbringen, wenn du zu Weihnachten kommst. Dann hole ich mir eins von Sully und wir gehen nächstes Jahr zusammen so vor die Tür.«

»Das machen wir, das wird lustig. Und Max ist dann das kleine Mädchen Buh«, erwiderte er und noch während er die Worte aussprach, sah ich uns drei vor meinem inneren Auge. Er zog das Kostüm umständlich wieder aus und stand erneut nur in Boxershorts vor dem Handy.

»Zieh dich wieder an«, bat ich ihn und er verstand sofort, wie ich es meinte.

»Macht es dich verrückt, mich so zu sehen?«, fragte er belustigt und ich nickte sehnsüchtig.

»Und wie …«, gab ich zu und er fuhr sich erneut durch sein zu langes Haar.

»Und wenn ich mich nicht wieder anziehe, was machst du dann?«, fragte er frech und sofort schlug mein Herz schneller.

Ich glaubte, seine Haut immer noch unter meinen Fingern spüren zu können, weil ich mittlerweile wieder genau wusste, wie er sich anfühlte.

»Und wenn ich mich jetzt ausziehe …« Meine Stimme klang ebenso frech, beinahe angriffslustig, und sofort wurde Ethans Blick ernster.

»Okay, okay. Nein«, sagte er und suchte nach seinem Shirt und seiner Hose.

»Ach so ist das … Da ziehst du dich lieber schnell wieder an, oder was?«, fragte ich belustigt und wusste genau, warum er nicht wollte, dass ich mich ebenfalls vor der Kamera auszog.

»Das halte ich nicht aus, wenn du das jetzt machst«, gab er zu und bestätigte meinen Verdacht. Wie gern ich in diesem Moment bei ihm gewesen wäre …

Als er sich wieder vollständig angezogen hatte, legte er sich zurück auf sein Bett und nun war ich diejenige, die ihm meine Neuigkeiten erzählen wollte.

»Layla landet morgen früh«, sagte ich und sofort lächelte er wieder.

»Und bist du schon aufgeregt?«

»Ja … Ich freue mich sehr auf sie. Sie ist eine tolle Freundin. Sie und Madison werden sich bestimmt gut verstehen und Stella kann es kaum erwarten, sie endlich wiederzusehen.«

Ethan gähnte und hielt sich sofort entschuldigend die Hand vor den Mund.

»Sorry, das sollte nicht heißen, dass du mich langweilst, ich …«

»Das weiß ich doch. Dein Tag beginnt ja auch immer schon um fünf … Da schlafe ich noch, wenn ich nicht gerade die

Frühschicht im Café habe«, sagte ich und er gähnte erneut.

Ich hatte aber noch eine Neuigkeit für ihn, von der er nichts ahnte, und bei dem Gedanken daran, ihm gleich davon zu berichten, schlug mein Herz sofort ein bisschen schneller.

»Ich will dir auch etwas zeigen«, sagte ich und griff nach der Broschüre, die neben meinem Bett auf dem Nachttisch lag. Ich hatte sie mir vor ein paar Tagen besorgt und sie seitdem immer wieder durchgeblättert, sodass ich jetzt beinahe jedes Wort auswendig wusste.

Ich faltete sie wieder zusammen und hielt sie ihm in die Kamera. Ethan setzte sich sofort aufrecht hin und starrte mich ungläubig an.

»Was ...? Willst du dich etwa ...«

»Ich denke schon. Allerdings erst zum nächsten Sommersemester«, unterbrach ich ihn und seine Müdigkeit schien sofort verschwunden zu sein.

»Das ist ja großartig, Chloé! Die VMA wird sich glücklich schätzen jemanden wie dich aufnehmen zu dürfen. Fühlst du dich denn wirklich schon bereit dazu?«

Ich nickte. VMA war die Abkürzung für die *Vancouver Music Academy* und ich hatte bereits mit Miss Emmons und meinen Eltern darüber gesprochen, ob ich es wirklich wagen sollte, mich dort zu bewerben, um mein Studium abzuschließen.

In den letzten Wochen hatte ich immer weniger Angst beim Klavierspielen zu Hause empfunden und mittlerweile vermisste ich es an einigen Tagen sogar richtig. Auch wenn ich bisher nur für ein paar Minuten und auch nur Auszüge aus einigen meiner Lieblingsstücke spielte, so fühlte ich in meinem Inneren, dass ich wieder an mich glauben wollte und daran, dass ich keine Angst davor haben musste.

Immer, wenn ich bei meinen Eltern gewesen war, hatte ich mich an mein altes Klavier gesetzt und es allein versucht. Und obwohl Ethan nicht bei mir gewesen war, hatte die Erinnerung an ihn und an seine körperliche Nähe mir Sicherheit und innere Ruhe geschenkt.

Ich war von Mal zu Mal mutiger geworden und hatte mit Miss Emmons über meine Erlebnisse gesprochen. Sie war immer noch der Meinung, dass ich alles, was ich mir von allein zutraute, auch tun sollte, solang es mir dabei gut ging. Und selbst, wenn es anfangs nur mit den Gedanken an Ethan klappte, sei das besser als gar kein Fortschritt. Und so hatte ich es mir angewöhnt, ihn hin und wieder per FaceTime anzurufen, wenn ich mich auf den Klavierhocker setzte und ein paar Noten spielte. Seine Anwesenheit beruhigte mich nach wie vor und solange ich sein Gesicht dabei sah und seine Nähe fühlte, ging es mir gut.

Seit zwei Wochen spielte ich auch, ohne ihn dabei anzurufen, weil ich wusste, dass ich es irgendwann schaffen musste. Und zu meinem Glück hielt sich die Angst weiterhin in Grenzen. Weil ich tief in meinem Inneren jetzt wusste, dass mir nichts passieren konnte. Dass ich nicht an Atemnot sterben würde. Dass das alles ausschließlich in meinem Kopf stattfand und nichts und niemand mich in Wirklichkeit bedrohte.

»Die Anmeldefristen enden in wenigen Wochen«, sagte ich und bei dem Gedanken daran, wieder häufiger zu spielen, schlug mein Herz sofort schneller. Doch zu der Aufregung mischte sich auch ein kleiner Hauch Vorfreude und Stolz.

»Wenn ich hier wegkann, komme ich zum Vorspielen mit dir in die Academy«, sagte Ethan und eine Welle der Liebe und Zuneigung breitete sich in mir aus. Er liebte mich über alles und ich ihn und ich wusste, er würde für mich durchs Feuer gehen und wieder zurück, wenn es mir dadurch besser ging. Ich würde dasselbe für ihn tun. Jederzeit.

Er wollte für mich da sein und ich konnte es kaum erwarten, ihn endlich wieder für immer bei mir zu haben.

Zu Hause, wo ich voller Sehnsucht auf ihn wartete.

Rezensionen

Danke, dass du bis hier hin gelesen hast. Wenn dir mein Buch gefallen hat, wäre ich dir sehr dankbar, wenn du eine Rezension oder eine Bewertung hinterlässt. Dabei ist es egal, wo du es bewertest, denn alle Online-Shops bieten diese Möglichkeit an.

Besonders für Autorinnen und Autoren wie mich, die ihre Bücher im Selfpublishing veröffentlichen, sind Rezensionen besonders wertvoll und können meinen Erfolg und die Bekanntheit meiner Bücher maßgeblich beeinflussen. Sie motivieren mich, weiter zu machen und nicht aufzugeben.

Falls du keine Lust oder Zeit dazu hast eine Rezension zu schreiben oder eine Bewertung abzugeben, dann berichte deinen Freunden und Bekannten gern von meinem Buch. Wenn du magst, kannst du auch das Cover auf deinem Social Media Account veröffentlichen und mich verlinken. Ich freue mich über jedes einzelne Foto von euch!

Weitere Bücher der Every-Reihe

Noch in diesem Jahr - 2023 - sollen Band 2 und Band 3 erscheinen. Die Veröffentlichungstermine stehen soweit fest:

Band 2:
Every Kiss of YOU - soll am 23.08.2023 und

Band 3:
Every Touch of YOU - soll am 23.12.2023 erscheinen.

Über mich

Allie J. CALM – dieses Pseudonym gehört jetzt schon eine ganze Weile zu mir und ich habe ihn gewählt, weil er mir sehr gefällt und weil ich ihn liebe. Vor allem der Name CALM – das englische Wort für Ruhe – hat eine große Bedeutung für mich, weil ich gelernt habe, dass Ruhe, vor allem innere Ruhe der Schlüssel zu Wohlbefinden und Erfolg ist.

In der Ruhe finde ich zu mir, kann meinen kreativen Gedanken den Raum bieten, den sie brauchen, um Charaktere und Geschichten aufblühen zu lassen und Ideen zu entwickeln. Und genau das liebe ich noch viel mehr – in meine eigene Traumwelt abzutauchen und meine Figuren auf ihren Reisen zu sich selbst und zueinander zu begleiten. Ihnen dabei zuzusehen, wie sie Hindernisse überwinden und daran wachsen. Wie sie Fehler machen und draus lernen. Denn das ganze Leben ist ein Lernprozess und es macht mich immer wieder glücklich Neues lernen zu dürfen.

Dies ist mein fünfter New Adult Roman und zwei weitere stehen schon in den Startlöchern und wollen lektoriert und korrigiert werden – damit sie diesem ersten Band meiner Every-Reihe folgen und sie vervollständigen können. Wenn alles klappt, erscheinen zwei weitere Titel noch in diesem Jahr und ich freue mich über jeden neuen Leser, den ich mit meinen Geschichten glücklich machen kann.

Danksagung

An dieser Stelle möchte ich mich ganz besonders bei meinen Testlesern und Bloggern bedanken und ihnen ein riesengroßes Dankeschön aussprechen! Ich bin sehr dankbar dafür euch auf meinem spannenden und aufregenden Weg zur Indie Autorin gefunden zu haben! Ohne euch wäre mein Buch nie so gut geworden! Es hat mir super viel Spaß gemacht mit euch zusammen zu arbeiten und ich hoffe auf noch viele tolle Bücher, die noch vor mir liegen und bei denen ich eure Unterstützung bekomme. Vor allem meine Testleser Yvi C., Gina M. Swan, Leonie E., Sebastian, Antonia, Leonie, Leonie L., Nathalie, Samira, Anastasia, Lea, Lena, Isabel und Elke K. – vielen Dank für euer Feedback, für eure Kritik und eure Anregungen!

Außerdem danke ich meiner Lektorin Larissa und Korrektorin Jona, für ihre Geduld, ihr Durchhaltevermögen und ihre Qualität! Ohne euch würde in meinem Buch noch unzählige Fehler und Ungereimtheiten stecken.

Hier kannst du mich finden

Website: www.alliejcalm.de
Newsletter: www.alliejcalm.de/newsletter
Instagram: www.instagram.com/allie.j.calm.autorin/
TikTok: www.tiktok.com/@alliejcalm_autorin
YouTube: www.youtube.com/@alliejcalms.autorenwelt

Newsletter

Melde dich zu meinem kostenlosen Newsletter an und erhalte ein kostenloses E-Book zu meinem neuen Kurzroman **Time to be YOURS**, der noch Ende 2022 erscheint.

Im Newsletter erfährst du immer als Erste:r, wenn ich neue Bücher veröffentliche, kannst kostenlose Kurzgeschichten zu meine Figuren lesen, bekommst vor den Veröffentlichungen XXL-Leseproben, exklusive Bonus Szenen und erhältst einen Einblick in meinen Alltag als Autorin und Selfpublisherin.

Am Anfang wollte ich nur ein Freund für dich sein...

Harper hat die Nase gestrichen voll. Sie kann nicht akzeptieren, was ihre Eltern ihrem Bruder Chase angetan haben und verlässt Kanada ohne Rückflug Ticket.

Coles Leben ist ganz anders verlaufen, als er es sich vorgestellt hatte. Deshalb studiert er immer noch an der Kerrington University und ist einer der ältesten in seinem Studiengang.

Als er Harper kennenlernt, funkt es zwischen ihnen, doch wird sie bei ihm bleiben, wenn sie die Wahrheit über ihn erfährt?

Kerrington Reihe

Im Jahr 2022 erscheinen ingesamt vier Bücher in meiner ersten New Adult Liebesroman-Reihe:

Band 1:
Time to be ENOUGH - Am 22.02.2022 erschienen.

Band 2:
Time to be ALIVE - Am 22.06.2022 erschienen.

Band 3:
Time to be SAFE - Am 22.11.2022 erschienen.

Kurzroman:
Time to be YOURS - Am 22.12.2022 erschienen.

Kerrington Reihe

Band 1
Time to be **ENOUGH**

Erschienen am
22.03.2022

Allie J. Calm

492 Seiten

ISBN
978-3-7546-4071-5

»Sie war mein Anker, sie erdete mich und gab mir das Gefühl sicher und auf dem richtigen Weg zu sein.«

Jacob ist wie gelähmt und lebt ein Leben, das er nie wollte - bis Ivy kommt und seine Welt völlig auf den Kopf stellt. Ivy wollte immer nur schreiben. Und an der Kerrington University in Boston wird ihr Traum von einem Literaturstudium endlich wahr. Sie könnte nicht glücklicher sein, wären da nicht immer wieder die Erinnerungen an Scott, die an ihrem Selbstbewusstsein nagen. Darum schwört sie allen Männern ab und konzentriert sich nur auf sich – bis Jacob mit voller Wucht in ihr Leben tritt und sie über den Haufen rennt. Sie verletzt sich und Jacob setzt alles daran, es wieder gut zu machen und - sie unbedingt näher kennenzulernen. Denn bei ihr fühlt er sich unbeschreiblich gut und kann endlich er selbst sein. Doch seine Familie hat andere Pläne und stellt Jacob auf eine harte Probe, die sein Leben für immer verändern könnte …

Leserstimmen

»Ein tolles Debüt mit wundervollen Protagonisten und einer Lovestory, die dich begeistern wird. Time to be Enough ist eine Geschichte, die einem die Wichtigkeit von eigenen Träumen, wahren Freunden und Selbstliebe vor Augen führt.«

Jenny – Bloggerin @jinney_buecherliebe

»Wahre Freundschaft, Selbstfindung und Liebe. Ein Reihenauftakt, der beweist, dass niemand perfekt sein muss, um geliebt zu werden und dich darin bestärkt dich selbst zu lieben.«

Jacky – Bloggerin – @jackys_books

»Eine Liebesgeschichte die dich von Anfang an in ihren Bann zieht und dich träumen lässt.
Time to be Enough ist ein Buch voller neuer Hoffnungen und Wege. Es zeigt, dass man sich niemals verbiegen oder entmutigen lassen soll. Kämpfe für deine Träume.«

Josi – Bloggerin – @book_princess_josi

Band 2
Time to be **ALIVE**

Erschienen am
22.06.2022

Allie J. Calm

456 Seiten

ISBN
978-3-7546-6422-3

»Ich glaube, ich verliebe mich gerade in dich.«

Olive hat es endlich geschafft: Sie studiert Architektur an der angesehenen Kerrington University in Boston. Doch seit sie Elijah kennengelernt hat, geht er ihr nicht mehr aus dem Kopf. Noch nie fühlte sie sich zu einem Mann so hingezogen wie zu ihm und dennoch hält er sie auf Abstand. Und das obwohl sie spürt, dass es zwischen ihnen immer wieder knistert, sobald er auftaucht.

Elijah weiß genau, was er will und nimmt sein Studium sehr ernst. Doch seit er Olive kennt, weiß er, dass er sie näher kennenlernen möchte. Sie fasziniert ihn und zieht ihn an wie ein Magnet. Dabei lässt er sonst niemanden näher an sich heran, zu sehr hält ihn seine Vergangenheit gefangen und droht ihn einzuholen. Denn er hat es nicht verdient hier zu sein.

Leserstimmen

»Emotional. Mitreißend. Herzerwärmend. Allie J. Calms neues Buch ist einfach wunderschön mit authentischen Charakteren, tiefen Gefühlen und einer fesselnden Geschichte, die dich verzaubern und berühren wird.«

Lisa – Bloggerin – @buchdealerin

»Elijah und Olive haben mein Herz im Sturm erobert. Ihre Geschichte zeigt, dass Liebe alles überwinden kann, wenn man die richtige Person an seiner Seite hat. Time to be ALIVE ist ein absolutes Herzensbuch, das mich sehr berührt hat.«

Jenny – @jinneys_buecherliebe

»Tiefe Gefühle und ein trauriges Geheimnis. Eine gemeinsame Liebe, die auch die dunkelsten Schatten der Vergangenheit überwindet.«

Jacky – Bloggerin – @jacklys_books

»Authentische Charaktere, die eine Herzberührende Geschichte erzählen. Time to be ALIVE ist ein Buch, welches man nicht so leicht vergisst.«

Asude – Bloggerin – @ozeanglanz

Band 3
Time to be **SAFE**

Erschienen am
22.11.2022

Allie J. Calm

456 Seiten

ISBN
978-3-7546-9126-7

»Ohne dich wäre ich nicht mehr hier.«

Savannah liebt ihr unabhängiges Leben als Journalismus Studentin in Boston und würde alles dafür tun. Sogar Modeln - obwohl sie es nicht mag, sich vor der Kamera zu präsentieren.
Chase wollte immer nur eins: geliebt werden. Doch sein Vater betrachtete ihn immer nur als das, was er war - der größte Fehler seines Lebens. Und egal, wie sehr er sich auch anstrengt und eine Bestzeit nach der anderen im Schwimmteam der Kerrington University hinlegt, für seinen Vater bleibt er unsichtbar.
Während Chase sich nach aufrichtiger loyaler Liebe sehnt, hält Savannah nichts von festen Beziehungen, denn sie ist davon überzeugt, dass es besser ist, Single zu sein. Doch als sie plötzlich in Gefahr gerät ist Chase da und schleicht sich ohne Vorwarnung in ihr Herz.

Leserstimmen

»Time to be Safe hat mich zutiefst berührt. Diese Story ist unglaublich besonders und nicht ohne Grund mein Lieblingsband dieser Reihe. Es hat mir das Herz gebrochen, es aber gleichzeitig geheilt. Chase und Savannah beweisen, dass sie es wert sind, geliebt zu werden.«

Jenny – @jinneys_buecherliebe

»Eine wundervolle Geschichte, die zeigt, wie wichtig es ist, seine Träume zu verfolgen, wie schön und schmerzhaft die Liebe sein kann und wie wie wertvoll jeder einzelne Moment ist. Chase und Savannah sind zwei unglaublich besondere Charaktere, die mich von der ersten Seite an berührt haben.«

Leonie – Bloggerin – @ninisbookjournal

»Eine Geschichte, die mir gezeigt hat, das Schwächen meine wahren Stärken sein können. Chase und Savannah erwecken eine wahrhaftige Liebe, die mich überwältigt hat. Lasst euch auf eine emotionale und gefühlsgewaltige Reise entführen, die ich nie vergessen werde.«

Jacky – Bloggerin – @jackys_books

Triggerwarnung

Every PIECE of YOU enthält Elemente,
die triggern können.
Diese sind: Panikattacken, Verlustängste, Trauer und Tod von Familienmitgliedern.

Hinweis

Das Thema Panikattacken liegt mir sehr am Herzen und ich hoffe, dass ich jede:r Leser:in mit Chloés Geschichte aufzeigen konnte, wie man mit solchen Situationen umgehen kann, wenn man nicht allein weiterkommt.

Jeder hat hin und wieder Angst, das gehört zum Leben dazu. Angst ist natürlich und schützt uns davor, uns in Gefahr zu bringen. Aber sie darf nicht übermächtig werden und das ganze Leben bestimmen. Wenn das jedoch geschieht, braucht fast jede:r, der/die betroffen ist, in dieser Zeit Hilfe und Unterstützung. Falls du in einer ähnlichen Situation wie Chloé steckst, dann sprich mit einer Person deines Vertrauens über deine Ängste. Niemand muss solche Phasen allein durchmachen und es ist nichts, wofür man sich schämen müsste. Man kann diese Phasen überwinden, doch dafür muss man aktiv werden und seine eigene Komfortzone verlassen. Auch wenn es schwerfällt.

Nichts bleibt für immer, wenn man etwas dagegen unternimmt und daran glaubt, dass man irgendwann stärker als die Angst ist. Und das wirst du sein! Du musst nur den ersten Schritt wagen und etwas sagen. Ich habe es auch getan. Ich wünsche dir viel Kraft und Glück und vertraue darauf, dass du das kannst.

Liebe Grüße,
deine Allie.